從內府藏名至

民國演義

蔡東藩 著

隻手難遮天下目，欺人反使被人欺
萬惡都從無恥來，作偽心勞只自知

探索袁世凱的野心，見證洪憲帝制的失敗
揭示民國初期的權力鬥爭與政治角力

蔡東藩 著

目　錄

第四十一回　　又謀世襲內府藏名　　戀私財外交啟釁　　007

第四十二回　　廿一款恃強索諾　　十九省拒約聯名　　015

第四十三回　　榻前會議忍辱陳詞　　最後通牒恃威恫嚇　　023

第四十四回　　忍簽約喪權辱國　　倡改制立會籌安　　033

第四十五回　　賀振雄首劾禍國賊　　羅文幹立辭檢察廳　　041

第四十六回　　情脈洪姨進甘言　　語詹徐相陳苦口　　049

第四十七回　　袁公子堅請故軍統　　梁財神發起請願團　　057

第四十八回　　義兒北上引侶呼朋　　詞客南來直聲抗議　　065

第四十九回　　競女權喜趕熱鬧場　　徵民意咨行組織法　　073

第五十回　　逼故宮勸除帝號　　傳密電強脅輿情　　081

第五十一回　　遇刺客險遭毒手　　訪名姝相見傾心　　089

第五十二回　　偽交歡挾妓侑宴　　假反目遣眷還鄉　　099

第五十三回	五公使警告外交部	兩刺客擊斃鎮守官	111
第五十四回	京邸被搜宵來虎吏	津門餞別夜贈驪歌	121
第五十五回	脅代表迭上推戴書	頒申令接收皇帝位	129
第五十六回	賄內廷承辦大典	結宮眷入長女官	139
第五十七回	雲南省宣告獨立	豐澤園籌議軍情	147
第五十八回	慶紀元于夫人鬧宴	仍正朔唐都督誓師	157
第五十九回	聲罪致討檄告中原	構怨興兵禍延鄰省	165
第六十回	洩祕謀拒絕賣國使	得密書發生炸彈案	173
第六十一回	爭疑案怒批江朝宗	督義旅公推劉顯世	181
第六十二回	侍宴乞封兩姨爭寵	輕裝觀劇萬目評花	189
第六十三回	洪寵妃賣情庇女黨	陸將軍託病見親翁	197
第六十四回	暗刺明譏馮張解體	邀功爭寵川蜀鏖兵	205
第六十五回	龍覲光孤營受困	陸榮廷正式興師	213
第六十六回	埋伏計連敗北軍	警告書促開大會	221

第六十七回	撤除帝制洪憲銷沉	悵斷皇恩群姬環泣	229
第六十八回	迫退位袁項城喪膽	鬧會場顏啟漢行凶	239
第六十九回	偽獨立屈映光弄巧	賣舊友蔡乃煌受刑	247
第七十回	段合肥重組內閣	馮河間會議南京	255
第七十一回	陳其美中計被刺	陸建章繳械逃生	263
第七十二回	妒遷怒陳妻受譴	硬索款周媽生嗔	271
第七十三回	論父病互鬥新華宮	託家事做完皇帝夢	281
第七十四回	殉故主留遺絕命書	結同盟抵制新政府	291
第七十五回	袁公子扶櫬歸故里	李司令集艦抗中央	299
第七十六回	段芝泉重組閣員	龍濟光久延戰禍	307
第七十七回	撤軍院復歸統一	開國會再造共和	317
第七十八回	舉副座馮華甫當選	返上海黃克強病終	325
第七十九回	目斷鄉關偉人又歿	釁開府院政客交爭	333
第八十回	議憲法致生內鬨	辦外交惹起暗潮	341

第四十一回
又謀世襲內府藏名　戀私財外交啟釁

　　前回書中，敘到歐戰發生，中國宣告中立，日本興兵至膠州灣，攻打德國租占的青島。青島原有德兵駐紮，約不過一二千人，明知眾寡不敵，守不住這個青島，但若拱手讓人，殊不甘心。膠州總督，係管轄青島的德將，職守所在，當即下令拒敵。德人雖敗，勇力可嘉。日本兵艦，未能直入膠州灣，遂由龍口登岸，進兵濰縣西境，抄入青島背後，以便腹背夾攻。唯龍口、濰縣等處，完全是中國領土，日兵進境，明是侵犯中立條規，袁政府與他交涉，他只自由行動，不肯撤回，但說是攻取青島，仍為中國幫忙，俟得青島後，當完全交還中國。看官！你想天下人有這等俠義麼？同是中國人，尚且爭權奪利，互鬨不休，況中日不相聯屬，怎肯把處心積慮的青島謀取到手，還要完璧歸趙呢？透澈之至。袁總統聰明過人，豈有不曉得的道理？唯勢力既不及日本，更且想仰仗日人，贊助帝制，那時只好模糊過去，不過與日人劃一戰線，讓他數十里中立地面，聽令出入，戰線以外，不得運兵。日人得了運兵路徑，已是心滿意足，當與袁政府約定，仗著一股銳氣，夾攻青島。德兵多方防守，相持至三月有餘，兩造傷亡，恰也不少。畢竟德人勢孤力弱，弄得餉盡援絕，無法可施，不得已懸旗乞降，好好一個青島，由德人經營十多年，建築完固，至此國際紛爭，竟被日人乘間占去了。為好拓地者作一棒喝。

　　袁總統也無心過問，按日裡收攬大權，規復專制，所有新頒章程，

第四十一回　又謀世襲內府藏名　戀私財外交啟釁

又增添了若干條。就中有立法院組織法，及地方自治試行條例，名目上是改良舊制，維持共和，其實是徒有虛名，掩飾人目。當時有一個在京人員宋育仁，居然倡議復辟，欲請出宣統帝來，仍登大寶。為文武二聖人先聲。會被袁總統聞知，即下一申令，說他邪詞惑眾，紊亂國憲，著即驅逐回籍。就是王闓運、勞乃宣等，主張君主立憲，袁總統尚滿口共和，自謂帝王總統，均非所願。誰知他口是心非，暗地裡卻著著進行，到了三年十二月終旬，先改定大總統選舉法，公布出來，錄述如後：

〔大總統選舉法〕

　　第一條　有中華民國國籍之男子，完全享有公權，年滿四十歲以上，並居住國內滿二十年以上者，有被選舉為大總統資格。

　　第二條　大總統任期十年，得連任。

　　第三條　每屆行大總統選舉時，大總統代表民意，依第一條所定，敬謹推薦有被選舉為大總統資格者三人。

　　前項被推薦者之姓名，由大總統先期敬謹親書於嘉禾金簡，鈐蓋國璽，密貯金匱於大總統府，特設尊藏金匱石室尊藏之。

　　前項金匱之管鑰，大總統掌之。石室之管鑰，大總統及參政院院長國務卿分掌之，非奉大總統之命令，不得開啟。

　　第四條　大總統選舉會，以下列各員組織之：

　　一　參政院參政　互選五十人。二　立法院議員　互選五十人。

　　前項各款之互選，用記名連記投票法，以得票較多數者為當選，由內務總長監督之。

　　屆組織大總統選舉會，立法院在閉會期內時，以在京議員之名次在前者五十人，為大總統選舉會會員。

　　第五條　大總統選舉會，由大總統召集，於每屆選舉期前三日以內組織之。

第六條　大總統選舉會，以參政院議場為會場，以參政院院長為會長。

參政院院長，如係副總統兼任，或有其他事故時，以立法院議長為會長。

第七條　選舉大總統之日，大總統敬謹將所推薦有被選舉為大總統資格者之姓名，宣布於大總統選舉會。

第八條　大總統選舉會，除就被推薦三人投票外，得對於現任大總統投票。

第九條　選舉大總統，以會員四分之三以上到會，用記名單名投票法。得票滿投票人總數三分之二以上者為當選。若皆不足當選票額時，就得票多數之二人行決選，以得票較多數者為當選。

第十條　每屆應行選舉大總統之年，參政院參政，認為政治上有必要時，得以三分之二以上之同意，為現任大總統連任之議決，由大總統公布之。

第十一條　大總統任期未滿，因故去職時，應於三日內組織大總統臨時選舉會。

臨時選舉未舉行前，大總統職權，由副總統依約法第二十九條之規定代行之。如副總統同時因故去職，或現不在京，及有其他事故，不能代行時，由國務卿攝行其職權。但第三條第一項第二項所規定之職權，不得代行或攝行。

第十二條　屆行臨時選舉之日，由代行或攝行大總統之職權者，咨行大總統臨時選舉會會長，指任會員十人，監視開啟尊藏金匱石室，恭領金匱到會，當眾宣布。就被推薦三人中，依九條之規定，投票選舉。

第十三條　現任大總統連任，或當選大總統繼任，均應於就職時，為下列之宣誓。

余誓以至誠遵守憲法，執行大總統之職務，謹誓。

憲法未公布施行以前，前項誓詞，須宣告遵守約法。

　　第十四條　副總統之任期，與大總統同。任滿時，由連任或繼任之大總統推薦有第一條資格者三人，準用選舉大總統之規定行之。

　　第十五條　本法自公布日施行。（本法施行之日，中華民國二年十月五日所宣布之大總統選舉法廢止之。）

　　依這選舉法看來，是大總統一任十年，且得連任，或一次或兩次三次，並未明定限制。試想做了大總統，已是年滿四十，人生上壽，不過百年，若連任數次，便是終身為大總統了。釋明上文第一、二、七、八、十三各條。後任的大總統，須由前任的大總統推薦三人，署名金簡，密貯金匱，將來選舉後任大總統時，除對於現任大總統，得票選舉連任外，只有金簡中所寫的姓名，可以選舉，此外不能羼入，照此制度，明明是總統得以世襲，如袁總統有子十餘人，他若寫著三個兒子的姓名，藏將起來，俟後任選舉，總要把他三個兒子中，選出一人，否則唯有老袁永遠活著，仍歸他連任下去，別人是永世無望了。釋明上文第三及十二各條。小子曾記前清雍正年間，雍正帝定立儲法，默選儲君，書名納匣，藏在正大光明殿額的後面。袁總統做過前清大員，想是熟悉掌故，所以把雍正成制，抄襲了來。以袁總統比雍正帝，陰鷙相似，而膽略尚恐未逮。還有一篇告令，說明改正選舉法，實為總統絕續時，預防爭亂起見，小子也似信非信，只好付諸闕如。唯總統選舉法，既已改定，袁總統應如法照行，他便就意中所愛的三人，書藏金匱，或說是黎元洪、徐世昌及袁大公子克定，或說是克定、克文、克良、克端等類，統是袁家公子。大約此說近是。但袁總統素好祕密，書藏時無人在旁，只由他一手做成，因此外人無從知曉，不過憑虛推測罷了。

　　隔了兩天，復定出國璽條例。國璽分作三項，一為中華民國璽，凡

遇國家大典禮大政事及國際交換國書等項，應用此璽；二為頒爵襲職，及封贈冊軸等所用，叫做封策之璽；三為給予勳位勳章，及其他榮典文書等所用，叫做榮典之璽。此外加大總統印，陸海軍大元帥印，一時不便稱璽，仍然沿稱為印，附入國璽條例中。改印為璽，非帝制而何？

　　光陰似駛，又是民國四年，元旦覲賀等禮儀，且不必說。唯袁總統把新頒官制，策令群僚，授徐世昌為上卿，楊士琦、錢能訓為中卿，趙爾巽、李經羲加上卿銜，各部總長，除陸海軍兩部外，並授中卿，獨章宗祥、湯化龍，資望稍輕，以少卿加中卿銜，梁士詒、周樹模、汪大燮、貢桑諾爾布等，均授中卿，董康、莊蘊寬等，均授少卿。他如文官加給嘉禾章，武官加給文虎章，或酌授勳位，無非是施澤如春，有加無已的至意。語帶雙敲。一面令教育部整飭學校，提倡忠孝節義，所有小學校中，應讀論、孟二書。列入科目，不得廢經。一面頒附亂自首特赦令，凡在民國三年十二月前，所有附亂人等，或被脅，或盲從，均得向地方行政官署，悔罪自首，當由地方行政官呈請大總統特赦，給予免罪證書，回籍營業。總算皇恩浩蕩。

　　是時白狼已平，餘匪肅清，就是民黨中人，亦無隙可乘，只有假借文字，詆毀老袁，也沒有什麼效力。歐洲各國，日務戰爭，舊有中外交涉，盡行擱置，無暇向中國尋隙，美國雖守中立，未曾與戰，但距華較遠，又素抱和平宗旨，與中國沒甚齟齬。只有東鄰日本，眈眈在側，自攻取青島後，屯兵不撤，日夕綢繆，不但青島領土權，被他占去，就是青島街市上，所有營業行政等權，亦歸日人占領。袁總統得此消息，不由的吃了一驚。看官道是何故？原來青島中有一德華銀行，前由德人經理，老袁曾存著鉅款，約計二千萬馬克，馬克，德幣名。預備將來恢復帝制，提出使用。此次聞日人干涉營業，恐他囫圇吞去，無從追索，豈

第四十一回　又謀世襲內府藏名　戀私財外交啟釁

不是白費金錢，破壞好事？領土權可以拋棄，私款是萬難割捨的！當下情急智生，亟通牒英、德、日三國，宣告撤銷山東戰域，牒文內列著三種理由，一是青島戰事，現已完畢，二是膠、萊、龍口各處情形，已甚安靖，三是中國應設兵防海，阻禁匪徒侵入膠、萊各處作亂，為此三大要件，不能不要求日本撤兵。哪知牒文才發，日本政府，卻已有照會到來，他的照會中，卻含混說著道：「君有大志，何必親近德意志，難道我大日本帝國，就不能作一幫手麼？」隱隱約約，確是妙文！袁總統接閱照會，巧巧碰入心坎，躊躇了好一會，便邀請顧問員有賀長雄、西坂大佐等，祕密商議一番，託他電達本國政府，極力贊助；一面電囑駐日公使陸宗輿，疏通日本內閣。

那時日本內閣首相，名叫大限重信，他本是個勳戚舊臣，外交能手，既得了這個消息，便視為奇貨可居，當下提出元老院，議決二十一條件，向袁要索，作為日後的報酬。未曾出力幫助，先已要索酬金，求人者其鑑諸。看官曾否閱過清史？當中日戰爭以前，老袁曾任北韓公使，當時屢與日本反對，遂釀成中日戰事，害得喪師失律，割地賠款，才行了案。日人中島端氏，且於民國二年冬季，著有《支那分割的命運》一書，日人稱中國為支那。內述袁氏祕史，種種揶揄，幾笑他一錢不值，難道老袁毫不記憶，毫無聞見，反欲向他求助麼？若非利令智昏，何至於此？古語說得好：「人必自侮，然後人侮。」袁氏為帝制起見，竟惹出二十一件大要挾來，小子有詩嘆道：

欲成王道貴無私，知白何如守黑時。
隻手難遮天下目，欺人反使別人欺。

畢竟二十一條件，說的什麼？待小子下回表明。

總統與皇帝，原是不同，但據袁氏之總統選舉法，是已得任終身總

統,且為世襲總統矣,與皇帝幾無區別,寧必稱帝而後快乎?總之袁氏心目中,全然不脫俗念,念茲在茲,曰唯帝制,釋茲在茲,亦曰唯帝制。夫既欲為帝,即自稱為帝可也,何必鬼鬼祟祟,向人求助,反為東鄰所輕視乎?嗚呼袁氏!為了帝制二字,憧擾胸中,欲為帝則恐人反對,不為帝又難饜私心,人慾勝,天理泯,而心力為之交疲矣。人謂袁氏智,袁氏其果智乎哉!

第四十一回　又謀世襲內府藏名　戀私財外交啟釁

第四十二回
廿一款恃強索諾　十九省拒約聯名

　　卻說日本政府，議決二十一條件，電致駐華日使。日使叫做日置益，接奉政府檔案，即於民國四年一月十八日，親至總統府，謁見老袁，彼此行過了禮，略敘寒暄，日置益便從袖中取出檔案，當面呈遞。袁總統接閱一週，不禁皺起眉來，搖首數次，口中卻支吾道：「這……這等條件，未免太酷，教敝國如何承認？」日置益從旁冷笑道：「敝國上下，素疑總統為排日派，今始知言不虛傳了。」故意翻跌。袁總統忙答辯道：「敝國與貴國，是最近鄰邦，同種同文，理應格外親善，況我自受任總統，更思借重鄰誼，作一臂助，為什麼說我排日呢？」情見乎詞。日置益笑了又笑道：「總統既有意結好，何不將敝國要求，完全承認，借明親善的本心？」口中有力。袁總統皺著眉道：「這事我不便作主，我是民國的總統，不是帝國的元首，可以隨便簽約的。」若為帝國元首，難道把中國領土，完全送日麼？日置益複道：「總統大志，敝國亦已深悉，倘或此次條約，總統不願允從，非但有礙總統利益，就是為中國計，亦覺岌岌可危。即如中國亂黨，多半寓居敝國，現正竭力進行，敝政府雖未表同情，但若總統不肯從敝國要求，敝國即不能限制亂黨，後事如何，非敝政府所能懸揣。竊謂為總統利益計，為中政府利益計，總統必須允諾，否則敝國疑總統不肯顧全邦交，或更提出嚴厲條件，亦未可知，還請總統三思！」數語是暗攻袁氏陰私，純用威嚇手段。袁總統遲疑半晌，方道：「且與外交總長商議，再行答覆。」日置益方起身告別。

第四十二回　廿一款恃強索諾　十九省拒約聯名

　　隔了兩天，日置益又訪會外交總長孫寶琦，仍提交要求條件，且語孫總長道：「這事為兩國利益起見，須守極端祕密，幸勿將條件內容，洩漏別國。」孫總長問是何意？日置益正色道：「敝國人民，多言貴國用遠交近攻的政策，親近英、美，排斥敝國，所以極力反對，敝政府為顧全邦交起見，不忍決裂，為此命本駐使特進忠告，慎守祕密，毋得漏言。」袁氏慣用祕密，日本即以祕密二字作為要求，夫是謂之自取。孫總長無詞可駁，只得唯唯如命，唯答言所交條件，應俟與總統熟商，方可定奪。日置益訂明後會，告辭而去。看官！試想日本既野心勃勃，要求至二十一條件，何妨明目張膽，為什麼要守祕密呢？我亦要問。原來日本雄長亞東，屢思併吞中國，奈因列強互峙，致多牽掣，眼看這錦繡江山，不能由他吞去，此次趁著歐洲戰爭，及袁總統謀帝乞助的時候，正好暗渡陳倉，硬迫中國允約。等到他國聞知，生米已做成熟飯，干涉也來不及了，這正是倭人的妙計！

　　孫總長既接收條件，當向總統府請示。袁總統乃召集國務卿等，先開祕密會議，大家看到條件，統是面面相覷，不敢發言。獨段祺瑞奮然道：「這項條件，絕對是不能承認，不如卻還了他，省卻許多疑議。」是激烈派。袁總統囁嚅道：「中國積弱得很，倘若一條不依，定致邦交決裂，釀成戰釁，這卻如何是好？」徐世昌方接口道：「折衝樽俎，責在外交，應由孫總長往會日使，婉言解釋，表明為難情形，要他改換條約，方便磋商。」是持重派。孫寶琦聞到此言，暗暗心急，忙向袁總統道：「寶琦不才，恐難勝任，請大總統另簡材能，寶琦情願辭職。」這是無上的善，策！袁總統顧寶琦道：「你若解職，何人可代？」孫寶琦答道：「不如陸子欣。」袁總統徐徐點首，並語徐世昌道：「且叫陸子欣出去當衝，何如？」徐世昌隨口贊成，因即散會。

越日,即調任孫寶琦為審計院長,改任陸徵祥為外交總長。陸徵祥也擬告辭,經袁總統召他入府,溫言勸勉,並有許多密囑,乃不得不勉為所難,即日就職,當下照會日使,約定二月二日,在外交部迎飯店開非正式會議。外交總長陸徵祥次長曹汝霖及翻譯各官,先行守候。過了午牌,方見日本公使日置益,帶著參贊書記官,到了迎飯店,兩下開議。陸徵祥詞甚簡單,但請日置益轉達日本政府,改換條文。日置益不肯照允。曹汝霖方插嘴道:「貴公使洞明時勢,曉達政體,應知中國已成民主國,政府是國民的公僕,若果遽允要求,必致激起國民反對的風潮,將來雙方均有不便,還請審慎為是。」日置益微哂道:「中外人士,哪個不曉得袁總統獨攬大權?今日為了兩國交涉,反把國民作為後盾,豈非可笑?」樂得奚落。曹汝霖被他一駁,幾乎無可解嘲,還是陸徵祥接口道:「敝國若承認貴國條件,豈不要惹起他國交涉?但望貴國顧全友誼,休使敝國為難,敝國當深感厚情。」日置益又答道:「陸總長對此談判,是否擔任全權?抑須請示總統?」陸總長道:「今日與貴公使開談,前已宣告為非正式會議,不過先行討論罷了。」日置益道:「此項交涉,本駐使屢奉本國訓令,要求貴國即予同意,今日既非正式會議,應請貴總長請命總統,速開正式談判,以便早日解決,本駐使亦可覆命銷差了。」言至此,即起身離座道:「明日再會。」隨與參贊書記官等,揚長去了。

過了三日,日置益復至外交部,與陸總長談判多時,毫無結果,日置益乃去。嗣是又隔十多天,彼此未曾晤談。看官道是何因?原來英、法、俄各國,曾與日本訂立協約,在歐戰期內,日本不得獨謀利益,此次日本與中國交涉,當然要據約質問。日政府答覆各國,只開了十一條件,還有十條嚴重的條文,一律瞞住。日置益聞這消息,所以暫時擱著,不來催促,至日政府答覆各國後,復至外交部反覆勸誘,陸總長等

仍不承認，到了三月三日會議，已是第六次了。日置益氣焰洶洶，對著陸總長道：「本駐使與貴總長磋商，已經數次，遷延至一月有餘，仍然是茫無頭緒，莫非輕視敝國不成？即如條文中第一款，就是山東方面的問題，請速承認原案，將歷年中德條約範圍以內的權利，一概轉給敝國，另訂中日山東條約，了結目前的要案。」陸徵祥淡淡答道：「山東問題，應俟歐戰解決，再行提議，今尚不便。」說到「便」字，日置益已躍起道：「這話未免欺人了！眼前要案，尚待遷延，豈他國理應尊重，我日本獨可輕蔑麼？」陸總長正思答辯，日置益掉頭不顧，悻悻徑去。強國公使，如是！如是！

次日，日本政府才將二十一條件，通告歐洲列強，大致說是：「中日議約，中國全無誠意，因此追加條件，嚴重交涉」云云。自有此番通告，於是日本二十一條件，登在外國新聞紙上。中國輾轉譯出，才識條件內容的真相。事關國恥，特全錄原文如下：至此才錄原文，著述者豈亦代守祕密耶？

中華民國四年一月十八日，日本公使日置益提出條件原文：分五號二十一款。

（第一號）日本國政府及中國政府，互願維持東亞全域性之和平，並期將現在兩國友好善鄰之關係，益加鞏固，茲議定條款如下：（一）中國政府，允諾日後日本國政府擬向德國政府協定之所有德國關於山東省所得各種權利利益讓與等項，概行承認。（二）中國政府，允諾凡山東省內，並其沿海一帶土地及島嶼，概不讓與或租與他國。（三）中國政府，允准日本建造由煙臺或龍口接連膠濟路線之鐵路。（四）中國政府，允諾為外國人居住貿易起見，從速自開山東省內各主要城市，作為商埠。

其應開地方，另行協定。

(第二號)日本國政府及中國政府，因中國向認日本國在南滿洲及東部內蒙古，享有優越地位，茲議定條件如下：(一)兩訂約國互相協定，將旅順、大連租借期限，並南滿洲及安奉兩鐵路期限，均展至九十九年為期。(二)日本國臣民，在南滿洲東內蒙古，蓋造商工業應用之房廠，或為耕作，可得其需要土地之租借權，或所有權。(三)日本國臣民，得在南滿洲東內蒙古，任便居住往來，並經營商工業等各項生意。(四)中國政府，允將在南滿洲及東內蒙古各礦開採權。至於擬開各礦，另行商訂。(五)中國政府，允於下開各項，先經日本國政府同意，然後辦理。(甲)在南滿洲及東內蒙古，允准他國人建造鐵路，或為建造鐵路向他國借用款項之時。(乙)將南滿洲及東內蒙古各項稅課作抵，向他國借債之時。(六)中國政府，允諾如在南滿洲及東內蒙古，聘用政治財政軍事各顧問教習，必須先向日本國政府商議。(七)中國政府，允將吉長鐵路辦理經營事宜，委任日本國政府，其年限自本年畫押日起，以九十九年為期。

　　(第三號)日本國政府及中國政府，因現在日本國資本家，與漢冶萍公司有密切關係，願增進兩國公同利益，茲議定條款如下：(一)兩締約國互相約定，俟將來相當機會，將漢冶萍公司作為兩國合辦事業，並允如未經日本國政府同意，所有屬於該公司一切權利產業，中國政府，不得自行處分，亦不得使該公司任意處分。(二)中國政府允准，所有屬於漢冶萍公司各礦之附近礦山，如未經該公司同意，一概不準該公司以外之人開採。並允此外有所措辦，無論直接間接，對該公司恐有影響之舉，必須先經該公司同意。

　　(第四號)日本國政府及中國政府，為切實保全中國領土之目的，茲訂立專條如下：中國政府允准，所有中國沿岸港灣及島嶼，概不讓與或租與他國。

（第五號）（一）在中國中央政府，須聘用有力之日本人，充為政治財政軍事等各顧問。（二）所有在中國內地所設日本病院寺院學校等，概允其土地所有權。（三）向來中日兩國，屢起警察案件，釀成爭鬧，故須將必要地之警察，作為中日合辦，或在此等地方之警察官署，聘用多數日本人，籌畫改良中國警察機關。（四）由日本採辦一定數量之軍械。（譬如在中國政府所需軍械之半數以上。）或在中國設立中日合辦之軍械廠，聘用日本技師，並採買日本材料。（五）允將接連武昌，與九江、南昌路線之鐵路，及南昌、杭州間與南昌、潮州間之鐵路權，許與日本國。（六）在福建省內籌辦鐵路礦山及整頓海口（船廠在內），如需外國資本之時，先向日本國協議。（七）允認日本人在中國有布教之權。

如上所述，第一號分四款，是謀吞山東，第二號分七款，是謀占南滿洲，及東部內蒙古，第三號分二款，是謀並漢冶萍公司，第四號專件，及第五號七款，簡直是要將中國主權，讓與日本，不啻為日本的保護國了。總括數語，以便國民記憶。中國人民，多至四百餘兆，雖有一大半愚弱，究竟還有幾個熱心的志士，勇敢的國民，一經覽到二十一條件，群以為亡國慘兆，就在目前，於是奔走呼號，力圖挽救，有刺血上書的，有斷指演說的，有情願毀家紓難，儲金救國的；什麼抵制日貨，什麼組織民團，鬧得全國不安，差不多有天翻地覆的景象。就是外國輿論，亦多詆斥日本，說他非理要求。獨袁總統高坐中央，從容自若，今日授幾個卿大夫，明日頒幾條新法例，幾似確有把握，毫不張皇。至三月五日以後，外交總長陸徵祥等，邀日置益至署，開正式談判。日置益咆哮如故，經陸總長等低首下心，願將條款中第（一）（二）（三）號，酌量承認。日置益尚未肯干休。各省人民，熱度愈高，每日馳電到京，爭請拒約。袁總統尚電飭各省官吏，令他嚴加取締，所有議約事件，誓當

力爭，不輕承認。外交部亦電達各省，略言：「日本條款，正在嚴重交涉，不肯放棄主權」等語。無如條約讓步的消息，已約略傳將出來，各省將軍巡按使，亦有些忍耐不住，便由江蘇將軍馮國璋，聯繫十九省將軍，一一具銜，電達中央。略云：

日款發生，亡國預兆。國家既處如此危險之地位，國璋等對於中華民國，同膺捍衛之責，義不容袖手旁觀，一任神州之陸沈，且天下興亡，匹夫有責，國璋等分屬軍人，必盡其軍人救國之天職，凡欲破壞吾國領土之完全者，吾輩軍人，必以死力拒之。誠能若此，何至亡國。中國雖弱，但其國民尚能投袂奮起，以身殉國，所望大總統與政府，群起嚴詞峻拒，勿稍畏葸，我軍民等當始終為後盾也。乞鑒察！

又電致外交部云：

中日交涉發生，各省人民，具愛國熱心，紛紛電請拒絕，暨呈遞條陳意見書者，計先後二百餘起，不聞貴部一置可否於其間。在無知人民，議論紛紜，謂政府諱莫如深，甘心媚外。唯是外交公例，有應守祕密之義務，貴部核議之事件，固未便宣布國內，在大部為國家代表，當交涉之衝，任交涉大事，應如何上保主權，下顧輿情，折衝樽俎，化干戈為玉帛，以慰京外人民之希望。迭據貴部宣言，亦明明自命為鞠躬盡瘁，嚴重交涉，不肯放棄主權之利。國璋等聞言之下，欽佩莫名，乃何以按之事實，迥不相同？全案尚未了結，而權利之喪失，已復不少，下此更不忍言。且國際交涉，為何等事？此次要索條件，又為何等事？豈得輕圖一時之省事，貽中國將來莫大之隱憂？如果喪失主權，則日後國家淪於附屬，所以為民國前途危，為大部當局惜，而不能無疑焉。目前討論條件，尚可以口舌力爭，為杜弊防患之本，如使條約成立，則將來日人之照約行為，尚不知有何能力，足以制止？況在修正期限之時，豈容一味退讓？想大部辦理交涉之初，具何等毅力苦心，以情理度之，必不出此。

然責備賢者，春秋之義，以大部之明，或不至墮日人術中，質其條約上之精神，以為我允其要求，彼當為我保全領土之完全。然以中國水陸之廣大，縱有事故，日人有何兵力，足以保我而無失？現邦交素睦，尚為此極酷烈之要求，一有微勞，勢必無以復加，而問罪立至。用敢不揣冒昧，備詞質問，並聯合各省，聯繫防務，為外交後盾，望勿畏強禦，按以公法，權以公理，和平解決，是所厚望。至內容如何辦法，仍乞祕密示知，不勝翹企之至！

此外如長江巡閱使張勳，及廣東惠州鎮守使龍覲光等，亦均通電政府，決請拒約。還有陸軍總長段祺瑞，且因中央電達各省，憤然主戰。正是：

強權世界無公理，民國干城有武夫。

欲知袁總統如何主張，且至下回續敘。

日本公使日置益，提出二十一條件，不交中國外交部，竟面遞袁總統，是已可見日人之用心，為袁氏稱帝之交換條件，故直接與老袁交涉，不必依國際公法，須與外交部磋議也。迨袁氏以條件嚴酷，乃執外交部三字以相餉，而日使至外交部，即有祕密之囑告，祕密祕密，此二字中，非含有極大關係歟？且日使囑守祕密，而老袁果唯命是從，雙方會議數次，而全國人士，尚未知條件之內容，迨經外報宣布，輿論譁然，即官僚派人，亦多極力反對。試觀十九省將軍之聯銜拒約，見得人心未死，公道猶存，為老袁計，不即當看風轉舵，臨崖勒馬耶？乃及此而猶不悟，而袁氏真愚矣，而日人之威嚇脅迫，乃因此而益甚矣。嗚呼哀哉！是正民國之氣數！

第四十三回
榻前會議忍辱陳詞　最後通牒恃威恫嚇

卻說十九省將軍，及張巡閱使、龍鎮守使等，聯電中央，力請拒約。袁總統不得不答，當有覆電宣布文：

電呈均悉。立國於此風雲變態無常之世界，必具有一種自立不挫之精神，有自立不挫之精神，人雖謀我，焉能亡我？民國肇造，如初生之孩，資人扶助，庶無顛倒之患。各省將軍受任以來，皆能以擁護共和為己任，熱誠愛國為前提，洵民國之幸也。本大總統受國民之付託，唯有鞠躬盡瘁，死而後已，對於國家存亡重要之關係，詎敢忽略？仍是欺人語。日來中外對於中日交涉，尤多猜疑，忐忑不安，國民愛國之熱誠，於此可見。唯天下自有公理，無論如何艱難解決之問題，持以公理，自能剖決。如金雖堅，煉之以火，未有不熔。但天下之大患，防不勝防，往往防之於此而漏之於彼，今日危難，不止一端，要唯同心相濟，合力進行。而保護外人，尤宜謹慎，我盡東道之誼，斯無釁隙之生，誤會消滅，國交鞏固，各將軍勿為疑似之言所動，是所至盼！

越數日，又有一告誡的電文云：近來關於中日交涉，政府接到各省將軍及師長等電報多起，均有所獻替。此項電文，具徵公忠。唯該將軍既屬軍職，自應專致力於軍事，越俎代謀，實非所宜。現在政府正殫精竭能，以解決此目前所遇之問題，雖不敢謂事事能取信於國民，但國家之利益，斷無不保護唯謹。該將軍等正宜盡心軍事，不必兼顧外交。須可令爾祕密賣國！

如有造謠生事者，仰該將軍協同地方官禁止，至要勿誤！

此外又有數電，無非說是：「中日協商，漸就和平，可無他虞。各將軍巡按使，總宜勸諭人民，持以鎮靜，一俟交涉解決，自當宣布內容」云云。就是外交部總次長，亦有公電傳達，略稱：「前後會議，已歷多次，現日使已允將條件寄回政府，請示修正，暫停談判。昨至十三次會議，知全案確已修正，當即通融磋商，以期和平解決。京中報紙，及外間謠傳，統屬無憑，必待全案公布，是非乃定」等語。各省大吏，及全國志士，接閱此等電文，才把一種激昂憤勇的氣概，稍稍恬退。究竟日本是否讓步，政府能否力爭，大家還是疑信參半。

嗣經交涉了結，才識當時會議的情形，由小子依次演述。自初次談判以迄第七次談判，彼此爭辯，茫無頭緒，上文已約略敘明。至第八次會議，乃是三月九日，談判進行，逐條討論。陸總長徵祥，先提出第一號第一條，須俟至歐戰平定，加入講和大會，再行定議。且聲言中國政府，如承認第一條，須以交還膠澳為對待條件。日使日置益道：「中國用兵膠澳，損失頗多，理應如何解決？」陸徵祥答道：「自貴國用兵青島，敝國人民，損失甚巨，應向貴國索償，難道還轉加敝國嗎？且戰事已平，所有稅關郵電，應照向來辦法辦理，軍用鐵路電線，即行撤廢，租界外軍隊，先行撤回。到膠濟交還時，租界留兵，亦應盡行撤去。」日置益微笑道：「有這許多條件麼？現且暫從緩議。請問這第一號第二條，是否允諾呢？」議入第二條。陸徵祥道：「第二條麼？敝國允自行宣告，不將山東沿海及島嶼讓與他國。」日置益道：「第三條呢？」入第三條。陸徵祥道：「第三條所說煙、濰或龍濰鐵路，倘德國允拋棄借款權利，當先向貴國資本家商借；就是第四條商埠問題，敝國允自行添開罷了。」第三、四條，接連表過。日置益道：「第一號共計四款，據貴總長意見，當轉達敝國政府，請示定奪。唯第二號的條件，須完全允諾為是。」陸總長

道：「旅順、大連灣的租借期，及南滿洲的鐵路權，前清已有成約，當可商量。唯安奉鐵路，與該數處情形不同，不能援以為例。」議及第二號第一條。日置益忿然道：「旅順、大連等處，不過連類帶及，此條注意，實為安奉鐵路，若安奉鐵路的租借期，不肯允諾，何容向貴國要求？」陸總長再三辯論，日置益只是不從，嗣且攘臂起座道：「此條不允，無須別論，當決諸兵力便了！」又肆恫喝。曹汝霖插口道：「貴公使何必動怒，總可和平議決。」日置益道：「這條不允，那條又不允，教我如何答覆政府？且敝國上下，憤激得很，如不達目的，就使勞師費餉，亦所不惜。本駐使為全國代表，若事事通融，豈不要受全國唾罵麼？」陸總長到了此時，只得答應下去。日置益方才復座，問及第二三條。陸總長道：「南滿洲可添開商埠，貴國人民，可與敝國合辦農墾公司，若欲內地雜居，及土地所有權，是與我主權有礙，貴國政府，向來聲言保全中國領土，此條件似違初意。」日置益道：「中國並不要占你土地，不過令人民營業，較為便利罷了。」明是殖民，何得謂非占我領土？曹次長又應聲道：「如貴國人民，欲雜居內地，須歸敝國管轄，貴國應撤回領事裁判權。」日置益又復搖首。陸徵祥道：「且先議下文各條。擱過第二條，轉入第四、五、六、七各條。第四條的開礦權，除已探勘及開採各區，準可通融，唯須按照中國礦業條例辦理，第五條略加更改，如敝國需借款造路，或抵借外債，可先向貴國資本家商議。第六條南滿洲的顧問，儘先聘用貴國人，東部內蒙古，殊不適用。第七條吉長鐵路，應改為全路借款，重訂合約。」日置益聞言，又勃然道：「第二號的要點，實在二、三兩條，餘外尚是枝葉，貴政府不允照辦，敝政府萬難容忍。就是這第三號的漢冶萍公司問題，與敝國人民有密切關係，倘貴政府倡言充公，或提議國有，或借第三國為抵制，實與敝國投資家，生出無窮危險，貴國亦須絕對承認此約，方免後慮。」陸徵祥道：「敝國政府，當宣告不充公，不國

有，不借用第三國外資，可好麼？」說明第三號第一條。日置益道：「第二條應如何解決？」陸徵祥道：「這條是又礙領土權，不便承認。」日置益複道：「第四號第五號呢？」陸徵祥遲疑半晌道：「均不便承認。」撤去第四、五兩號。日置益向外一望，天色已暮，便道：「貴國太無誠意，看來此事是難了呢。」言畢，即起身別去。

過了一兩日，聞日政府調集海軍，準備出發，一面借換防為名，增派陸兵至山東、奉天，大有躍躍欲試的形勢。袁政府未免心慌，只得質問增兵理由，再請日置益商議，迭經三次，無非為南滿洲、東內蒙及漢冶萍公司諸條件，雙方仍然未決。日置益乘馬馳回，馬忽躍起，竟將日置益掀下地來。虧得馬伕將馬帶住，日置益才保全性命，但左足已是受傷，由僕役異入使館，臥床呻吟去了。人不如馬。袁總統聞日使受傷，當遣曹次長汝霖，向日本使署問疾，備極殷勤，日置益總算道謝，並言：「日政府已停止派兵，只中政府須顧全邦交，毋再固執」等語。曹汝霖又道：「貴公使近患足疾，且待痊後再商。」日置益道：「敝國政府，日望貴國允諾，令我急速辦了，我適患傷足，病不能行，還請貴政府原諒，會議地點，改至敝署方好哩。」曹汝霖道：「且請示總統，再行報命。」於是珍重而別。

越二日，日置益請參贊小幡為代表，至外交部為非正式會議，且約至日使署續議期間。陸總長以為未便，小幡不從，乃訂定三月二十三日，開第十三次會議。屆期陸、曹二人，同往日本使館。日置益尚高臥未起，兩人忍氣吞聲，不得已至病榻前，與日置益晤商，世人稱為榻前會議，便是此舉。可恥！可嘆！日置益坐在床上，向陸總長道：「本駐使已奉政府訓令，第一號準示通融，第二號應一律求允，但敝政府為友誼起見，亦格外讓步。內地雜居的日人，可服從中國警章稅課，唯須由救

國領事承認；若關於土地訴訟等項，可由兩國派員會審；土地所有權，改為永租。這是已讓到極點，不能再讓了。」承情之至。陸徵祥再請修正，日置益頻頻搖首，且要求三四五號允諾。陸徵祥告辭道：「且回去陳明總統，再議何如？」日置益點首示允。嗣後覆在榻前會議兩次，至日置益足疾漸癒，稍能起行，又在日使館會議三次，都是因南滿洲問題，中國允日人選採礦產九處，且開放滿洲商埠，供日人貿易，並允雜居置地，唯關係訴訟案件，應歸華官辦理。日置益未肯允從。

轉瞬間已是四月六日，日置益足疾全愈，乃重至外交部會議，所議仍為南滿洲雜居問題，終未解決。越二日，又來會議，提出第五號問題。陸徵祥因關係主權，婉詞謝絕。又越二日，復開會議，仍要求解決第五號問題。陸徵祥答言：「貴國軍械精良，不能受條約拘束，余難置議」云云。日置益終不肯稍讓。至四月十三日及十五日，復要索東蒙問題，應由中國予以南滿相同的利益。陸徵祥初未肯允，嗣允在東蒙開關數處，日置益終未滿意。臨行時，且謂：「討論已畢，不消再議，本駐使當詳復政府，候令施行罷了。」這已是第二十四次會議，自散會後，停議了八九天，至二十六日下午，日置益復氣宇軒昂，乘著馬車，徑至外交部，由陸總長等迎入。略寫日使狀態，已覺氣焰逼人。日置益大言道：「現奉本政府訓令，將所有全案，已加修正，若貴國再不允從，也無庸多談了。」說至此，即取出日本政府修正案，遞交陸總長，當由陸總長接閱，但見紙上寫著：

第一號（第一款）仍前。（第二款）改為換文。彼此互換，因稱換文。中國政府宣告凡在山東省內，並其沿海一帶土地及各島嶼，無論何項名目，概不讓與或租與他國。（第三款）修正。中國政府允准自行建造由煙臺或龍口接連膠濟路線之鐵路，如德自願拋棄煙濰鐵路權之時，可向日本資本家商議借款。（第四款）修正。中國政府允諾為外國人居住貿易起

見，從速自開山東省內合宜地方為商埠。（附屬換文）所有應開地點及章程，由中國政府自擬，與日本公使預先決定。

　　第二號（第一款）仍前。唯附屬換文，旅順、大連租借期，至民國八十六年，即西曆一千九百九十七年為滿期。南滿鐵路交還期，至民國九十一年，即西曆二千零二年為滿期。其原合約第十二款所載開車之日起，三十六年後，中國政府可給價收回一節，毋庸置疑。安奉鐵路期限，至民國九十六年，即西曆二千零七年為滿期。（第二款）修正。日本臣民在南滿洲為蓋造商工業應用之房廠，或為經營農業，可得租賃或購買其須用地畝。（第三款）仍前。唯附帶宣告。前二款所載之日本國臣民，除須將照例所領護照向地方官註冊外，應服從由日本國領事官承認警察法令及課稅。至民刑訴訟，日本人為被告，歸日本國領事官，中國人為被告，歸中國官吏各審判。彼此均得派員到堂旁聽。但關於土地之日本人，與中國人民事訴訟，按照中國法律及地方習慣，由兩國派員共同審判。俟將來該地方司法制度完全改良之時，如有關於日本國臣民之民刑一切訴訟，即完全由中國法庭審理。（第四款）改為換文。中國政府，允諾日本國臣民在南滿洲左開各礦，除已探勘或開採各礦區外，速行調查選定，即準其探勘或開採。在礦業條例確定以前，仿照現行辦法辦理。（一）奉天省本溪縣牛心臺石炭礦，本溪縣田什付溝石炭礦，海龍縣杉松崗石炭礦，通化縣鐵廠石炭礦，錦縣暖池塘石炭礦，遼陽縣起至本溪縣止，鞍山站一帶鐵礦。（二）吉林省南部，和龍縣彩龍、崗石炭礦，吉林縣缸窯石炭礦，樺甸縣夾皮溝金礦。（第五款）第一項改為換文。中國政府宣告，嗣後在東三省南部需造鐵路，由中國自行籌款建造。如需外款，中國允諾先向日本國資本家商借。第二項改為換文。中國政府宣告，嗣後將東三省南部之各種稅課（除已由中央政府借款作押之關稅及鹽稅等類）作抵，由外國借款之時，須先向日本資本家商借。（第六款）改為換文。中國政府宣告，嗣後如在東三省南部聘用政治財政軍事警察外國各顧問教官，儘先聘用日本人。（第七款）修正。

中國政府，允諾以向來中國與外國資本家所訂之鐵路借款合約規定事項為標準，速從根本上改訂吉長鐵路借款合約。將來中央政府，關於鐵路借款附於外國資本家，以致現在鐵路借款合約事項為有利之條件時，依日本之希望，再行改訂前項合約。（中國對案第七款）關於東三省中日現行各條約，除本協約另有規定外，一概仍舊實行。關於東部內蒙古事項：（一）中國政府，允諾嗣後在東部內蒙古之各種稅課作抵，由外國借款之時，須先向日本國政府商議。（二）中國政府，允諾嗣後在東部內蒙古需造鐵路，由中國自行籌款建造，如需外款，須先向日本國政府商議。（三）中國政府，允諾為外國人居住貿易起見，從速自開東部內蒙古合宜地方為商埠。其應開地點及章程，由中國自擬，與日本國公使商妥決定。（四）如有日本國人及中國人願在東部內蒙古合辦農業及附設工業時，中國政府應行允准。

第三號修正。日本國與漢冶萍公司之關係人，極為密切，如將來該公司關係人與日本資本家商定合辦，中國政府，應即允准。又中國政府允諾，如未經日本資本家同意，將該公司不歸國有，又不充公，又不準使該公司借用日本國以外之外國資本。

第四號修正。按左開要領，中國自行宣布，所有中國沿岸港灣及島嶼，概不讓與或租與他國。換文。對於由武昌聯絡九江、南昌路線之鐵路，又南昌至杭州及南昌至潮州之各鐵路之借款權，如經明悉他外國並無異議，應將此權許與日本國。（換文第二案）對於由武昌聯絡九江、南昌路線之鐵路，又南昌至杭州及南昌至潮州之各鐵路之借款權，由日本國與向有關係此項借款之他外國，直接商妥以前，中國政府應允將此權不許與他外國。換文。中國政府，允諾凡在福建省沿岸地方，無論何國，概不允建設造船廠軍用蓄煤處海軍根據地，又不準其他一切軍務上施設；並允諾中國政府，不以外資自行建設，或設施上開各事。

第五號改為陸總長言明如下：（一）嗣後中國政府認為必要時，應徵請多數日人為顧問。（二）嗣後日本國臣民，願在中國內地，為設立學校

病院，租賃或購買地畝，中國政府應即允准。（三）中國政府，日後在適當機會，遣派陸軍武官至日本，與日本軍事當局，協商採辦軍械，或設立合辦軍械廠之事。日置益公使言明如下：關於布教權問題，日後應再行協議。

陸總長閱畢全文，便向日置益道：「我看這修正案中，有幾件還應酌商，最難承認的，是原文第五號，改為本總長言明。本總長前請撤銷五號，不便開議，經貴公使要求說明理由，方由本總長約略說及，提出數條，宣告不便允諾的情形。今貴政府修正案，斷章取義，誤為言明，本總長礙難承認。」日置益道：「這已是敝國政府最後的修正，務請允諾。如果全體同意，敝政府即可交還膠濟了。」仍是誘迫。陸總長道：「這非本總長所能專擅。」日置益道：「請即轉達貴總統，指日答覆為要。」陸總長點首示允，日置益起身去了。

是夕，即聞山東、奉天兩方面，又有日本派兵到，且有日本軍艦，遊弋渤海口外，人心惶惑，謠言益盛。經袁總統與陸總長等會議，復再行讓步，承認數條，拒絕數條，至第五號仍完全拒絕。當於五月一日提交日使，並說明無可再讓的理由。日置益道：「是否最後答覆？」陸總長道：「這已是最後答覆了。」日置益獰笑道：「照敝國的修正案，貴政府尚難承認，中國將行最後的手段了。請貴政府莫怪！」陸總長也無可置辭，彼此告別。不料日本果然厲害，竟提出最後通牒來了。這最後通牒，差不多是哀的美敦書。即戰書譯文。小子有詩嘆道：

前車已覆後車師，來日大難只自知。

試看扶桑最後牒，挾強脅弱竟如斯。

欲知最後通牒的詳情，請至下回再閱。

本回敘中日交涉之經過情形，歷寫口頭辯論，及書面修正，簡而能

賅,不煩不漏,可為國民前車之鑑。且於外交總次長,忍辱狀態,及日使日置益威嚇手段,亦演寫大略,躍然紙上。即如袁總統告誡電文,亦錄敘篇首,中國不幸,遭此難題,極宜披示國民,共圖抵制,而彼此鬼鬼祟祟,一私索,一私許,是何理由?豈民主國之政策,應如是乎?袁政府不足責,而吾國民之怔弱不振,或虛憍無能,亦當乘此反省,毋再蹈覆轍為也。

第四十三回　榻前會議忍辱陳詞　最後通牒恃威恫嚇

第四十四回
忍簽約喪權辱國　倡改制立會籌安

　　卻說日本政府，因中國未肯承認全案，竟用出最後手段，脅迫袁政府。自陸總長提交最後答覆後，日本下動員令，宣言關東戒嚴。駐紮山東、奉天的日兵，預備開戰，渤海口外的日艦，亦預備進行，各埠日商，紛紛回國，似乎即日決裂，各國公使，亦多至外交部署中，探聽消息，勸政府和平解決，幸勿開戰。強國總幫助強國。袁總統卻也為難，唯面上猶持一種鎮靜態度。總教皇帝做得成，餘事固無容過慮。五月六日，由日使派人到外交部，提出一種警告書，內言非完全承認日本修正案，決提交最後通牒。袁政府不能決答，當於是日夜間，遣曹次長汝霖，用個人名義，訪會日使，商議交涉，又承認了好幾款。日置益不允。俟曹汝霖回署後，即於次日下午，由日置益帶同館員，至外交部迎賓館，晤見陸曹兩人，親遞最後通牒。牒文寫著：

　　今回帝國政府，與中國政府所以開始交涉之故，一則欲謀因日德戰爭所發生時局之善後辦法，一則欲解決有害中日兩國親交原因之各種問題，冀鞏固中日兩國友好關係之基礎，以確保東亞永遠之和平起見，於本年一月向中國政府交出提案，開誠布公，與中國政府會議，至於今日，實有二十五回之多。其間帝國政府，始終以妥協之精神，解釋日本提案之要旨，即中國政府之主張，亦不論鉅細，傾聽無遺。何時傾聽，我未之見。其欲力圖解決此提案於圓滿和平之間，自信實無餘蘊。自信已深，何肯退讓？其交涉全部之討論，於第二十四次會議，即上月十七日，已大致告竣。帝國政府統觀交涉之全部，參酌中國政府議論之點，

對於最初提出之原案，加以多大讓步之修正，於同月二十六日，更提出修正案於中國政府，求其同意。同時且宣告中國政府對於該案如表同意，日本政府即以因多大犧牲而得之膠州灣一帶之地，於適當機會附以公正至當之條件，以交還於中國政府。五月一日，中國政府對於日本政府修正案之答覆，實與帝國政府之預期全然相反。且中國政府對於該案，不但毫未加以誠意之研究，且將日本政府交還膠州灣之苦衷與好意，亦未嘗一為顧及。查膠州灣為東亞商業上軍事上之一要地，日本帝國，因取得該地，所費之血與財，自屬不少。

　　既為日本取得之後，毫無交還中國之義務。然為將來兩國國交親善起見，竟擬以之交還中國。何其客氣？而中國政府不加考察，且不諒帝國政府之苦心，實屬遺憾。中國政府，不但不顧帝國政府關於交還膠州灣之情誼，且對於帝國政府之修正案，於答覆時要求將膠州灣無條件交還，並以日德戰爭之際，日本國於膠州灣用兵所生之結果，與不可避之各種損害，要求日本擔任賠償之責，其他關係於膠州灣地方，又提出數項要求，且宣告有權加入日德講和會議。明知如膠州灣無條件之交還，及日本擔負因日德戰爭所生不可避之損害賠償，均為日本所不能容忍之要求，而故為要求。且明言該案為中國政府最後之決答，因日本不能容認此等之要求，則關於其他各項，即使如何妥商協定，終亦不覺有何等之意味，其結果此次中國政府之答覆，於全體全為空漠無意義。且查中國政府對於帝國政府修正案中，其他條項之回答，如南滿洲及東部內蒙古，就地理上政治上商工利害上，皆與帝國有特別關係，為中外所共認。此種關係，因帝國政府經過前後二次之戰爭，更為深切。然中國政府，輕視此種事實，不尊重帝國在該地方之地位，即帝國政府，以互讓精神，照中國政府代表所言明之事，而擬出之條項，中國政府之答覆，又任意改竄，使代表者之陳述，成為一篇空言，或此方則許，而彼方則否，致不能認中國當局者之有信義與誠意。此段直是訓令。至關於顧問之件，學校病院用地之件，兵器及兵器廠之件，與南方鐵道之件，帝國

政府之修正案，或以關係外國之同意為條件，或只以中國政府代表者之言明，存於記錄，與中國主權與條約，並無何等之牴觸。然中國政府之答覆，唯以與主權條約有關係，而不應帝國政府之希望。帝國政府，因鑒於中國政府如此之態度，雖深惋惜，幾再無繼續協商之餘地，然終眷眷於維持極東平和之帝國，務冀圓滿了結此交涉，以避時局之紛糾，於無可忍之中，更酌量鄰邦政府之情意，將帝國政府前次提出之修正案中之第五號各項，除關於福建互換公文一事，業經兩國政府代表協定外，其他五項，可承認與此次交涉脫離，日後另行協商。因此中國政府，亦應諒帝國政府之誼，將其他各項，即第一號第二號第三號第四號之各項，及第五號中關於福建省公文互換之件，照四月二十六日提出之修正案所記載者，不加以何等之更改，速行應諾帝國政府。茲再重行勸告，對此勸告，期望中國政府至五月九日午後六時為止，為滿足之答覆，如到期不受到滿足之答覆，則帝國政府，將執認為必要之手段。合併宣告。

　　陸曹兩人，共同閱畢，不由的發了一怔，幾乎目瞪口呆。怪他不得。還是曹汝霖口齒較利，便對日置益道：「五號中所說五項，應即脫離，究竟是哪五項呢？」日置益道：「就是聘用顧問，學校病院租用地，以及中國南方諸鐵路，與兵器及兵器廠，暨日本人布教權。這五項允許脫離，容後協商便了。」容後協商四字，又是後來話柄。陸徵祥道：「敝國與貴國，素敦睦誼，難道竟無協商的餘地麼？」日置益道：「通牒中已經說明，敝政府不能再讓。就使本駐使有意修正，也是愛莫能助了。」樂得客氣。說畢即行。曹汝霖隨送道：「貴駐使是全國代表，凡事尚求通融一點。」日置益稍稍點頭。到了次日，又至外交部中，遞交說明書，內開七款如下：

　　（一）除關於福建省交換公文一事之外，所謂五項，即指關於聘用顧問之件，關於學校用地之件，關於中國南方諸鐵路之件，關於兵器及兵器廠之件，及關於布教權之件是也。

（二）關於福建省之件，或照四月二十六日日本提出之對案，均無不可。此次最後通牒，雖請中國對於四月二十六日日本所提出之修正案，不加改訂，即行承諾，此係表示原則。至於本項及（四）（五）兩項，皆為例外，應特注意。

（三）以此次最後之通牒要求之各項，中國政府倘能承認時，四月二十六日對於中國政府關於交還膠州灣之宣告，依然有效。

（四）第二號第二條土地租賃或購買，改為暫租或永租，亦無不可。如能明白了解，可以長期年限。且無條件而續租之意，即用商租二字亦可。又第二號第四條，警察法令及課稅承認之件，作為密約，亦無不可。

（五）東部內蒙古事項，中國於租稅擔保借款之件，及鐵道借款之件，向日本政府商議一語，因其南滿洲所定之關於同種之事項相同，皆可改為向日本資本家商議。又東部內蒙古事項中商埠一項，地點及章程之事，雖擬規定於條約，亦可仿照山東省所定之辦法，用公文互換。

（六）日本最後修正案第三號中之該公司關係人，刪除關係人三字，亦無不可。

（七）正約及其他一切之附屬文書，以日本文為正，或可以中日兩文皆為正文。

日置益遞交此書，也不再置一詞，匆匆去訖。袁總統即召集要人，連夜會議，未得要領。越日上午，續議一切，亦不能決定。至下午二時，又召集國務卿左右丞各部總長，及參政院長黎元洪，並參政熊希齡、趙爾巽、梁士詒、楊度、李盛鐸等，開特別會議。由陸總長先行報告，然後袁總統出席開議。大眾計無所出，唯陸海軍總長，與參政中的激烈人物，尚主張拒絕，寧可決裂。袁總統只沉著臉，淡淡的答道：「山東、奉天一帶，已遍駐日兵，倘或交涉決裂，他即長驅直入，我將如何對待？實力未充，空談何益？與其戰敗求和，不若目前忍痛，從前甲午

的已事，非一般鑑麼？」試問甲午之釁，誰實啟之？今乃甘心屈辱，想是一年被蛇咬，三年怕爛稻索。徐世昌亦接著道：「越能忍恥，才得沼吳，現在只可和平了事，得能藉此交涉，返求自強，未始不可收效桑榆呢。」語雖近是，無如全國上下，未肯臥薪嘗膽奈何？大眾聞言，不敢主戰，隨即多數贊成，決定承認。當由袁總統飭令備文答覆，復經再三討論，方擬定覆文，派外交部員施履本，齎交日使察閱。日置益尚要求第五項下，添入「日後協商」四字，且言萬不能省。施履本不能與辯，帶還原書，乃再行改正。其文云：

　　中國政府，為維持遠東和平起見，允除第五項五款，應俟日後另議外，所有第一、二、三、四項各款，及第五項關於福建交換文書之件，照日本二十六日修正案，及通牒中附加七條件之解釋，即日承諾，俾中日懸案，從此解決，兩國親善，益加鞏固。中政府爰請日使擇日惠臨外交部，整理文字，以便早日簽定。此復。

　　覆文繕就，即於五月九日，由陸總長徵祥，曹次長汝霖，赴日本使館，當面送交。還要親手送去，真正可憐。過了一天，日使日置益，赴外交部答謝。至十五日，日置益復至外交部迎飯店，開條約會議，無非是照日本修正案，加入七條件解釋，及各項來往照會，共同訂定，作為中日合約。到了二十日，兩造文書，統已辦齊，乃商定二十五日，在外交部迎飯店，彼此簽字。約中署名，一面是大日本國大皇帝特命全權公使從四位勳二等日置益，一面是大中華民國任命中卿一等嘉禾勳章外交總長陸徵祥，互相比較，榮辱何如？共計正文三份，換文十三件，換文即照會。小子前已敘錄約文，看官即可複閱，毋庸一一重述了。應用簡筆。袁總統恐喪失權利，或致眾憤，除密電各省將軍巡按使，勸令維持秩序，靜圖自強外，又下令約束軍民云：

　　環球交通，凡統治一國者，莫不兢兢於本國之權利。

其權利之損益，則視其國勢之強弱以為衡。苟國內政治修明，力量充足，譬如人身血氣壯碩，營衛調和，乃有以禦寒暖燥溼之不時，而無所侵犯。故有國者誠求所以自強之道，一切疲玩之惰氣，與虛驕之客氣，有邱山之損，而無絲毫之益，所宜引為大戒。我中國自甲午、庚子兩啟兵端，皆因不量己力，不審外情，上下囂張，輕於發難，卒至賠償鉅款，各數萬萬，喪失國權，尤難列舉。當時深識之士，咨嗟太息於國之將亡，使其上下一心，痛自刻責，滌瑕盪垢，發憤為雄，猶足以為善國，乃事過境遷，恬嬉如故，厝火積薪之下，而寢處其上，酣歌恆舞，民怨沸騰，卒至魚爛土崩，不可收拾。予以薄德，起自田間，大懼國勢之已瀕於危，而不忍生民永淪浩劫，寢兵主和，以固吾圉。民國初建，生計凋殘，含垢忍辱，與民休息，而好亂之輩，又各處滋擾，為虎作倀。予以保國衛民，引為責任，安良除暴，百計維持。不幸歐戰發生，波及東亞，而中日交涉，隨之以起。外交部與駐京日本公使，磋商累月，昨經簽約，和平解決。所有經過困難情形，已由外交部詳細宣告，雙方和好，東亞之福，兩禍取輕，當能共喻。雖膠州灣可望規復，主權亦勉得保全，然南滿權利，損失已多，創鉅痛深，引為慚憾。己則不競，何尤於人？我之積弱召侮，事非旦夕，亦由予德薄能鮮，有以致之。顧謀國之道，當出萬全，而不當擲孤注，貴蓄實力，而不貴驚虛聲。近接各處函電，語多激烈，其出自公義者，固不乏人，亦有未悉實情，故為高論，置利害輕重於不顧，言雖未當，心尚可原。乃有倡亂之徒，早已甘心賣國，而於此次交涉之後，反藉以為辭，糾合匪黨，譸張為幻，或謂失領土，或謂喪主權，種種造謠，冀遂其煽亂之私。此輩平日行為，向以傾覆祖國為目的，而其巧為嘗試，欲乘國民之憤慨，借簧鼓以開釁，極其居心，至為險很。責人不責己，如公道何？若不嚴密防範，恐殃及良善，為患地方，尤恐擾害外人，牽動大局。著各省文武各

官，認真查禁，勿得稍涉大意，致擾治安。倘各該地方，遇有亂徒藉故暴動，以及散布傳單，煽惑生事，立即嚴拿懲辦，並隨時曉諭商民，切勿受其愚惑。至於自強之道，求其在我，禍福無門，唯人自召。群策群力，庶有成功。仍望京外各官，痛定思痛，力除積習，奮發進行。中國民務擴新知，各盡義務，對於內則父詔兄勉，對於外則講信修睦，但能懲前毖後，上下交儆，勿再因循，自可轉弱為強，權利日臻鞏固。切不可徒逞血氣，任意浮囂，甲午、庚子，覆轍不遠，凡中國民，其共戒之！此令。

此外又有外交部通電，陳述交涉經過狀況，及頒布條約全文，聲言：「徵祥身任外交，奉職無狀，一片愛國愚忠，未能表白於天下，特懇請大總統立予罷斥，另選賢能，以補前愆」云云。參政院長黎元洪，亦發一長電除自己引咎外，兼責典兵大吏，平日觀望，且願辭去參謀總長一職。還有陸軍總長段祺瑞，覆電言「始終主戰，奈各部長及參政院諸公，多半主和，口眾我寡，致蒙此恥，已呈請辭職避賢，免至積垢」等語。其他書函雜沓，不勝列舉，總之是民國以來第一種國恥，全體吏民，須時時記著，臥薪嘗膽，發憤圖存，我中華民國前途，或尚不至滅亡呢。大聲疾呼，願國民熱度，勿再效五分鐘！

自國家經此一蹶，總道袁總統懲前毖後，開誠布公，把一副鬼鬼祟祟的手段，盡行改變，一心一意的整頓起來。就是那當道諸公，也應激發天良，力圖振刷，效那范蠡、文種的故事，生聚教訓，徐圖興復。誰知總統府中，愈覺沉迷，京內外的文武官吏，依舊是攀龍附鳳，頌德歌功，前時要求變政的人物，已盡作反舌鳥，呈請辭職的達官，又仍做寄生蟲，轉眼間桐枝葉落，桂樹花榮，北京裡面，竟倡出一個籌安會來。慨乎言之。這籌安會的宗旨，是主張變更國體，會中的發起人，乃是幾

個不新不舊、亦新亦舊的大名角,頓時惹起風潮,鬧得四萬萬人民昏頭磕腦,也不知怎樣才好。小子有詩嘆道:

亡羊思補已嫌遲,何事彼昏尚不知?

怪象日增名巧立,「籌安」二字向誰欺。

究竟這班大名角,是何等樣人?待小子下回表明。

五九國恥之由來,孰使之?袁氏使之也。袁氏欲借日本以利己,日本即借袁氏以利國,出爾反爾,咎有攸歸。觀袁氏之約束軍民,有云禍福無門,唯人自召。吾謂袁氏不必責人,第返而自責可耳。不然,約已成,權已喪,勉圖補苴且不遑,尚欲潛圖帝制為耶?觀籌安會之發生,而袁氏之甘心媚外,其情弊愈不可掩矣。

第四十五回
賀振雄首劾禍國賊　羅文幹立辭檢察廳

卻說籌安會發起，共有六人，這六人為誰？第一個姓楊名度，第二個姓孫名毓筠，第三個姓嚴名復，第四個姓劉名師培，第五個姓李名燮和，第六個姓胡名瑛。楊度是前清保皇黨中翹楚，與康有為、梁啟超等向是好友，革命以後，復夾入民黨裡面，嗣復得老袁信任，充參政院的參政。孫毓筠是革命健兒，辛亥一役，曾在安徽地方，出過風頭，癸丑後，組織政友會，與國民黨脫離關係，也充參政院參政的頭銜。嚴復是素通英文，兼長漢文，從前翻譯西書，很有名望，因他是福建侯官縣人，嘗呼他為嚴侯官，此次袁總統創設參政院，採訪通才，就把他網羅進去。劉師培前名光漢，博通說文經學，上海《國粹叢報》中，嘗見他的著作，確是有些根底，袁總統也特地招徠，命他參政。李燮和乃陸軍中將，革命時攻打南京，他曾與列。還有一個胡瑛，嘗隨宋教仁廝混幾年，不知何故變志，也投入袁氏幕中。各敘履歷，回應上文不新不舊亦新亦舊二語。這六人結做寅僚，鎮日裡聚首一堂，不是談風月，就是論時事。可巧總統府中，有一位外國顧問官，係是美國有名的博士，叫做古德諾，他倡出一篇大文，歷言民主政體，不及君主政體。何不條陳本國，乃來倡導中國耶？楊度見了此文，得著依據，正好隨聲附和，借酬寵遇，當與孫毓筠、嚴復等五人，祕密商量，乘此出點風頭，做一回掀天震地的事業。孫毓筠、嚴復等相率贊成，大家靠著十年藝窗的工夫，互湊幾句強詞奪理的文字，不到半日，已將宣言書及入會章程統行擬定，其詞云：

第四十五回　賀振雄首劾禍國賊　羅文幹立辭檢察廳

　　中國辛亥革命之時，國中人民，激於情感，但除種族之障礙，未計政治之進行，倉猝之中，創立共和國體，於國情之適否，不及三思。一議既倡，莫敢非難，深識之士，雖明知隱患方長，而不得委曲附從，以免一時危亡之禍，故清室遜位，民國創始，絕續之際，以至臨時政府正式政府遞嬗之交，國家所歷之危險，人民所感之困苦，舉國上下，皆能言之，長此不國，禍將無已。近者南美中美二洲共和各國，如巴西、阿根廷、祕魯、智利、猶魯衛、芬尼什拉等，莫不始於黨爭，終成戰禍。葡萄牙近改共和，亦釀大亂，其最擾者，莫如墨西哥，自爹亞士遜位之後，干戈迄無寧歲，各黨黨魁，擁兵互競，勝則據土，敗則焚城，劫掠屠戮，無所不至，卒至五總統並立，陷國家於無政府之慘象。中國亦東方新造之共和國，以彼例我，豈非前車之鑑乎？美國者，世界共和之先達也，美人之大政治學者古德諾博士，即言世界國體，君主實較民主為優，而中國則尤不能不用君主國體，此義非獨古博士言之也，各國明達之士，論者已多，而古博士以共和國民，而論共和政治之得失，自為深切明著，乃亦謂中美情殊，不可強為移植。彼外人軫念吾國者，且不惜大聲疾呼，以為吾民忠告，而吾國人士，乃反委心任運，不思為根本解決之謀，甚或明知國勢之危，而以一身譭譽利害所關，瞻顧徘徊，憚於發議，將愛國之謂何？國民義務之謂何？我等身為中國人，民國之存亡，即為身家之生死，豈忍苟安默視，坐待其亡？用特糾集同志，組成此會，以籌一國之治安。將於國勢之前途，及共和之利害，各據所見，以盡切磋之義，並以貢獻於國民。國中遠識之士，鑑其愚誠，惠然肯來，共相商榷，中國幸甚。發起人楊度、孫毓筠、嚴復、劉師培、李燮和、胡瑛。

〔附籌安會章程〕

　　第一條　本會以發揮學理，商榷政論，以供國民之研究為宗旨。
　　第二條　願充本會會員者，須具入會願書，由本會會員四人以上之介紹，理事長之認可。

第三條　本會置理事六人，由發起人暫任，並互推理事長一人，副理事長一人。

第四條　本會置名譽理事若干人，參議若干人，由理事長推任。

第五條　本會置幹事若干人，由理事推任之，其事務之分配，隨時酌定。

事務所暫設北京石駙馬大街。

宣言書及章程，統已備齊，當即推楊度為理事長，孫毓筠為副，嚴復、劉師培、李燮和、胡瑛四人為理事，就在預定地點，設立事務所，新開場面，懸起一塊招牌，就是「籌安會」三大字。京內人民，還是莫名其妙，看那籌安會招牌，只道國中果然出了偉人，能把這風雨飄搖的民國，籌劃的安安穩穩，倒也是千載一時的盛遇。後來看到宣言書，才識會中宗旨，要想改革國體，把袁大總統昇上臺去，做一個革命大皇帝，於是一傳十，十傳百，統說這個籌安會，是產出皇帝的私窠子，將來是凶是吉，尚難分曉。正在疑義未定的時候，那京中已是警吏如林，不準他街談巷議，稍一漏言，便牽入警局，請他坐在拘留所中，多則幾十天，少亦三五天，小百姓營業要緊，自然不敢多言，免滋禍祟。想袁氏應曰，餘能弭謗矣，乃不敢言。有一班痴心妄想的人物，紛紛入會，都想做點投機事業，希圖後來富貴。還有京內的新聞紙，什麼《民視報》，什麼《亞細亞報》，統為籌安會鼓吹，煌煌大字，逐日照登。隔了幾日，忽由《順天時報》中，載出一篇賀振雄上肅政廳呈文，略云：

為擾亂國政，亡滅中華，流毒蒼生，貽禍元首，懇請肅政廳長代呈大總統，嚴拿正法，以救滅亡而謝天下事。竊聞天下興亡，匹夫有責，奸奴誤國，人得而誅，我古神州四千餘載，君主相傳，干戈擾攘，萬民塗炭，四海瘡痍，稽披歷史，至為寒心。自唐、虞揖讓，天下謳歌，暨湯、武徵誅，人民殺伐，國無寧歲，民無安時。七雄相併，五霸競爭，

第四十五回　賀振雄首劾禍國賊　羅文幹立辭檢察廳

秦吞六國，漢約三章，王莽出，光武興，曹操稱雄，司馬逞智，南北六朝，梁、唐五代，陳後主，隋煬帝，武則天，安祿山，宋太祖，元世宗，明朱氏，清覺羅，各代君主，而今安在？唯留禍害，傳染中華。自古愚人，相爭相奪，稱帝稱王，因一時昏迷不悟，徒博眼前虛榮，而遺子孫實禍，誠可憐而可哀也。在昔閉關時代，相爭相奪，猶是一家，今則環海交通，群雄眈視，一召滅亡，萬劫難復。叔寶餘無心肝，何至於此？吾民國共和創造，未及五載，而沙場血漬，腥臭猶聞，人民痛苦，呻吟未已，我大總統手創共和，力任艱鉅，四年以來，宵衣旰食，劍寢履皇，維持國政，整理軍務，削平內亂，親睦外交，不知耗多少心血，費幾許精神，始克臻此治理。現方籌備國會，規定法院，整飭吏治，澄肅官方，唯日孜孜，不遺餘力，民生國計，漸有秩序，四年之間，國是已經大定。內外官吏，誠能以國家為前提，輔弼鴻猷，綏厥中土，國力日見其發展，國基日見其鞏固。而謂吾中國不適於共和，不能不用君主政體，真狗彘不食之語也。吾敢一言以告我同胞曰：有吾神聖文武之袁大總統，首任一期，規模即已大備，若得連任，國政即可完全，不十年間，我中華民國共和程度，必能駕先進之歐美，稱雄地球。況我大總統高瞻遠矚，碩畫偉謀，既剷除四千餘載專制之淫威，開創東亞共和之新國，不獨人民頌禱馨香，銅像巍峨，即世界各國，亦莫不欽仰其威信。何物妖魔，竟勇於青天白日之下，露尾現形，利祿薰心，熒惑眾聽，嘗試天下，貽笑友邦。窺若輩之倒行逆施，是直欲陷吾元首於不仁不義之中，非聖非賢之類，蹈拿破崙傾覆共和，追崇帝制之故轍，貽路易十六專制魔王流血國內之慘狀，其用心之巧，藏毒之深，喻之賣國野賊，白狼梟匪，其計尤奸，其罪尤大。嗚呼！國之將亡，必有妖孽，妖孽者誰？即發起籌安會之楊度、孫毓筠、嚴復、劉師培、李燮和、胡瑛諸賊也。振雄生長中華，傷心大局，明知若輩毒勢瀰漫，言出禍至，竊恐覆巢之下，終無完卵，與其為亡國之奴，曷若作共和之鬼，故敢以頭顱相誓，腦血相濺，懇請肅政廳長，代呈我大總統，立飭軍政執法處，嚴拿

楊度一干禍國賊等，明正典刑，以正國是，以救滅亡，以謝天下人民，以釋友邦疑義。元首幸甚！國民幸甚！謹上。

越宿，又有一篇李誨上檢察廳呈文，亦登載《順天時報》，但見上面錄著：

為叛逆昭彰，搖動國本，懇準按法懲治，以弭大患事。竊維武漢首義，全國鼎沸，我大總統不忍生靈塗炭，出肩艱鉅，不數月間，清室退位，以統治權授之我大總統，組織政府，定為共和國體。人心之傾向，於以大定，南北統一，當時我大總統就職宣言，曾經鄭重宣告，不使帝制復活。迨正式政府成立，世界友邦，遂次第承認。

民國三年五月公布中華民國約法，我大總統又謂謹當率我百職有司，恪守勿渝。三年十一月，宋育仁等倡為復辟之謬說，我大總統又經根據約法，嚴切申誡。國體奠定，既已炳若日星，薄海人民，方幸有所託命，雖內憂外患，尚未消弭，而我大總統雄才大略，碩畫宏謨，期以十年，何患中國家不足比肩法、美？乃國賊孫毓筠、楊度、嚴復、劉師培、李燮和、胡瑛等，組織籌安會，其發詞中，以共和國體，不適於吾國民情，歷引中美南美諸邦，以共和釀亂之故，指為前鑑，主張變更國體，昌言無忌，似此謬種流傳，亂黨必將乘機煽動，勢必危及國家，萬一強鄰伺隙，利用亂黨之擾亂，坐收漁人之利，而禍何堪設想。當國體既定之後，忽倡此等狂瞽之說，是自求擾亂，與暴徒甘心破壞，結果無殊。雖自詡忠愛，實為倡亂之媒，其罪豈容輕恕？贛、寧之亂，雖為暴民專制之徵，而我大總統命將出師，期月之內，一律肅清。迄今暴徒斂跡，政治悉循軌道，此豈中南美諸邦之所可企及？安得以此顛破共和。夫國體原無絕對的美惡，恆視時勢為轉移，吾國今後國體，果當何若，固不能謂其永無變更。但一日在共和國體之下，即應恪守約法，不能倡

言君主，反對共和，以全國家之綱紀。且共和國家以多數之國民組織而成，即迫於時勢之需要，有改弦更張之日，則國體之選擇，當然由代表民意之機關，以大多數人民心理之所向決之。事勢之所至，自然而然，決非少數妄人，所能輕議。今大總統德望冠於當世，內受國會之推戴，外受列強之承認，削平內亂，鞏固國交，凡所以對內對外，不敢稍避險阻者，無非欲保全國家。今輕議變更國體，萬一清室之中，或有一二無知之徒，內連亂黨，外結強鄰，乘機主張復辟，陷我大總統於至困難之地位，而國家亦將隨之傾覆，該國賊等雖萬死不足以蔽其辜。伏查三年十一月二十四日申令有云，「民主共和，載在約法，邪詞惑眾，厥有常刑。嗣後如有造作讕言，著書立說，及開會集議以紊亂國憲者，即照內亂罪從嚴懲辦，以固國本而遏亂萌。」明令具在，凡行政司法各機關，允宜一體遵守。今楊度、孫毓筠等，倡導邪說，紊亂國憲，未經呈報內務部核准，公然在石駙馬大街，設立籌安會事務所，傳布種種印刷物，實屬弁髦法紀，罪不容誅。檢察廳代表國家，有擁護法權懲治奸邪之責，若竟置若罔聞，則法令等於虛設，法之不存，國何以立？誨懍匹夫有責之義，心所謂危，不敢安於緘默，用特據實告發，泣懇遵照民國三年十一月二十四日申令，立將楊度、孫毓筠等按照內亂罪，從嚴懲治，以弭大患。國民幸甚！民國幸甚！

　　看官，你道這賀振雄、李誨兩人，是何等出身？原來兩人都籍隸湖南，賀振雄曾加入革命，頗有文名，至是留寓都門，不得一官，因此鬱憤得很，特借這籌安會，暢罵一番，借發牢騷。李誨是李燮和族弟，與燮和志趣，不甚相合，所以也上書彈劾，居然有大義滅親的意思。兩人先後進呈，眼巴巴的望著消息，且各抄錄數份，分送各報館。哪知《民視報》、《亞細亞報》中，非但不登載原文，反各列一條時評，冷嘲熱諷，

譏誚他不識時務，迂謬可笑。確是迂儒，確是謬論。只有《順天時報》，照文登入，一字不遺。想是掛外國招牌。過了一日，籌安會的門首，竟站著許多警兵，荷槍鵠立，盤查出入，似替那會中朋友，竭力保護。賀振雄無權無力，只好悶坐寓中，長吁短嘆。獨李誨是曾任湖南省議員，且因他族兄列居顯要，平時與京中大老，頗相往來，於是覆上書內務部道：

　　孫毓筠等倡導邪說，紊亂國憲，公然在石駙馬大街，設立籌安會事務所，如其遵照集會結社律，已經呈報大部，似此顯違約法，背叛民國之國體，大部萬無核准之理，如其未經呈報大部核准，竟行設立，藐視法律，亦即藐視大部，二者無論誰屬，大部均應立予封禁，交法庭懲治。頃過籌安會門首，見有警兵鵠立，盤查出入，以私人之會所，而有國家之公役，為之服務，亦屬異聞。若云為稽察而設，則大部既已明知，乃竟置若罔聞，實難辭玩視法令之責。去歲宋育仁倡議復辟，經大部遞解回籍，交地方官檢視。以此例彼，情罪更重，若故為寬縱，何以服人？何以為國？為此急不擇言，冒昧上呈。

　　這呈文送入內務部，好幾天不得音信，依然似石沉大海一般，唯聞總檢察廳長羅文幹，卻掛冠去職，挈領眷屬，出京回籍去了。潔身遠引，吾愛之重之。原來羅文幹身任廳長，平時頗守公奉法，備著廉勤，及聞籌安會設立，已罵楊度等為誤國賊，有心訐發。可巧李誨的呈文，又復遞入，他讀一句，嘆一語，至讀完以後，竟憤激的了不得，到司法部中，去謁司法總長章宗祥，略敘數語，便將李誨原呈奉閱。章宗祥披覽後，忽爾皺眉，忽爾搖首，到了看畢，向羅文乾冷笑道：「這等文字，睬他什麼？」羅文幹聽了此語，不禁還問道：「總長以籌安會為正當麼？」章宗祥道：「國家只恐不安，能籌安了，豈不是我輩幸福？」羅文幹越忍耐不住，又道：「他是鼓吹帝制的。」章宗祥道：「我與你同任司法，老實

對你說，你我只自盡職務罷了。昨日內務總長朱桂老，朱啟鈐字桂莘。也曾說李誨多事，把他呈文撕毀。羅兄，你想這事可辦麼？」李誨呈內務部文，就章宗祥口中敘明。說得羅文乾啞口無言，遲了半晌，方答出一個「是」字。隨即告辭歸寓，躊躇了一夜，竟於翌晨起床，繕就一封因病告假書，著人送至辦公處，一面收拾行囊，整備啟行。等到乞假邀準，遂帶著眷屬數人，貪夜出京，飄然自去。小子有詩讚道：

舉世昏昏我獨醒，出都從此避羶腥。

試看一棹南歸日，猶見清風送客亭。

羅廳長去後，在京各官，有無變動情形，且至下回再敘。

讀賀振雄呈文，令人一快，讀李誨呈文，令人愉快。賀呈在指斥籌安會，罵得淋漓酣暢，令楊度等無以自容，足為趨炎附勢者戒。李呈則引證袁氏申令，陽斥籌安會，隱攻袁總統，非特楊度等聞而知愧，即老袁聞之，亦當憶念前言，不敢自悖。然而楊度等之厚顏如故，袁總統之厚顏亦如故，即達官顯宦，俱置若罔聞，幾不識廉恥為何事。於此得一羅廳長，能蹶然不滓，引身自去，較諸彭澤辭官，尤為高潔。斯世中有斯人，安得不極力表揚，為吾國民作一榜樣耶？

第四十六回
情脈洪姨進甘言　語詹徐相陳苦口

　　卻說羅文幹辭職後，帝制風潮，愈演愈盛。籌安會興高采烈，大出風頭，都中人士，爭稱楊度等六人，為籌安六君子，他亦居然以君子自命，按日裡放膽做去。看官！試想這六君子有何能力，敢把這創造艱難的民國，驟變為袁氏帝國？難道他不管好歹，不計成敗，一味兒的鹵莽行事麼？小子於前數十回中，早已敘明袁氏心腸，隱圖帝制，還有袁公子克定，主動最力，想看官諒俱閱悉。此次楊度等創設籌安會，明明是袁氏父子，嗾使出來，所以有這般大膽，但就中還有一段隱情，亦須演述明白，可為袁氏祕史中添一軼聞。別開生面，令人刮目。

　　老袁一妻十五妾，正室于氏，即克定生母，性頗端謹，克定欲勸父為帝，曾稟白母前，請從旁慫恿，不意被母譙呵，且密戒老袁，休信兒言。老袁有此婦，小袁有此母，卻也難得。急得克定沒法，轉去求那庶母洪姨。洪姨是老袁第六妾，貌極妍麗，性尤狡黠，最得老袁寵愛，看官若問她母家，乃是宋案正凶洪述祖的胞妹。洪述祖字蔭芝，幼年失怙，家世維艱，幸戚友介紹，投身天津某洋行寫字間，作練習生。他資質本來聰明，一經練習，便覺技藝過人，洋行大班，愛他敏慧，特擢充跑街一席。適老袁奉清帝旨，至小站督練新軍，需辦大批軍裝，述祖福至心靈，便設法運動，願為承辦。袁乃姑令小試，所辦物品，悉稱袁意，嗣是有所購置，盡委述祖。述祖遂得與袁相接，曲意承顏，無微不至。袁亦非洪不歡，竟命他襄辦軍務。既而述祖因發給軍餉，觸怒某標

統，標統係老袁至親，入訴老袁，極談彼短，老袁未免動疑，欲將述祖撤差。述祖聞此音耗，幾把魂靈兒嚇去，後來想出一法，把同胞妹子，盛飾起來，送入袁第，只說是購諸民間，獻侍巾櫛。美人計最是上著。老袁本登徒後身，見了這個粉妝玉琢的美人兒，那有不愛之理？到口饅頭，拿來就吞，一宵枕蓆風光，占得人間樂趣。是時洪女年方十九，秀外慧中，能以目聽，以眉視，一張櫻桃小口，尤能粲吐蓮花，每出一語，無不令人解頤。袁氏有時盛怒，但教洪女數言，當即破顏為笑，以故深得袁歡，擅專房寵。起初還諱言家世，後來竟自陳實情，老袁不但不惱，反稱述祖愛己，愈垂青睞。愛屋及烏，理應如此。總計袁氏諸妾，各以入門先後為次序，洪女為袁簉室，已排在第六人，本應稱她為六姨，老袁誡令婢僕，不準稱六姨太，只準稱洪姨太，婢僕等怎敢忤旨，不過戲洪為紅，叫她作紅姨太罷了。

　　洪姨亦知人戲己，陰愬老袁，袁即欲斥退婢僕，偏洪姨又出來解勸，令婢僕仍得留著，婢僕等轉怨為德，易戲為敬，因此袁氏一門，由她操縱，無不如意。洪女確有權術，我亦非常佩服。克定知洪姨所言，父所樂從，遂入洪姨室，語洪姨道：「母知我父將為皇帝麼？」開口便呼姨為母，確是洪姨太。洪姨不禁避座道：「公子如何呼妾為母，妾何人斯？敢當此稱？」克定道：「我父為帝，我當承統，將來當以母后事姨，何妨預稱為母。」洪姨復遜謝道：「妾為君家一姬人，已屬如天之福，何敢再作非分想？公子此言，恐反折妾的壽數，妾哪裡承當得起？」克定道：「我果得志，決不食言。」說至此，即向洪姨跪下，行叩首禮。洪姨慌忙跪答，禮畢皆起。克定又道：「我父素性多疑，若非從旁慫恿，尚未肯決行帝制，還請母為臂助，方得成功。」又是一個母字，我想洪姨心中，應比吃雪加涼。洪姨道：「這事不應操切，既承公子囑委，當相機進

言，徐圖報命。」克定大喜，又連呼幾聲母娘，方才退出。

這時候的洪姨太，已是喜出望外，便默默的想了一番，打定主意，以便說動老袁，每屆老袁退休，絮絮與談前史事，老袁笑道：「你不要做女博士，研究什麼史料？」洪姨裝著一番媚容，低聲語袁道：「妾有所疑，故需研究。」老袁道：「疑什麼？」洪姨道：「漢高祖，明太祖，非起自布衣麼？」老袁應聲道：「是的。」洪姨微笑道：「他兩人起自布衣，猶得一躍為帝，似老爺勳望崇隆，權勢無比，何不為子孫計，乃甘作一國公僕，任他舉廢麼？」用旁敲側擊法，轉到本題，確是一個女說客。老袁聞言，不由的心中一動，便道：「我豈不作此想？但時機未至，不便驟行。」洪姨道：「勝會難逢，流光易逝，老爺年近六十，尚欲有待，究竟待到何時？」老袁默然不答，只以一笑相還。是夜，便宿在洪姨寢室，喁喁密語，竟至夜半，方入睡鄉。

翌日起床，出外辦公，宣召楊度入對。楊度不知何事，急忙進謁，但見老袁攬鏡捻鬚，一時不便驚動，靜悄悄的立在門側，至老袁已轉眼相顧，方近前施禮。老袁命他旁坐，悄語道：「共和二字，我實在不能維持，你何不召集數人，鼓吹改制？」楊度愕然，半晌才答道：「恐怕時尚未至。」英雄所見略同。老袁又問道：「為什麼呢？」楊度道：「現在歐戰未了，日本第五項要求，雖暫撤回，仍舊伺機欲動，中國若有所變更，將惹起外人注目，倘日本復來作梗，為之奈何？」老袁捻鬚笑道：「日本果欲要挾，何事不可為口實，你亦太多慮哩。」楊度又道：「就使日本不來反對，也須預籌款項，才得行事。」老袁道：「這個自然，你明日再進來罷。」楊度奉命而出。

老袁復踱入內室，見眾妾在前，好似花枝招展，環繞攏來，不由的自言自語道：「從前咸豐帝玩賞四春，我今日卻有十數春哩。」滿意語。

第四十六回　情脈洪姨進甘言　語詹徐相陳苦口

眾姨尚不知何解，獨洪姨上前，竟跪稱萬歲。好做作。老袁一面扶起，一面大笑道：「我未為帝，呼我萬歲尚早呢！」洪姨道：「勢在必行，何必遲疑。」老袁又笑問道：「你可說出充足的理由麼？」洪姨道：「理由是極充足了，萬歲爺在前清時代，已位極人臣，今出為民國元首，威足服人，力足屈人，贛、寧一役，就是明證。今若上繼清朝，立登大寶，哪個敢來反抗？這是從聲勢上解釋，已無疑義，若講到情理上去，也是正當。前日隆裕后使清帝退讓政權，另組共和政體，到今已是三年，中國未嘗盛強，且日多變亂，是共和政體，當然是不適用。萬歲爺果熟察時變，默體輿情，實行君主立憲，料國民必全體贊成，且與隆裕后當日讓位的初衷，亦未嘗相忤，何必瞻前顧後，遲遲吾行呢？況現在歐戰未定，各國方自顧未遑，日本交涉，又已辦了，萬歲爺乘此登基，正是應天順人的時候，此機一失，後悔何追。」巧言如簧，委婉動人。老袁聽她一番議論，煞是中意，又見她笑靨輕盈，嬌喉宛轉，越覺得無語不香，無情不到，恨不得擁她上膝，親一回吻，叫她一聲乖乖。只因礙著眾人面目，但笑向洪姨道：「算了，你真可謂女辯士了。」眾妾見了此態，也乘風吹牛，叫著幾聲萬歲，老袁還不屑理她，一心一意的愛那洪姨，是夜又在洪姨處留宿。想為她奏對稱旨，頒賞特別雨露去了。妙語如珠。

且說楊度既奉密令，即於次日復入總統府，當由袁總統接見，面交發款憑條二紙，計數二十萬兩。楊度領紙出來，款項既有了著落，又得古德諾一篇文字，作為先導，便邀集孫毓筠、嚴復等人，開會定章，懸牌開市。賀振雄、李誨等，未識隱情，還要上呈文，劾六君子，真是瞎鬧，反令楊度等暗中笑煞。嗣後聞賀振雄落魄無聊，反將他籠絡進去，用了每月六十金薪水，僱他做籌安會中辦事員。英雄末路，急不暇擇，也只好將就過去。但前日吠堯，此日頌舜，人心變幻，如此如此，這也是民國特色了。拜金主義，智士所為，休要笑他。唯世道人心，究未盡

泯，有幾個受他牢籠，有幾個仍然反對，舊國會議員谷鍾秀、徐傅霖等，在上海發起共和維持會，周震勳、鄒稷光等在北京發起治安會，接連是古伯荃上《維持中華民國意見書》，梁覺、李彬、劉世驤諸人，又紛紛彈劾籌安會員，朝陽鳴鳳，相續不休。

還有參政嚴修，係老袁數十年患難至交，聞帝制議興，不禁私嘆道：「我不料總統為人，竟爾如此。近來種種舉動，令我越看越絕望了。」及籌安會發生，謁袁力阻，情詞懇摯，幾乎聲淚俱下。老袁亦為動容，隨即答道：「究竟你是老朋友，他們實在胡鬧，你去擬一道命令，明日即將他們解散便了。」嚴修唯唯而退，次日持稿請見，為總統府中司閽所阻。嚴修謂與總統有約，今日會談，閽人大聲道：「今晨奉總統命，無論何人，概不傳見，請明日進謁罷。」想又為洪姨所阻。嚴修恍然大悟，即日乞假去了。

又有機要局長張一麐，也是袁氏十餘年心腹幕友，此次亦反對帝制，力為諫阻，謂帝制不可強行，必待天與人歸。老袁不待說完，便問何謂天與？何謂人歸？張一麐道：「從前舜、禹受禪，由天下朝覲訟獄，統歸向舜、禹所在處，舜、禹無可推辭，不得已入承大位，這是孟子曾說過的，就是『天與人歸』一語，孟子亦曾解釋明白，不待一麐贅陳。」老袁點首道：「論起名譽及道德上的關係，我決不做皇帝，請你放心。」尚知有名譽道德，想是孟子所謂平旦之氣。一麐接口道：「如總統言，足見聖明，一麐今日，益信總統無私了。」言畢辭出，同僚等或來問話，一麐還為老袁力辯，且云：「楊度等設立籌安會，無非是進一步做法，想是藉此題目，組織一大權憲法，若疑總統有心為帝，實屬非是，總統已與我言過了，決意不做皇帝呢。」那知已被他騙了。

眾人似信非信，又到徐相國府中，探問消息。湊巧肅政史莊蘊寬，

第四十六回　情脈洪姨進甘言　語詹徐相陳苦口

從相國府中出來，與眾人相遇，彼此問明來意。莊蘊寬皺著眉道：「黑幕沉沉，我也是窺他不透，諸君也不必去問國務卿了。」大眾齊聲道：「難道徐相國也贊成帝制麼？」莊蘊寬道：「我因李誨、梁覺等，屢進呈文，也激起一腔熱誠，意欲立上彈章，但未知極峰意見，究竟如何，特來問明徐相國。偏他是吞吞吐吐，也不是贊成帝制，又不是不贊成帝制，令我愈加迷茫，無從摸他頭腦。」大眾道：「我等且再去一問，如何？」莊蘊寬道：「儘可不必。我臨行時，已有言相逼，老徐已允我去問總統了。」大眾聽到此語，方才散歸。

　　看官，你道這國務卿徐世昌，究竟向總統府去也不去？他與老袁係多年寅誼，平素至交，眼見得袁氏為帝，自己要俯伏稱臣，面子上亦過不下去，況此次來做國務卿，也是朋情難卻，勉強擔任，若擁戴老袁，改革國體，非但對不住國民，更且對不住隆裕后、宣統帝。不過他是氣宇深沉、手段圓滑的人物，對著屬僚，未肯遽表已意，曲毀老袁，所以晤著莊蘊寬，只把浮詞對付，一些兒不露痕跡，老官僚之慣技。待送莊氏出門，方說一句進謁總統的話頭，略略表明意見。是日午後三下鍾，即乘輿出門，往謁袁總統。既到總統府，下車徑入。老袁聞他到來，當然接見。兩下分賓主坐定，談及許多政治，已消磨了好多時，漸漸說到籌安會，徐世昌即逼緊一句道：「總統明見究竟是民主好麼？君主好麼？」老袁笑著道：「你以為如何是好？」還問一句，確是狡獪。徐世昌道：「無論什麼政體，都可行得，但總須相時而動，方好哩。」老袁道：「據你看來，目下是何等時候？」徐世昌道：「以中國論，適用君主，不適用民主。但全國人心，猶傾向民主一邊，因為民國創造，歷時尚短，又經總統定變安民，只道是民主的好處，目下且暫仍舊貫，靜觀大局如何，再行定議。」語至此，望著老袁面色，尚不改容，他索性盡一忠告道：「楊度等組織籌安會，惹起物議，也是因時候太早，有此反抗呢。」老袁不

禁變色道：「楊度開會的意思，無非是研究政體，並未實行，我想他沒甚大礙，那反對籌安會的議論，實是無理取鬧，且亦不過數人，豈就好算是公論嗎？況我的本意，並不想做什麼皇帝，就是這總統位置，也未嘗戀戀，只因全國推戴，不能脫身，沒奈何當此責任，否則我已五十七歲了，洹上秋水，隨意消遣，可不好麼？」還要騙人。徐世昌道：「辱承總統推愛，結契多年，豈不識總統心意？但楊度等鼓吹帝制，外人未明原委，還道是總統主使，遂致以訛傳訛，他人不必論，就是段芝泉等；隨從總統多年，相知有素，今日亦未免生疑，這還求總統明白表示，才能安定人心。」這數語好算忠諫。老袁勃然道：「芝泉麼？他自中日交涉以來，時常與我反對，我亦不曉得他是什麼用意。他若不願做陸軍總長，儘可與我商量，何必背後違言，你是我的老友，託你去勸他一番，大家吃碗太平飯，便好了。」言畢，便攜去茶碗，請徐飲茶。前清老例，主人請客飲茗，便是叫客退出的意思，徐世昌居官最久，熟練得很，當即把茶一喝，起身告辭。為此一席晤談，頓令這陸軍總長段祺瑞，退職閒居，幾做了一個嫌疑犯。小子有詩嘆道：

　　多年友誼不相容，只為梟雄好面從。

　　盡說項城如莽操，誰知尚未逮謙恭。

　　欲知段總長退職情形，待至下回續表。

　　歷朝以來諸元首，多自子女誤之，而女嬖為尤甚。蓋床笫之官，最易動聽。加以狐媚之工，鶯簧之巧，其有不為所惑者幾希？袁氏陰圖帝制，已非一日，只以運動未成，憚於猝發，一經洪姨之慫恿，語語中入心坎，情不自已，計從此決，於是良友之言，無不逆耳，即視若腹心之徐相國，亦不得而諫止之。長舌婦真可畏哉！一經著書人描摹口吻，更覺甘言苦口，絕不相同，甘者易入，苦者難受，無怪老袁之終不悟也。

第四十六回　情脈洪姨進甘言　語詹徐相陳苦口

第四十七回
袁公子堅請故軍統　梁財神發起請願團

　　卻說段祺瑞自督鄂還京，雖仍任陸軍總長，兵權已被大元帥摘去，他已怏怏不樂，屢欲辭職，至中日交涉，又通電各省，屢次主戰，袁總統已加猜忌，至是聞徐世昌言，決意去段，只一時想不出替身，猶在躊躇未決。忽見長子克定，自門外趨入，向他稟白道：「籌安會中，已通電各省，現已得幾處覆電，很加贊成，想此後辦事，當不致有意外呢。他的原電，交兒帶來奉閱，爺可一瞧。」說著，便從袖中取出電稿，雙手捧呈，但見起首列著，統是各省長官的頭銜，接連是某某商會，某某教育會，某某聯合會，以及蒙古、青海、西藏等處，極至華僑處，亦俱列著。入後方敘及正文，詞云：插入籌安會通電，筆法一變。

　　本會宗旨，原以討論君主民主，何者適於中國。近月以來，舉國上下，議論風起。本會熟籌國勢之安危，默察人心之向背，因於日昨投票議決，全體一致，主張君主立憲。蓋以立國之道，不外二端，首曰撥亂，次曰求治，今請逆其次序，先論求治，次論撥亂。專制政體，不能立國於世界，為中外之公言；既不專制，則必立憲，然共和立憲，與君主立憲，其義大異。君主國之憲政程度，可隨人民程度以為高下，故英、普、日本，各不相同。共和國則不然，主權全在人民，大權操於國會，乃為一定不移之義，法、美皆如是也。若人民智識，不及法、美，而亦握此無上之權，則必囂亂糾紛，等於民國二年之國會，不能圖治，反以滋亂，若矯而正之，又必懸共和之名，行專制之實，如中國現行之

總統制，權力集於元首一人，斯責任亦集於元首一人。即令國會當前，亦不能因責任問題，彈劾元首，使之去位。一國中負責任者，為不可去位之人，欲其政治進步，烏可得也？故中國而行前日之真共和，不足以求治，中國而行今日之偽共和，更不足以求治。只此二語，頗中肯綮。唯窮乃變，唯變乃通，計唯有去偽共和，行真君憲，開議會，設內閣，準人民之程度，以定憲政，名實相符，表裡如一，庶幾人民有發育之望，國家有富強之機，此求治之說也。或曰：「民權學說，不必太拘，即共和，亦可準人民程度，以定憲政，何必因此改為君主。」不知政黨不問形式如何，但使大權不在國會，總謂之偽共和。因戀共和之虛名，不得已而出於偽，天下豈有以偽立國，而能圖存之理？又況禍變之來，並此偽者亦必不能儲存，何以故？君主國之元首，貴定於一，共和國之元首，貴不定於一，即不能禁人不爭。曩者二次革命，即以競爭元首而成大亂，他日之事，何獨不然？無強大之兵力者，不能一日安於元首之位，數年一選舉，則數年一競爭，斯數年一戰亂耳。當時憲法之條文，議員之筆舌，槍砲一鳴，概歸無效。所為民選，變為兵選，武力不能相下，斯決之於相爭。墨西哥五總統並立之禍，必試演於東方。中原瓦解，外力紛乘，國運於茲，斬焉絕矣。未來之禍，言之痛心，即令今日定一適宜之憲政，綱舉目張，百度俱理，他日一經戰亂，勢必掃蕩無遺，國且不存，何云憲政？救亡之法，唯有廢除共和，改立君主，屏選舉之制，定世襲之規，使元首地位，絕對不可競爭，將不定於一者，使定於一。是則無窮隱禍，概可消除，此撥亂之說也。本會以為謀國之道，先撥亂而後求治，中國撥亂之法，莫如廢民主而立君主，求治之法，莫如廢民主專制，而行君主立憲，此本會討論之結果也。謹以所得布告於軍政學商各界，及全體國民。籌安會。

老袁閱罷，擲置案旁，且沉著臉道：「這等書呆子，徒然咬文嚼字，有什麼功效？你以為各省軍官，覆電贊成，還道是天大的喜事？那知我的身旁，如統領陸軍的段祺瑞，尚且不肯助我，你想此事可能成功麼？」克定正恨著老段，便道：「陸海軍權，已歸屬大元帥，諒老段亦無能為力，摔去了他，便易成事。」老袁道：「我正為此躊躇，因恐把段撤去，繼任非人，豈不要釀成兵變？」克定道：「何不邀王聘卿出來，聘卿資格，較段為優，得他任陸軍總長，何患軍人不服？」老袁道：「你說固是，倘他不肯出來，奈何？」克定道：「待兒子親往一邀，定當勸他受任。」老袁道：「很好，你且去走一遭罷。」

　　看官，你道王聘卿是何等人物？他名叫士珍，與段同為北洋武備學生，唯段籍安徽，王籍直隸，籍貫不同，派系遂因之互異。前清時，士珍官階，高出段上，嗣與段先後任江北提督，有王龍段虎的名稱。唯當小站練兵時，王、段兩人同為老袁幫辦，因此與袁氏亦有舊誼。至清帝退位後，士珍卻無意為官，避居不出。既已高臥東山，不應再為馮婦。此次克定奉命，徑乘了專車，至正定縣中，向王宅投刺，執子姪禮，謁見士珍。士珍不意克定猝至，本擬擋駕，轉思克定遠道馳至，定有要公，不能不坦懷相見。克定抱膝請安，士珍殷勤答禮，彼此坐定，先敘寒暄，繼及國事。尋由克定傳述父命，請他即日至京，就任陸軍總長。士珍忙謝道：「芝泉任職有年，閱歷已深，必能勝任。若鄙人自民國以來，四載家居，無心問世，且年力亦日就衰頹，不堪任事，還乞公子轉達令尊，善為我辭。」克定道：「芝泉先生，現因多病，日求退職，家父挽留不住，只得請公出代，為恐公不屑就，特命小姪來此勸駕，萬望勿辭。」段未有疾，克定偏會說謊，想是從乃父處學來。士珍只是不從，克定再三勸迫，一請一拒，談論多時。士珍復出酒餚相待，興酣耳熱，克

第四十七回　袁公子堅請故軍統　梁財神發起請願團

定重申父命，定要士珍偕行。士珍道：「非我敢違尊翁意，但自問老朽，不堪受職，與其日後曠官，辜負尊翁，何如今日卻情，尚可藏拙。」克定喟然道：「公今不肯枉駕，想是小姪來意未誠，此次回京，再由家父手書敦請便了。」未幾席散，克定遂告別返都，歸白老袁，又由老袁親自作書，說得勤勤懇懇，務要他出來相助。克定休息一宵，次日早起，復齎了父書，再行就道，往至士珍家。士珍素尚和平，聞克定又復到來，不敢固拒，重複出見。克定施禮畢，即恭恭敬敬的呈上父書，由士珍展閱，閱畢後，仍語克定道：「尊翁雅意，很是感激，我當作書答覆，說明鄙意，免使公子為難。」克定不待說畢，即突然離座，竟向士珍跪下，前跪洪姨，此跪士珍，袁公子雙膝，未免太忙。急得士珍慌忙攙扶，尚是扯他不起，便道：「老朽不堪當此重禮，請公子快快起來！」克定佯作泣容道：「家父有命，此番若不能勸駕，定要譴責小姪。況國事如麻，待治甚急，公即不為小姪計，不為家父計，亦當垂念民生，一為援手呢。」責以大義，可謂善於說辭。說著時，幾乎要流下淚來。士珍見此情狀，不好再執己意，只得婉言道：「且請公子起來，再行商議。」克定道：「老伯若再不承認，小姪情願長跪階前。」於是士珍方說一「諾」字，喜得克定舞蹈起來，忙即拜謝，起身後，士珍乃與訂定行期，克定即回京覆命。越日，即由老袁下令，免段祺瑞陸軍總長職，以王士珍代任。士珍亦於此日到京，入見老袁，接篆履新了。千呼萬喚始出來。

　　老袁既得了王士珍，軍人一方面，自以為可免變動，從此無憂，獨財政尚是困難，所有運動帝制，及組織帝制等事，在在需錢，非有大富翁擔負經費，不能任所欲為。左思右想，尚在徘徊，湊巧有一位大財神登臺，演一出升官發財的拿手戲，於是金錢也有了，袁老頭兒也可以無恐了。唯這大財神何姓何名？看官可記得前文敘過的梁士詒麼？如梁山

泊點將，又是一個登臺。梁本為總統府內祕書長，足智多才，能探袁氏私隱，先意承歡，所以老袁非常器重。他遂結識了幾個要人，招集了若干黨羽，更仗那神通機變的手段，把中央政府的財政權，一古腦兒收入掌握。歷屆財政總長，無論何人，總不能脫離梁系，都中人士，遂贈他一個綽號，叫做梁財神。但梁係粵人，附梁的叫做粵派，另有一派與他對峙，乃是皖派首領楊士琦。楊為政事堂左丞，勢力頗大，聯繫多數舊官僚，與粵派分豎一幟，互相排擠。老袁素性好猜，忽而信梁，忽而信楊，楊既得志，梁漸失勢，祕書長一職，竟至丟去。嗣又以蒐括財政，不能無梁，復召為稅務督辦，梁仍靠著財力，到處張權。忽交通部中鬧出一件大案來，牽連梁財神，梁正無法解免，常想尋個機會，迎合袁意，省得受罪，適聞老袁為財政問題，有所顧慮，他遂乘機而入，願將帝制經費，一力承當。看官！你道梁士詒綽號財神，果有若干私財，肯傾囊取出，替袁氏運動帝制麼？無非從百姓身上，想出間接蒐括的手段，取作袁氏用費，就算是理財能手。財神亦徒有虛名，究不能點石成金。但袁氏生平揮霍，視金錢若泥沙，什麼國民捐，什麼救國儲金，什麼儲蓄票價，還有種種苛稅，種種借款，多被取用，消耗殆盡。此次梁財神出籌鉅款，究從何處下手呢？原來京城裡面，本有中國、交通兩銀行，歸政府專辦，平時信用，倒還不失，梁為羅括現款起見，竟令兩銀行濫發紙幣，舉所有準備金，多運入袁氏庫中，供袁使用。老袁倒也不顧什麼，但教有款可籌，便視為財政大家，佐命功臣，因此待遇梁士詒，比從前做祕書長時，還要優渥，所有參案的關係，早已無形消滅了。

　　梁士詒復進見老袁，獻上一條妙計，乃是「民意」二字。老袁愕然道：「你也來說民意麼？糊塗似費樹蔚，昨來見我，亦說是要顧全民意，

究竟『民意』二字，是怎麼解釋？我駁斥了數語，他竟悻悻出去，棄職回籍，若非是克定的連襟，我簡直是不肯恕他呢。」費樹蔚辭職事，就從此銷納進去。士詒不慌不忙，從容說道：「總統所說的費樹蔚，是否任肅政史？」官銜亦隨手敘明。老袁答了一個「是」字。士詒道：「樹蔚所說，是顧全民意，士詒所說，是利用民意，同是民意兩字，用法卻有不同呢。」老袁聽了，不由的點首道「燕孫畢竟聰明，能言人所未言。」我說你也畢竟聰明，能識燕孫隱語。燕孫即士詒表字。士詒道：「就借這『民意』二字，號召天下，不怕天下不從。」老袁道：「談何容易。」士詒道：「據鄙意看來，亦沒有什麼難處。」老袁道：「計將安出？」士詒道：「總統今日，只管反對帝制，照常行事。士詒願為總統效力，一面聯繫參政院，令作民意代表的上級機關，一面另設公民團，令作民意代表的下級機關，上下聯合，民意便可造成。據士詒所料，不消數月，便可奏效。」老袁道：「我也並不欲為帝，無非因時局艱難，稍有舉動，即遭牽制，你前日做過祕書長，所有外來檔案，想亦多半過目，能有幾件事不被反對嗎？我現在所居的地位，差不多是騎虎難下，做也不好，不做也不好呢。」士詒道：「似總統英明聖武，何事不可為，要做就做，何必多疑。」一吹一唱，煞是好看。老袁道：「這便仗你幫忙呢。」士詒忙起身離座，應了幾個「是」字，隨即辭出，返至寓中，密請沈雲霈、張鎮芳、那彥圖等到寓，會議了半日。沈雲霈等統是贊成。

士詒又想了妙法，語沈雲霈道：「足下係參政的翹楚，參政院中，目下已代行立法院，便是一個完全的民意機關，得足下提倡起來，怕不是全體一致麼？」聯合沈雲霈便是此意。沈雲霈道：「彼此都為公事，自當盡力。」公字應撇去右邊。士詒又向張鎮芳道：「公係貴戚，應比鄙人格外熱心，我想現在的事情，最好是組織公民請願團，無論官學商工，及

男女長幼，統好入會，京內作總機關，外省作分機關，越多越好，不怕帝制不成。」張鎮芳道：「聞籌安會中，現亦這般辦法，向各省去立分會了。」士詒道：「要做皇帝，就做皇帝，還要說什麼籌安，空談學理。俗語說得好，『秀才造反，一世不成。』這就是籌安會的定評。我等設立公民團，竟從請願入手，豈不是直捷痛快麼？」要想蓋煞籌安會，所以極力批駁。沈雲霈等齊聲道：「梁公卓見，的是高人一著，我們就這麼辦去，只這會長鬚借重梁公。」士詒道：「會長一席，我卻不能承認，不瞞諸公說，我是要內外兼籌，未便專任一事，還請諸公原諒。」張鎮芳道：「照此說來，請何人做會長？」士詒道：「沈公責無旁貸，副會長就請張、那二公擔任，便好了。」沈雲霈道：「會長須由會員全體推舉，兄弟亦不便私相承認。」士詒捻著幾根鬍髭微微笑道：「不是士詒誇口，士詒要舉老沈，會員敢另舉他人麼？」勢焰可畏。雲霈道：「且待開會再議。」士詒道：「明後日就可開會了。」言訖，數人復閒談片時，一同散去。

　　過了兩日，士詒已邀集若干會員，尋個公共處所，開起成立大會來。開會結果，舉定沈雲霈為會長，張鎮芳、那彥圖為副會長，文牘主任，舉了謝桓武，梁鴻志、方表為副，會計主任，舉了阮忠樞，蔣邦彥、夏仁虎為副，庶務主任，舉了胡璧城，權量、烏澤聲為副，交際主任，舉了鄭萬瞻，袁振黃、康士鐸為副。大家各認定職任，協力進行。當由文牘員擬定宣言書，由會長等鑑定。正要刊布，忽聞有一位御乾兒，從湖北迴京，也來協助帝制。正是：

　　到底義兒應盡義，且看功狗互爭功。

　　欲知來者為誰，俟小子下回報名。

　　王聘卿退歸原籍，家居不出，是民國中一個自愛人物，偏袁公子一再固請，至於情不能卻，再出為陸軍總長。似為友誼起見，不應加咎，

但洩柳閉門，幹木踰垣，隱士風徽，何等高尚。若徒徇私誼，轉違公理，毋乃所謂不揣其本而齊其末者？馮婦下車，難免士笑，王聘老殆有遺憾歟？梁財神之品格本出王氏下，而智謀則過之，以如此機變才，倘加以德性，何難立大業於生前，貽盛名於身後，乃熱心富貴，不惜為袁氏作倀，身名兩裂，何苦乃爾？總之利祿二字，最足誤人。能打破此關，方不致與俗同汙，王聘卿且如此，而梁財神無論矣。

第四十八回
義兒北上引侶呼朋　　詞客南來直聲抗議

　　卻說上次所敘的御乾兒，看官道是何人？就是當時署理鄂督的段芝貴。又是一個大名鼎鼎的人物。芝貴履歷，前文亦已見過，為何叫他作御乾兒呢？說來又是話長。小子援有聞必錄的老例，把大略演述出來：相傳老袁當小站練兵時，芝貴官銜，尚不過一個候補同知。他在直隸聽鼓，未得差遣，憂鬱無聊，意欲投效老袁麾下，挽某當道替他吹噓。老袁雖然收錄，仍然置諸閒散，不給優差。適阮忠樞為袁幕僚，總司文案，芝貴遂與他結識，求為汲引。忠樞替他想一方法，教他祕密進行，定可得志。看官道是何事？原來天津地方平康裡，蓄豔頗多，韓家班尤為著名，阮忠樞備員軍署，每當文牘餘暇，輒邀二三友人，往韓家班獵豔，曾與歌妓小金紅，結不解緣。小金紅有一姊妹行，叫做柳三兒，色藝冠時，高張豔幟。阮得瞻豐采，也暗暗稱羨，會老袁招阮私宴，醉後忘形，偶詢及平康人物，阮即以柳三兒對。袁頗欲一親顏色，只以身作達官，不便訪豔。前清時猶有此礙，以視今日何如？當下與阮密商，擬乘夜闌人靜時，微服往遊。阮願作導線，即與袁約定時間，屆期先往韓家班，與柳三兒接洽，待到夜半，果見老袁易服而來，由阮呼三兒出見，佳麗當前，令人刮目。經老袁仔細凝視，果然是當代尤物，風韻絕倫。三兒亦眉挑目逗，賣弄風騷。月上柳梢頭，人約黃昏後，差不多似此情景。兩下傾心，一見如故。既而華筵高張，歡宴終夕，比至天明，袁偕阮返，猶覺餘情未忘。嗣是暇輒過從，倍加恩愛，本欲替她脫籍，

因恐納妓招謗，或幹吏議，所以遲遲未決。阮忠樞窺透隱情，遂叫段芝貴代為贖身，間接獻納，不怕老袁不墮入彀中，格外青睞。芝貴得此教益，即依計而行，黃金朝去，紅粉夕來，又有阮為紹介，潛送袁寓。柳三兒得為袁氏四姨太，段芝貴亦竟獲優差，由袁下札，委任全軍總提調，楊翠喜之獻奉，想亦由此策脫胎。袁、段情誼，日久愈親。每日早起，段又必詣袁問安，老袁戲語芝貴道：「我聞人子事親，每晨必趨寢門問安，汝非我子，何必如此。」芝貴道：「父母生我，公栽培我，兩兩比較，恩誼相同，如蒙不棄，願作義兒。」樂得攀援，莫謂小段無識。老袁聽到此語，不免解頤一笑。芝貴只道袁已承認，竟拜倒膝前，呼袁為父。老袁推辭不及，口中雖說他多事，但已受了四拜，彷彿是認做乾爺了。

後來老袁被譴，芝貴亦為楊翠喜事，掛名參案，革職回籍。見《清史》。至清室已覆，袁為總統，他自然重張旗鼓，又覆上臺，癸丑革命，平亂有功，旋即出督武昌，繼段祺瑞後任。此次聞京中倡言帝制，就趕忙離了湖北，只說是入覲總統，拚命馳來。當下邀集朱啟鈐、周自齊、唐在禮、張士鈺、雷震春、江朝宗、吳炳湘、袁乃寬、顧鰲等，密議鼓吹帝制，與籌安會分幟爭功。可巧公民請願團，已經發現，料知梁財神勢力不小，只好合攏一起，較為妥當。梁財神聞芝貴進京，亦知他是有名的義子，將來要升做御乾兒，不得不與他周旋，融成一片。兩情不謀而合，況是彼此熟識，一經會面，臭味相投，當即互相借重，定名為請願聯合會。那時請願團的宣言書，已經印就，由段芝貴等審視，見書面寫著道：

民國肇建，於今四年，風雨飄搖，不可終日。父老子弟，苦共和而望君憲，非一日矣。自頃以來，二十二行省及特別行政區域，暨各團體，各推舉尊宿，結合約人，為共同之呼籲，其書累數萬言，其人以萬

千計,其所蘄向,則君憲二字是已。政府以茲事體大,亦嘗特派大員,發表意見於立法院,凡合於鞏固國基,振興國勢之請,代議機關,所以受理審查以及於報告者,亦既有合於吾民之公意,而無悖於政府之宣言,凡在含生負氣之倫,宜有舍舊圖新之望矣。唯是功虧一簣,則為山不成,鍥而不捨,則金石可貫。同人不敏,以為吾父老子弟之請願者,無所團結,則有如散沙在盤,無所權商,則未必造車合轍。又況同此職志,同此目標,再接再厲之功,胥以能否聯合進行為斷。用是特開廣座,畢集同人,發起全國請願聯合會,議定簡章,凡若干條。此後同心急進,計日程功,作新邦家,慰我民意,斯則四萬萬人之福利光榮,非特區區本會之厚幸也。

末附有請願聯合會章程,共十一條,條文如下:

第一條 本會以一致進行,達到請願目的為宗旨。

第二條 凡已署名請願者,皆得為本會會員。

第三條 本會設職員如左:(一)會長一人,副會長二人,由會員中公舉之。(二)理事若干人,由會員公推之。

但各團體請願領銜者,當然為本會理事。(三)參議若干人,由會長及全體職員會公推之。(四)幹事分為文牘會計庶務交際四科,各科主任幹事一人,餘幹事若干人,由會長副會長合議推任之。

第四條 會長代表本會,主持辦理本會一切事務。

第五條 副會長輔助會長,辦理本會一切事務。會長有事故,副會長得代理之。

第六條 理事隨時會商會長,辦理本會特別要務。

第七條 參議隨時建議本會,贊理一切會務。

第八條 幹事商承會長,分科執行本會一切事務,其各科辦事細則另定之。

第四十八回　義兒北上引侶呼朋　詞客南來直聲抗議

　　第九條　本會開會，分為兩種：（一）職員會得由會長隨時召集之，（二）全體大會，遇有特別事故時，由會長召集之。

　　第十條　本會設事務所於安福衚衕。

　　第十一條　本會章程，如有認為不適當時，得開大會，以過半數之議決修改之。

　　段芝貴等閱畢，便道：「正副會長，可曾舉定麼？」梁士詒即申述沈雲霈為會長，張鎮芳、那彥圖為副會長，餘如文牘會計庶務交際等員，亦一一說明。段芝貴道：「甚好，就照此進行罷。我即擬返鄂，凡事應由諸公偏勞。」梁士詒道：「這也不必過謙，但參議幹事等員，尚須推選若干人。」段芝貴道：「章程中應由會長等主持，但請沈會長與在會諸公推選便是。」沈雲霈時亦在座，忙接口道：「這也須大家斟酌。但會名既稱為全國聯合，應該將各省官民，招集攏來，愈多愈妙。此事頗要費時日呢。」段芝貴笑道：「沈先生你真太拘泥了。各省官吏，那一個不想上達？但用一個密電，管教他個個贊成。若是公民請願，也很是容易，只叫各省官吏，用他本籍公民的名義，湊合幾個有聲望的紳士，聯名請願，便好算作民意代表了。老先生，你道真要令四萬萬人，悉數請願麼？」好簡捷法子。梁士詒道：「這話還是費事。依愚見想來，在京官僚，多是各省的闊老，若教他列名請願，並把自己的親戚朋友，添上幾十百個名兒，便可算數。難道他們的親友，因未曾通知，定要來上書摘釋麼？」說畢，哈哈大笑。梁財神的妙法，又進一層。段芝貴道：「話雖如此，但各省長官的推戴書，卻也萬不可少。還有各處報紙，乃是鼓吹輿情的機關，先須打通方好哩。」梁士詒道：「香巖兄，段芝貴字香巖。你是個長官巨擘，何妨作各省的領袖。」段芝貴忙回答道：「兄弟已密電各省將軍，聯銜請願，唯覆電尚未到齊，一俟組合，自當恭達上峰，只辦事須有次序，先請改行君憲，後乃上書推戴，方是有條不紊呢。」梁士詒道：

「這個自然。若講到報紙一節,京報數家,已多半說通,只有上海一方面,略費手續,現極峰已派人往滬,買囑各報,並擬向上海設一亞細亞分館,專力提倡。天下無難事,總教現銀子,還怕什麼?」大家統鼓掌贊成。會議已畢,又由正副會長,推選參議幹事數人。經彼此認定,方才散去。段芝貴入覲老袁,已不止一次,所有祕密商議,也不消細述,等到大致就緒,方出京還鄂去了。

嗣是以後,請願書即聯翩出現,都遞入參政院。參政院中已由沈雲霈運動成熟,自然陸續接收。參政院長黎元洪,本心是反對帝制,但自己已被軟禁,不便挺身出抗,只好假痴假聾,隨他胡亂。那時梁士詒、楊度等,已先後到總統府中,報告若干請願書。老袁很是欣慰,意欲令黎院長匯書進呈,好做民意相同的話柄。當下囑託梁士詒等,往說黎元洪。黎元洪不肯照允,且上書辭參政院長,及參謀總長兼職。經政事堂批示,不準告辭。是時武昌督軍段芝貴已與各省將軍聯銜,電請變易國體,速改君主。這邊方竭力請願,那邊忽現出一篇大文章,冷諷熱刺,硬來作對。看官道是何人所作?乃是當代大文豪,即前任司法總長梁啟超。梁自司法總長卸任,又由老袁任他為幣制總裁,繼復令入參政院參政。他見老袁熱心帝制,不願附和,即辭職出京,到了上海,即撰成一篇煌煌的大文,題目叫做異哉所謂國體問題者,綜計不下萬言。小子錄不勝錄,曾記有一段緊要文字,膾炙人口,特斷章節錄如下:

蓋君主之為物,原賴歷史習俗上一種似魔非魔的觀念,以保其尊嚴。此種尊嚴,自能於無形中發生一種效力,直接間接以鎮福此國。君主之可貴,其必在此。雖然,尊嚴者,不可褻者也。一度褻焉,而遂將不復能維持。譬諸范雕土木偶,名之曰神,舁諸閟殿,供諸華龕,群相禮拜,靈應如響,忽有狂生,拽倒而踐踏之,投諸溷牏,經旬無朕,雖

第四十八回　義兒北上引侶呼朋　詞客南來直聲抗議

復舁取以重入殿龕，而其靈則已渺矣。譬喻新穎。自古君主國體之國，其人民之對於君主，恆視為一種神聖，於其地位，不敢妄生言思擬議，若經一度共和之後，此種觀念，遂如斷者之不可復續。試觀並世之共和國，其不患共和者有幾？而遂無一國焉能有術以脫共和之軛，就中唯法國共和以後，帝政兩見，王政一見，然皆不轉瞬而覆也，則由共和復返於君主，其難可想也。中國共和之日，雖曰尚淺乎，然醞釀之則既十餘年，實行之亦既四年。當其醞釀也，革命家醜詆君主，比諸惡魔，務以減殺人民之信仰，其尊嚴漸褻，然後革命之功，乃克集也。而當國體驟變之際，與既變之後，官府之文告，政黨之宣言，報章之言論，街巷之談說，道及君主，恆必以惡語冠之隨之，蓋尊嚴而入溷牏之日久矣。今微論規復之不易也，強為規復，欲求疇昔尊嚴之效，豈可更得？是故吾獨居深念，亦私謂中國若能復返於帝政，庶易以圖存而致強，而欲帝政之出現，唯有二途：其一則今大總統內治修明之後，百廢俱興，家給人足，整軍經武，嘗膽臥薪，遇有機緣，對外一戰而霸，功德巍巍，億兆敦迫，受茲大寶，傳諸無窮；其二經第二次大亂之後，全國鼎沸，群雄割據，剪滅之餘，乃定於一。夫使出於第二途耶，則吾儕何必作此祝禱？果其有此，中國之民，無孑遺矣，而戡定之者，是否為我族類，益不可知，是等於亡而已。獨至第一途，則今正以大有為之宜，居可有為之勢，稍假歲月，可冀旋至而立有效，中國前途一線之希望，豈不在是耶？故以為吾儕國民之在今日，最勿生事以重勞總統之廑慮，俾得專精一志，為國家謀大興革，則吾儕最後最大之目的，庶幾有實現之一日。今年何年耶？今日何日耶？大難甫平，喘息未定，強鄰脅迫，吞聲定盟，水旱癘蝗，災區遍國，嗷鴻在澤，伏莽在林，在昔哲後，正宜撤懸避殿之時，今獨何心？乃有上號勸進之舉。夫果未熟而摘之，實傷其根，孕未滿而催之，實戕其母，吾疇昔所言中國前途一線之希望，萬一

以非時之故,而從茲一蹶,則倡論之人,雖九死何以謝天下?願公等慎思之!《詩》曰:「民亦勞止,汔可小息。」自辛亥八月迄今,未盈四年,忽而滿洲立憲,忽而五族共和,忽而臨時總統,忽而正式總統,忽而制定約法,忽而修改約法,忽而召集國會,忽而解散國會,忽而內閣制,忽而總統制,忽而任期總統,忽而終身總統,忽而以約法暫代憲法,忽而催促制定憲法。大抵一制度之頒行,平均不盈半年,旋即有反對之新制度起而推翻之,使全國民徬徨迷惑,莫知適從,政府威信,掃地盡矣。今日對內對外之要圖,其可以論列者,不知凡幾,公等欲盡將順匡救之職,何事不足以自效?何苦無風鼓浪,興妖作怪,徒淆國民視聽,而貽國家以無窮之戚也。

如上所述,十成中僅錄一二,已說得淋漓爽快,惹起國民注目,老袁高坐深宮,或尚未曾聞知,那梁士詒、楊度等人,已見到梁任公啟超號任公。這篇文字,關係甚大,雖欲設法駁斥,奈總未能自圓其說,足以壓倒元、白。於是京城裡面,也把梁任公大文,彼此傳誦,視作聖經賢傳一般,漸漸的吹入老袁耳中。老袁恨不得將梁啟超當即捉來,賞他幾粒衛生丸,只一時不好發作,意欲懸金為餌,遣人暗刺,又急切覓不到聶政、荊卿。黃金也有失色的時候,莫謂錢可通神。沒奈何與梁士詒等商量,先令參政院匯呈請願書。至請願書已上,卻派左丞楊士琦,到參政院宣言,發表政見,竟反對帝制起來。小子有詩嘆道:

分明運動反推辭,作偽心勞只自知。
南讓者三北讓再,許多做作亦胡為?

畢竟楊士琦如何宣言,待至下回說明。

文字之感人大矣哉!然亦有一言而令人感者,有數百言而終不足令人感者,蓋情理二字,為之關板耳。試觀上次所錄之籌安會宣言書,與

第四十八回　義兒北上引侶呼朋　詞客南來直聲抗議

本回之請願聯合會宣言書，毫無精采，絕不足醒閱者之目。及梁任公所撰之文，僅錄一斑，已覺奐奐生光，百讀不厭，雖由文筆之明通，亦本理由之充足，故雖有御乾兒之權力，及大財神之聲勢，反不敵一掛冠失職之文士。或謂任公之文，尚有保皇口吻，仍未脫前日私見，斯評亦似屬允當。然觀其譬喻之詞，與推闡之語，實屬顛撲不破，似此新舊互參之論說，無論何人，當莫不為之感動，是真一轉移人情之妙筆也。惜乎言長紙短，猶未盡錄原文耳。

第四十九回
競女權喜趕熱鬧場　徵民意咨行組織法

　　卻說楊士琦奉袁總統命,到了參政院,發表政見。參政院諸公,也未識他如何宣言,有幾個包打聽的人物,似已曉得士琦來意,是代袁總統宣言,不願贊成帝制的。是日黎院長元洪,亦得此消息,特來列席。諸參政亦都依席就位,專待士琦上演說臺,宣講出來。士琦既上演臺,各席拍掌歡迎,毋庸細表。但見士琦取出一紙,恭恭敬敬的捧讀起來,應該如此。其辭道:

　　本大總統受國民之付託,居中華民國大總統之地位,四年於茲矣。憂患紛乘,戰兢日深。自維衰朽,時虞隕越,深望接替有人,遂我初服。但既在現居之地位,即有救國救民之責,始終貫徹,無可委卸,而維持共和國體,尤為本大總統當盡之職分。近見各省國民,紛紛向代行立法院請願,改革國體,於本大總統現居之地位,似難相容。然本大總統現居之地位,本為國民所公舉,自應仍聽之國民。且代行立法院,為獨立機關,向不受外界之牽掣,今大總統固不當向國民有所主張,亦不當向立法機關,有所表示。唯改革國體,於行政上有絕大之關係,本大總統為行政首領,亦何敢畏避嫌疑,緘默不言?以本大總統所見,改革國體,經緯萬端,極應審慎,如急遽輕舉,恐多窒礙。本大總統有保持大局之責,認為不合時宜。至國民請願,不外乎鞏固國基,振興國勢,如徵求多數國民之公意,自必有妥善之上法。且民國憲法,正在起草,如衡量國情,詳晰討論,亦當有適用之良規,請貴代行立法院諸君子深注意焉。

楊士琦一氣讀完，當即退下演壇，仍歸代表座席。黎元洪起向士琦道：「大總統的宣言書，確有至理。」剛說到一「理」字，梁士詒已起立道：「大總統的意思，無非以民意為從違，現在民意是趨向君憲，要大總統正位定分，所以紛紛請願；本院主張，亦應當尊重民意呢。」說至此處，但聽一片拍掌聲，震響全院。黎元洪反說不下去，只好退還原座，默默無言。仍做泥菩薩。沈雲霈接入道：「大總統既有宣言書，本院自當宣布，倘國民仰體總統本意，不來請願，也無庸說了，如或請願書仍然不絕，還須想出一個另外法兒，作為最後的解決。否則群情糾紛，求安反危，如何是好？」梁士詒道：「依愚見想來，不如速開國民會議，以便早日解決。」沈雲霈道：「國民會議，初選才畢，恐一時趕辦不及呢。」仍是忠厚人口吻。士詒先向他遞一眼色，然後申詞解釋道：「事關重大，若非經國民會議，大總統亦不便輕易承認哩。」尚是偽言，休被瞞過。大眾又多半拍掌，總算全院通過。楊士琦告辭而去，黎院長怏怏出門，乘車自回，餘人陸續散歸。

不到數天，請願團又次第發生，除籌安會及公民請願團外，還有商會請願團，北京商會的發起人，叫做馮麟霈，上海商會發起人，叫做周晉鑣。教育會請願團，自北京梅寶璣、馬為瓏等發起，北京社政進行會，自惲毓鼎、李毓如發起，甚至北京人力車伕，及沿途乞丐，也居然舉出代表，上書請願，這真是想入非非，無奇不有。又有一個婦女請願團，發起人乃是安女士靜生。雌風又大振了。這安女士是何等名媛，也來趕熱鬧場？小子事後調查，她是個山東嶧縣人氏，表字叫做慈紅，幼讀詩書，粗通筆墨，及長，頗有志交遊，不論巾幗鬚眉，統與她往來晉接。而且姿色秀媚，言態雍和，所有聞名慕色的人物，一通聲欬，無不傾倒，並替她極力揄揚，由是安名日噪。當民國創造時，她嘗高談革

命，鼓吹共和，如平權自由等名詞，都是她的口頭禪。她又自言曾遊歷外洋，吸入新智識，將來女權發達，定當為國效勞，可惜今尚有待，無所展才云云。為全國女學生寫影。旁人聽到此言，愈覺驚羨。庸耳俗目，無怪其然。未幾，北上到京，充任某女校校長，至帝制發生，她以為時機可乘，也擬邀合京中女學校學生，組織一婦女請願團。有人詰她忽言民主，忽言君主，前後懸殊，不無可鄙。她卻嫣然一笑道：「我等身當新舊過渡時代，斷不能與世界潮流，倒行逆施。我有時贊成民主，有時贊成君主，實是另具一番眼光。隨時判斷，能識時務，方為俊傑，迂儒曉得什麼呢。」見風使帆，原是緊要。當下遂至交民巷中，覓了一間古屋，懸出一塊木牌，上寫中國婦女請願會七字，並刊行一篇小啟，頗說得娓娓可聽。究竟是她手筆，抑不知是誰捉刀，小子也不必細查，但見她小啟云：

　　吾儕女子，群居嘿寂，未聞有一人奔走相隨於諸君子之後者，而諸君子亦未有呼醒痴迷醉夢之婦女，以為請願之分子者。豈婦女非中國之人民耶？抑變更國體，係重大問題，非吾儕婦女所可與聞耶？查《約法》向載中華民國主權在全國國民云云，既云全國國民，自合男女而言，同胞四萬萬中，女子占半數，使請願僅男子而無女子，則此跛足不完之請願，不幾奪吾婦女之主權耶？女子不知，是謂無識，知而不起，是謂放棄。夫吾國婦女智識之淺薄，亦何可諱言？然避危求安，亦與男子同此心理，生命財產之關係，亦何可任其長此拋置，而不謀一處之保持也？靜生等以纖弱之身，學識譾陋，痛時局之擾攘，嫠婦徒憂，幸蒙昧之復開，光華倍燦，聚流成海，撮土為山，女子既係國民，胡可不自猛覺耶？用是不揣微末，敢率我女界二萬萬同胞，以相隨請願於愛國諸君子之後，姊乎妹乎！盍興乎來！發起人安靜生啟。

　　自這小啟傳布後，倒也有數十個女同志，聯翩趨集，當擬定一篇請願書，呈入參政院。唯婦女手續，未免少緩，因此請願亦稍落人後了。

接連又有妓女請願團出現，為首的叫做花元春。好一個名目，應作花界領袖。花元春是京中闊妓，與袁大公子為齧臂交，大公子嘗語元春道：「他日我父踐天子位，我當為東宮太子，將選汝入宮，充作貴人，比諸溷跡風塵，操這神女生涯，諒應好得多哩。」閉置宮中，有什麼好處？元春微哂道：「妾係路柳牆花，怎得當貴人重選？但大公子既為大阿哥，如蒙不棄賤陋，得充一個灶下婢，也光榮的多了。」大公子喜甚，自是鴇母鴇兒等，均呼他為大阿哥，大公子亦直受不辭。會各處請願團，先後競集，不下數十處，袁大公子遂囑花元春，發起妓女請願團，借備一格。花元春自命時髦，樂得借這名目，出點風頭，當向大公子乞得纏頭，浼人撰了一篇稿子，釋出出去，遍散勾欄中。各妓女都向元春問訊，元春道：「車伕乞丐，也都集會請願，我姊妹們雖陷入煙花，難道比車伕乞丐還不如麼？況袁皇帝登極，記念我們亦有微勞，當亦特沛恩施，豈非一紙書可抵萬金麼？」眾妓聞言，喜歡無似，且聞她結交大公子，應有好消息微示，這種機會，千載一時，如何不贊成呢？當即推元春領名，託平時相識的文士，著成一篇請願書，也投入參政院去了。花花色色，無不完備。

　　參政院收集請願書，又是數十件，重複開會，集眾議事。黎院長告假不到，由副院長汪大燮主席。開議後，意見不一，有說的應提前召集國民會議，有說的應另籌徵求民意妥善辦法。兩下裡議論紛歧，當由汪大燮決定，將兩說統行存錄，咨送政府，請總統自擇。大眾倒也贊成，汪大燮即提出兩種議案，備好咨文，齎遞政府。越日得總統咨復，當提交國民會議，徵求正確民意。這覆文既到參政院，當有一個參政員顧鰲，出來反對道：「我是主張另籌辦法，不主張國民會議的，試思國民會議，是民國約法機關，不應解決國體。且國民會議，人數無多，也不得

謂為多數真正民意，無論對內對外，均是不相宜的。」言畢趨出，即往訪沈雲霈，申述成見。雲霈道：「我原說過國民會議是不甚妥當的，燕孫主張此說，我亦只好依議。」如雲霈言，足見財神勢力。顧鰲道：「我們同去見他，何如？」雲霈應允，遂與偕行。既至梁士詒寓所，投刺入見。士詒迎入客廳，顧鰲即自述來意，士詒哈哈大笑道：「我豈不知國民會議，是不能解決國體問題的？但總統既有命令，組織國民會議辦法，應該將此層題目，先行做過，方不致自相矛盾。巨六兄，巨六即顧鰲字。你是個法律大家，謂國民會議，不宜解決國體，他人沒有你的學問，總道是國體問題，當然屬諸國民會議，否則設此何用。」一個乖過一個。子霈道：「今總統已有咨復，說是要提交國民會議，你想國民會議的議員，尚需複選，輾轉需時，恐今年尚不能到京開會呢。」梁士詒道：「我有一個極妙的方法，現且不必發表，但教沈君就請願聯合會名義，要求參政院中，另訂徵求民意機關，且批駁國民會議為不合法，那時參政院總要續行開會，我好在會席間宣布意見。照我辦法，今年內定可請極峰登位呢。」還想賣點祕訣，財神慣使機巧。沈雲霈笑道：「我卻依你，看你有法無法。」梁士詒道：「你且瞧著，決不欺你。」沈、顧二人，因即告別。

　　沈雲霈即屬文牘員，撰成最後請願文，要求參政院另議辦法，並說國民會議，未便解決國體。這篇文字，齎達參政院，院中又要開會議決，黎院長仍然告假，免不得耽延一天。哪知請願書陸續遞入，都主張另訂辦法，副院長汪大燮，本是個通變達權的智士，明知老袁意思，迫不及待，遂不俟黎院長銷假，就召集諸人開會。梁士詒首先到院，沈雲霈、顧鰲、楊度、孫毓筠等依次到來，當由汪大燮報告，說明接收請願書件數，並言請願書中，一致贊成另訂徵求民意辦法。梁士詒起座道：「最好是開國民大會，就把國民會議議員初選當選人，選出國民代表，決

定國體，一則範圍較廣，二則手續不煩，豈非是一舉兩得麼？」原來是這個祕計。楊度忙搶著道：「梁參政所言甚是，不過由初選當選議員，選出國民代表，來京開議，仍需時日，這還該想一變通辦法。」梁士詒道：「何妨由各省當選人，在本籍自由投票，似此徵求民意，既普及國民全體，且免得遠道濡遲，這是最好沒有的了。」確是妙法。大眾齊拍掌道：「極好，極好。」顧鰲道：「這也應擬定一個組織法，由本院咨請施行。」法律家所言，處處不離一法字。梁士詒道：「這個自然。」主席汪大燮亦插入道：「這須先推起草委員，擬定國民代表組織法，方可咨送政府。」梁士詒道：「這會名叫國民代表大會，會裡的章程，就叫做國民代表大會組織法，可好麼？」大眾又拍手贊成。當下由主席推定起草委員，共計八人，便是梁士詒、汪有齡、施愚、陳國祥、江瀚、王劭廉、王樹枏、劉若曾八大參政。八人認定起草，便即散會。不到三天，梁士詒等即到參政院，遞交國民代表大會組織法的稿子，共十七條，由主席宣讀後，又經諸人審查，略行參改，把十七條減為十六條，條文列下：

　　第一條　關於全國國民之國體請願事件，以國民代表大會，代表國民全體之公意決定之。

　　第二條　國民代表，以記名單名投票法選舉之，以得票比較多數者為當選。

　　第三條　國民代表大會，以左列當選人組織之：（一）各省各特別區域之代表人數，以其所轄現設縣治之數為額；（二）內外蒙古三十二人；（三）西藏十二人；（四）青海四人；（五）回部四人；（六）滿、蒙、漢八旗二十四人；（七）全國商會及華僑六十人；（八）有勳勞於國家者三十人；（九）碩學通儒二人。

　　第四條　各省及各特別行政區域之國民代表，由國民會議各縣選舉會初選當選之複選選舉人，及有複選被選資格者選舉之。

第五條　蒙、藏、青海、回部之國民代表，由國民會議蒙、藏、青海聯合選舉會之單選選舉人選舉之。

第六條　滿、蒙、漢八旗之國民代表，由國民會議中央特別選舉會，八旗王公世爵世職之單選選舉人選舉之。

第七條　全國商會及華僑之國民代表，由國民會議中央特別選舉會，有工商實業資本一萬元以上，或華僑在國外，有商工實業資本三萬元以上者之單選選舉人選舉之。

第八條　有勳勞於國家者之國民代表，由國民會議中央特別選舉會，有勳勞於國家者之單選選舉人選舉之。

第九條　碩學通儒之國民代表，由國民會議中央特別選舉會，碩學通儒，或高等專門以上學校三年以上畢業，或與高等專門以上學校畢業有相當資格者，或在高等專門以上學校，充教員二年以上者之單選選舉人選舉之。（第五條至本條第一項之單選選舉人，以依法經由全國選舉資格審查會審查合格者為限。）

第十條　國民代表選舉監督，依左列之規定：（一）各省以各該最高級長官，會同監督；（二）各特別行政區域地方，以該最高級長官監督之；（三）第三條第二、三、四、五款，以蒙藏院總裁監督之；（四）第三條第六、七、八、九款，以內務總長監督之。

第十一條　選舉國民代表場所設於監督所在地，屆選舉日期，就報到之選舉人由監督召集之，舉行選舉。（各省各特別行政區域，遇有必要情形，該監督得以關於國民代表選舉事項，委託各縣知事行之。）

第十二條　選舉國民代表日期，由各監督定之。

第十三條　國民代表決定本法第一條事件，以記名投票結果，由各該監督報告代行立法院，匯綜票數，比較其決定意見，定為國民代表大會之總意見。（前項之票紙，應於開票報告後，封送代行立法院備案。）（決定國體投票日期，由各監督定之。）

第四十九回　競女權喜趕熱鬧場　徵民意咨行組織法

　　第十四條　決定國體投票之標題，由代行立法院議決，咨行政府，轉知各監督於投票日，宣示國民代表。

　　第十五條　依本法所定，關於選舉投票之籌備事宜，由辦理國民會議事務局辦理。

　　第十六條　本法自公布日施行。

　　這便是國民代表大會組織法全案，經全院通過，即添入一篇咨文，送交政事堂去了。這一咨有分教：

　　假託民權更國體，揭開面具見雄心。

　　未知袁總統曾否照允，容至下回再詳。

　　前半回寫安靜生，下半回寫梁士詒，餘人皆賓也。安靜生髮起婦女請願團，謂能識時務，方為俊傑，梁士詒則祕密設法，務使帝制之底成，是殆皆希寵求榮，投機營利者。夫禮時為大，能乘時而奮發，未始非一智士；然一存私見，則雖有時可乘，亦無非為揣摩迎合之流，不足為豪傑士。況袁氏之潛圖帝制，固知其不可而為之者耶？民國成立，迄今未安，甚且日瀕危險，蓋由權利思想，中入人心，無論男婦，統挾一干利之念以行事，而於是氣節掃地，廉恥道喪，國事從此泯棼矣。可悲可嘆！

第五十回
逼故宮勸除帝號　傳密電強脅輿情

　　卻說袁總統接到參政院咨文，好似一服清涼散，把這盼望帝制的熱心，安慰了許多，當命祕書員草定命令，頒布出來。有云：

　　參政院代行立法院，咨稱：本院前據各直省各特別行政區域，內外蒙古、青海、回部、前後藏、滿洲八旗公民、王公，暨京外商會、學會、華僑聯合會等，一再請願改革國體，當經本會開會議決，將請願書八十三件，咨送政府，並建議根本解決之法，或提前召集國民會議，或另籌徵求民意妥善辦法。疊準大總統咨復，以國民會議議員複選報竣為期，以徵求正確民意為準，以從憲法上解決為範圍，具見大獻制治，精一執中，曷勝欽佩。而自本院咨送八十三件請願書以後，復有全國請願聯合代表沈雲霈等，全國商民馮麟霈，全國公民代表阿穆爾靈圭等，中國回教俱進會，回族聯合請願團，暨回疆八部代表王常等，哈密、吐魯番回部代表馬吉符等，錫林果勒盟代表程承鐸等，雲南迤西各土司總代表鄧匯源等，新疆、蒙、回全體王公代表，暨寧夏駐防滿蒙代表楊增炳等，北京二十區市民董文銓等，北京社政進行會惲毓鼎等，南京學界丁偉東等，貴州總商會徐治濤等，籌安會代表楊度等，暨全國商會聯合會蔚豐厚各處票商等，前後請願前來，咸以為中國二千餘年，以君主制度立國，人民心理，久定一尊，辛亥以後，改用共和，實於國情不適，以致人無固志，國本不安，誠由共和制度，元首以時更替，國家不能保長久之經劃，人民不能定專一之趨向。兼之人希非分，禍機四伏，或數年一致亂，或數十年一致亂，撥亂尚且不遑，政治何由可望？南美、中美十餘國，坐此擾攘，幾無寧歲，而墨西哥為尤甚。四稔紛競，五年相

残，人民失業，傷亡遍地，前車之覆，可為殷鑑。中國迭經變故，元氣未復，國家政治，急待進行，人民生計，急待蘇息，唯有速定君主立憲，以期長治久安，庶幾法律與政治，互相維持，國基既以鞏固，國勢亦以振興，全國人民，深思熟慮，無以易此。即外國之政治學問名家，亦多謂中國不適共和，唯宜君憲，足見人心所趨，即真理所在。全國人民，迫切呼籲，實見君主立憲，為救國良圖，必宜從速解決，而國民會議，開會遲緩，且屬決定憲法機關，國體未先決定，憲法何自發生？非迅速特立正大之機關，徵求真確之民意，不足以定大計而立國本。再三陳請，眾口一詞。本院初以建議在前，復經大總統咨復，辦法已定，不敢輕意變更。而輿論所歸，呼籲相繼，本院尊重民意，重付院議，僉謂茲事重大，自未便拘常法以求解決。國家者，國民全體之國家也，民心之向背，為國體取捨之根本。唯民意既求從速決定，自當設法提前開議，以順民意，與本院前次建議，所謂另籌妥善辦法，以昭鄭重者，實屬同符。即與我大總統咨復，所謂國家根本大計，不得不格外審慎者，尤相脗合。謹按約法第一章第二條中華民國主權，本之國民全體，則國體之解決，實為最上之主權，即應本之國民之全體，茲議定名為國民代表大會，即以國員會議初選當選人為基礎，選出國民代表，決定國體。似此則凡直省及特別區域，滿、蒙、回、藏均有代表之人。徵求民意之法，普及國民全體，以之決大計而定國本，庶可謂正大機關。而真確之民意，可得而見，較之國民會議為尤進也。茲據《約法》第三十一條之規定，於十月六日開會，議決國民代表大會組織法，經三讀通過。現在全國人民，亟望國體解決，有迫不及待之勢，相應抄錄全案，並各請願書，咨請大總統迅予宣布施行等因。除將代行立法院議定之國民代表大會組織法公布外，特此布告，咸使聞知。此令。

又令云：

參政院代行立法院，議定國民代表大會組織法，特公布之，此令。

這令一下，老袁已心滿意足，料得皇帝一席，穩穩到手，便將民國四年的雙十節，停止國慶紀念慶祝宴會；一面召梁士詒、江朝宗二人，入總統府祕密會議室，囑咐了許多言語，叫他作為專使，即日去走一遭。兩人唯唯聽命，就去照辦。看官道是何事？乃是令兩人去逼清宮，撤去清帝名號，來做那袁皇帝的臣僕。第一齣逼宮，早已演過，此時要演第二齣了。自隆裕皇太后病逝後，清宮裡面，內事由瑾、瑜二太妃主持，外事由世續、奕劻、載灃等辦理。宣統帝尚是幼年，除隨著陸潤庠、伊克坦等講讀漢、滿文字外，無非踢皮球，滾鐵圈，習那小孩子的頑意兒，曉得什麼大事；不過表面上存著帝號，滿族故舊尚稱他一聲萬歲。其實是宮廷荒草，荊棘銅駝，回首當年，已不勝黍離之感。袁氏若果明睿，試看清室模樣，應亦灰心帝制。幸虧皇室經費，還得隨時領取，聊免飢寒。不意梁士詒、江朝宗兩人，一文一武，奉著袁氏的命令，竟來脅迫清室，逼他撤消帝號。世續接著，與兩人晤談起來，世續依據優待條件，當然拒絕。惱動了江朝宗，竟用著威武手段，攘臂奮拳，似要賞他幾個五分頭，嚇得世續倒退幾步。還是梁士詒從旁解勸，教江朝宗不要莽撞，且請世續稟明兩太妃，允否候復。財神臉總討人歡。世續見梁士詒放寬一著，自然隨聲附和，說是稟過太妃，再行報命。兩人方才回來，到總統府復旨。

　　老袁靜待數日，不聞答覆，正要遣原使催逼，忽見梁士詒報導：「清慶王奕劻病歿了。」老袁道：「何日逝世，我沒有聞他生病，為何這般速死？」士詒道：「聞他前日為廢帝事件，入宮商議，大家哭做一團，想這老頭兒傷心過甚，回家嘔血，氣竭身亡。」老袁道：「莫非他擁護清室，不肯撤銷帝號嗎？」士詒道：「他願否撤銷帝號，尚未曾探悉底細。」老袁道：「我只教溥儀小子，撤銷帝號，並不要抄他老頭兒家產，傷心什

第五十回　逼故宮勸除帝號　傳密電強脅輿情

麼？」想是以己度人。士詒道：「這也怪他不得。」老袁道：「為什麼呢？」士詒道：「從前清帝退位，曾訂有優待條件，說明清帝名號，仍不變更，今要他撤銷帝號，未免有礙前約，帝號可廢，將來各種條文，均恐無效，豈不要令他悶死嗎。」老袁道：「天無二日，民無二王，我若為帝，難道溥儀尚得稱帝麼？」士詒道：「主子明鑑，天下事總須逐漸進行，現在令清室撤銷帝號，不如令清室推戴主子，他既協同推戴，俟主子登了大寶，然後令他撤銷帝號，那時名正言順，還怕他反抗不成？」老袁聞言，不禁起座，撫士詒的右肩道：「你真是個智囊，賽過當年諸葛了。」士詒慌忙謝獎，幾乎要磕下頭去。老袁把他扶住，又密與語道：「這也要仗你去疏通呢。」士詒道：「敢不效力。」定策首功，要推此人。老袁又商及國民代表大會一事，士詒道：「這可令辦理國民會議事務局，密電各省，指示選舉及投票方法，定可全體一致，毋須過慮。」老袁點首，士詒乃退。

這辦理國民會議事務局長，就是顧鰲，聞著這個消息，忙與梁士詒擬定祕密辦法，稟明老袁，依次發電，通告各省將軍巡按使，最關緊要的，約有數電，小子特摘錄如下：

各省將軍巡按使鑑：（中略）查關於國民會議議員初選機宜，前經本局密電，申明辦法，請轉飭各初選監督照辦在案，想各該初選監督，當能體會入微，善為運用。

目下情勢，較前尤為緊要，應請貴監督迅即密飭所屬各初選監督，對於該縣之初選當選人，應負完全責任，儘可於未舉行初選之前，先將有被選資格之人，詳加考察，擇其性行純和，宗旨一貫，能就範圍者，預擬為初選當選人，再將選舉人設法指揮，妥為支配，果有窒礙難通，亦不妨隱加以無形之強制，庶幾投票結果，均能聽我馳驅。且將來選舉國民代表，及選舉國民會議議員，自可水到渠成，不煩縷解，此事實為

宣布選舉之最要關鍵，務希飛電各初選監督，慎密照辦，其無通電地方，應即迅用密飭，加急星夜飛遞，以免貽誤。如實有趕辦不及之處，即將初選酌量延期數日，亦無不可。倘或敷衍竣事，致令桀點濫竽，則重咎所歸，實在各該初選監督。再查國民代表選舉，在各省係以各該最高級長官，會同監督之，此後凡關於國民代表選舉事宜，如係軍政同城，希即妥協密商辦理，並飭知各該初選監督，一體遵照為要。辦理國民會議事務局印。

這道密電，已將選舉方法，指示明白。還有將國民代表大組織法中，有關運用各條，分別密示。開列如下：

（一）本法第一條所稱國體請願事件，以國民代表大會決定之等語。查此次國體請願，其請願書不下百起，請願人遍於全國，已足徵國民心理之所同，故此次所謂以國民代表大會決定云者，不過取正式之贊同，更無研究之隙地。將來投票決定，必須使各地代表，共同一致，主張改為君憲國體，而非以共和君主兩種主義，聽國民選擇自由。故於選舉投票之前，應由貴監督暗中物色可以代表此種民意之人，先事預備，並多方設法，使於投票時，得以當選，庶將來決定投票，不致參差。

（二）本法第二條，國民代表，以記名單名投票法選舉之，以得票比較多數者為當選等語。查此項代表，雖由各選舉人選出，而實則先由貴監督認定。本條取記名單名主義，既以防選舉人之支吾，且以重選舉人之責任。

唯既取多數當選主義，則必須先事籌維。貴監督應於投票之先，將所有選舉人，就其所便，分為若干部分，隨將預擬之被選舉人，按各部分一一分配之，何部分選舉何人，何人歸何部分選舉，均各於事前支配妥協，各專責成。更於投票時派員監視，更分別密列一單，密令照選，庶當選者，不致出我範圍。

(三)本法第四條，各省各特別行政區域之代表，由國民會議各縣選舉會初選當選之複選選舉人，及有複選被選資格者選舉之等語。查本條所稱複選選舉人，與複選被選資格，實係兩種資格，並非謂一人須兼有此兩條件，本局曾於另電解釋在案。本局之規定，其精神亦係為各監督留伸縮之微權。如果選舉人報到甚少，不足以昭示大公，則由貴監督自行遴選合於複選被選資格之人，以充其數，庶決定投票日期，不致多所為難。

　　(四)本法第十一條，所稱屆選舉日期，就報到之選舉人，由監督召集之，舉行選舉等語。查本條之規定，係因此次決定國體，事關國家大計，初選舉行以後，即不可過為遲延，故屆選舉日期，只就報到之選舉人召集投票，而不及員額之限制。且各選舉人人數過少，各監督尚可援本法第十條後段之規定，以增其額數。唯形式上必須力求普遍，庶於此次設立國民代表大會之真意相符。

　　(五)本法第十二條，選舉國民代表日期，由各監督定之等語。查此項選舉，必須運動成熟，而後可以舉行，預定時期，反多窒礙，故由各監督自定，以期伸縮自如。

　　唯此項選舉，事關國本，不能不力取整齊。若各省日期，過於懸絕，不特將來代行立法院咨行投票，難於匯綜，而全國各區，參差不齊，亦不足以聿新觀聽。應請貴監督將辦理此事情形，隨時電知本局，以便通盤籌酌，免誤事機。特此電聞，即希查照。辦理國民會議事務局印。

　　這時候的籌安會，聯合請願會，都已成為明日黃花，上下一心，專注意國民代表大會，就中最占勢力的，要算梁財神。財神應到處歡迎。因聯合請願會，及國民代表大會，統由他一力造成，所以他的一言一

動，差不多是老袁代表。即如沈雲霈、張鎮芳、那彥圖等，無一非附驥成名，時人稱為十三太保，就是小子四十八回中所述，兩派湊合的首領十三人。唯籌安六君子，除楊度、孫毓筠，依附梁財神，尚有餘焰外，餘子已漸漸失勢，就是籌安會門首，也沒人過問，幾可張羅。楊度看不過去，把籌安會三字的招牌，取消了他，換了一個憲政協進會的牌號，懸將出來。大眾厭故喜新，還道楊皙子多才多藝，又有什麼好法兒，免不得再去結好。後來探悉內容，仍是換湯不換藥，自又掉轉了頭，從熱鬧中鑽營去了。小子有詩嘆道：

萬惡都從無恥來，朝秦暮楚算多才。

如何鼎革維新後，尚集蠅蛆釀禍胎？

鑽營自鑽營，恬退自恬退，有好幾個袁氏私交，不願在帝制漩渦中，廝混過去，竟先後遞呈辭職書。欲知姓甚名誰，俟至下回報聞。

國民代表大會，開手組織，即停止國慶日慶祝，並遣梁、江二人，至清宮迫除帝號，老袁豈自知死期將至，迫不及待，急欲竊帝號以自娛，如當日吳三桂之所為耶？慶親王奕劻，為清室罪臣，即為袁氏功人，老袁聞其已死，絕不憐念，賣主者可援為殷鑑。本回雖隨筆敘入，已可於言外見意。至梁財神之見識，尤高出老袁，袁不若新莽，而梁則過於劉歆，至若操縱選舉，指示機宜，幾欲令全國輿情，都入財神掌握。財神之才力，固可謂不弱矣，特無如天人之未與何也？

第五十回　逼故宮勸除帝號　傳密電強脅輿情

第五十一回
遇刺客險遭毒手　訪名姝相見傾心

　　卻說袁政府盛倡帝制，有幾個老成練達的人物，料知帝制難成，先後遞呈辭職書，出都自去。第一個便是李經羲，第二個便是趙爾巽，第三個便是張謇，這三位大老，統是袁氏老朋友，張謇與老袁，且有師弟關係，小子走筆至此，更不得不特別表明。忘師蔑友，越見得利令智昏。袁總統世凱，籍隸項城，係前清河道總督袁甲三姪孫，侍郎保恆姪兒，父名保慶，也曾為江南道員。世凱少時，嘗應童子試於陳州，府試考列前十名，到了院試，督學為瞿鴻禨，見他試文中不守繩墨，擯斥不錄，世凱引為大恨。聞李鴻章總督直隸，即往投天津，執世家子禮，投刺進謁。李接見後，頗加賞識，給他差委。保恆得知消息，遂往見鴻章道：「舍姪跅弛不羈，後恐敗事，幸毋重用。」鴻章微哂道：「爾何故輕覷爾姪？我看爾姪功名，將來定出爾我之上呢。」保恆乃退。兩人所見。俱有特識。嗣是鴻章晤著世凱，獎勵中兼寓勸勉，頗欲他陶冶成材，奈他是少年傲物，不肯就範。適吳軍門長慶，駐師北韓，與袁氏向繫世好，因此世凱復棄李投吳，吳又與語道：「爾尚年少，應先讀書，我幕府中多名士，爾可去問業，借聆教益。」世凱無奈，只好唯唯從命。看官！你道吳幕中是何等名流？一是海門周家祿，一就是通州張謇。周見世凱文字，頗多獎詞，獨張謇不稍假借，批示從嚴。世凱又鬱鬱不樂。後來入躋顯要，竟任直督，嘗延周入幕，與張竟不通聞問。至清廷創議變法，世凱力請立憲。張乃致書與論憲政，始通款好。至是世凱為民國

第五十一回　遇刺客險遭毒手　訪名姝相見傾心

總統，張入任農商總長，新例上似分主輔，舊誼上總屬師生。敘入袁張歷史，具有關係。自從帝制風潮，日益澎湃，張卻懷著舊交，入內規諫。偏偏忠言逆耳，反碰了一鼻子灰，那時無可戀棧，不如掉轉了頭，你走你的陽關道，我走我的獨木橋，就是李經羲、趙爾巽二人，也明知多言無益，索性歸休。大家同一思想，遂密檢行囊，混出京城，到了都門外面，方遣人齎送辭職書，婉言告別。只有國務卿徐世昌，一時不便脫身，權且捱延過去。

誰知都城裡面的新聞，愈出愈奇，忽傳段祺瑞有被刺情事，急遣人探聽消息，回報段幸無恙，不過略受虛驚，所有刺客，也不知來歷，無從究詰了。世昌暗暗點頭，嗟嘆不已。原來段祺瑞解職閒居，因恐為袁所忌，仍然留住都門，蟄伏不出。他素性向喜弈棋，除晝餐夜寢外，唯與一二知己，圍棋消遣。某夕風雨悽清，旅居岑寂，他在書齋中兀坐，未免鬱悶，隨手就書架上，檢出一本棋譜，藉著燈光，留神展閱。約有一二小時，不覺疲倦起來，正思斂書就寢，忽聽窗外的風聲，愈加猛烈，燈焰也搖搖不定，幾乎有吹滅形狀，那門簾也無緣無故的揭起一角，彷彿有一條黑影，從隙竄入。說時遲，那時快，他身邊正備著手槍，急忙取出，對著這條黑影兒，撲的一響，這黑影兒卻閃過一邊，接連又是一響，那黑影兒竟向床下進去了。人耶？鬼耶？他至此反覺驚疑，亟捻大燈光，從門外喚進僕役，入室搜尋，四覓無人。又由他自掌洋燈，從床下一照，不瞧猶可，瞧著後，不禁猛呼道：「有賊在此！」僕役等便七手八腳，向床下牽扯，好容易拖了出來，卻是一個熱血模糊的死屍，大家統亂叫道：「怪極！怪極！」再從屍身上一搜，只有手槍一支，餘無別物。祺瑞亦親自過目，勉強按定了神，躊躇半晌，才語僕役道：「拖出去罷，明晨去掩埋便了。」僕役不知就裡，各絮語道：「這個

死屍，不是刺客，便是大盜，正宜報明軍警，徹底查究為是。」祺瑞道：「你們曉得什麼？現在的時勢，多一事不如少一事，這死屍是為了金錢，甘心捨命，我今日還算大幸，不遭毒手。明晨找口棺木，把他掩埋，自然沒事，倘有人問及，但說我家死了一僕，便好了結。大家各守祕密，格外加謹，此後有面生的人物，不許入門。如違我命，立加懲處，莫謂我無主僕情。」辦法很是。僕役等方將死屍拖出院中，祺瑞申囑僕役，不準多說，方攜燈歸寢去了。此夕想亦未必臥著。

　　翌日，僕役等奉命施行，舁出屍棺，就義塚旁掩埋了事。大家箝住了口，不敢多嘴。但天下事總不免走漏風聲，段寓內出了此案，不消兩三日，已傳遍都中，唯刺客不知何人，從明眼人推測出來，已知他來歷不小，暗地為段氏慶幸，且佩服段氏處置。段祺瑞經了此險，越發杜門謝客，遵時養晦，連幾個圍棋好友，也不甚往來了。過了數日，且託辭養病，趨至西山，覓室靜處，不聞朝事。老袁還陰懷猜忌，密囑爪牙，偵探他的行動。嗣聞他閉戶獨居，沒甚變端，才稍稍放心。唯山東將軍靳雲鵬，素附段氏，段既去職，靳失內援，遂南結江蘇將軍馮國璋，為自衛計。當時謠諑繁興，競說靳為段氏替身，馮靳相結，不啻馮段相聯，漸漸的傳入老袁耳中，於是忌段忌靳，並忌及馮。內飭長子袁克定，自練模範軍，抵制段氏，外借換防為名，調陸軍第四師第十師屯駐上海，第五師中的一旅，駐紮蘇州；安武軍的第一路，倪嗣沖屬部。駐紮南京，無非是防馮為變，預加鈐制的意思。防東不防西，仍是失著。還有一位鐵中錚錚的大人物，廁身參政，通變達權，惹起袁氏注目，日加疑忌，險些兒埋沒英雄，坑死京中，這人非別，就是前雲南都督蔡鍔。繡幡開遙見英雄俺。鍔自雲南卸任，奉召入京，應三十六回。袁總統優禮有加，每日必召入府中，託言磋商要政，其實是防他為變，有意

鈐束。鍔亦恐遭袁忌，自斂鋒芒，每與老袁晤談偽作呆鈍，且自謂年輕望淺，閱歷未深，除軍學上略知一二外，餘均茫昧，不識大體。老袁故意問難，鍔亦假作失詞，誰料老袁卻善窺人意，暗地笑著，嘗語左右道：「松坡（蔡鍔字）的用心，也覺太苦了。古人說得好：『大智若愚，大巧若拙』，他想照此行事，自作愚拙，別人或被他瞞過，難道我亦受他矇蔽麼？」既是解人，何不推誠相與？左右湊趣道：「誰人不願富貴，但教大總統給他寵榮，哪一個不知恩報恩哩。」老袁點首無言，嗣是格外優待，迭予重職，初任為高等軍事顧問，又兼政治會議議員，及約法議員，更任將軍府將軍，繼復為陸海軍統率處辦事員，又充全國經界局督辦，並選為參政院參政。滿擬把各項榮名，各種要任，籠絡這滇南人傑。偏他是聲色不動，隨來隨受，得了一官，也未嘗加喜，添了一職，也未嘗推辭，弄得袁總統莫名其妙。

一日，復召鍔入府，語及帝制，鍔即避座起立道：「鍔初意是贊成共和，及見南方二次革命，才知中國是不能無帝，當贛、寧平定後，鍔已擬倡言君主，變更國體，因鑑著宋育仁已事，不敢發言，今元首既有此志，那正是極好的了，鍔當首表贊成。」老袁聽到此語，好似一服清涼散，吃得滿身爽快，但轉念蔡鍔是革命要人，未必心口如一，乃出言詰鍔道：「你的言語，果好作真麼？如好作真，為什麼贛、寧起事，你尚欲出作調人，替他排解呢？」這一問頗是厲害。鍔隨口答道：「彼一時，此一時，那時鍔僻處南方，離京很遠，長江一帶，多是民黨勢力範圍，鍔恐投鼠忌器，不得不爾，還乞元首原諒！」老袁聽了，拈鬚微笑，隨後與他說了數語，方才送客。這位聰明絕頂的蔡松坡，自經老袁一番詰問，也捏著一把冷汗，虧得隨機答應，遮蓋過去，免致臨時為難。但羈身虎口，總未必安如泰山，歸寓以後，滿腹躊躇，自悔當時入京，未免

鹵莽，幾不啻自投羅網，竄入阱中。況隨身又帶著家眷，若要微服脫逃，家眷勢必遭害，左思右想，無可奈何，忽自言自語道：「呆了，呆了，孫臏遇著龐涓，足被刖了，還能脫身自由，我負著七尺壯軀，一些兒未曾虧缺，難道就不能避害麼？」

言畢，復想了一會，打定主意，方得安枕。

自此以後，遇著一班帝制派的人物，往往折節下交，起初與六君子十三太保等，統是落落難合，後來逐漸親暱，反似彼此引為同調，連六君子十三太保，也覺是錯怪好人，自釋前嫌，遂組織一個消閒會，每當公務閒暇，即湊合攏來，飲酒談心。某夕，酒後耳熱，大家乘著餘興，復談起帝制來，蔡鍔便附和道：「共和兩字，並非不良，不過中國人情，卻不合共和。」說至此，即有一人接口道：「松坡兄！你今日方知共和二字的利害麼？」蔡鍔聞聲注視，並非別人，就是籌安會六君子的大頭目，姓楊名度，表字晳子，再點姓名，令人記憶。當下應聲道：「俗語有云：『事非經過不知難』。蘧伯玉年至五十，才覺知非，似鍔僅踰壯年，已知從前錯誤，自謂頗不弱古人，晳子兄何不見諒？」楊度又道：「你是梁任公的高足，他近日已做成一篇大文，力駁帝制，你卻來贊成皇帝，這豈不是背師麼？」借楊度口中，回應四十八回，且插敘梁蔡師生舊誼。蔡鍔又笑應道：「師友是一樣的人倫，從前晳子兄與梁先生，是保皇會同志，為什麼他駁帝制，你偏籌安，今日反將我詰責，我先要詰問老兄，誰是誰非？」以矛刺盾，巧於詞令。楊度還欲與辯，卻經旁座諸友，替他兩面解嘲，方彼此一笑而罷。

小子敘述至此，又不能不將梁、蔡兩人，說明一段師生舊誼。原來蔡鍔係湖南寶慶縣人，原名艮寅，字松坡，髫年喪父，侍母苦讀，十四入邑庠，施至省城時務學校肄業。這時務學校，便是新會人梁啟超所創

第五十一回　遇刺客險遭毒手　訪名姝相見傾心

辦,梁見他聰慧能文,很加器重,他復喜讀兵書,有志軍學,嘗自謂當學萬人敵,不應於毛錐中討生活。以此梁愈稱賞,目為高弟。至戊戌變政,時務學校輟業,鍔復藉資往滬,就業南洋公學,畢業後,回至湖南,適唐才常遙應孫文,舉義漢口,他頗與唐同志,竟去入黨。不幸事機被洩,唐被逮戮,沒奈何遁跡海外,徑往東瀛。巧值梁在日本主撰新民叢報,聞高弟到來,殷勤接待,併為籌集學費,令入日本陸軍學校。校中多中國人,半係膏粱子弟,見他衣服陋劣,均嗤為窶人子,他亦不屑與較,唯一意求學。嗣是益通戰術,到了卒業以後,復航海西歸,聞前時唐氏案中,未被株連,遂放著膽趨至廣西,投效戎行,得為下級軍官,歷著成績。時李經羲正巡撫廣西,調入撫署,一見傾心,即任為軍事參謀,兼練軍學堂總辦。一切籌畫,無不建功。嗣隨李調任雲南,就新軍協統的職任。雲南起義,因大眾公推,進為都督,送李出省,臨別依依。蔡松坡有再造共和之功,故補述履歷,應亦從詳。此次楊度詰問,尚是未釋疑團,經他從容辯駁,反覺他理直氣壯,無瑕可指。唯楊度尚是未服,慢慢的檢出一張紙兒,遞給蔡鍔道:「你既贊成帝制,應該向上頭請願,何不籤個大名?」蔡鍔接過一看,乃是一張請願書,便道:「我在總統面前,已是請願過了,你要我簽個名兒,有何不可?」遂趨至文案旁,提始湖南毛筆,信手一揮,寫了蔡鍔兩字,又簽好了押,還交楊度,大家見他這般直爽,爭推他是識時俊傑,誇獎一番。是乃不入耳之談。蔡鍔複道:「鍔是一介武夫,素性粗魯,做到哪裡,便是哪裡,不似諸君子思深慮遠,一方面歌功頌德,一方面憂讒畏譏,反被人家笑作女兒腔,有些兒扭扭捏捏呢。」奚落得妙。楊度道:「你何苦學那劉四,無故罵人,你既不喜這女兒腔,為何也眷戀著小鳳仙呢?」點出小鳳仙,敘筆不直。大眾聞了小鳳仙三字,多有些驚異起來,正欲轉問

楊度，但聽蔡鍔回應道：「小鳳仙麼？我也不必諱言，現在京中的八大胡同，車馬喧闐，晝夜不絕，無論名公巨卿，統借它為消遣地，就是今日在座諸公，恐也沒一個不去過的。但我去賞識小鳳仙，也是比眾不同，小鳳仙的脾氣，人家說她不合時宜，其實她也是呆頭呆腦，不慣作妓女腔，與人不合，與我卻情性相投，所以我獨愛她呢。」楊度笑著道：「這叫做情人眼裡出西施哩。」大眾道：「看不出這位松坡兄，也去管領花叢，領略那溫柔滋味。」蔡鍔也微笑道：「人情畢竟相同，譬如諸公贊成帝制，我也自然從眾。古聖有言：『好德如好色。』難道諸公好去獵豔，獨不許我蔡鍔結識一妓麼？」對楊度言如彼，對大眾言如此，絕妙口才。大眾複道：「準你，準你，但你既賞識名姝，應該作一東道主，公請一杯喜酒。」語未畢，楊度又接口道：「應設兩席，一是喜酒，一是罰酒。」蔡鍔道：「如何要罰？」楊度道：「行動祕密，有礙大公，該罰不該罰？」蔡鍔道：「祕密二字，太言重了，難道我去挾妓，定要向尊處請訓。況你已經得知，如何算得祕密？不如緩一兩天，公請一席罷。」大眾拍手贊成，是時酒興已闌，杯盤狼藉，便陸續離席，次第散歸。

　　看官！欲知小鳳仙的情由，小子正好乘間一敘。小鳳仙是浙江錢塘縣人，流寓京師，墮入妓籍，隸屬陝西巷雲吉班，相貌不過中姿，性情卻是孤傲，所過人一籌的本領，是粗通翰墨，喜綴歌詞，尤生成一雙慧眼，能辨別狎客才華，都中人士，或稱她為俠妓。蔡鍔軟禁京都，正具醇酒婦人計策，破掉那袁政府的疑心，既聞小鳳仙俠名，遂易服為商賈裝，至雲吉班探訪。小鳳仙出來相見，便識他為非常人，略略應酬，即詢及職業。蔡鍔詭言業商，小鳳仙嫣然道：「休得相欺，奴自墜入火坑，接客有年，未嘗有豐采似君，令人欽仰，今日可謂僅見斯人了。」幾不亞梁紅玉。蔡鍔道：「都門繁盛，遊客眾多，王公大臣，不知凡幾，公子王

孫，不知凡幾，名士才子，不知凡幾，我貴不及他，美不及他，才不及他，怎得謂僅見斯人？」鳳仙搖首道：「如君所言，均非奴意。試思舉國委靡，國將不國，貴乎何有？美乎何有？才乎何有？奴獨重君，因君面目中有英雄氣，不似那尋常人士，醉生夢死呢。」妓寮中有此特色，不愧仙名。蔡鍔聞言，暗暗稱奇，但恐為袁氏指使，未便實告，只好支吾對付。小鳳仙竟嘆息道：「細觀君態，外似歡娛，內懷鬱結，奴雖女流，倘蒙不棄，或得為君解憂，休視奴為青樓賤物呢。」蔡鍔非常激賞，但初次相見，究未敢表示真相，經小鳳仙安排小酌，陪飲數觥，乃起座周行，但見妝臺古雅，綺閣清華，湘簾鬖幾，天然美好，回睹紅顏，雖未甚嫵媚動人，卻另具一種慧秀態度，會被小鳳仙瞧著，迎眸一笑，蔡鍔頗難以為情，掉轉頭來，旁顧箱篋上面，皮閣卷軸，堆積如山，信手展閱，多是文士贈聯，乃指小鳳仙道：「聯對如許，何聯足當卿意？」小鳳仙道：「奴略諳文字，未通三昧。但覺贈聯中多是泛詞，不甚切合，君係當世英雄，不知肯賞我一聯否？」蔡鍔慨允不辭。當由小鳳仙取出宣紙，磨墨濡毫，隨即鎮紙下筆，揮染雲煙，須臾即寫好一聯，但見聯語云：

不信美人終薄命，古來俠女出風塵。

小鳳仙瞧這一聯，很是喜慰，便連聲讚好；且云美人俠女四字，未免過譽。蔡鍔不與多說，隨署上款，寫了鳳仙女史粲正六字，再署下款。鳳仙忙搖手道：「且慢！奴有話說。」蔡鍔停住了筆，聽她道來。究竟鳳仙所說何詞，且至下回分解。

　　段祺瑞為袁氏心腹，相知有年，徒以帝制之反抗，至欲置諸死地，刺客之遣，非袁氏使之，誰使之歟？本回所述，雖未明言主使，而寓意自在言中，段氏之不遭毒手，正老天之使袁自省耳。袁氏不悟，復忌及蔡鍔，殺之不能，乃欲豢之，豢之不足，乃更寵之。曾亦思自古英雄，

豈寵豢所得羈縻乎？徒見其心勞日拙而已。然如蔡鍔之身處漩渦，不惜自汙，以求有濟，亦可謂苦心孤詣，而小鳳仙之附名而顯，尤足為紅粉生色。巾幗中有是人，已為難得，妓寮中有是人，尤覺罕聞。據事並書，所以愧都下士云。

第五十一回　遇刺客險遭毒手　訪名妹相見傾心

第五十二回
偽交歡挾妓侑宴　假反目遣眷還鄉

　　卻說蔡鍔停住了筆，靜聽小鳳仙的話兒。小鳳仙卻從容道：「上款蒙署及賤名，下款須實署尊號。彼此溷跡都門，雖貴賤懸殊，究非朝廷欽犯，何必隱姓埋名，效那鬼蜮的行徑。大丈夫行事當磊磊落落，若疑我有歹心，天日在上，應加誅殛。」袁皇帝專知罰咒，鳳兒莫非學來。蔡鍔乃署名松坡，擲筆案上。小鳳仙用手支頤，想了一會，竟觸悟道：「公莫非蔡都督麼？」蔡鍔默然。小鳳仙道：「我的眸子，還算不弱，否則幾為公所紿。但都門係齷齪地方，公何為輕身到此？」蔡鍔驚異道：「這話錯了，現在袁總統要做皇帝，哪一個不想攀龍附鳳，圖些功名？就是女界中也組織請願團，什麼安靜生，什麼花元春，統趁勢出點風頭，我為你計，也好附入請願團，借沐光榮，為什麼甘落人後呢？」小鳳仙嗤的一笑，退至幾旁，竟爾坐下。蔡鍔又道：「我說如何？」小鳳仙卻正色道：「你們大人先生，應該攀龍附鳳，似奴命薄，想什麼意外光榮，公且休說，免得肉麻。」蔡鍔又道：「你難道不贊成帝制麼？」小鳳仙道：「帝制不帝制，與奴無涉，但問公一言，三國時候的曹阿瞞，人品何如？」蔡鍔道：「也是個亂世英雄。」小鳳仙瞅著一眼道：「你去做那華歆、荀彧罷，我的妝閣中，不配你立足。」錦心繡口，令人拜倒。蔡鍔道：「你要下逐客令了，我便去休。」言畢，即挺身出外。小鳳仙也不再挽留，任他自去。蔡鍔返寓後，默思：煙花隊中，卻有這般解人，真足令人欽服；我此次入京，總算不虛行了。

第五十二回　偽交歡抶妓侑宴　假反目遣眷還鄉

　　過了兩天，又乘著日昃時候，往訪小鳳仙，鳳仙見了，卻故作嗔容道：「你何不去做華歆、荀彧，卻又到這裡來？」蔡鍔道：「華歆呢，荀彧呢，自有他人去做，恐尚輪我不著。」小鳳仙又道：「並不是輪你不著，只恐你不屑去做，你也不用瞞我呢。」可見上文所述，都是以假對假。蔡鍔笑著道：「我也曾請願過了，恐你又要譏我為華歆、荀彧呢。」小鳳仙道：「英雄作事，令人難測，今日為華歆、荀彧，安知他日不為陳琳？」蔡鍔一聽，不由的發怔起來。小鳳仙還他一笑道：「奴性粗直，挺撞貴人，休得見怪。」蔡鍔道：「我不怪你，但怪老天既生了你，又生你這般慧眼，這般慧舌，這般慧心，為何墜入平康，做此賣笑生涯？」言至此，但見英宇軒爽的女張儀，忽變了玉容寂寞的楊玉環，轉瞬間垂眉低首，珠淚瑩瑩。蔡鍔睹此情狀，不禁嗟嘆道：「好個梁紅玉，恨乏韓蘄王。」小鳳仙哽噎道：「蘄王尚有，恨奴不能及梁紅玉。」說到「玉」字，已是泣不成聲，竟用幾作枕，嗚嗚咽咽的哭起來了。感激涕零，宜作松坡知己。蔡鍔被她一哭，也覺得無限感喟，陪了幾點英雄淚。湊巧鴇母捧茗進來，還疑是鳳仙又發脾氣，與客鬥嘴，連忙放開笑臉，向鍔說道：「我家這鳳兒，就是這副脾氣不好，還望貴客包涵。」口裡說著，那雙銀杏眼睛，儘管骨碌碌的看那蔡鍔上下不住。無非是要銀錢。蔡鍔窺透肺肝，便道：「你不要來管我們。」一面說，一面已從袋中，取出一個皮夾，就皮夾內檢出幾張鈔票，遞給鴇母道：「統共是一百元，今天費你的心，隨便辦幾個小碟兒，搬將進來，我就在此宵夜，明天我要請客，你可替我辦一盛席，這樣錢即可使用哩。」鴇母見了鈔幣，好似蒼蠅叮血一般，況他初次出手，便是百圓，正是一個極好的主顧，便接連道謝，歡天喜地的去了。

　　此時小鳳仙已住了哭，把手帕兒揩乾眼淚，且對著蔡鍔道：「你明

日要請何人？」蔡鍔約略說了幾個，小鳳仙道：「好幾個有名闊佬，可惜……可惜！」蔡鍔道：「可惜什麼？」小鳳仙道：「可惜我不配做當家奴。」蔡鍔道：「我有我的用意，你若是我的知己，休要使著性子。」小鳳仙不待說完，便道：「這便是我們該死，無論何等樣人，總要出去招接。」說至此，眼圈兒又是一紅。蔡鍔道：「不必說了，我若得志，總當為你設法。」小鳳仙又用帕拭淚道：「不知能否有這一日？我只好日夜禱祝哩。」蔡鍔正欲問她履歷，適鴇母已搬進酒餚，很是豐盛，鴇母又隨了進來，裝著一副涎皮臉兒，來與蔡鍔絮聒，一面且諄囑鳳仙道：「你也有十六七歲了，怎麼儘管似小孩子，忽笑忽哭，與人嘔氣。」小鳳仙聽到此語，就溜了蔡鍔兩眼。蔡鍔便向鴇母道：「你不要替她擔愁，你有事儘管出去，不必在此費神。」鴇母恐蔡鍔惹厭，乃不敢多嘴，轉身自去。到了門外，尚遙語小鳳仙道：「你要殷勤些方好哩，休得慢客，若缺少什麼菜蔬，只管招呼便是了。」無非是鈔票的好處。

　　小鳳仙應了數聲。蔡鍔待她去遠，竟屏退侍兒，立起身來，把門闔住。小鳳仙道：「關了門兒，成什麼樣？」蔡鍔隨答道：「閉門推出窗前月，吩咐梅花自主張。」於是兩人對酌，小語喁喁，復由蔡鍔問及小鳳仙履歷，鳳仙自言本良家子，因父被仇人陷害，乃致傾家破產，鬻己為奴，輾轉入勾欄。起初負著志氣，不肯接客，經鴇母再三脅迫，方與鴇母訂約，客由自擇，每月以若干金奉母。鴇母拗她不過，乃任她所為。不過隨時監督，偶或月金不足，才與她嘮叨數語罷了。小鳳仙述畢，又不知流了若干淚珠，後復轉詢蔡鍔意旨。蔡鍔道：「來日方長，慢慢兒總好說明。」小鳳仙懊惱起來，竟勃然變色道：「公尚疑我麼！」語甫畢，竟忍痛一咬，嚼舌出血，噴出席上道：「奴若洩君祕密，有如此血。」彷彿《花月痕》中的秋痕。蔡鍔道：「這又是何苦呢。我已知卿的真誠了，

第五十二回　偽交歡挾妓侑宴　假反目遣眷還鄉

但屬垣有耳，容待後言。」小鳳仙乃徐徐點首，待至酒興已闌，方由小鳳仙啟門，叫進兩碗稀飯，蔡鍔喝了幾口，即便放下，當由侍兒絞給手巾，揩過了臉，隨身掏出計時錶仔細一閱道：「時不早了，我要回寓哩。」小鳳仙慨然道：「兒女情腸，容易消磨壯志，我也不留你了。」至理名言，不意出於妓女。蔡鍔道：「明日復要相見哩。」小鳳仙向他點頭，鍔即出門去了。

次日傍晚，又復到雲吉班，由小鳳仙接著，即問酒席有無備就？小鳳仙道：「已預備停當了，敢問貴客可邀齊否？」蔡鍔道：「即刻就來。」小鳳仙即令鴇奴等整設桌椅，辦齊杯箸，一剎那間，電燈放光，四壁熒熒，外面已有車馬聲蹴踏而來。蔡鍔料知客至，正要出迎，但聽得一人朗聲道：「松坡，你真是個誠實的君子，今宵踐言設席哩。」蔡鍔望將過去，乃是參政同僚顧鰲，便答道：「巨六兄！你首先到來，也是全信，也好算一個誠實人哩。」語畢，便導引入室。小鳳仙也出來應酬，顧鰲正要稱賞，接連便是楊度、孫毓筠、胡瑛、阮忠樞、夏壽田等數人，陸續報到，由蔡鍔一一匯入。楊度見了小鳳仙，眼睜睜的看了一會，小鳳仙反不好意思起來，只望蔡鍔身邊，閃將過去。蔡鍔也已覺著，笑語楊度道：「你想是認錯了，這是小鳳仙，不是小賽花。」阮忠樞即插嘴道：「人家已吃醋了，晳子還要眈眈似賊，作什麼呢？」楊度方轉向忠樞道：「不信這個俏女郎，偏能籠絡大蔡做一個臧文仲，真是匪夷所思。」蔡鍔道：「狗口裡無象牙，你何為被小賽花所迷，演出一出《穆柯寨》？」插入諧語，隨筆成趣。胡瑛道：「我等是來吃喜酒，並不是來討便宜，大家省說幾句，還是事歸正傳為是。」於是相將入座。蔡鍔隨道：「梁公為了何事，到此時還不見來？」楊度笑道：「想是赴海龍王處借寶去了。」話未說完，外面已有人傳入道，梁大人到了。財神爺到來，應另具一番筆墨。蔡鍔

忙自出迎。大家亦一律起座，但見碩大無朋的梁財神，大搖大擺的踱將進來，臉上已含著三分酒意，對著諸人道：「我與敝友談心，多飲幾杯，累得諸君久待，抱歉異常。」大家都謙詞相答。因檯面已經擺齊，遂公推梁士詒坐了首席，財神居首，煞有寓意。餘人依齒坐定，蔡鍔乃坐了主席，招呼龜奴，呈上局票。各人都依著熟識的名妓，寫入票中，獨楊度握住了筆，想了一會，大家都道：「晳子敢是怕羞，為何不寫小賽花？」楊度不睬，隨下筆寫一「花」字，大眾又道：「寫錯了，寫錯了，『花』字在下，為何翻轉頭來？」正說著，楊度已接寫「元春」二字。大眾又道：「這是袁大公子的禁臠，花界請願團的首領，哪肯輕易到來？」楊度道：「我去叫她，自然就來。」蔡鍔亦湊趣道：「元春不至，怎顯得這位楊大人？」一是籌安會的領袖，一是請願團的領袖，彼此同志，應當就徵。待至列坐寫齊，方交與龜奴，隨票徵召去了。

　　小鳳仙即攜著酒壺，各斟一杯狀元紅。梁財神發言道：「我等在此吃喜酒，恐蔡夫人又在寓吃冷醋，我卻要請教松坡，如何調停？」暗映後文。楊度道：「這又是松坡的故事了，我也微聞一二。」蔡鍔道：「男兒作事，寧畏婦人？」梁財神道：「這也休說！對著外面如此硬朗，一入閨中，恐聞了獅吼，便弄得沒主張，或轉向床前作矮人呢。」蔡鍔憤然道：「梁公且看！我不是這般庸懦，已準備與她離婚。」顧鰲道：「你是結髮夫妻，為什麼無緣無故，說起離婚兩字來？若歸我判斷，簡直不準。」胡瑛復插入道：「列位同來賀喜，為何說這掃興話？且蔡君新得美人，正是燕爾的時候，我們應猜拳吃酒，賀他數杯呢。」孫毓筠、夏壽田等齊聲贊成，遂由胡瑛開手，與蔡鍔猜了數拳。餘人挨次輪流，互有輸贏。剛剛輪完，只聽門簾一響，走進了好幾個粉頭，各打扮得異樣鮮妍，彷彿如花枝兒一般，釵光鬢影，脂馥粉香，正是目不勝接，鼻不勝聞。各粉頭

第五十二回　偽交歡挾妓侑宴　假反目遣眷還鄉

均依著相識，在後坐下，獨楊度所叫的花元春，還是未到。蔡鍔笑道：「這花姑娘想又請願去了，皙子今日恐要倒楣呢。」楊度道：「想不至此。」胡瑛道：「還不如再行猜拳，既賀了蔡松坡，也須續賀鳳姑娘。況她的姊妹們，來此不少，何不叫她敬酒呢？」小鳳仙連忙推辭，胡瑛不從，當更擺好臺杯，令各粉頭猜拳。頓時呼五喝六，一片清脆聲，振徹耳鼓，釵釧亦激得鏗鏘可聽。小鳳仙輸了幾拳，飲得兩頰生紅，盈盈春色，蔡鍔恐她不勝酒力，便語小鳳仙道：「你素不善飲，我與你代幾杯罷。」梁財神接口道：「不準，不準。」說著時，外面已報「花小姐到了。」足見聲價。楊度喜慰非常，幾欲出座歡迎，大眾也注目門外，但見一個很時髦的麗姝，大踏步跨進門檻，見首席坐著梁財神，便先踱至梁座旁，略彎柳腰，微微一笑道：「有事來遲，幸勿見罪。」不向楊座前道歉，獨至梁座前告罪，寫盡妓女勢利。梁亦拈鬚一笑，她乃慢慢的走至楊度身旁，倚肩坐下。楊度笑問道：「你有什麼貴幹？」元春即接口道：「無非為著請願事，與姊妹們續議進行，若非你來召我，我簡直要告假呢。」楊度聞了此言，似覺得格外榮寵，連面上都奕奕有光。大家聽了「請願」二字，又講到帝制上去，如何推戴，如何籌備，各談得津津有味。蔡鍔也附和了數語。孫毓筠向楊度道：「我等拳已輸遍，只有花小姐未曾輸過了。」楊度道：「阿喲，我幾忘記了。」一心佐命，怪不得他失記。花元春卻也見機，便伸出玉手，與全席猜了一個通關，復與小鳳仙猜了數拳，略憩片刻，便起身告辭，竟自去了。梁財神目送道：「怪不得她這樣身價，將來要備選青宮。應四十九回。今日到此，想還是皙子乞求來的。」楊度把臉一紅，只託言酒已醉了。蔡鍔隨招呼進飯，一面令小鳳仙斟酒一巡，算是最後的敬禮。大眾飲乾了酒，飯已搬入，彼此隨意吃了半碗，當即散座。有洗臉的，有吸菸的，又混亂了一陣，各粉頭陸續歸去。自梁財神

以下，也依次告歸。蔡鍔一一送出，仍返至小鳳仙室中。小鳳仙道：「這等大人先生，有幾個含著國家思想，令我也不勝杞憂哩。」蔡鍔道：「天下興亡，匹夫有責，這為我輩男子說的，與汝等何干？」小鳳仙正色道：「我輩與汝輩何異？你莫非存著男女的界限，貴賤的等級麼？但我聞現在世界，人人講平等，說大同，既云平等，還有什麼男女的界限？既云大同，還有什麼貴賤的等級？你曾做過民國都督，豈尚未明此理？真正可笑。」蔡鍔笑道：「算我又說錯了，又被你指斥哩。」言畢欲行，小鳳仙道：「夜已深了，不如在此權宿一宵。」蔡鍔道：「我不如回去的好。」正要出房，那鴇母已搶入道：「我有眼無珠，不識這位蔡大人，現問明蔡大人的車伕，方才知曉，現已將車伕打發回去，定要蔡大人委屈一夜呢。」應上文蔡鍔喬裝。言至此，便將蔡鍔苦苦攔住，鍔乃返身入房，鴇母隨入，向小鳳仙道：「你也瞞得我好，今日貴客到臨，我才料這位大人，不在人下，虧得問明車伕，方知來歷。鳳仙，我今年正月中，與你算命，曾說你是有貴人值年，不意竟應著這位蔡大人身上呢。」蔡鍔對她一笑，她復接連是大人長，大人短，說個不了，惹得蔡鍔討厭，便道：「我就在此借宿，勞你費心一日，差不多到兩句鐘了，請去安睡罷！」鴇母乃去。未幾，即令龜奴搬入點心數色，蔡鍔複道：「我已飽了，你們儘管去睡罷！」龜奴去後，小鳳仙掩戶整衾，不消細說，這一夜間，兩人密敘志願，共傾肺腑，錦帳綰同心之蒂，紅綃證齧臂之盟，蘇小小得遇知音，關盼盼甘殉志士，這真所謂佳話千秋了。

且說蔡鍔自結識小鳳仙，時常至雲吉班戲遊，連一切公務，都擱置起來。袁氏左右，免不得通報老袁，袁總統嘆道：「松坡果樂此不倦，我也可高枕無憂，但恐醉翁之意不在酒，只藉此過渡，瞞人耳目呢。」適長子克定在側，即向他囑咐道：「聞他與楊晳子等日事徵逐，你等或遇著了

第五十二回　偽交歡挾妓侑宴　假反目遣眷還鄉

他，不妨與他周旋，從旁窺察。此人智勇深沉，恐未必真為我用，我卻很覺擔憂呢。」梟雄見識，確是高人一籌。克定唯唯從命。老袁又密遣得力偵探，隨著蔡鍔，每日行止，必向總統府報告。蔡鍔早已覺著，索性花天酒地，鬧個不休。並且與梁士詒商量，擬購一大廈，為藏嬌計。湊巧前清某侍郎，賦閒已久，將挈眷返裡，願將住屋出售，梁即代為介紹，由鍔出資購就。侍郎已去，鍔即庀工鳩材，從事修葺，並索梁第的花園格式，作為模範，日夜監工，孳孳不倦。梁士詒密告老袁，老袁尚疑信參半，防閒仍然未懈。蔡鍔乃再設一法，與娘子軍商議密謀。看官可記得上文離婚的說話麼？蔡夫人吃醋一語，不過是梁士詒戲言，蔡鍔竟直認不諱，且云已準備離婚。其實蔡夫人並非妒婦，不過因蔡鍔濶跡勾欄，勸他保身要緊，不應徵逐花叢。鍔佯為不從，與妻反目，蔡夫人卻也不解，還是再三規勸。鍔越發負氣，簡直是要與決裂。蔡夫人不敢違抗，只好向隅暗泣，自嗟薄命。一夕，蔡鍔歸寓，已過夜半，僕役等統入睡鄉。只有夫人候著，鍔一進門，酒氣醺醺，令人難受。他夫人忍耐不住，又婉語道：「酒色二字，最足戕性，幸君留意，毋過沉溺。」蔡鍔道：「你又來絮聒了，我明日決與你離婚。」夫人涕泣道：「君為何人？乃屢言離婚麼？妾雖愚昧，頗明大義，豈不知嫁夫隨夫，從一而終？況君尚沒有三妻四妾，妾亦何必懷妒，不過因君體欠強，當知為國自愛，大丈夫應建功立業，貽名後世，怎好到酒色場中，坐銷壯志呢。」好夫人。蔡鍔聽了，不禁點首。隨即出室四瞧，已是寂靜得很，毫無聲息，乃入室閉戶，與夫人並坐，附耳密語，約莫有一兩刻鐘，夫人啞然失笑道：「我不會唱新劇，奈何教我作偽腔？」蔡鍔道：「我知卿誠實，所以前次齟齬，不得不這般做作。現在事已急了，若非與卿明言，卿真要怪我薄倖。試想我蔡鍔辛苦半生，賴卿內助，得有今日，豈肯平白地將你

拋棄？不過卿一婦人，尚知為國，我難道轉不如卿麼？且醇酒婦人，無非為了此著，還乞卿卿原諒！」夫人道：「至親莫若夫婦，你至今日，才自表明，你亦未免太小心了。古人云：『出家從夫。』妾怎得不從君計？」不愧為蔡氏婦。蔡鍔起座，向夫人作了一揖，夫人道：「你又要做作了。」是夜枕蓆談心，格外親暱，彼此統囑咐珍重，才入黑甜。

　　翌晨，蔡鍔起來，盥洗已畢，即乘車赴經界局，召集屬吏，議派員分至各省，調查界線，草議就緒，略進早膳，復趨車至總統府，投刺求見。侍官答言總統未起，鍔故意作懊喪狀，且語侍官道：「我有要事面陳，倘總統起來，即煩稟報，請立傳電話，召我到來。」傳官應諾，鍔乃自去。既而老袁起床，侍官自然照稟，老袁即命達電話，傳至蔡寓。忽得回報云：「蔡將軍與夫人毆打，搗毀什物不少，一時不便進言，只好少緩須臾。」老袁聞這消息，正在懷疑，可巧王揖唐、朱啟鈐進謁，即與語道：「松坡簡直同小孩子一般，怎麼同女眷屢次吵鬧。汝兩人可速往排解，問明情由。」王、朱二人奉命，徑詣蔡宅，但見蔡鍔正握拳舒爪，切齒痛罵。蔡夫人披髮臥地，滿面淚痕，室中所陳品物，均已擲毀地上，破碎不全。裝得真像。他二人趨入，婉言勸解，蔡鍔尚怒氣未平，向著二人道：「我家直鬧得不像了，二公休要見笑！試想八大胡同中，名公巨卿，足跡盈途，我不過忙裡偷閒，到雲吉班中，去了幾次，這個不賢的婦人，一天到晚，與我爭論，今日更用起武來，敲桌打凳，毀壞物件，真正可惡得很，我定要收拾這婆娘，方洩此恨。」說至此，尚欲進毆夫人。王、朱二人，慌忙攔阻，且道：「夫妻鬥嘴，是尋常小事，為何鬥成這種樣兒？松坡！你也應忍耐些，就是尊夫人稍有煩言，好聽則聽，聽不過去，便假作痴聾便了，如何與婦女同樣見識？」隨語蔡寓婢媼道：「快扶起你太太來。」婢媼等方走近攙扶，蔡夫人勉強起來，帶哭帶語

第五十二回　偽交歡挾妓侑宴　假反目遣眷還鄉

道：「兩位大人到此，與妾做一證人，妾隨了他已一二十年，十分中總有幾分不錯，誰料他竟這般反臉無情？況妾並不要什麼好吃，什麼好穿，不過因他沉溺勾欄，略略勸誡，他竟寵愛幾個粉頭，要將妾活活打死，好教那恩愛佳人，進來享福！兩公試想，他應該不應該呢？」兩人口吻似繪，想都就床笫中預備了來。王揖唐忙搖手道：「蔡夫人，你亦好少說兩句罷。」蔡夫人道：「我已被他盡情痛毆，身上已受巨創，看來我在此地，總要被他打死，不如令我回籍，放條生路。況他朝言離婚，暮言離婚，他是不顧臉面，我卻還要幾分廉恥，今日我便回去，免得做他眼中釘。」言已，嗚咽不絕。王、朱兩人，仔細審視，果見她面目青腫，且間有血痕，也代為嘆息。一面令婢嫗攙進蔡夫人，一面復勸解蔡鍔。蔡鍔只是搖頭，朱啟鈐道：「家庭瑣事，我輩本不便與聞，但既目睹此狀，也不應袖手旁觀。松坡！你既與尊閫失和，暫時不便同居，不如令她回去。但結髮夫妻，總要顧點舊情，贍養費是萬不可少呢。」是教你說出此語。蔡鍔方道：「如公所言，怎敢不遵？這是便宜了這婆娘。」朱啟鈐還欲答言，只聽裡面復說著道：「我今日就要回去哩。」蔡鍔憤憤道：「就是此刻，何如？」裡面復答應道：「此刻也是不難。」蔡鍔即從懷中取出鈔票數紙，交與一僕道：「你就送這潑婦去罷！這鈔票可作川資。」王揖唐道：「女眷出門，應有一番收拾，不比我們要走便走，你且聽她。總統召你進府，你快與我同去。」蔡鍔又故作懊喪道：「我為了這潑婦，竟失記此事了。」言畢，即偕二人出門，各自乘車，徑至總統府去了。蔡夫人乘這時候，草草整裝，帶了僕婦數名，出都南下。小子有詩詠蔡鍔的妙計道：

一枰下子且爭先，況復機謀策萬全。
身未離都家已徙，好教脫殼作金蟬。

蔡夫人既去，不必再表，下回且將蔡鍔謁見老袁事，續敘出來。

　　本回全為蔡鍔寫照，即寫小鳳仙處，亦無非為蔡鍔作襯。小鳳仙一弱妓耳，寧真有如此慧眼，如此細心？況蔡鍔懷著祕謀，對於一二十年之結髮婦，尚且諱莫如深，直待遣歸時始行吐露，豈僅晤二三次之小鳳仙，反瀝肝披膽，無隱不宣乎？著書人如此說法，實借小鳳仙，以顯蔡鍔，且託小鳳仙以譏勸進諸人，中間插入請客一段，並非無端烘染，至遣歸蔡夫人一事，尤為真實不虛。

　　文生情耶？情生文耶？閱至此，令人擊節稱賞。

第五十二回　偽交歡挾妓侑宴　假反目遣眷還鄉

第五十三回
五公使警告外交部　兩刺客擊斃鎮守官

　　卻說蔡鍔至總統府，當由朱、王二人，先行入報，並談及蔡寓情形。袁總統道：「我道他有幹練才，可與辦國家大事，誰知他尚未能治家呢。」慢著，你也未必能治家。當下傳見蔡鍔，鍔入謁後，老袁也不去問他家事，但云：「早晨進來，我尚未起，究竟為什麼事件，須待商議？」鍔即以各省界畫，急待派員調查，應請大總統簡派等情。老袁道：「我道是何等重事，若為了經界事件，你不妨擬定數員，由我過印，便好派去。」鍔乃應諾。老袁又顧及王、朱二人道：「國民代表大會，究若何了？」朱啟鈐道：「近接各省來電，籌備選舉投票，已有端倪，不日當可蕆事了。」老袁又道：「近省當容易了事，遠省恐一時難了呢。」言已，向蔡鍔注視半晌，王揖唐已從旁窺著，便道：「省分最遠，莫如滇南，松坡在滇有年，且與唐、任諸人，素稱莫逆，何勿致書一催，叫他趕辦呢。」蔡鍔便接著道：「正是，鍔即去發一密電，催他便了。」老袁道：「聞上海的亞細亞報館，屢有人拋擲炸彈，館中人役，有炸死的，有擊傷的，分明是亂黨橫行，擾害治安，實在要嚴行緝辦，盡力芟除方好哩。」殺不盡的亂黨，為之奈何。王揖唐道：「該報館內總主筆薛子奇，曾有急電傳來，該報於十月十日出版，次日晚間，即發生炸彈案，被炸斃命，共有三人，擊傷約四五人，虧得沒有重要人物。近日又發現二次炸彈，幸無傷害。該報館日夕加防，中外巡捕，分站如林，想從此可免他慮呢。」亞細亞報館炸彈案，藉此略略敘過。老袁又道：「上海各報，對著

第五十三回　五公使警告外交部　兩刺客擊斃鎮守官

帝制問題，不知若何說法？」王揖唐道：「聞各報也贊成帝制，並沒有什麼異論呢。」老袁拈著須道：「人心如此，天命攸歸，亂黨其奈我何呢？」彷彿新莽。蔡鍔聽不下去，只託言出外發電，先行辭退。

朱、王二人，又頌揚數語，隨即告辭。

蔡鍔既出總統府，忙到電局中發一密電，拍致雲南將軍唐繼堯，及巡按任可澄兩人，文中說是：「帝制將成，速即籌備」八字。這八字所寓的意思，是叫唐、任籌備兵力，並不是籌備選舉，看官不要誤會。只當時蔡鍔發電，是奉袁氏命令，偵吏自然不去檢查，況只說「籌備」二字，語意含糊得很，就使被人察覺，也沒甚妨礙，自密電發出後，匆匆歸寓，特屬妥人王伯群，密詣雲南，叫他面達唐、任，速即備兵舉義，自己當即日來滇，贊助獨立等語。伯群去後，他稍稍放下了心，專意伺隙出都，事且慢表。

且說國務卿徐世昌，見袁總統一意為帝，始終不悟，意欲繼李經羲、張謇諸人的後塵，潔身出京，免為世詬。但恐老袁猜忌太深，疑有他志，反為不妙，因此於無法中想了一法，藉著老病二字，作為話柄，向袁請假。袁總統不得不準，且命他出赴天津，靜養數天，俟舊病全愈，再行來京供職。這數語正中徐氏心懷，樂得脫離穢濁，去做幾口閒散的人物。袁氏之命徐赴津，恐其聯段為變，否則何必替他擇地。這國務卿的職務，遂命陸徵祥兼代。陸本是個好好先生，袁總統叫做什麼，他也便做什麼。過了兩三天，又由總統府中，派委董康、蔡寶善、麥秩嚴、夏寅官、傅增湘等，稽查國民代表選舉事務，一面催促各省，速定選舉代表投票日期，及決定國體投票日期。當時函電紛馳，內出外入，無非是強姦民意的辦法。董康、蔡寶善等，且因各省復報投票期間，遲速不一，復商令辦理國民會議事務局，電告各省，限定兩次投票期間，

自十月二十八日起,至十一月二十日止,不得延誤。至最關緊要的又有兩電,文字很多,小子但將最要數語,分錄如下:

按參政院代行立法院原咨,內稱:本月十九日開會討論,僉以全國國民前後請願,係請速定君主立憲,國民代表大會投票,應即以君主立憲為標題,票面應印刷君主立憲四字,投票者如贊成君主立憲,即寫「贊成」二字,如反對君主立憲,即寫「反對」二字。至票紙格式,應由辦理國民會議事務局擬定,轉知各監督辦理。當經本院依法議決,相應咨請大總統查照施行等因,奉交到局。除咨行外,合亟遵照電行各監督查照,先期敬謹將君主立憲四字,標題印刷於投票紙,鈐蓋監督印信,並於決定國體投票日期,示國民代表一體遵行。

前電計達,茲由同人公擬投票後,應辦事件如下:

(一)投票決定國體後,須用國民代表大會名義,報告票數於元首及參政院;(二)國民代表大會推戴電中,須有恭戴今大總統袁世凱,為中華帝國皇帝字樣:(三)委任參政院為國民代表大會總代表電,須用各省國民大會名義。此三項均當預擬電聞。投票畢,交各代表閱過簽名,即日電達。至商軍政各界推戴電,簽名者愈多愈妙。投票後,三日內必須電告中央。將來宣詔登極時,國民代表大會,及商軍政各界慶祝書,亦請預擬備用,特此電聞。

各省將軍巡按使,疊接各電,有幾個敬謹從命,有幾個未以為是,但也不敢抗議,樂得扯著順風旗,備辦起來。誰知國內尚未起風潮,國外已突來警耗,日、英、俄三國公使,先後到外交部,干涉政體,接連是沈、意兩國,亦加入警告,又惹起一場外交問題來了。天下本無事,庸人自擾之。相傳五九條約,老袁違背民意,私允日本種種要索。應四十四回。他的意思,無非想日本幫忙,為實行帝制的護身符。所以帝

第五十三回　五公使警告外交部　兩刺客擊斃鎮守官

制發現，日使日置益氏，動身歸國，中外人士，多疑老袁授意日使，要他返商政府，表示贊同。但外交總長陸徵祥，及次長曹汝霖，並未受過袁氏囑託，與日使暗通關節，此次聞著謠言，曾在公會席間，當眾宣言道：「中日交涉方了，又倡出帝制問題，恐外人未必承認，這個難題目，我等卻不能再做呢。」這一席話，分明是自釋嫌疑，偏被袁氏聞知，即取出勳二三位的名目，分賞陸、曹，不值銅錢的勳位，樂得濫給。並宣召兩人入內，密與語道：「外交一面，我已辦妥，你等可不必管了。」陸、曹二人，唯唯而出，總道是安排妥當，不勞費心，哪知十月二十八日午後一點鐘，駐京日本代理公使，暨英、俄兩公使，同至外交部，訪會外交總長。陸徵祥當然接見，彼此坐定，即由日本代理公使開口道：「貴國近日，籌辦帝制，真是忙碌得很，但裡面反對的人，也很不少，倘或帝制實行，恐要發生事變。現在歐戰未了，各國都靜待和平，萬一貴國有變亂情形，不但是貴國不幸，就是敝國亦很加憂慮。本代使接奉敝政府檔案，勸告貴國，請貴政府注意。」言畢，即從袖中取出警告文來，當由陸總長接著，交與翻譯員譯作華文。英公使徐徐說道：「日本代表的通告，本公使亦具同情。」俄公使也接入道：「日代表及英公使的說話，本公使也非常同意。」陳總長正要答話，翻譯員已譯完日文，交給過來，但見紙上寫著：

　　中國近時進行改變國體之計劃，今似已猛進而趨入實現其目的之地步。目下歐戰尚無早了之氣象，人心惶慮，當此之時，無論世界何處，苟有事態，足以傷害和平安寧者，當竭力遏阻，借杜新糾紛之發現。中國組織帝制，雖外觀似全國無大反對，然根據日政府所得之報告，而詳察中國之實狀，覺此種外觀，僅屬皮毛而非實際，此無可諱飾者也。反對風潮之烈，遠出人意料之外，不靖之情，刻方蔓延全國。觀袁總統過去四年間之政績，可見各省之紛擾情狀，今已日漸平靖，而國內秩序，

亦漸恢復，如總統決計維持中國之政治現狀，而不改其進行之方針，則不久定有秩序全復，全國安寧之日。但若總統驟立帝制，則國人反對之氣志，將立即促起變亂，而中國將復陷於重大危險之境，此固意中事也。日政府值此時局，鑒於利害關係之重大，故對於中國或將復生之危險狀況，不能不深慮之。且若中國發生亂事，不僅為中國之大不幸，且在中國有重大關係之各國，亦將受直接間接不可計量之危害，而以與中國有特殊關係之日本為尤甚。且恐東亞之公共和平，亦將陷於危境。日政府睹此事態，純為預先防衛，以保全東方和平起見，乃決計以目下時局中大可憂慮之原因，通告中政府，並詢問中政府能否自信可以安穩，達到帝制之目的。日政府以坦白友好之態度，披瀝其觀念，甚望中華民國大總統聽此忠告，顧念大局，而行此展緩改變國體之良計，以防不幸亂禍之發作，而鞏固遠東之和平。日政府故已發給必要之訓令，致駐北京代理公使。日政府行此舉動，純為盡其友好鄰邦責任之一念而起，並無干涉中國內政之意，並此宣告。

　　陸總長覽畢，竟發了一回怔，半晌才發言道：「敝國政體，正待國民解決，並非定要改變。就是我大總統，也始終謹慎，不致率行，請貴公使轉達貴國政府，幸毋過慮！」日代使哼了一聲道：「袁總統的思想，本代使也早洞悉了。中國要改行帝制，與仍舊共和，都與敝國無涉，不過帝制實行，定生變亂，據我看來，還是勸袁總統打消此念。貴總長兼握樞機，責任重大，難道可坐觀成敗麼？」應被嘲笑。陸總長被他譏諷，不由的臉上一紅，英公使復接著道：「總教貴政府即日答覆，能擔保全國太平，各國自不來干涉了。」陸總長答聲稱「是。」日、英、俄公使，乃起座告辭。陸送別後，返語曹汝霖道：「總統曾說外交辦妥，為何又出此大亂子？我正不解。」曹汝霖道：「既有三國警告，總須陳明總統，方可定奪。」陸徵祥道：「那個自然，我與你且去走一遭，何如？」汝霖點首，遂相偕入總統府。

第五十三回　五公使警告外交部　兩刺客擊斃鎮守官

　　老袁正坐在懷仁堂，檢閱各省電文，歡容滿面，一聞陸、曹進謁，立即召見，便道：「各省決定君主立憲，已有五省電文到來了。」陸、曹兩人，暗暗好笑，你覷我，我覷你，簡直是不好發言。還是老袁問及，才說明三國警告事，並將譯文遞陳。老袁瞧了一遍，皺著眉道：「日使日置益，已經承認了去，為什麼又有變卦呢？」陸徵祥道：「他還要我即日答覆哩。」老袁道：「答覆也沒有難處，就照現在情形，據實措詞便了。且我也並非即欲為帝呢。」還要自諱。陸總長道：「是否由外交部擬稿，呈明大總統裁奪，以便答覆？」老袁道：「就是這樣辦法罷。」陸、曹二人退出，當命祕書草定復稿，經兩人略略修飾，復入呈老袁。老袁又叫他竄身數字，然後錄入公牘，正式答覆。其文云：

　　貴國警告，業經領會。此事完全係中國內政，然既承友誼勸告，因亦不能不以友誼關係，將詳細情形答覆。

　　中國帝制之主張，歷時已久。中國人民所以主張帝制者，其理由蓋謂中國幅員廣大，五族異俗，而人情浮動，教育淺薄。按共和國體，元首常易，必為絕大亂端，他國近事，可為殷鑑。不但本國人生命財產，頗多危險，即各友邦僑民事業，亦難穩固。我民國成立，已歷四稔，而殷戶鉅商，不肯投資，人民營業，官吏行政，皆不能為長久計劃。人心不定，治理困難，國民主張改革國體之理由，實因於此也。政府為維持國體起見，無不隨時駁拒，乃近來國民主張之者，日見增加，國中有實力者，亦多數在內。風潮愈烈，結合愈眾，如專力壓制，不獨違拂民意，誠恐於治安大有妨礙。政府不敢負此重責，唯有尊重民意，公布代行立法院通過之法案，組織國民代表大會，公同議決此根本問題而已。當各省人民，向立法院請願改變國體時，大總統曾於九月六日，向立法院宣示意見，認為不合時宜。十月十日大總統申令，據蒙、回王公及文武官吏等呈請改定國體，又告以輕率更張，殊非所宜，並誡各選舉監督，遵照法案，慎重將事。十月十二日，又電令各省選舉監督，務遵法

案,切實奉行,勿得急遽潦草各等因。足見政府本不贊成此舉,更無急激謀變更國體之意也。本國約法主權,本於國民全體,國體問題,何等重大,政府自不得不聽諸國民之公決。政府處此困難,多方調停,一為尊重法律,一為順從民意,無非冀保全大局之和平也。大多數國民意願,現既以共和為不適宜於中國,而問題又既付之國民代表之公決,此時國是,業經動搖,人心各生觀望,政府即受影響,商務已形停滯,奸人又乘隙造謠,尤易驚擾人心。倘因國是遷延不決,釀成事端,本國人固不免受害,即各友邦僑民,亦難免恐慌。國體既付議決,一日不定,人心一日不安,即有一日之危險,此顯而易見者也。當國體討論正烈之際,政府深慮因此引起變做,一再電詢各省文武官吏,能否確保地方秩序,該官吏等一再電覆,僉謂國體問題,如從民意解決,則各省均可擔任地方治安,未據有裡面反對熾烈,情形可慮之報告,政府自應據為憑信。至本國少數好亂之徒,逋逃外國,或其他中國法權不到之處,無論共和君主,無論已往將來,純抱破壞之暴信,無日不謀釀禍之行為。然只能造謠鼓煽,毫無何等實力。數年以來,時有小亂發現,均立時撲滅,於大局上未生影響。現在各省均加意防範,凡中國法權不到之處,尚望各友邦協力取締,即該亂人等,亦必無發生亂事之餘地矣。當貴國政府勸告之時,各省決定君主立憲者,已有五省,各省投票之期,亦均不遠。總之在中國國民,則期望本國長治久安之樂利,在政府則並期望各友邦僑民,均得安心發達其事業,維持東亞之和平,正與各友邦政府之苦心,同此一轍也。以上各節,即希轉達貴政府為荷。

　　越數日,日本代理公使,又到外交部,代表日本政府,聲言中政府答覆文,甚不明瞭,請再明白答覆。當經陸總長面答道:「目下國體投票,已有十多省依法辦理,總之民意所趨,非政府所能左右,敝政府如可盡力,無不照辦,借副友邦雅意」等語。欺內欺外,全是說謊。日代使乃去。嗣復接法、意兩國警告文,大致與三國警告相同,又由外交部

答覆，只推到民意上去，且言：「政府必慎重將事，定不致有意外變亂，萬一亂黨乘機起釁，我政府亦有完全對付的能力，請不必代慮」云云。於是各國公使，乃暫作壁上觀，寂靜了好幾天。各省投票，亦依次舉行，全是遵照政府所囑，硬迫國民代表，贊成君主立憲。袁總統方覺得順手，快慰異常。

到了十一月十日晚間，忽來了上海急電，鎮守使鄭汝成被刺殞命，風潮來了。老袁不禁大驚。看官閱過前文，應知鄭汝成為袁氏爪牙，老袁正格外倚重，為何忽被刺死呢？小子就事論事，但知刺客為王明山、王曉峰二人。當民國四年十一月十日，係日本大正皇帝登極期間，鄭汝成為上海長官，例應向駐滬日本領事館，親往慶賀。是日上午十時，鄭汝成整衣出署，邀了一個副官，同坐汽車，向日本領事館出發。路過外白渡橋，但聽得撲的一聲，黑煙迸裂，直向汝成面旁撲過，幸還沒有擊著，慌忙旁顧副官，那副官也還無恙，仍勉強的坐著，正要開口與語，哪知炸彈又復擲來，巧巧從頭上擦過，汝成忙把頭一縮，僥倖的不曾中彈，那粒炸彈卻飛過汽車，向租界上滾過去了。兩擊不中，故作反筆。副官也還大膽，忽向懷中取出手槍，擬裝彈還擊，不防那拋擲炸彈的刺客，竟躍上汽車，一手扳著車欄，一手用槍亂擊，接著數響，那副官已受了重傷，魂靈兒離開身子，向森羅殿上，實行報到；還有一個掌機的人員，也跟著副官，一同到冥府中去；只有鄭汝成已中一彈，還未曾死，要想逃遁，千難萬難，看那路上的行人，紛紛跑開，連中西巡捕，也不知去向，急切無從呼救，正在驚惶萬分的時候，復見一刺客躍入車中，用著最新的手槍，扳機猛擊，所射彈子，好似生著眼睛，顆顆向汝成身上，鑽將進去。看官！試想一個血肉的身軀，怎經得如許彈子，不到幾分鐘工夫，已將赫赫威靈的鎮守使，擊得七洞八穿，死於非命。了

結一員上將。那時兩個刺客,已經得手,便躍下汽車,覓路亂跑,怎奈警笛嗚嗚,一班紅頭巡捕,及中國巡捕,已環繞攏來,將他圍住。他兩人手中,只各剩了空槍,還想裝彈退敵,無如時已不及,那紅頭巡捕,統已伸著蒲扇般的黑掌,來拿兩人,兩人雖有四手,不敵那七手八腳的勢力,霎時間被他捉住,牽往捕房,當由中西讞官,公同審訊。兩人直認不諱,自言姓名,叫做王明山、王曉峰,且云:「鄭汝成趨奉老袁,殘害好人,我兩人久思擊他,今日被我兩人擊死,志願已遂,還有什麼餘恨?只管由你槍斃罷了。」讞官又問為何人主使,兩人齊聲道:「是四萬萬人叫我來打死鄭汝成的。」言已,即瞑目待死,任你讞官問長問短,只是一語不發。

當下由上海地方官等,飛電京都。老袁聞知,很是悲惜,即電飭上海地方官,照會捕房,引渡凶犯,一面優議撫卹,結果是王明山、王曉峰兩犯,由捕房解交地方官問成極刑,槍決在上海高昌廟。鄭汝成的優卹,是給費二萬,賜田三千,又封他為一等候爵。看官記著,這五等分封,便是鄭汝成開始。

小子有詩弔鄭汝成道:

駐牙滬瀆顯威容,誰料讎人暗揕胸。
飛彈擲來遭殞命,可憐徒博一虛封。

鄭汝成殞命後,隔了五六日,日本東京赤坂寓所,又有一個華人蔣士立,被擊受傷。畢竟為著何事,且至下回表明。

五國警告,以帝制進行恐惹內亂為詞,似為公義上起見,而倡議者偏為日本國。日使日置益氏,既與老袁訂有密約,歸國運動,何以日本政府,覆命代理公使,嚴詞警告耶?既而思之,各國之對於吾華,本挾

一均勢之見，袁氏獨求日本為助，祕密進行，而英、俄已竊視其旁，默料日人之不懷好意，思有以破壞之，故必令日本之倡議警告，然後起而隨之，此正各國外交之勝算也。袁政府方自信無患，而鄭汝成之被刺，即接踵而來，刺客為王明山、王曉峰，雖未明言主使，度必為民黨無疑。或謂由鄭汝成之隱抗帝制，袁以十萬金購得刺客，暗殺鄭於上海，斯言恐屬無稽。紂之不善，不如是甚，吾於袁氏亦云。而鄭氏忠袁之結果，竟至於此，此良禽之所以擇木而棲，賢臣之所以擇主而事也。

第五十四回
京邸被搜宵來虎吏　　津門餞別夜贈驪歌

卻說蔣士立被刺東京，也因鼓吹帝制的緣故。當籌安會發生以後，不特中國內地，分設支部，就在日本國中，亦派人往，設分會。蔣士立即為東京支部的頭目，信口鼓吹，張皇帝政。看官！你想日本裡面，是民黨聚集的地方，他們統反對袁氏，自然反對蔣士立，當下有民黨少年，尋至蔣士立寓所，贈他兩粒衛生丸，一丸及胸，一丸及腹。幸虧蔣士立躲閃得快，只傷皮膚，未中要害，還算保全性命。僥倖僥倖。袁總統聞汝成刺死，士立受傷，不禁恨恨道：「一下做，二不休，我便實行了去，看他一班亂黨，究竟如何對待？」恐未能支持到底。正說著，忽見袁乃寬進來，乃寬與老袁同姓，向以叔姪相稱，至是遂悄聲低語道：「姪兒特來報告一件要事。」老袁聽不清楚，便厲聲道：「說將響來，亦屬何妨。」乃寬尚柔聲道：「各省籌辦投票，已統有覆電，唯命是從，獨滇省沒有確實覆電，聞蔡鍔與唐、任二人勾通，叫他反抗帝制，這事不可不防呢！」老袁道：「你有什麼真憑實據？」乃寬道：「憑據尚沒有查著。」老袁不禁失笑道：「糊塗東西，你既未得憑據，說他什麼！」乃寬囁嚅道：「他的寓所，應有證據藏著，何妨派人一搜哩。」老袁道：「若搜不出來，該怎樣處？」乃寬道：「就是搜檢無著，難道一個蔡松坡，便好向政府問罪嗎？」老袁被他一激，便道：「既如此，便著軍警去走一遭罷。」當下令乃寬傳達電話，向步軍統領及警察總廳兩處，令派得力軍警，往蔡寓搜查密件。

第五十四回　京邸被搜宵來虎吏　津門餞別夜贈驪歌

步軍統領江朝宗，及警察總廳長吳炳湘，哪敢違慢，即選派幹練的弁目，會同兩方軍警，黈夜往搜。巧值蔡鍔寄宿雲吉班，蔡寓中只留著僕役，聞了敲門聲響，還道是蔡鍔回來，雙扉一啟，即有兩個大頭目，執著指揮刀，率眾趨入，嚇得僕役等縮做一團，不曉得他什麼來歷。但見大眾入門，並不曾問及主人，大踏步走近室內，專就那桌屜箱櫥中，任情翻弄。那軍警執著火炬，照耀如同白晝，忽到這處，忽到那處，目光灼灼，東張西顧，最注意的是片紙隻字，斷簡殘篇，約有兩三個小時，並不見有什麼取出，只箱櫥內有一小鳳仙攝影，及桌屜內幾張請客單，袖好了去，那時一鬨而出。

僕役等才敢出頭，大家哄議道：「京都裡面，大約沒有強盜，也差不多。若是強盜到來，何故把值錢的什物，並未劫去？這究竟是何等樣人？」有一個老家人道：「你等瞎了眼珠，難道不看見來人衣服，上面都留著符號，一半是步軍，一半是警察麼？」大家又說道：「我家大人，並沒有什麼犯罪，為何來此查抄？」老家人道：「休得胡說，我去通報大人便了。」當下飛步出門，竟往雲吉班。適值蔡鍔將寢，由老家人闖將進去。報稱禍事，蔡鍔吃了一驚，亟跋履起床，問明情由。經老家人略略說明，才把那心神按定，想了片刻，方道：「寓中有無東西，被他拿去？」老家人答言：「沒有，只有一張照相片，被他取去，想便是這裡的鳳」，說到「鳳」字，已被蔡鍔阻住道：「我曉得了，你去罷，不必大驚小怪，我俟明天就來。」老家人退出，小鳳仙忙問道：「為著何事？」蔡鍔微笑道：「想是有人說我的壞話，所以派人往搜。」一猜就著。小鳳仙急著道：「你寓內有無違禁檔案？」蔡鍔道：「你休耽憂！我寓中只有幾張《亞細亞報》，餘外是沒有了。」單說《亞細亞報》，妙極。小鳳仙道：「朋友往來的書信，難道也沒有麼？」顧慮及此，也是解人。蔡鍔低聲道：「都

付丙了。」預防久了。小鳳仙道：「你的家人，曾說將照片取去，莫非就是我的攝影？」蔡鍔道：「恐不是呢，如果取了去，我倒為你賀喜，此番要選入皇宮，去做花元春第二呢。」詼諧得妙。小鳳仙啐了一聲，隨即就寢，蔡鍔也安睡了。

　　到了次日，起身回寓，看那桌屜箱櫥中，都翻得不成樣兒，仔細檢點，除小鳳仙的小影外，卻沒有另物失去。請客單原不在話下。他正想赴軍警衙門，與他理論，巧值內務總長朱啟鈐，著人邀請，遂乘車直至內務部。朱啟鈐慌忙出迎，彼此同入內廳，寒暄數語，便說起昨夜搜檢的事情，實係忙中弄錯，現大總統已詰責江、吳二人，並央自己代為道歉。蔡鍔冷笑道：「難得大總統厚恩。唯鍔性情粗莽，生平沒有祕密舉動，還乞諸公原諒！」朱啟鈐又勸慰了數語，並將小鳳仙的照片，取還蔡鍔，便道：「這個姑娘兒，面目頗很秀雅，怪不得坡翁見賞。」蔡鍔道：「這乃是鍔的壞處，不自檢束，有玷官箴，應該受懲戒處分的。」朱啟鈐笑道：「現在已成了習慣，若為了此事，應受懲戒，恐內外幾千百個官吏，都應該懲戒哩。」官吏都是如此，所以國不成國。說畢，又閒談了一會，蔡鍔隨即告辭。後來探聽得搜檢事情，實是袁乃寬進讒，並與小鳳仙有些關係。原來小鳳仙經蔡鍔賞識，名盛一時，袁乃寬亦思染鼎，三往不見，遂憤憤道：「這個婆娘，不中抬舉，你道蔡松坡年少多才，哪知他是個亂黨呢。」當下越想越氣，竟至袁氏前攻訐，不意落了個空，反被老袁訓斥一頓。上文特揭小鳳仙照片，便寓此意，但色為禍媒，不可不戒。蔡鍔自經此搜查，極思擺脫樊籠，遂往與小鳳仙密商。小鳳仙正坐在臥室，手中執著一書，靜心閱著，俟蔡鍔入房，才將書放下，立起身來，問及搜檢事情。蔡鍔略述一遍，隨從案上取書一瞧，乃是一本《義大利建國三傑傳》，便問小鳳仙道：「此書的內容，你道可好麼？」小

鳳仙道：「好得很，好得很，非是文不足傳是人。」蔡鍔道：「作書的人，便是前司法總長梁任公。」小鳳仙道：「我也曉得他，可惜我不能一見。」蔡鍔道：「他是我的師長哩。」小鳳仙不禁大喜道：「他現在哪裡？既與你是師生，求你介紹，俾我一見。」愛才如命。蔡鍔道：「我師前日，曾到天津，畀我一書，說我若往津門，應過去敘談一切。」小鳳仙道：「那是極好的了，我明日便同你去。」蔡鍔聽了，想：「與他說明行徑，轉恐漏洩機關，致礙行動，不如到了天津，再說未遲。」隨即接入道：「我就同你去罷！但我師正反對帝制，明日往訪，卻不宜外人知道呢。」小鳳仙點首稱是。是晚蔡鍔回寓，略略收拾，也不與家人說明，仍往雲吉班住宿。

　　次日午前，竟僱著一乘摩托車，先給車資，挈小鳳仙上車同坐，招搖過市。故意令人共睹。行至前門外面，望見一所京菜館，便與小鳳仙下車，至館中午餐。餐畢，兩人出門，不再上摩托車，竟自向市中買些食物，緩步兒行至車站。可巧車站中正當賣票，蔡鍔挨入人叢，買了兩張票紙，偕小鳳仙趨出月臺，竟上京津火車。才經片刻，鉦聲一響，車輪齊動，飛似的去了。

　　那時雖有偵探在旁，但是奉令密查，不便出來攔阻，只好眼睜睜的由他自去，轉身去報袁總統。老袁確是厲害，復遣密探到津，監伺蔡鍔行動。蔡鍔到津後，往訪梁任公，已是南去，乃投宿某旅社，夜間與小鳳仙說明行蹤，擬即乘此南下。小鳳仙對著蔡鍔，沉沉的望了一會，不覺的情腸陡轉，眼眶生紅，半晌才說道：「我與你擬同生死，你去，我便隨你同行。」蔡鍔道：「我是要去督兵打仗的。」小鳳仙忙接口道：「你道我是個弱女兒，不能隨你殺賊麼？」事雖難行，語頗雄壯。蔡鍔道：「卿雖具有壯志，但此行頗險，若與卿同行，不但於卿無益，並且與我有害；

不但與我有害,且阻礙共和前途,卿何必貪愛虛名,致受實禍。」小鳳仙忍不住淚,帶哭帶語道:「依這般說,簡直是把我撇棄嗎?」蔡鍔道:「卿何必自苦,他日戰勝回來,聚首的日子正長哩。奈何作此失意語?」小鳳仙才道:「我雖是兒女子,也知愛國,怎忍令英雄志士,溺跡床幃?但此去須要保重,免我遠念。想你即日就要動身,我便藉此客館中,備著小酌,與你餞別罷。」說著,即呼館傭入內,令叫幾樣可口的菜蔬,及佳釀一壺,傭夫遵囑去訖,須臾即送入酒餚,由兩人對飲起來。絮絮言情,語長心重,到了酒酣耳熱的時候,小鳳仙複道:「本擬為君唱歌餞行,但恐耳目甚近,不便明歌,你可有紙筆帶來嗎?」蔡鍔說一個「有」字,即從袋中取出鉛筆,及日記簿一本,遞與小鳳仙,小鳳仙即舒開纖腕,握筆書詞,詞云:

　　(柳搖金)驪歌一曲開瓊宴,且將之子餞。蔡郎呵!你倡義心堅,不辭冒險,濁著一杯勸,料著你食難下嚥。蔡郎蔡郎!你莫認作離筵,是我兩人大紀念。

　　(帝子花)燕婉情你休留戀!我這裡百年預約來生券,你切莫一縷情絲兩地牽。如果所謀未遂,或他日呵,化作地下並頭蓮,再了生前願。

　　(學士巾)蔡郎呵!你須計出萬全,力把渠魁殄。若推不倒老袁呵,休說你自愧生前,就是依也羞見先生面,要相見,到黃泉。

　　小鳳仙寫著,蔡鍔是目不轉睛的,瞧她寫下。口中接連讚美,看到末兩闋,連自己也眼紅起來。及至寫完,紙上已溼透淚痕,小鳳仙尚粉頸低垂,沉沉不語,好一歇方抬起頭來,已似淚人兒一般,勉強說道:「班門弄斧,幸勿見笑。」蔡鍔此時,也不覺心如芒刺,一面攜了手巾,替小鳳仙拭淚,一面與語道:「字字沉痛,語語迴環,不意卿卻具此捷才,真不枉我蔡松坡結識一場呢。」小鳳仙恐未必能此,但餘觀近人著有

第五十四回　京邸被搜宵來虎吏　津門餞別夜贈驪歌

《松坡軼事》，亦載入此詞，想作者未忍割愛，故選錄及之。小鳳仙道：「我已早知有今日了。這數闋俚詞，預備已久，將來賡續了去，為君譜一傳奇，倒也是一番佳話。但自愧才疏，有志未逮，俟君成功後，同續何如？」蔡鍔道：「極好，但我意須較為雄壯，莫再頹唐。」小鳳仙接著道：「英雄語自然不同。我輩兒女子，筆底下要想沉壯，也覺為難呢。」蔡鍔道：「你第一闋也雄壯得很；第二三闋前半俱佳，後半結語，似嫌蕭颯，難道你我竟無相見期麼？」小鳳仙道：「功成名立，偕老林泉，這是我的夙願，誠能得此，那是莫大的幸福了。」造物忌才，怎肯界你如願。說著時，外面的報時鐘，已接連敲了三下。蔡鍔驚道：「夜已深了，快收拾睡罷。」將殘餚冷酒，搬過一邊，隨即睡下。

越宿起來，盥洗才畢，但見窗櫺外面，已有人前來探望。至開門出去，那探望的人，都揚長走了。蔡鍔悄語小鳳仙道：「偵探又來了。」小鳳仙道：「這卻如何是好？」蔡鍔道：「不要緊的，我自有計。」當下吃過點心，就取出紙筆。揮就一篇因病請假的呈文，用函固封，竟向郵局寄往京城。索性明報。他本有失眠喉痛諸症，索性藉此機會，就日本醫院醫治，除每日赴院一次外，仍挾小鳳仙作汗漫遊。各偵探往來暗伺，了無他異，唯尚監伺左右，不肯放鬆。蔡鍔佯作不知，背地裡卻與鳳仙謀定，實行那金蟬脫殼的妙計。一夕，與鳳仙對坐，狂飲室中，議論風生，津津有味。俄而有拍案聲，痛罵聲，遠達戶外。各偵探忙去竊聽，前一套說話，是評論花叢，後一套說話，是詈及正室。忽喜忽怒，彷彿是醉後胡言。未幾竟叫做腹痛起來，連呼如廁。偵探疾忙避開，他即出室，令館僕前導，一手摳衣，一手捧腹，向廁所去了。偵探未及尾隨，並以廁所中無關機密，自然散去。

翌晨往視，還是戶闥深扃，高臥未起，遲至午刻，方覺有人走動，

重複竊窺，只見小鳳仙起床，雲鬢蓬鬆，尚未梳沐，待午餐已過，又約有一兩小時，小鳳仙整妝出門，攜了皮夾，掩戶自去。到了晚間，亦並未回來，次日也不見返寓。各偵探往問帳房，帳房亦沒有知曉，大家動了疑心，啟戶入視，什物已空，只桌上留著一函，由司帳展開一閱，乃是鈔票數張，並附有一條，謂作房飯代價，頓時面面相覷，莫名其妙。連我亦是不懂。司帳人雖然驚詫，但教錢財到手，倒也不遑細究。唯各偵探奉命前來，急得什麼相似，忙至車站探問，好容易查得小鳳仙消息，已於昨晚返京，獨蔡鍔不知去向。奇極妙極。

看官！你道這蔡松坡究竟到哪裡去了？他知偵探隨著，萬難南行，計唯東渡扶桑，迂道至滇，方可脫身，當日探得日本郵船，名叫山東丸，乘夜出口，遂藉著腹痛為名，就廁後復退館傭，即覷人不備，逸出後門，孤身赴港，登舟買票，竟往日本，真個是人不知，鬼不覺，安安穩穩的到了東瀛。其身雖安，其心甚苦。復續上呈文，電達京中。那時前呈已邀批發，給假兩月。至續呈到京，老袁未免一急，但表面上不好指斥，只好批令調治就愈，早日回國，用副倚任等語。過了數天，又接到蔡鍔手書，略云：

趨侍鈞座，閱年有餘，荷蒙優待，銘感次骨。茲者帝制發生，某本擬涓埃圖報，何期家庭變起，鬱結憂慮，致有喉痛失眠之症。欲請假赴日就醫，恐公不許我，故微行至津東渡。且某之此行，非僅為己病計，實亦為公之帝制前途，謀萬全之策。蓋全國士夫，翕然知共和政體，不適用於今茲時代，固矣。唯海外僑民，不諳祖國國情，保無不挾反對之心，某今赴日，當為公設法而開導之，以執議公者之口。倘有所聞見，鍔將申函鈞座，敷陳一切，伏乞鈞鑑！

老袁看畢，忍不住氣憤道：「瞞著了我，潛往東洋，還要來調侃我，真正可恨！我想你這豎子，原是刁狡極了，但要逃出老夫手中，恐還是

第五十四回　京邸被搜宵來虎吏　津門餞別夜贈驪歌

不容易哩。」乃一面電給駐日公使陸宗輿，叫他就近稽查，隨時報告，一面密派心腹爪牙，召入與語道：「我看蔡鍔東渡，託言赴日就醫，其實將迂道赴滇，召集舊部，與我相抗，你等可潛往蒙自，留心邀截，他從海道到滇，非經蒙自不可，刺殺了他，免貽後患。」兩路防閒，計密且毒，奈天不容汝何？遂厚給川資，遣他去訖。

是時楊度、阮忠樞等，聞小鳳仙返京，即去探訪詳問蔡鍔病況，及歸國時期。小鳳仙卻淡淡答道：「蔡老赴日養痾，早一日好，早一日歸國，並沒有一定期間。」阮忠樞道：「聞你曾同赴天津，為何不偕往日本？」小鳳仙道：「他的結髮夫妻，還要把他遣歸，何況是我呢？」阮忠樞無詞可答，遂與楊度同歸，轉報老袁，老袁道：「同去不同來，分明是有別意，但我已擺布好了，由他去罷。」慢著！正是：

縱有陰謀如蠍毒，誰知捷足已鴻飛。

蔡鍔已去，京中已產出一個短命皇帝來了。欲知詳細，請看下回敘明。

蔡鍔一行，為再造共和張本，故二十五回中，已全力寫照，本回覆將京寓被搜，及津門話別事，竟體演述，不肯少略。蓋一以見蔡鍔之智，一以見小鳳仙之慧，英雄兒女，自有千秋，而三疊驪歌，併為後文伏筆。至潛身東渡時，尤寫得惝恍迷離，非經揭破，幾令人無從揣測。作者述小鳳仙語，謂非是文不足傳是人，吾還以贈諸作者。

第五十五回
脅代表送上推戴書　頒申令接收皇帝位

　　卻說民國四年十一月中,正各省將軍巡按使,製造民意,紛紛投票的時候,結果是全國代表,選就了一千九百九十三人。至解決國體,卻是全體一致,贊成君主立憲。當下由各省馳電到來,京中一班攀龍附鳳的人物,統是歡喜不盡。老袁此時不知喜歡的什麼相似。袁總統即命財政部連撥若干款項,寄交各省,作為各代表路費,即日到京,再由參政院中,舉行全國國民代表大會,申決國體,及公上推戴書。那知朱啟鈐、周自齊等,已早有密電傳達外省,叫他預備國民推戴書。真會巴結。電文云:

　　各省將軍巡按使鑑:國體投票解決後,應用之國民推戴文內,有必須照敘字樣,曰:國民代表等,謹以國民公意,恭戴今大總統袁世凱為中華帝國皇帝,並以國家最上完全主權,奉之於皇帝。承天建極,傳之萬世,此四十五字,萬勿絲毫更改為要。再此種推戴書,在國體未解決之前,希萬分祕密,並盼先復。至奏摺一切格式,均照舊例,唯跪奏改為謹奏;其他儀式,俟擬定再行通告。啟鈐、自齊、士詒、鎮芳、忠樞、在禮、乃寬、士鈺、震春、炳湘印。

　　自各省接到此電,便把那依樣葫蘆,描畫起來,當將電文中四十五字,列入推戴書中,一字不易,再添了幾句起末文,拍電進去。還有直隸巡按使朱家寶,居然首先稱臣,於十一月二十八日,為著地方政務,上了三折,統是改呈為奏,起首稱臣朱家寶,末稱伏乞皇帝陛下

聖鑑等語。未奉明令,即稱帝稱臣,可謂忠臣第一。老袁並不指斥,已是實行承認。轉眼間又過十天,各省國民代表,均領了公文路費,陸續到京,各路火車,統有招待的專使,酬應非常周到。京城裡面的招待所,更布置得裝潢燦爛,目眩神迷。這等國民代表,趨入所中,幾疑身到華胥,彷彿別有天地。到了十二月十一日上午九時,參政院中,召集全國代表一千九百九十三人,申決國體投票。各參政員全體到齊,只有黎元洪請假未到,院外大排軍警,看似歡迎代表,實是監督代表。那一千九百九十三人,曉得什麼玄妙,一個個魚貫而入。到了會場,但見中間擁著兩個大匭,左匭上貼著君憲兩字,右匭上貼著共和兩字,當有一班招待人員,與各代表附耳密談。各代表均唯唯從命,大家領票照書,均向左匭投入,至開匭驗票,左匭中一紙不少,足足有一千九百九十三票,統是贊成君憲。右匭中當然不必開驗,便照例宣布:大眾呼了三聲「帝國萬歲」。參政員楊度、孫毓筠,就乘此提議道:「全國代表,既一致贊成君憲,應即奉當今袁大總統為皇帝。」大眾拍手贊成。楊度、孫毓筠又道:「本院由各省委託,為全國總代表,尤應用總代表名義,恭上推戴書。」大眾又一齊拍手。於是推祕書員起草,那祕書員成竹在胸,才高倚馬,立刻草成八九百字,即向大眾朗讀道:

　　奏為國體已定,天命攸歸,全國商民,籲登大位,以定國基,合詞仰乞聖鑑事。竊據京兆,各直省,各特別行政區域,內外蒙古、西藏、青海、回疆、滿蒙八旗,全國商會,及華僑有勳勞於國家,碩學通儒各代表等,投票決定國體,全數主張君主立憲,業經代行立法院咨陳政府在案。同時據京兆,各直省,各特別行政區域,內外蒙古、西藏、青海、回疆、滿蒙八旗,全國商會,及華僑有勳勞於國家,碩學通儒各代表等,各具推戴書,均據稱:「國民公意,恭戴今大總統袁公世凱為中

華帝國皇帝，並以國家最上完全主權，奉之於皇帝，承天建極，傳之萬世」等因。兼由各國民大會委託代行立法院為總代表，以全國民意，籲請皇帝登極前來。竊維帝王受命，統一區夏，必以至仁復民而育物，又必以神武戡亂而定功。《書》云：「一人有慶，兆民賴之。」《詩》曰：「燕及皇天，克昌厥後。」蓋唯應天以順人，是以人歸而天與也。溯自清帝失政，民罹水火，呼籲罔應，潰決勢成，罪已而民不懷，命將而師不武。我聖主應運一出，薄海景從，逆者革心，順者效命。岌然將傾之國家，我聖主實奠安之。

斯時清帝不得已而遜位，皇天景命，始集於聖主，我聖主有而弗居也。南京倉猝草創政府，黨徒用事，舉非其人，民心皇皇，無所託命，我聖主至德所復，邇安遠懷，去暴歸仁，若水之就下，孑然待盡之人民，唯我聖主實蘇息之。斯時南京政府，不得已而解散，皇天景命，再集於我聖主，我聖主仍有而弗居也。民國告成，四方和惠，群醜竊柄，怙惡不悛，安忍阻兵，自逃覆載。我聖主赫然震怒，臨之以威，天討所加，五旬底定，以至仁而伐不仁，蓋有徵而必無戰。慕義向化者，先歸而蒙福，迷復不遠者，後至而洗心，皆我聖主實撫育而安全之。斯時大難既平，全國統一，皇天景命，三集於我聖主，我聖主固執謙德，又仍有而弗居也。夫唯煌煌帝諦，聖人無利天下之心，而天施地生，兆民必歸一人之德。往者國家初建，參議院議員，推舉臨時大總統，斯時全國人心，咸歸於我聖主，國運於以肇興。繼此國會成立，參議院眾議員，推舉大總統，全國人心，又咸歸於我聖主，國基於以大定。然共和國體，不適國情，上無以建保世滋大之弘規，下無以謀長治久安之樂利，蓋唯民心有所舍也，則必有所取，有所去也，則必有所歸。今者天牖民衷，全國一心，以建立帝國，民歸盛德，又全國一心以推戴皇帝。我中

華文明禮義，為五千年帝制之古邦，我皇帝睿智聖武，為億萬姓歸心之元首。伏維仰承帝眷，俯順輿情，登大寶而司牧群生，履至尊而經綸六合。軒帝神明之冑，宜建極以承天，貽後繼及之規，實撫民而長世。謹奏。

讀畢，大眾無不贊成，即刻通過，復齊呼「皇帝萬歲」三聲。自九點鐘起，至十一點半鐘，已經手續完備，大眾當即散會，回寓午餐去了。下午一點鐘，祕書員已繕好奏摺，即刻進呈，哪知奏摺才呈，申令即下，卻教他另行推戴，把那推戴書發還。還要裝腔。其文云：

（上略）查《約法》內載民國之主權，本於國民之全體。既經國民代表大會，全體表決，改用君主立憲，本大總統自無討論之餘地。唯推戴一舉，無任惶駭。天生民而立之君，天命不易，唯有豐功盛德者，始足以居之。

本大總統從政，垂三十年，迭經事變，初無建樹，改造民國，已歷四稔。憂患紛乘，怨尤叢集。救過不贍，圖治未遑，豈有功業足以稱述？前此隱跡洹上，本已無志問世，遭遇時變，謬為眾論所推，不得不勉出維持，捨身救國。然辛亥之冬，曾居政要，上無禆於國計，下無濟於民生，追懷故君，已多慚疚。今若驟躋大位，於心何安？此於道德不能無慚者也。致治保邦，首重大信，民國初建，本大總統曾向參議院宣誓，願竭能力，發揚共和，今若帝制自為，則是背棄誓詞，此於信義無可自解者也。本大總統於正式被舉就職時，固嘗掬誠宣誓，此心但知救國救民，成敗利鈍不敢知，勞逸謗譽不敢計，是本大總統既以救國救民為重，固不惜犧牲一切以赴之。但自問功業，既未足言，而關於道德信義諸大端，又何可付之不顧？在愛我之國民代表，當亦不忍強我以所難也。

尚望國民代表大會總代表等，熟籌審慮，另行推戴，以固國基。本大總統處此時期，仍以原有之名義，及現行之各職權，維持全國之現狀。除咨復代行立法院，並將國民代表大會，總代表推戴書，及各省區國民代表推戴書等件，送還代行立法院外，合行宣示俾眾周知。此令。

楊度、孫毓筠二人，已預知申令即下，早已約定各省代表，再行到會，恭候聖旨。各代表似傀儡一般，隨撥隨動，到了傍晚，仍至參政院會齊。果然九天綸綍，宣布下來，大眾恭讀一遍，都有些疑惑不定。但聽楊度宣言道：「大總統盛德謙沖，所以有此申令，但全國民意，既趨一致，大總統亦未便過拂輿情，理應由本院再用總代表名義，呈遞第二次推戴書。」大眾復隨聲附和，仍推祕書起草。不料十五分鐘的時候，便擬成二千六百多字的長文。聖主出世，應該有此奇才，曹子建且當拜倒。是時電燈四映，雲集一堂，復由祕書朗聲宣讀，大眾模模糊糊的聽了一會，無非是什麼功烈，什麼德行，十成中只解一二，也都贊成了事，乃宣告散會，立即繕成第二次推戴書。

　　次日即奉大總統申令云：

　　據全國總代表大會總代表代行立法院奏稱：竊總代表前以眾議僉同，合詞勸進，籲請早登大寶，奉諭推戴一舉，無任惶駭等因。仰見聖德淵衷，巍巍無與之至意，欽仰莫名。唯當此國情萬急之秋，人民歸向之誠，幾已坌湧沸騰，不可抑遏。我皇帝倘仍固執謙退，辭而不居，全國生民，實有若墜深淵之懼。蓋大位久懸，則萬幾叢脞。豈宜拘牽小節，致國本於阽危？且明諭以為天生民而立之君，唯有功德者足以居之，而謂功業道德信義諸端，皆有捫心未安之處，此則我皇帝之虛懷若谷，而不自知其撝衝逾量者也。總代表具有耳目，敢眛識知，請先就功烈言之：當有清末造，武備廢弛，師徒屢熸，國威之不振久矣。我皇帝創練陸軍，一授以文明國最精之兵法，剷除宿弊，壁壘一新。手訂數條，洪纖畢備。募材選俊，紀律嚴明，魁奇杰特之才，多出於部下，不數年遂布滿寰區，成效大彰，聲威丕著。當時外人之蒞觀者，莫不嘖嘖稱嘆，而全國陸軍之制，由此權輿。厥後戡定四方，屢平大難，實利賴之，此功在經武者一也。及巡撫山東，拳匪煽亂，聯軍內侵，乘輿播遷，大局糜爛。

第五十五回　脅代表送上推戴書　頒申令接收皇帝位

唯我皇帝坐鎮中原，屹若長城之獨峙，匪亂為之懾伏，客兵相戒不犯，東南半壁，賴以保障。以一省之治安，砥柱中流，故雖首都淪陷，海內騷然，卒得轉危為安，金甌無缺。當是時也，構難雖曰亂民，而縱惡實由親貴，不懲禍始，無從媾和，強鄰有壓境之師，客軍無返斾之日，瓜分豆剖，禍迫眉睫，而元惡當國，莫敢發言。我皇帝密上彈章，請誅首罪，頑凶伏法，中外翕然，和局始克告成，河山得免分裂，此功在匡國者二也。尋授北洋大臣，其時風鶴尤驚，人心未靖，乃掃蕩會匪，崔符絕跡，廓清積案，民教相安。收京津於浩劫之餘，返鑾輿於故宮之內，遂復高掌遠蹠，屬行文明諸新政，無不體大思精，兼營並舉，規模式廓，氣象萬千。論者謂我皇帝為中國進化之先河，文明之淵海，洵符事實，非等虛詞，此功在開化者三也。革命事起，風潮劇烈，不數月間，四方瓦解，皇室動搖，天意厭清，人心思亂。清孝定景皇后，知大勢之已去，滿族之孤危，痛哭臨朝，幾不知稅駕之何所。斯時我皇帝改步，為應天順人之舉，躬自踐阼以安四海，夫誰得而議之者！乃猶恪恭臣節，艱難支拄，委曲維持，以一身當大難之衝，幾遭炸彈而不恤。孝定景皇后，乃舉組織共和政府之全權，與夫保全皇室之微意，悉摰而付託我皇帝，始有南北議和，優待皇室之條件。人知清廷遜位之易，結局之良，而不知我皇帝之苦心調劑，固竭其旋轉乾坤之力也。於是南北復歸於統一，清室獲保其安全，四萬萬之生靈，弗陷於塗炭，二萬萬之疆圉，得完其版圖，於風雨飄搖之中，而鎮懾奠安，卒成共和四年之政局。國家得與人民休養生息，不至淪胥以盡，此功在靖難者四也。民國初建，暴民殃徒，攘臂四出，叫囂乎政黨議會，搗突乎官署戎行，挑撥感情，牽掣行政。我皇帝海涵天覆，一以大度容之。彼輩野心弗戢，卒有贛寧之暴動，東南各省，再見沉淪，幸賴神算早操，三軍致果，未及旬月，而逆氛盡掃，如拉枯朽，遂得正式禮成，大業克躋，列邦交慶。彼輩毒無可逞，猶復勾結狼匪，肆其跳梁，大兵一臨，渠魁授首，神州重奠，戈甲載櫜，卒使閭閻安堵，區宇乂寧，以臻此雍洽和熙之治。蓋

自庚子拳匪之亂，辛亥革命之變，癸丑六省之擾，皆足以顛覆我中國，非我皇帝，孰能保持鎮撫，使四千年神明之裔，食息茲土，不致淪亡？此則我皇帝之大有造於我中國，而我蒸黎子孫所共感而永矢勿諼也，此功在定亂者五也。不但此也，溯自通海以來，外交之失策，不可勝計，國際之聲譽，幾無可言。以積弱衰疲之國，孤立於群雄角逐之間，詘勢之危，莫此為甚。而意外變局，又往往無先例之可援，措置偶一失宜，後患不堪設想。唯我皇帝，睿智淵深，英謀霆奮，遇有困難之交涉，一運以精密之謨猷，靡不立解糾紛，排除障礙，卒得有從容轉圜之餘地。而遠人之服膺威望，欽遲豐采者，亦莫不輸誠結納，怗然交歡。弭禍釁於樽俎之間，締盟好於敦槃之際，此功在交際者六也。凡此六者，皆國家命脈之所存，萬姓安危之所繫；若乃其餘政教之殷繁，悉由宵旰勤勞之指導，雖更僕數之，有不能盡，我皇帝之功烈，所以邁越百王也。請再就德行言之：

我皇帝神功所推暨，何莫非盛德所滂流？蕩蕩巍巍，原無二致。至於一身行誼，則矩動天隨，亦有非淺識所能測者。如今茲創業，踵跡先朝，不無更姓改物之嫌，似有新舊乘除之感。明諭引此以為慚德，尤見我皇帝慈祥忠厚之深衷，而不自覺其慮之過也。夫廿載以來，往事歷歷可徵，我皇帝之盡瘁先朝，其於臣節，可謂至矣。無如清政不綱，晚季尤多瞀亂，庚子之難，一二童駭，召侮啟戎，成千古未有之笑柄。覆宗滅祀，指顧可期，非賴我皇帝障蔽狂流，逆挽滔天之禍，則清社之屋，早在斯時。迨我皇帝位望益隆，所以為清室策治安者，益忠且摯。患滿人之孱弱也，則首練旗兵；患貴胄之闇昧也，則請遣遊歷；患秕政之棼擾也，則釐定官制；患舊俗之錮蔽也，則訂立憲章。凡茲空前之偉劃，一皆謀國之前圖。乃元輔見疏，忠讜不用，宗支干政，橫攬大權，黷貨玩戎，斲喪元氣。自皇帝退休三載，而朝局益不可為矣。乃武昌難作，被命於倉皇之際，受任於危亂之秋，猶殷殷以扶持衰祚為念。詎意財力殫耗，叛亂紛乘，兵械兩竭於供，海陸盡失其險。都城以外，烽燧時

第五十五回　脅代表迭上推戴書　頒申令接收皇帝位

驚，蒙藏邊藩，相繼告警。而十九條宣誓之文，已自將君上之大權，盡行摧剝而不顧。誰實為之？固非我皇帝所及料也。

後雖入居內閣，而禍深患迫，已有岌岌莫保之虞。老成憂國之衷，至於廢寢忘餐，拊膺涕泣，然而戰守俱困，險象環伏，卒苦於挽救之無術。向使沖人嗣統之初，不為讒言所入，舉國政朝綱之大，一委元老之經營，將見綱舉目張，百廢俱舉，治平有像，亂萌不生，又何至有辛亥之事哉？至萬不得已，僅以特別條件，保其宗支陵寢於祚命已墜之餘，此中蓋有天命，非人力所能施。而我皇帝之極意綢繆者，其始終對於清廷，洵屬仁至而義盡矣。夫歷數遷移，非關人事，曩則清室鑒於大勢，推其政權於國民，今則國民出於公意，戴我神聖之新君。時代兩更，星霜四易，愛新覺羅之政權早失，自無故宮禾黍之悲。中華帝國之首出有人，慶睹漢官威儀之盛。廢興各有其運，絕續並不相蒙。況有虞賓恩禮之隆，彌見興朝覆育之量，千古鼎革之際，未有如是之光明正大者。

而我皇帝尚兢兢以慚德為言，其實文王之三分事殷，亦無以加此，而成湯之恐貽口實，固遠不逮茲。此我皇帝之德行，所為夐絕古初也。然則明諭所謂無功薄德云云，誠為謙抑之過言，而究未可以過抑人民之殷望也。至於前此之宣誓，有發揚共和之願言，此特民國元首循例之詞，僅屬當時就職儀文之一。蓋當日之誓，根於元首之地位，而元首之地位，根於民國之國體，國體實定於國民之意向，元首當視民意為從違。民意共和，則誓詞隨國體為有效，民意君憲，則誓詞亦隨國體為變遷。今日者國民厭棄共和，趨向君憲，則是民意已改，國體已變，民國元首之地位，已不復保存，民國元首之誓詞，當然消滅。凡此皆國民之所自為，固於皇帝渺不相涉者也。以上歌功頌德之詞，尚可勉強敷衍，至把誓詞抵賴，虧他說得出，虧他推得清。

我皇帝唯知以國家為前提，以民意為準的，初無趨避之成見，有何嫌疑之可言？而奚必硜硜守儀文之信誓也哉？

要之我皇帝功崇德茂，威信素孚，中國一人，責無旁貸。

昊蒼眷佑，億兆歸心，天命不可以久稽，人民不可以為主。伏冀捴衝勉抑，淵鑑早回，毋循禮讓之虛儀，久曠上天之寶命。亟須明詔，宣示天下，正位登極，以慰薄海臣民喁喁之渴望，以鞏我中華帝國有道之鴻基。代表不勝歡欣鼓舞懇欵迫切之至，除將明令發還，本國民代表大會總代表推戴書，及各省區國民代表推戴書等件，仍行齎呈外，謹具折上陳，伏乞睿鑑施行等情。據此，天下興亡，匹夫有責，予之愛國，詎在人後？但億兆推戴，責任重大，應如何厚利民生？應如何振興國勢？應如何刷新政治，躋進文明？種種措置，豈予薄德鮮能，所克負荷？前此掬誠陳述，本非故為謙讓，實因惴惕交縈，有不能自已者也。乃國民責備愈嚴，期望愈切，竟使予無以自解，並無可諉避。第創造宏基，事體繁重，洵不可急遽舉行，致涉疏率應飭各部院就本管事務，會同詳細籌備，一俟籌備完竣，再行呈請施行。凡中國民，各宜安心營業，共謀利福，切勿再存疑慮，妨阻職務，各文武官吏，尤當靖共爾位，力保治安，以副本大總統軫念生民之至意。除將國民代表大會總代表推戴書，及各省區國民代表推戴書，發交政事堂，並咨復全國國民代表大會總代表代行立法院外，合行宣示，俾眾周知。此令。

小子隨讀隨錄，錄畢後，禁不住漸憤起來，乃口占一絕道：

揖讓徵誅是昔型，六朝篡竊亦彰明。

如何下效河間婦，狎客催妝甘背盟？

老袁既接收帝位，遂有好幾種做作施行出來，看官請續閱下回，便有分曉。

兩次推戴書：統計不下三千餘字，乃不到半日，即草繕俱竣，是明明預先備辦，第臨時掩人耳目而已。且袁氏尚未承認帝制，而我聖主我皇帝之詞，連篇累牘，不識若輩何心，乃竟厚顏若此？袁氏半推半就，真似倚門賣娼，裝出許多醜態。吾謂欲做皇帝，簡直就做，何必許多做作，愈形其醜耶？作偽心勞日拙，我為諸參政羞，我併為袁皇帝羞。

第五十五回　脅代表遞上推戴書　頒申令接收皇帝位

第五十六回
賄內廷承辦大典　結宮眷入長女官

　　由總統府傳出消息，稱說袁皇帝登極期間，便是民國五年一月一日。那時一班趨炎附熱的官兒，及鶩賤販貴的商人，都伸著項頸，睜著眼珠，希望那升官發財，有名有利。還有一千九百九十三個國民代表，統以為此番進京，佐成帝業，就使不得封侯拜相，總有一官半職，賞給了他；或另有意外金錢，作為特賜，於是朝朝花酒，夜夜笙歌，鎮日在八大胡同中，流連忘返。全國代表，如是如是，幾令國民羞殺。哪知一聲霹靂，震響天空，政府中頒發命令，叫他各歸故里，仍安本業。新婦已經登堂，還要媒人何用。看官！你想各代表到了京都，已將半月，所得川資，統已向楚館秦樓中，花費了去，而且還有酒債飯債，及各種什物債，滿望將來名利雙收，了清債務，偏偏要他回裡，他們統變做妙手空空，連回去的盤費，統是無著，哪裡還好償債？大家才知道著了道兒，叫苦不迭，至此方知，真是笨伯。沒奈何籲告同鄉，替他設法。還是楊度、孫毓筠等，腳力稍大，向辦理國民會議局中，支出二萬元款子，分給代表，每人百元，才得草草摒擋，溜出京城，回鄉過年去了。只所有欠項，始終未曾還清，仍是酒店飯店，及各什物店中的晦氣，這且休表。

　　且說帝位已定，明令送頒，一面用壓制法，一面用籠絡法，計匝旬間，除無關帝制外，約有好幾道命令，小子也不勝抄錄。節述如下：

　　十二月十三日申令，此次改變國體，全出國民公意，如有好亂之

徒，造謠煽惑，勾結為奸，當執法以繩，不少寬貸。

十五日策令，封黎元洪為武義親王。黎固辭，申令不許。

十六日申令，清室優待條件，永不變更，將來制定憲法，繼續有效。（因清室內務府咨照參政院，贊成袁氏稱帝，乃有此令。）

同日申令，特任溥倫為參政院院長。（黎已封王，故改任清宗室溥倫以示羈縻。）

同日申令，關於立法院議員選舉事宜，迅速籌辦，準於來年以內召集。

同日教令，修正政事堂組織令，凡大總統釋出之命令，由政事堂奉行，政事堂鈐印，國務卿副署。（與清制內閣奉上諭同。）

同日批令，蒙古章嘉呼圖克圖等，奏請正位，實屬傾誠愛國，深堪嘉尚，著交蒙藏院傳獎。

十八日策令，特任馮國璋為參謀總長，未到任以前，著唐在禮代理，（因馮氏勸進較後，特欲調入京都，免生異志。）

同日申令，舊侶及耆碩數人，均勿稱臣。

同日申令，滿、蒙、回、藏待遇條件，繼續有效。十九日申令，著政事堂飭法制局將民國元年以來法令，分別存留廢止，悉心修正，呈請施行。

同日批令，代理國務卿陸徵祥等，奏請准設大典籌備處，已悉。

二十日申令，徐世昌、趙爾巽、李經義、張謇為嵩山四友，頒給嵩山照影各一幀。

二十一日策令，特封龍濟光、張勳、馮國璋、姜桂題、段芝貴、倪嗣沖為一等公，湯薌銘、李純、朱瑞、陸榮廷、趙倜、陳宧、唐繼堯、

閻錫山、王占元為一等候，張錫鑾、朱家寶、張鳴岐、田文烈、靳雲鵬、楊增新、陸建章、孟恩遠、屈映光、齊耀琳、曹錕、楊善德為一等伯，朱慶瀾、張廣建、李厚基、劉顯世為一等子，許世英、戚揚、呂調元、金永、蔡儒楷、段書雲、任可澄、龍建章、王揖唐、沈金鑑、何宗蓮、張懷芝、潘矩楹、龍覲光、陳炳焜、盧永祥為一等男，李兆珍、王祖同為二等男。

　　同日策令，特任陸徵祥為國務卿，仍兼外交總長。

　　二十二日策令，追封趙秉鈞為一等忠襄公，徐寶山為一等昭勇伯。

　　同日申令，永遠革除太監等名目，內廷供役，改用女官。

　　二十三日策令，特封劉冠雄為二等公，雷震春為一等伯，陳光遠、米振標、張文生、馬繼增、張敬堯為一等子，倪毓棻、張作霖、蕭良臣為二等子，林葆懌、饒懷文、吳金標、王金鏡、鮑貴卿、寶德全、馬聯甲、馬安良、白寶山、昆源、施從濱、黎天才、杜錫鈞、王廷楨、楊飛霞、江朝宗、徐邦傑、李進才、呂公望、馬龍標、吳炳湘為一等男，吳俊升、王懷慶、吳慶桐、馮德麟、王純良、李耀漢、馬春發、胡令宣、莫榮新、譚浩明、周駿、劉存厚、葉頌清、張載陽、張子貞、劉祖武、石星川為二等男，石振聲、何豐林、臧致平、吳鴻昌、王懋賞、唐國謨、方更生、張仁奎、陳德修、殷恭先、周金城、李紹臣、康永勝、常德盛、張殿如、馬福祥、張樹元、李長泰、許蘭洲、朱熙、孔庚、方玉普、馬龍潭、裴其勳、朱福全、隆世儲、方有田、陳樹藩、陸裕光、楊以德為三等男。（又予一二等輕車都尉世職，共七十餘人，名不備錄。）

　　這數令頒發出來，朝野注目，統說新天子登基在即，所以有此布置，就是老袁心中，也以為恩威並濟，內外兼籌，布置得七平八穩，可以任所欲為了。唯籌備大典處，是籌備登極大典，相傳於十一月初二

第五十六回　賄內廷承辦大典　結宮眷入長女官

日，即已密行設立，至十九日始見發表，尚是掩耳盜鈴的計策。起初嚴守祕密，未敢動用國帑，左支右絀，辦理為難。當有二姨太黃氏，與三姨太何氏，首先發起擬將家人私蓄撥出若干，作為籌備處的資本金。統計袁氏妻妾十六人，子十五人，女十四人，每人助一萬圓，可得四十五萬圓。他日皇帝登極，各得優先利益，彷彿如前清幕吏，先墊款項，稱為帶肚子一般。皇帝家中，亦沿此習，確是一段笑史。袁氏正室于夫人，與次子克文，三女淑順，本未曾贊同帝制，且以為此等惡習，不應出自帝家，因此不願入股。此外當一致贊成，當下湊集四十二萬圓，開手籌辦，但須覓一親信可靠的人物，充作處長，方免舞弊。女眷們的金錢，來處不易，所以格外審慎。這消息傳達出去，即有人運動斯缺，情願承認。看官道是何人，就是皇帝伯伯的愛姪兒，名叫乃寬。

　　他既與老袁認作叔姪，當然如骨肉至親，無所嫌避，所以出入府中，無論袁氏姬妾，盡得相見。且因他語言柔媚，體態殷勤，容易得人歡心，往來無間，此次即至二姨太三姨太前，乞求推薦，願先獻番佛十萬尊，作為孝敬。看官試想，兩位姨太太，只攜出了二萬圓，拼入優先股，今復得了十萬圓，除二萬外，還有八萬圓好處，哪有不允之想？好一場賺錢生意。當下滿口承認，即夕向老袁進言道：「大典籌備處，已有四十餘萬圓湊集，不日可創辦了。但處長一席，總須擇一心腹人，方可勝任。」老袁接口道：「這個自然。」二姨太便道：「據妾想來，莫如御姪乃寬。」三姨太又道：「他本是同宗，辦事又向來勤謹，真是所舉得人了。」可見金錢之魔力。老袁笑道：「卿等慧眼，想必不錯，我便叫他任事罷。」次日，即召乃寬入內，令為大典籌備處處長。乃寬自然受命，拜謝鴻恩，一面復潛向兩姨太處，申鳴謝悃。曾拜倒石榴裙下否？任事以後，第一件是籌辦皇帝的龍袍，第二件是籌辦后妃的象服；此時京城

裡面的綢緞繡貨莊，要算是山東巨宦開設的瑞蚨祥。該肆聞信，料是一場大主題，忙到籌備處設法運動，兜攬生意。處長袁乃寬親與商議，先將回扣議妥，這一著最是要緊。然後與議龍袍的做法。先是袁皇帝授意乃寬，服制尚紅，大約是火德主政的意思。乃寬便仰承聖意，擬用著赤金線，盤織龍袞，且通體須綴飾明珠，嵌入金鋼鑽，還要一頂平天冠，四周垂旒，每旒約用東珠一串，冠簪須綴飾絕大珍珠，才見光彩奪目。這兩種代價，由店主人估算起來，差不多要五六十萬圓。乃寬暗想，現在只有四十萬圓，連一件龍袍的價值，還是不敷，如何好再辦別種服飾？眉頭一皺，計上心來，當下與店主人商量，教他墊款包辦，一俟皇帝發極，算清帳目。店主人樂得應允，便雙方訂約，再由店中恭繪袞冕格式，呈入御覽。老袁很是合意，即囑他照式織制。並限於陽曆年終取用，該店奉旨承辦，日夜趕製。

　　此外一切用品，但把要緊的物件，購辦起來。不到數日，已將四十萬圓用罄。那時籌備處尚未正式批准，急得乃寬沒法，只好再請教二姨太。二姨太究竟女流，一時想不出什麼法兒，仍囑乃寬代籌。乃寬道：「非請財神爺上臺，這事恐辦不了。」二姨太笑著道：「我知道了，你放心去罷。」財神大名，應該知道。乃寬退出後，不到兩日，即由財神爺承認五百萬圓。既而籌備處正式成立，五百萬果然撥到。袁皇帝又密與財神爺商妥，此後一切經費，歸他籌撥，待登位後，願把首揆一席，酬答豐功。財神拜相，恐非所長。財神爺頗也樂允。袁皇帝嘉慰非常，覆命將前清三殿，募工修築，也歸袁乃寬一手承辦。乃寬連得美差，感激無地，自不消說。

　　唯女官令下，一班婦女請願團，也想去攀龍附鳳，龍可攀，鳳不許附，卻也為難。顯揚門楣，恐怕是要倒楣。但一時無門可入，未免望洋

興嘆，空存這富貴的念頭。獨有安女士靜生，本是請願團的領袖，更兼腹中有點文墨，口才又很過得去，曾充某女校校長，資格完全，回應四十九回。聞到此令，不禁大喜道：「佳運來了。新朝挑選女官長，捨我其誰？」於是淡掃蛾眉，往朝至尊，名刺上鑴入婦女請願團長，及某女校校長頭銜，呈遞進去。適袁皇帝辦公無暇，令諸皇妃招待。那安女士不慌不忙，從容步入，見了各位皇妃，請安跪拜，無不如儀。諸皇妃雖備選六宮，究竟還是候補資格，未曾經過這般恭維，此時見安女士巧言令色，般般可人，遂格外謙恭，待以客禮。安女士固辭未獲，勉強旁坐，彼問此答，真個舌上生蓮，令人愛羨。漸漸說到女官一事，安女士據實稟陳，竟效毛遂自薦。諸皇妃道：「這事須經過睿斷，我等未敢作主，但得宸衷首肯，似汝才調，當然可作女官長，何患不成？」安女士道：「天下未必無才女，如臣妾的菲材，恐未必上邀睿賞哩。」諸皇妃道：「且待稟明後，再行通報。」安女士拜謝而退。

次日又去進謁，諸皇妃歡迎如昨，且與語道：「昨夜已替你稟陳，御意擬召你接談，方可酌奪施行。」安女士道：「何時得蒙召見？」諸皇妃道：「便在今夕，我等當為介紹人，不過須略待時刻，請少安毋躁便了。」安女士重複拜謝。待至天晚，竟蒙諸皇妃賜給晚餐。可謂富貴逼人來。餐畢，又過了兩句鐘，老袁才入室休息，諸妃即帶著女士晉謁老袁，安女士三跪九叩，從容盡禮。老袁問了數聲，應對無不稱旨，便面諭道：「你可出外待命罷。」越日，即密令心腹，調查安女士履歷，所有請願團長及某校長的頭銜，的確無訛，並且都中人士，有口皆碑，遂據實稟覆。老袁尚在遲疑，無非怕她是革命黨。又經諸姬妾從旁慫恿，乃特選入宮，命為侍從女官長。這安女士得充是選，即日入內，提起全副精神，趨承意旨。除袁皇帝外，無論皇后妃嬪，及皇子公主等，一入安

女士眼中，便能識他心性，揣摩迎合，靡不中彀。因此入值府中，上和下睦，差不多如家人婦子一般。袁皇帝即命她招選女官，定額一百二十人。安女士仗著材能，即恭擬招選女官章程，進呈睿鑑，當蒙批准，因將章程宣布，厘分八條，臚列如右：

（一）須身家清白，及品誼純正。（二）年齡在十四歲以上，二十五歲以下。（三）略具姿色，又體質健全，無其他暗疾者。（四）未出室及未受聘之閨女。（五）或孀婦而未經生育者。（六）無菸酒賭博諸嗜好。（七）三年後即開放出宮，其有願留者聽。（八）三年期滿後，由女官長奏請皇上，擇尤優獎。

這章程頒布後，女界爭先恐後，群來報名。安女士又增訂新例，凡欲應選諸婦女，當報名時，須預繳銀幣十圓，如不合格，此款不得索還，能合格當選，還要各繳一百圓，叫做入宮費，這乃是安女士理財的妙法，好坐取這一、二萬圓，飽入私囊。又訂定每月俸給，女官長月俸，計洋四百圓，還有公費百圓；女官分一、二、三、四等階級，一等月俸二百圓，四等六十圓。安女士又有特別好處，按照八五成發給，餘銀也自己享受了。至若女官的膳餐費，衣服妝飾費，統要女官長經理，每月開具細帳，向庶務處支領，免不得要浮報若干。統計安女士進帳，實屬不少，不過每月孝敬皇妃，卻也要耗去一半。各皇妃愛她敏慧，都向老袁處說項，老袁曉得什麼，還是自詡知人。小子有詩詠安靜生道：

幾生修得到宮廷，福至應教心獨靈。

縱使皇綱悲短命，繡囊已貯萬錢青。

歲月將闌，登極期日近一日，不料外面的鼙鼓聲，竟動地而來。欲知何處興兵，且至下回續敘。

本回專敘大典籌備處，及女官長二事，而於承認帝位後種種措置只

匯敘一段，不復詳說，閱者得毋嫌其太略乎？曰非略也。各種命令，具見明文，不特政府公報，記載特詳，即如各處新聞紙，亦備列無遺，海內人士，無不聞知。獨宮廷祕幕，非經揭述，鮮有識其隱者。觀袁乃寬之謀得籌備處長，及安靜生之乞得女官長，無在非打通內線，才得如願。袁皇帝亦幸而短命耳？否則內嬖外寵，貽禍無窮，其不至覆國者幾希。

第五十七回
雲南省宣告獨立　豐澤園籌議軍情

　　卻說京城裡面，正演那大登殿的戲劇，那時江西、四川、廣東諸省，卻也有幾個江湖草寇，羨慕老袁，曲為摹仿，懸著好幾塊皇帝招牌，居然稱孤道寡起來。江西有兩個草頭王，一個是南康縣人邱寶龍，一個是萬年縣人雷葆福。四川的草頭王叫做王虎林，原籍廣東香山縣；還有他同幫李半仙，是羽客出身，遙應王虎林，組織保皇會，就在香山縣中，揀一僻靜所在，高搭仙棚，號召徒眾，瞎鬧了好幾天。官兵奉了大將軍令，前來搜剿，殺得這班草頭王，東竄西逃，結果是捉到斷頭臺，陸續畢命。皇帝下臺，大都如此，袁皇帝何尚未悟？只有李半仙聞風逃走，不知去向。究竟是個羽士，有點法術？這本是麼麼小丑，不足掛齒。但也由老袁想做皇帝，引出這班草頭王來。老袁聞著，暗想他無拳無勇，也想自稱皇帝，真似癩蝦蟆想吃天鵝肉，令人忍笑不禁。哪裡及得來你。接連又有上海民黨聯繫海軍學生陳可鈞，奪得黃浦江口的肇和兵艦，駛入江心，開起砲來，攻擊製造局。海軍司令李鼎新急督領海琛兵艦，放砲還擊，黨眾勢不能敵，只好竄去。獨陳可鈞無從奔逃，當被拿住，槍斃了事。另有一部民黨，從陸路進攻製造局，也被護軍使楊善德派兵防堵，不能得手。民黨完全失敗，李鼎新受譴議處，楊善德蒙獎敘功。陸海軍官弁，又保舉了好幾人。袁皇帝以為平亂有餘，毫不足慮，就是海外的華僑，及各項留學生，並海內反抗帝制的各種聯合會，聯電到京，詰責政府，老袁全不在意；甚且半途擱沈，未曾送達總統府

中，連袁氏也未曾過目。到了十二月二十三日，忽由政事堂接到雲南密電，翻閱以後，自國務卿下，統不勝驚愕起來。看官道是何電？乃是一篇嚴問老袁，差不多似哀的美敦書。其文云：

　　北京大總統鈞鑒：自國體問題發生後，群情惶駭，重以列強干涉，民氣益復騷然，全謂大總統兩次即位宣誓，皆言恪遵約法，擁護共和，皇天后土，實聞此言，億兆銘心，萬邦傾耳。記曰：「與國人交，止於信。」又曰：「民無信不立。」今失言背誓，何以御民？比者代表議決，吏民勸進，推戴之誠，雖若一致，然利誘威迫，非出本心，而變更國體之原動力，實發自京師，其首難之人，皆大總統之股肱心膂，蓋楊度等六人所倡之籌安會，煽動於前，而段芝貴等所發各省之通電，促成於繼，大總統知而不罪，民惑實滋。查三年十一月四日申令，有云：「民主共和，載在約法，邪詞惑眾，厥有常刑，嗣後如有造作讕言，紊亂國憲者，即照內亂罪從嚴懲辦」等語。今楊度等之公然集會，朱啟鈐等之祕密電商，皆為內亂重要罪犯，證據鑿然，應請大總統查照前項申令，立將楊度、孫毓筠、嚴復、劉師培、李燮和、胡瑛等六人，及朱啟鈐、段芝貴、周自齊、梁士詒、張鎮芳、雷震春、袁乃寬等七人，即日明正典刑，以謝天下。更為擁護共和之約言，渙發帝制永除之明誓，庶幾民碞頓息，國本不搖。堯等夙蒙愛待，忝列司存，既懷同舟共濟之誠，復念愛人以德之義，用敢披瀝肝膽，敬效忠告，伏望我大總統改過不吝，轉危為安，否則此間軍民，痛憤久積，非得有中央擁護共和之實據，萬難鎮勸。以上所請，乞以二十四小時答覆，謹率三軍，翹企待命。開武將軍督理雲南軍務唐繼堯，雲南巡按使任可澄叩。

　　政事堂以事關重大，不敢隱匿，只好轉呈袁皇帝。袁皇帝覽畢，卻也皺起眉來，半晌才道：「日前曾接雲南各種電呈，並沒有反叛形跡，這道密電，莫非亂黨假冒不成？」便召入國務卿陸徵祥，囑咐道：「你可用政事堂名義，電詢雲南，是否假冒才是。」陸徵祥應命而出，即擬電拍

發,大旨說是:「頃悉來電,與前三日致統率辦事處參謀部及本堂電,迥不相同,本堂決不信雲南有此事,想係他人捏造代發,請另具郵書,親筆署名」云云。電發後,竟沒有覆電到來。政事堂中,尚眼巴巴的望著郵音,誰知他已宣布獨立,豎起討袁旗幟來了。

小子於五十三回,曾說蔡鍔遣王伯群至滇,密告唐繼堯準備起義,擁護共和,唐遂遍諭軍人趕緊預備,專待蔡鍔到來,協力討袁。適前江西都督李烈鈞由日本至香港,亦有密電約唐,令他舉事。唐亦覆電相邀,請作臂助。十二月十七日,李偕熊克武、龔振鵬、方聲濤到滇,與唐晤談竟夕。越日,即在忠烈祠會議,巡按使任可澄,及軍官黃毓成、趙復祥,羅佩金、鄧大中、楊蓁、董鴻勳、黃永社等,統到會場,當由唐繼堯邀同李烈鈞,入會開議,討論軍事財政外交諸大端。計畫已定,只有蔡鍔未到,尚是按兵不動。又過兩天,那蒙犯霜露、歷經艱險的蔡將軍,竟由海登陸,直抵雲南。小子敘述至此,恐看官又要動疑,上文五十四回中,不曾敘過老袁密計,兩路防備麼?緊呼前文,筆法嚴密。難道蔡將軍有飛行術,竟能憑空到滇,得免網羅?這是看官最要的疑問,由小子答述出來。原來蔡鍔先到日本,參政戴戡亦與他有密約,踵跡東來,還有殷承瓛、劉雲峰、楊益謙三人,與蔡鍔向係故交,自遭民黨嫌疑,遁跡東洋,此次悉行會晤,遂想迂道入滇。無如駐日公使陸宗輿,奉袁密令,隨時偵查。蔡乃赴日本醫院治病,且常寄函政府,報告民黨行蹤。至瀕行時,預擬寄袁書十餘通,密交契友,託他隔日一發,自與戴、殷、劉、楊四人登舟赴滇,不但老袁被他瞞過,連陸宗輿也無從覺察。及舍舟登陸,道經蒙自,恐刺客當路,各化裝為蹇人子,徒步偕行。忽前面遇一大漢,彪形虎軀,狀極凶悍,猝問蔡鍔道:「你等到哪裡去?」蔡鍔詭言途次遇盜,銀錢行李,俱被劫去,擬歸龍州故里。言

第五十七回　雲南省宣告獨立　豐澤園籌議軍情

未畢，那大漢竟屬聲道：「你得毋為蔡鍔麼？」鍔不動聲色，力辯非是，暗中卻取出手槍，槍栝一響，大漢即應聲而倒。忽刺斜裡又閃出數人，跳躍而前，鍔又連發數槍，戴戡等亦出槍助擊，約斃數人，只剩一人返身欲奔，被蔡鍔追上一步，把他擒住。那人長跪乞饒，具言受袁密令，不得已來此。蔡鍔笑道：「饒便饒汝，但汝須傳語老袁，此後勿再行此鬼蜮手段。」那人方拜謝去訖。既而阿迷縣知事張一鷗，聞蔡入境，也想討好中央，設法圖蔡，可巧南防師長劉祖武，已接唐督來電，囑他歡迎蔡鍔，鍔亦因劉是舊部，急往與會，兩下相見，歡然道故，並就防營中宴敘一宵。翌晨，由劉軍護送入省。張一鷗計不得逞，方才無事。

蔡鍔既到省城，唐、任以下，出城郊迎，父老士女，爭集道旁，歡聲雷動。至入城後，略敘寒暄，即由蔡鍔問及軍備。唐繼堯道：「已預備多日了，專俟君來，以便舉義。」蔡鍔又問道：「餉械可備就否？」唐繼堯道：「除本省庫款及兵械外，南洋華僑，願助款六十萬圓，安南也有若干槍砲運來，統共核算，足供半年。」蔡鍔道：「袁氏叛國，中外同憤，半年以內，當可除袁，唯事不宜遲，請早日宣布獨立罷。」唐繼堯道：「海外餉械，明後日即可到齊，我等就在陽曆年內，舉起義旗，可好麼？」蔡鍔答言甚好。唐繼堯乃請他休息一兩天，才議行軍事宜，蔡鍔許諾。次日，由南洋運到華僑助款六十萬圓，並由安南運來槍砲多種，二十二日晚間，開全體大會，議定起義手續，先由唐、任兩人名義，電迫袁氏取銷帝制，誅除禍首。當下擬好電稿，於二十三日拍發，限他二十四小時答覆。那知覆電到來，尚是假惺惺的問他真偽，於是決計討袁，即於二十五日，宣告雲南獨立，復邀同貴州護軍使劉顯世，聯名通電各省云：

各省將軍，巡按使，護軍使，鎮守使，師長，旅長，團長，各道尹公鑒，並請轉各報館鑒：天禍中國，元首謀逆，蔑棄約法，背食誓言，

拂逆輿情，自為帝制。卒召外侮，警告迭來，干涉之形既成，保護之局將定。堯等忝列司存，與國體戚，不忍艱難締造之邦，從此淪胥，更懼繩繼神明之胄，夷為皂圉，連日致電袁氏，勸戢野心，更要求懲治罪魁，以謝天下。所有原電，迭經通告，想承鑒察。何圖彼昏，曾不悔過，狡拒忠告，益煽逆謀。

夫總統者，民國之總統也，凡百官守，皆民國之官守也，既為背叛民國之罪人，當然喪失元首之資格。堯等深受國恩，義不從賊，今已嚴拒偽命，奠定滇黔諸地，為國嬰守，並檄四方，聲罪致討，露布之文，別電塵鑒。更有數言，涕泣以陳諸麾下者，閱牆之禍，在家庭為大變，革命之舉，在國家為不祥。堯等夙愛平和，豈有樂於茲役？徒以袁氏內罔吾民，外欺列國，有茲干涉，既瀕危亡，苟非自今永除帝制，確保共和，則內安外攘，兩窮於術。堯等今與軍民守此信仰，捨命不渝，所望凡食民國之祿，事民國之事者，咸激發天良，申茲大義。若猶觀望，或持異同，則事勢所趨，亦略可豫測。堯等志同填海，力等戴山，力征經營，固亦始願所在，以一敵八，抑亦智者不為。麾下若忍於旁觀，堯等亦何能相強，然量麾下之力，亦未必摧此土之堅，即原麾下之心，又豈必欲奪匹夫之志？長此相持，稍更歲月，則鷸蚌之利，真歸於漁人，而萁豆之煎，空悲於鞿釜。言念及此，痛哭何云。而堯等則與民國共生死，麾下則猶為獨夫作鷹犬，坐此執持，至於亡國，科其罪責，必有所歸矣。今若同申義憤，相應桴鼓，可擁護者為固有之民國，七鬯不驚，所驅除者為民國之一夫，天人同慶。造福作孽，在一念之危微，保國覆宗，待舉足之輕重。敢布腹心，唯麾下實圖利之。唐繼堯、蔡鍔、任可澄、劉顯世、戴戡暨軍政全體同叩。

通電既布，乃更議組織軍隊，前提及出師名義，或擬用共和軍，或擬用滇、黔聯合軍，或擬用中華民國第一軍，或擬用靖難軍。獨蔡鍔起身說道：「此次舉義，係國民放逐獨夫，不應沿用『共和』二字，至若其

第五十七回　雲南省宣告獨立　豐澤園籌議軍情

他各名稱，非旗幟闇昧，即範圍太隘。竊思軍人以救國為天職，此時討袁，仍不外一救國問題，或直稱救國軍，否則或稱護國軍，亦無不可。」唐繼堯道：「不如『護國』兩字罷。」大眾齊聲稱善。蔡鍔又道：「軍隊出發，必須有一統率機關，這名義卻也要緊。」各軍官道：「應該稱元帥府，或臨時元帥府。」唐繼堯道：「元帥二字，名目太尊，似應緩待賢能，不若逕稱總司令。」蔡鍔鼓掌贊成。唐繼堯又道：「鄙人不材，忝膺重任，好容易經過兩年，今蔡公來滇，正是鄙人卸肩的日子，鄙人情願督師出征，這將軍一席，仍讓蔡公復任。」蔡鍔搖首道：「鍔來此地，欲保障真正共和，為諸同胞謀幸福，並非為自己謀名利。唐公此舉，轉予外人口實，疑鍔來攫取此席，鍔哪裡承受得起，只好從此告別了。」唐固讓德可風，蔡尤立言正大。言已，抽身欲行。唐繼堯連忙挽住，且語道：「公不願為，繼堯願讓李君。」李烈鈞忙道：「蔡公尚不肯受任，烈鈞更不敢受了。」蔡鍔又道：「今日起義，目的在推倒袁政府，他事且慢慢計議。唯與唐公相約，闔以內專屬唐公，闔以外屬鍔與李君分任罷。」唐繼堯尚欲有言，軍官齊聲道：「唐將軍請勿過謙，還是從蔡公議為是。」唐乃承認下去，隨即續議各軍組織法及任務分配，分道進行。議定如左：

中華民國護國第一軍總司令，歸蔡鍔擔任，出發四川，進圖湘、鄂。

中華民國護國第二軍總司令，歸李烈鈞擔任，出發廣西，進圖粵、贛。

中華民國護國第三軍總司令，歸唐繼堯擔任，防守雲南本省。

先是雲南有二師一旅，警備隊四十營，至此統編作陸軍，共計七師，分隸三軍。第一第二兩軍，各率三師，還有一師屬第三軍，兵額不足，另設徵兵局，添募新軍。又各師均編成梯團，一梯團的兵力，約與

混成旅相同。第一第二兩軍，各設四梯團，第三軍設六梯團，各設司令參謀等官，俾專責成。一面布告人民，各安本業，一面照會各國領事，切實保護僑民，從前各項條約，繼續有效。唯自帝制發生後，袁政府與各國所訂條約等件，均不承認；且各國官民，如贊助袁政府，及戰時禁製品，即當視同仇敵，沒收該物。那時各國領事，接收照會，大都預設無言。二十七日，第一軍總司令部，已經組成。自總司令蔡鍔以下，總參謀長，用了羅佩金，參議處長就任殷承瓛，外如祕書李日垓，副官長何鵬翔等，統係滇中名流。當日下動員令，飭第一梯團長劉雲峰，率領所部，向四川出發去了。

警信迭達中史，老袁也惶急起來，忙就總統府內的豐澤園，作軍事會議廳，連開御前會議，召集文武官屬，籌議南征。大家都想望登極，領太平宴，奏朝天子樂，哪個肯出去打仗，便紛紛獻議道：「雲南一省地方，僻處偏陲，能成什麼大事？但教湘、蜀各省，集兵阨守，令他無路可出，自然束手待斃，不到數旬，便可平定了。」太看得容易。老袁道：「話雖如此，恐他訛言煽惑，搖動鄰省，倒也不可不防。」大家複道：「癸丑一役，長江南北，統被傳染，尚且數旬可平，區區唐繼堯怕他什麼！」狃勝而驕，便是敗象。老袁道：「蔡鍔也到雲南，這人卻不可輕視，他託言養痾日本，前幾天還有書函寄來，誰知他瞞得我好，竟潛往雲南。昨寄電陸宗輿，叫他問明日本醫院，據言已於十數日前，回國去了。你道他有這般詭謀，豈非是大患麼？」言下非常懊悵。悔已遲了。經大眾稟慰數語，方電命駐嶽陸軍第三師長曹錕，率師赴湘，據守要塞，候令徵滇，旅長馬繼增，帶領第六師的第十一旅，由鄂赴嶽，與曹換防；並電飭四川將軍陳宧，速派得力軍隊，固守敘州，力拒滇兵北上。還有最緊的一著，是諭飭郵政電報各局，凡自雲南發出的函電，或與雲

南事互相關係，均嚴行搜查，不準拍發。老袁此策，以為可禁止煽惑，不知消息不靈，反致隔閡，兵貴神速，詎宜出此？一面再令政事堂，迭駁雲南通電，逐漸加嚴。二十六日的電文，語意尚含規勸，略說：「政見不同，儘可討論，為虎作倀，智士不為，且列強勸告，並非干涉，總統誓言，亦視民意為轉移，現既全國贊成君憲，雲南前日，亦電銓贊同，奈何出爾反爾，有類兒戲」等語。二十七日的電文，歸咎蔡鍔，說他：「潛行至滇，脅誘唐繼堯，唐應速自悔罪，休為宵小所惑」云云。到了二十九日，方頒發明令，謂：「據參政院奏稱，唐、任等有三大罪：（一）構中外惡感，（二）背國民公意，（三）誣國家元首，均著即行褫職，並奪去爵位勳章，聽候查辦。蔡鍔行蹤詭祕，譸張為幻，亦著褫職奪官，並奪去勳位勳章，由該省地方官勒令來京，一併聽候查辦。」另派張敬堯帶領第七師，自南苑赴鄂，鞏固鄂防；並加張子貞將軍銜，暫代督理雲南軍務，劉祖武少卿銜，代理雲南巡按使，令他排擊唐、任，自相攻擊的意思。

　　哪知張子貞、劉祖武兩人，已在唐將軍麾下，效力討袁，張任將軍署內的總參謀長，劉任第三軍第四梯團司令官，不但不受袁令，並且聲罪致討，略言：「袁氏妄肆更張，僭稱帝制，民情不順，列強干涉，喪權辱國，億兆痛心，本省舉義，勢非得已。子貞等忝總師幹，心存愛國，近接京電，欲餌以利，要知子貞等為國忘身，既非威所能脅，亦豈利所可誘。」云云。老袁料不可遏，又運動英使朱爾典，轉囑駐滇英領事葛夫，規勸雲南取消獨立，並囑託法使康悌，由安南妨害雲南邊防。兩使言語支吾，始終不肯效力，氣得老袁火星透頂，說不盡的忿恨。正在短嘆長吁，忽由袁乃寬呈進龍袍一件，展將開來，卻是五花六色，格外鮮妍，他又不禁轉怒為喜，連聲叫好。好像小兒得著新衣。乃寬便進諛

道：「登極期已到了，月朔即要改元，如何年號尚未頒布？」老袁道：「年號是已經擬定了，可恨這雲南無故倡亂，反弄得我動靜兩難呢。」乃寬道：「這也何妨。」老袁皺著眉，搖著頭，半晌才說出數語來。正是：

不如意事常八九，可與人言無二三。

未知所說何詞，且看下回續述。

雲南舉義，擁護共和，其致中央一電，已足褫袁氏之魄，嗣復通電各省，益足誅袁氏之心。而老袁含糊對付，先由政事堂迭發三電，尚未敢明言其非，及滇軍出發，不得已下令褫職，倘或自反而縮，亦何至遷延若此？一則堂堂正正，一則鬼鬼祟祟，以視癸丑一役，其情形殊不相同。蓋當時之袁氏，雖有叛國之心，而無叛國之跡，至此則心跡俱彰，欲掩無自。宜乎一夫作難，而全域性瓦解也。然袁氏之心苦矣，袁氏之心苦，而其術亦愈窮矣。

第五十七回　雲南省宣告獨立　豐澤園籌議軍情

第五十八回
慶紀元于夫人鬧宴　仍正朔唐都督誓師

卻說袁氏叔姪，談及登位事，老袁愀然道：「我本擬改元登極，但據目前情勢，只好暫從緩議。雲南事我卻不怕，但恐外交一方面，又惹起什麼交涉，不得不慎重將事哩。」乃寬道：「聖明洞鑑萬里，臣姪非常欽佩，唯為了雲南小丑，延遲大典，一恐叛徒玩視，愈長囂陵，二恐改元無期，致多窒礙。試想雲南遼遠，勞動六師，就使一舉蕩平，也非數旬不可，那時明詔改元，轉與歷數未合，這卻還求鑑察呢！」老袁道：「我正為此事打算，想不出什麼妥當法兒，現在也顧不得許多了，且改了元再說。」乃寬道：「登極呢？」老袁道：「這……這事且從緩辦。」乃寬道：「改了元，怎麼不登極？」老袁道：「我自有我的意見，你不必多言。」無非是賊膽心虛。乃寬唯唯而退。越宿，便是陽曆除夕，早晨已過，並沒有什麼改元登極的消息，一班定策佐命的功臣，都往政事堂探聽，也不見有何等舉動，連國務卿陸徵祥，都猜不透老袁的意思，大眾乃回去午餐了。待至未牌以後，方頒出改元的申令道：

　　據大典籌備處奏請建元，著以民國五年，改為洪憲元年。

各官僚見了此令，復統去探問袁乃寬，曾否元旦登極？乃寬又將老袁所囑，略述一遍，眾情又未免詫異，但也不便入內申請，只好嘖嘖私議罷了。是夕，總統府中，照例守歲，老袁召集家人子女，共聚一堂，開團團宴，叫做闔家歡筵席。並因翌日改元，預表慶賀。當時候補皇妃，候補皇子皇孫，及候補皇女等，全體列席。中央設著兩座，兩旁依

第五十八回　慶紀元于夫人鬧宴　仍正朔唐都督誓師

次陪侍。花團錦簇，玉繞珠環，小子敘至此處，爰將袁家眷屬，一一指名，略載履歷，借供看官閒覽，臚述如下：

[袁家姬妾]

（一）閔氏北韓人，係閔氏養女，相傳其本姓金氏，寄養北韓王妃母家，小名碧蟬。（二）黃氏綽號小白菜，與袁同裡，係豆腐肆中黃氏女。（三）何氏係蘇州商人女，小名阿桂。（四）柳氏小名三兒，係天津韓家班名妓，見四十八回。（五）洪氏即洪述祖妹，見四十六回。袁氏第五妾，名紅紅，亦勾欄中人，袁任魯撫時，紅紅與僕私，為袁所殺，故不列入。（六）范氏與袁同里，係袁氏乳媼女，小名鳳兒。（七）葉氏揚州人，父葉巽，候補河南知縣。父歿家落，女鬻諸紳家，轉贈袁為妾。（八）貴兒係盛氏婢女，小名貴兒，亦揚州人，姓名未詳。（九）（十）大小尹氏初為第六妾洪氏使女，係同胞姊妹，籍貫未詳。（十一）汪氏與袁同里，係榜人女。（十二）周氏本杭州名妓，能詩，別號憶秦樓。（十三）虞氏本袁家侍婢，小名阿香，姓氏未詳。（十四）洪氏係洪述祖姪女，小名翠媛，與第五妾洪氏，有姑姪之稱。

[袁家子]

（一）克定于夫人所出。（二）克文閔氏所出，或謂係黃氏子。（三）克良黃氏所出。（四）克端何氏所出。（五）克權第六妾洪氏所出。（六）克桓柳氏所出。（七）克齊何氏所出。（八）克軫葉氏所出。（九）克玖同上。相傳與黎黃陂女結婚，即此子。（十）克堅（十一）克安（十二）克度（十三）克相（十四）克捷（十五）克和生母均未詳。

[袁家女]

　　（一）淑賢閔氏所出，能詩工畫，適張氏子。（二）淑順何氏所出，適沈而寡，留居母家。（三）淑婉葉氏所出，所適未詳。（四）淑貞柳氏所出，字楊氏子。（五）淑芳生母未詳。（六）淑蘭葉氏所出，相傳以此女字宣統帝。（七）淑緹（八）淑瑾（九）淑珍（十）淑梅（十一）淑藝（十二）淑玲（十三）淑英（十四）淑蓉生母均未詳。

　　附克定長子名家融繫世凱長孫，餘孫六人從略。

　　老袁坐了首位，左盼右顧，除長女淑賢，三女淑婉，已經適人外，其餘統共列席。獨于夫人尚未到來，當命人三請四邀，尚是足跡杳然。等到酒已數巡，還是虛左以待，老袁不覺懊惱，令婢僕等再行催逼。于夫人方緩步行來，甫至席間，即聞老袁厲聲道：「你有什麼公幹，捱到此時才來？」于夫人道：「為什麼大驚小怪？皇帝未曾做得，先擺起架子來了。須知你我是患難夫妻，就使你做皇帝，也不能向我喝斥哩。」老袁聞這數語，越覺憤不可遏，便怒氣勃勃道：「你這黃臉婆子，不中抬舉，我若登了大位，先將你貶入冷宮。」于夫人也憤著道：「你是個沒良心人，不顧夫妻舊誼，倒也罷了，就是我袁家祖宗，世受清室厚恩，你也曾受清爵祿，官居極品，不思竭力報效，反乘著南軍革命，逼清退位，妄思為帝，祖宗有靈，恐不容你，清朝的列祖列宗，如或有知，更不容你。你還要朝稱皇帝，暮稱皇帝，來嚇我麼？」借于夫人口中，痛罵老袁，令人浮一大白，然亦有據而談，並非全體捏造。老袁聽了，竟立起座來，把袖一捲，幾欲以老拳相餉。于夫人又接著道：「我已早知有今日了。你是姬妾滿前，兒孫繞膝，還要我這老東西何用，我還是早死了罷。」說著時，已是涕淚滿面，並欲拚著老命，向老袁前撞將過去。虧

第五十八回　慶紀元于夫人鬧宴　仍正朔唐都督誓師

得眾位候補皇妃，兩邊分勸，力為調解，才免爭毆。于夫人負氣自去，老袁恨恨不止，闔座為之不歡。

就是不祥之兆。

洪姨乃獻諛貢媚，舉酒勸袁，周姨等相繼把盞，老袁不忍拂意，勉勉強強的再飲數觥。怎奈悶酒入肚，最易致醉，更兼時逾夜半，禁不住睡眼矇矓，洪姨扶他入室，和衣安寢，復出室令撤酒餚，一面召入袁乃寬，密商了好多時，復與大眾籌劃一番，多半稱為妙策，只克文、淑順默不一言。乃寬去後，轉眼間天已破曉，由洪姨手取龍袍，擾起老袁，替他穿著。老袁就醉夢中驚醒，問及何事？洪姨詭言：「天氣驟寒，應加重襲。」老袁含糊道：「何不扶我去睡？」洪姨又詭詞相應，當命侍從舁入肩輿，扶袁登輿而去。向來袁在府中，常以肩輿代步，此時老袁醉夢尤酣，還道是照常往來，無甚驚異，到了居仁堂，才覺醒了一半，開眼四瞧，但見國務卿以下，統已排班鵠立，伺候登基，堂上擺著一個寶座，兩旁是檀香雕成的龍形，互相蟠繞，正中是紅緞繡成的龍形，作為披墊，返顧自身，也已穿著一件赤龍遍體的帝服，不覺詫為異事。又向頭上一摸，尚未戴著冕旒，卻不禁暗笑起來，慢騰騰的下了肩輿，復覺背後有人隨著，回頭一瞧，乃是恭奉帝冕的御姪兒，當下微笑道：「你們為什麼演這把戲？」語未畢，忽聽「皇帝萬歲」的聲浪，喧集一堂，繞梁不絕，那時不便承認，又不便不承認，只好向大眾，說了幾句套話，無非是德薄能鮮，容待異日等語。話才說完，大眾復叫起「皇帝萬歲」來，接連是六君子十三太保，擁到老袁面前，恭請升座。御姪兒且跪進帝冕，老袁卻不敢接受，只走到寶座前面，躊躇片時，又徐徐的踱至座後，再徐徐的踱至座前，如是三次，乃決定意見，面諭群僚道：「正朔雖頒，登極尚須擇吉，爾等且靜待後命罷！」究竟不敢登臺。群僚乃鼓舞而散。

只御姪兒尚是隨著,返至內室,再行詰問,才知是洪姨所為。可巧洪姨邀同諸妾,打扮得花枝招展,前來謁賀,老袁便笑語道:「你等想冊作妃嬪麼?但此舉未免太早了。」洪姨道:「妾等特來朝賀,幾曾見改元以後,尚未登極的天子麼?」老袁道:「你等曉得什麼?」洪姨道:「妾卻有點分曉,陛下所慮,無非為了外交的關係,其實此事何足介懷。我袁家做皇帝,與他何干?況陛下做的是中國皇帝,不是想做外國皇帝,更覺與他無涉。今日為元旦令辰,妾等就此朝賀罷!」言畢,擁袁入座,就一同跪下,也是三呼萬歲,滿口臣妾。引起這位袁皇帝樂不可支,便垂拱南面,實受他三跪九叩首大禮。是謂驕其妻妾。群姬朝畢,袁皇帝興味盎然,當即下令,改稱總統府為新華宮,府內收文處,改作奏事處,府內總指揮處,改作大內總指揮處,復擬規復壇廟制度,並將袁氏歷代祖塋,改為陵寢等情,飭大典籌備處敬謹議行。

看官記著,這是中華民國五年第一日,袁皇帝既自建年號,改為洪憲元年元旦,是已與民國斷絕關係,論起理來,就是背叛民國,國民並未服從帝制,應該仍用民國正朔。斷制謹嚴,好似洪鐘震響。適雲南軍政府,也於是日成立,罷除將軍巡按使名義,合併軍巡兩署,略照民國元二年舊制,組成都督府。都督一職,由大眾公推,仍舉了唐繼堯,當由公民趙蕃等通電全國,其辭云:

北京各堂處部院局所,各省將軍巡按使,都統辦事長官,巡閱使,護軍使,鎮守使,全國各報館商會鑑:袁氏謀覆民國,約法上之謀叛罪,業已成立,當然喪失總統資格。在新總統未經舉定以前,雲南公民,公舉唐公繼堯為雲南都督,奉民國之正朔,守民國之疆土。昨聞電傳偽令,尚有特任督理雲南軍務,及雲南巡按使字樣,當然認為無效。唐公與民國共存亡,吾滇千七百餘萬人,誓與唐公共生死,此為吾滇真確民意,不容元惡假借,合電奉聞。

唐繼堯既任雲南都督，當即偕蔡鍔、李烈鈞等，率領全軍，於民國五年正月朔日，親至校場，祭告天地，正式誓師。

當由唐繼堯親讀誓文，文云：

維中華民國五年元旦，繼堯等謹以犧牲酒醴，昭告昊天后土。而誓於師曰：嗚呼！民貴君輕，萬邦是式，賊仁殘義，一夫可誅。剗國是之久成，何逆謀之可宥？魯連蹈海，尚恥帝秦，管寧適遼，不甘臣魏，豈有國步方艱，群情望治，遂乃妄侈邊幅，效井底之蛙鳴，夷我華宗，戴塚中之枯骨者哉？粵自武昌首義，中土雲從，五族一家，億姓同德，掃除專制，建立共和，應世界之文明，為友邦所承認。乃者袁逆世凱，謀叛民國，復興帝制，黃屋大纛，遽興非分之思，礪山帶河，無復未寒之約。移鍾簴於反掌，家天下局勢已成，輸歲幣以尋盟，小朝廷面目安在？急子孫萬世之私計，誤國家百年之遠圖。

本都督服役民國，作鎮滇疆，痛國家之將沈，恨獨夫之不剪。爰整義旅，恭行天討，擊祖逖渡江之楫，誓清中原，問新莽指鬥之杓，能持幾日。嗟爾有眾，尚其弼予！

嗚呼！爾唯克奮厥武，實乃無疆之休，予亦允報汝功，永有不次之賞。嗟爾有眾，尚欽念哉！

誓文讀畢，全軍統呼「民國萬歲！」聲徹山谷。比皇帝萬歲之聲，多寡何如？及唐都督等返至督署，父老人民，及男女學生，齊集督署門首，手持鮮花，慶祝共和，復三呼「民國萬歲！」真個是眾志成城，大將軍何等威武！義聲載道，小百姓共表同情。眼見得人心不死，正氣猶存，我中國一座錦繡江山，不容那袁氏併吞下去，這且不必細說。還有一道討袁的檄文，也是民國五年元日所發，用著雲南護國軍名義，歷數袁世凱十九大罪，小子欲敘述檄文，先口占一絕云：

揭破陰謀使共知，欲欺人處究難欺，

試看布檄宣袁罪，一紙書同十萬師。

欲知檄文中如何說法，且至下回說明。

于夫人鬧宴一出，雖未免含著醋意，而受清厚恩數語，卻是名正言順，直使老袁無可置喙。老袁之製造民意，作奸售偽，且不能信於其妻，況他人乎？況全國國民乎？迨至被舁登堂，第繞龍座三匝，始終不敢登座，毋乃為黃臉婆數言，有以奪其氣而怵其心歟？厥後聞洪姨言，又激起佞念，迭發數種改制之命令，憧憧往來，朋從爾思，可憤亦可悲也。唯袁氏改元，而民國正朔，應歸雲南護國軍接收，故於唐繼堯之正朔誓師，直接敘入，不敢少漏，看似尋常補敘，而用筆實寓有深意，閱者當於夾縫中求之可也。

第五十八回　慶紀元于夫人閧宴　仍正朔唐都督誓師

第五十九回
聲罪致討檄告中原　構怨興兵禍延鄰省

卻說唐繼堯既正式誓師，復做了一篇討袁的檄文，布告天下。這檄文中列著十九大罪，把袁世凱的隱情，和盤托出，比那陳琳討曹操，駱賓王討武曌，尤覺淋漓盡致，令人叫絕。

小子特詳錄如下：

維中華民國五年元旦，雲南中華民國護國軍軍政府，都督唐繼堯，第一軍司令官蔡鍔，第二軍司令官李烈鈞檄曰：蓋聞輔世之德，篤於忠貞，長民之風，高於仁讓。

使梟聲雄夫，野心狼子，逞城狐之凶姿，弄僭竊之高位，則我皇王孝孫，並世仁讓，誼承先烈，責護斯民。哀恫鬱紆，成茲憤疾，大義敦敕，誰能任之？國賊袁世凱粗質曲材，賦性奸黠，少年放僻，失養正於童蒙，早歲狂遊，習雞鳴於燕市；積其鳴吠之長，遂入高門之竇。合肥小李，驚其譎智，謂可任使，稍加提擢，遂蒙茸澤，身起為雄。不意其浮夫近能，淺人侈志，昧道憎學，聘馳失軫，遂使顛蹶東國，覆公餗以招虎狼；狡詐興戎，缺金甌以羞諸夏。適清廷昏昧，致稽刑戮，猶包藏穢毒，不知愧恥，殫其暮夜之勞，妄竊虎符之重，黃金橫帶，賣屏主於權門，黑水滔天，引強敵以自重。雖奸逆著明，清廷知戒，猶潛伏羽勢，隱持朝野。降及辛亥，皇漢之義，如日中天，浩氣颶飛，噴薄宇宙，風雲澎湃，集興武漢之師，士馬精妍，遠響東南之鼓；造黃龍而會飲，納五族於共和，大勢坌集，指日可期。天不佑華，誕興賊子，蠢彼滿室，引狼自庇。袁乃憑藉舊資，攀援時會，偽作忠良，牢籠將卒，脅

第五十九回　聲罪致討檄告中原　構怨興兵禍延鄰省

逼孤寡，奪據朝權，復偽和民聲，迷奪時賢，虛結鬼神，信誓旦旦，懦夫懼戒，過情獎許。維時南軍渠帥，實亦豁達寡防，墮彼奸計，倒持太阿，橐此凶逆。迨大邦既集，勢威益專，遂承資跋扈，肆行凶忒，賄通蚘螣，棋布陰謀，毒害勳良，搖惑眾志，造作威福，淆撼國基，背法畔民，破敗綱紀，癸丑之役，遂有討伐之師。天未悔禍，義聲失震，曾不警省，益復放橫，驕弄權威，脅肩廊廟。是以小人道長，凶德匯徵，私託外援，濫賣國權。弒害民會，私更法制，縱兵市朝，威持眾論，布散金璧，誘導官邪，冀以其積威積惡之餘，乘世風頹靡廉恥滅沒之後，得遂其倒行逆施，僭登九五之慾。故四載以還，天無常經，國無常法，民無定心，官無定制，丹素不終朝，功罪不盈月，遊探驕兵，睚眥路途，貪官汙吏，黷亂朝野，以致庶政敗弛，商工凋敝，尤復加抽房畝，朝夕斂徵，假辭公債，比戶勒索，淫刑慘苛，民怨沸騰，凶焰所至，道路以目，此真世道凌夷之秋，天人閉隱之會，四凶所不敢為，湯武所不能宥者矣。

　　維皇漢九有，奠安東陸，時流漂瀇，越在迹遵。緬維祖德，孰敢怠荒？復我邦家，義取自拯。故辛亥之役，化私為公，志在匡時，道維共濟。袁乃睥睨神器，妄欲盜竊，內比奸邪，既多離德，外遂屏贅，甘為犬豚。是以四郊多壘，弗知慚悚，海陸空虛，弗思整訓，財用匱竭，弗事勸徠，健雄失養，弗興學藝，室如懸磬，野無青草，猶復養病外蒙，削國萬里，失馭東魯，屢墮巖疆，遂使滿、蒙多離散之民，青、徐有包羞之婦，扼我封疆，揕我心腹，皇皇大邦，苟為侮戮，日蹙百里，媚茲一人。覺我俠士雄夫，所怒目切齒，驚懼憂危，而不可一朝居者也。夫天道健乾，義唯精一，在德則剛，制行為純，故土不貳節，女不貳行，廉恥之失，謚曰賤淫，四維不張，國乃滅亡。自民族國家，威灼五陸，雄風所扇，政騖其公，國競以群，是以乾德精剛，宜充斥里閻，洋溢眾庶，旁魄沉灌，蔚為駿雄，故辛亥之役，黜君崇民，揚公尊國，所以高隆人格，發揚眾志，義至精而理至順，故雖舊德老成，去君不失忠，改

官不降節。袁氏身奉先朝,職為臣僕,華山歸放,僅及四紀,載瞻陵闕,猶宜肅恭,故主猶存,天良安在?顧藐然以槽櫪餘生,不自揣量,妄欲以其君之不可者而自為其可,是何異飾馬牛之骨,揚溲勃之灰,以加臭乎吾民,以淫汙乎當世,而令我令公先德,皆為其賤淫,白璧黃金,盡渲其瑕穢,此尤我元戎巨帥,良將勁卒,碩士偉人,所同羞共憤,深惡痛絕,而不能曲為之宥者也。匯此種種,袁氏之惡,實上通於天,萬死不赦。軍府奉崇大義,慨念民生,謹託我黃祖威靈,恭行天罰,輒宣茲義辭,告我眾士,招我同德。今將歷數其罪,中國民其悉心以聽!夫國為重器,神嚴尊憚,覆載所同。建國之始,義當就職南京,明其所受;袁乃顧影自慚,妄懷畏懼,陰縱部兵,稱變京邑,用以要嚇國人,遷就受職,使國權出於遙授,玩視國家之尊嚴,其罪一也。活佛稱異,勢等毛羽,新國既成,鼓我朝銳,相機撻伐,舉足可定;袁乃瞻顧私權,妄懷疑忌,全國請討,置不聽從,遷延養敵,廢時失機,授他邦以蹈隙縱刃之間,失主權於外力糾紛之後,遂使巨蜿蜒嶂,棄此南金,萬里邊城,躍馬可入,貽宗邦後顧之殷憂,損五族雄飛之資望,其罪二也。政體更新,盪滌瑕穢,私門政習,首宜改選,故內閣部首,須獲議院同意,所以樹公政之基,明眾共之義;袁乃病其嚴責,陰圖放佚,於第一次內閣聯翩去職之後,盡登婞寵,唊使軍警,圍逼議員,索責同意,用以示威國人,開武力政治之漸,使民意機關,失其自由宣洩之用,其罪三也。國有大維,是曰法紀,信守不立,詆為國難,亂政亟行,於焉作俑,故侵官敗法,為世大詬;袁為元首,尤宜凜遵,乃受事未幾,即不依法定程序,濫用政府威權,諉殺建國勳人張振武,使法律信用,失其效能,國憲隨以動搖,政本因而銷鑠,其罪四也。國憲之立,係以三權,共和之邦,主權在民,立法之府,誼尤尊顯,地方三級,制實虛冗,建國除穢,亦既罷斥。袁乃急欲市恩,妄復舊制,不俟公決,輒以令行,使議院立法,失其尊嚴,國權行使,因以紊亂,其罪五也。財政擔負,直累民福,外債侵逼,尤傷國權,議案成

立，特事嚴謹，眾院贊可，憲尤著明；袁乃私立外約，斷送鹽稅，換借外貲二千五百萬鎊，病民害國，不經眾院，曖昧揮霍，不事報聞，蔑視通憲，為逆已甚，其罪六也。國有元首，政俗式憑，行係國華，止為民範；袁乃知除異己，不自愛重，陰遣死士，狙殺國黨領袖宋教仁，以元首資格，為謀殺凶犯，既辱國體，又詒外譏，國家威嚴，因以掃地，其罪七也。共和之國，建礎為公，民意所在，亦曰神聖，百爾職司，義宜退聽，國會初立，人民望治；袁恐政制嚴明，不獲罔逞，乃私撥國帑，肥養爪牙，收買議員，籠絡政客，用以陷辱國會，迷奪眾情，使議政要區，化為搗亂之場，法案遷延，借作獨裁之柄，其罪八也。元首登選，國有常經，揖讓謳歌，盛德固爾，抑共和定疑，國憲崇廢，悉於是覘，世法懍懍，斯為第一；袁於臨時任滿正式更選之際，鄙夫患失，至兵圍國會，囚逼議員，使強選總統，以就己名，致元首尊官，成於劫奪，共和大憲，根本動搖，國是益以危疑，後進難乎為繼，其罪九也。國民代表，職司立法，非還訴民意，毋得斷關；袁於總統既獲，復慮旁掣，幸恩反噬，遽為梟獍，乃假託危詞，羅織黨獄，濫用行政權，私削議員資格，用以鴆殺國會，併吞立法部，使建國約法，由是推翻，元首生身，等於孽子，其罪十也。

　　國家組織，法系嚴明，苟非選民，焉能造法？袁於戕殺國會之後，妄以私意召集官僚，開政治會議，約法會議，冒稱民意，更改約法，摹擬君主，獨攬大權，使民國政制，蕩然無存，澔澔新邦，懸為虛器，其罪十一也。民國肇造，本以圖存，時風所遷，民強則興，發揮群能，騰達眾志，公私權利，宜獲敬尊；袁乃倒行逆施，黜民崇吏，既吞立法，復盡滅各級地方議會，密布遊探，誣扳黨獄，良士俊民，任意捕殺，人民權利，全失保障，致群生股慄，海內寒心，毒吏得以橫行，民業日以凋敝，民力壯盛，有如捕風，國勢頹隤，益以卑下，其罪十二也。

　　國局始奠，海內虛耗，財用竭蹶，義宜根本整理；袁乃專事虛緣，日以借債政策，利誘他邦為私託外援之計，斷送利權，絕不顧惜，逐鹿

争臭,坌集廟朝,遂妄以北中二部,橫斷鐵道,分許外人,惹起國交之猜疑,增益宗邦之危難,其罪十三也。歐陸戰爭,義以嚴守中立,及時奮進;袁乃內驕外訑,折衝無狀,既反覆狠狽,貽羞東魯,復徘徊雌伏,巽立要盟,失滿、蒙礦權,至於九處,承他邦意旨,釋出誓言,辱國辱民,傾海不滌,其罪十四也。民族虎爭,領土強食,外債毒國,既若飲鴆,竭澤屬民,何異自殺?袁於歐戰既發,外貲猝斷,乃專事培克,內為惡稅,房畝煙賭,一再蒐括,復先後發行內國公債,額逾萬萬,按省配攤,指額求盈,小吏承旨,比戶勒索,等於罰鍰,致富戶驚逃,閭里嗟怨,國民信愛,斲傷無餘,神州陸沈,殷憂可畏,其罪十五也。生利致用,民貴有恆,縱博浪遊,諡曰敗子,盜賊充斥,此為屬階,修政明刑,首宜致謹;袁乃縱容粵吏,復弛賭禁,使南疆富庶之區,負群盜如毛之痛,苛政猛虎,同惡相濟,清鄉剿殺,無時或已,政以福民,今為陷阱,其罪十六也。菸害流離,久痼華族,張皇人道,僅獲禁約,奮屬關絕,猶懼不亟;袁乃餂其厚獲,倚以箕斂,寵登劣吏,設局專賣,重播官煙,飛揚淫毒,失信害民,辱國貽譏,其罪十七也。民權政治,積流成海,國家公有,炳若日星,世室舊家,且凜茲盛誼,汲汲改進,華族後起,方發皇古訓,追蹤世法,斷脂流血,久而後得,大義既伸,迕則不忠,喬木既登,返則不智;袁乃身為豪奴,叛國稱帝,監謗飾非,怠然求是,狐假虎威,因以反噬,使凶德播流,戾氣橫溢,妖孽喪邦,甘為禍首,其罪十八也。易象係天,筮曰無妄,聖學傳經,誼唯存誠,故忠信篤敬,保為民彝,衍為世德;袁乃機械變詐,崇事怪詭,貌為恭謹,潛藏禍謀,祕電飛詞,轉興眾口,塗芻引鹿,指稱民意,欺世盜名,載鬼盈車,背食誓言,日月舛仵,使道德信義,全為廢詞,民質國華,盡量消失,其罪十九也。維我當世耆德,草野名賢,或手握兵符,風雲在抱;或權領方牧,虎步龍驤;或道系鄉閭,鶴鳴鳳翽,細矚理倫,橫流若此,起矚國家,悲憫何如?凡屬衣冠之倫,幸及斯文未喪,等是邦家之主,胡堪義憤填膺。譙彼昏逆,洵堪髮指,修我矛戟,盍賦

第五十九回　聲罪致討檄告中原　構怨興兵禍延鄰省

同仇？書到都府，勳耆便合聚眾興師，都邑子弟，各整戎馬，選爾車徒，跟我六師，隨集義麾，共扶社稷。崑崙山上，誰非黃帝子孫？涿鹿中原，合洗蚩尤兵甲。軍府則總攝機宜，折衝內外，張皇國是，為茲要約。曰：凡屬中華民國之國民，其恪遵成憲，翊衛共和，誓除國賊，義一；改造中央政府，由軍府召集正式國會，更選元首以代表中華民國，義二；罷除一切陰謀政治所發生，不經國會違反民意之法律，與國人更始，義三；發揮民權政治之精神，實行代議制度，尊重各級地方議會之權能，期策進民力，求上下一心全力外應之效，義四；採用聯邦制度，省長民選，組織活潑有為之地方政府，以觀摩新治，維護國基，義五。建此五義，奉以綱維，普天率土，罔或貳心。軍府又為軍中之約曰：凡茲官吏，粵若軍民，受事公朝，皆為同德。義師所指，戮在一人，元惡既除，勿有所問。其有黨惡朋奸，甘為逆羽，殺無赦！為間諜，殺無赦！抗義行，殺無赦！故違軍法，殺無赦！如律令。布告天下，迄於滿、蒙、回、藏、青海、伊犁之域。

檄語煌煌，鉦鼓闐闐，雲南護國三大軍，次第組成。除唐督留守外，第一軍總司令蔡鍔，先向四川出發，第二軍總司令李烈鈞，亦向廣西出發，分道揚鑣，為國效力去了。寫得有聲有色。袁世凱迭聞警耗，料知非口舌所能平定，乃決計用兵進攻，即於一月四日，再開軍事會議，首畫定戒嚴區域，次規定攻擊方略。戒嚴區域，分為三等，列表如下：

（一）緊急區　自百色、泗城經興義、威寧及瀘州、寧遠，定為緊急區。

（二）臨時區　自桂林經貴陽及重慶，定為臨時區。

（三）預備區　由雷、瓊、經辰、沅、荊、襄及漢中，定為預備區。

攻擊方略，亦分作三路，照上例表明：

（一）由湖南進兵 用馬繼增為司令官，帶領第六師，由湖南經貴州向滇進攻，以常德為根據地，併發飛機兩架，由秦國鏞統帶，赴軍候用。

（二）由四川進兵 用張敬堯為司令官，帶領第七師，由川入滇，以重慶為根據地，並飭王鶚統帶飛機四架，贊助軍機。以上兩路，特任第三師長曹錕為總司令，統轄川、湘兩軍，馬、張以下，均歸節制。

（三）由廣西進兵 用龍觀光為總司令，召集粵、桂軍，由廣西百色縣，向滇進擊，以南寧為根據地。

籌議已定，又下一中令，略說：「唐繼堯、蔡鍔等，權利薰心，造謠煽亂，予以薄德，忝受推戴，唯有速戡反側，聊謝國人」云云。越日，再電飭近滇各省，一體嚴防。又越日，令龍濟光、張勳、馮國璋、陸榮廷、段芝貴、趙倜、湯薌銘、李純、倪嗣沖等，簡選精銳，聽候呼叫。又越日，令曹錕率第三師全部，及第七師一旅，速即入川，馬繼增率本部繼進，所有岳州防務，另派第二師一部接管。應五十七回。再命湖北將軍王占元，就漢口設立軍事運輸局，督辦軍需，接濟徵滇軍隊。老袁意中，以為著著籌備，非常嚴密，倨大雲南，不值一掃。那知曹錕所率的第三師，就是民國元年，袁避南來，嗾令變亂的軍士，當時焚都市，躪婦女，幾鬧得不可收拾，老袁反格外優待，不特未加懲處，反且密行超遷。他們驕淫成習，毫無紀律，自奉令入川後，沿途經過湘、鄂諸境，仍是淫殺搶擄，任所欲為，曹錕亦不能禁止，坐視騷擾，肅政廳據實彈劾，總算由老袁特頒軍約，號令軍前，但也只是官樣文書，掩人耳目罷了。兵不可玩，玩則不震。一月十日，參政院代行立法院，復奏請速正大位，借弭內亂等情。老袁令大典籌備處複議，一面遣農商總長周自齊，出使日本，名目上是慶賀日皇加冕，齎贈高等勳章，暗中卻餽送一份大禮，作為承認帝制的交換品。不意周自齊方銜命登程，那日使

館中，竟發出一個照會，遞至外交部，害得老袁色沮神喪，魂散魄銷，正是：

賣國且難逢受主，比鄰竟爾拒行人。

畢竟照會中有何說話，請看官接閱下回。

閱雲南檄文，義正詞嚴，不得目為太過。蓋袁氏之欺民久矣，一經檄告，方令全國人民，洞燭其私，所有種種伎倆，俱表襮無遺。足令後之好欺者，引為炯戒，亦有關世道之文也。袁氏決計興師，種種籌畫，縝密之至，清康熙帝平三藩之策，無以過之。然卒至於撓敗者，由人心之已去，而兵氣之不揚故也。況沿途所經，任情焚掠，以是行軍，安往不敗？要之袁氏成於欺，而亦敗於欺。孟子有言，以德行仁者王，以力假仁者霸，德不必問，至若以力假仁，亦且未逮，何王霸之足云！

第六十回
洩祕謀拒絕賣國使　得密書發生炸彈案

　　卻說周自齊奉命出使，本受老袁密囑，要他聯繫日本，願將從前中日懸案的第五款，再予讓步，作為承認帝制的交換品。相傳密囑中有七種條件：（一）是將吉林割歸日本，（二）是將奉天司法權讓與日本，（三）是將津浦鐵路北段，割歸日本，（四）是將天津、山東沿海權，劃歸日本，（五）是聘日本人為財政顧問，（六）是聘日本人教練軍隊，（七）是中國槍砲廠，由中日合辦。這七種條件，差不多是三國時候的張松，把益州地圖獻與劉備的模樣。喪心病狂，一至於此！巧值日使日置益，仍到京都，復回原任，他本與老袁密商，訂有口頭契約，特地歸國，向政府說明，大隈內閣，頗有承認交換的意思，因此日置益復任後，轉語老袁，袁即遣周自齊為專使，齎送一份大禮券，獻與日本政府。日置益已探悉行期，即於一月十四日，邀自齊至使署，備了盛饌，把酒餞行，賓主盡歡而散。自齊即遣農商視察團，先日啟程，自己亦召集隨員，正要東渡。不意十六日辰刻，由外交部接到日使照會，略云：

　　現因有若干之情，致日本天皇不便於此際接待中國專使，故帝國政府請中國政府，將周專使自齊之行期，暫為展緩，特此知照。

　　陸徵祥接著照會，慌忙稟達老袁。看官！試想皇皇欽命的專使，被他半路攔回，這是國際上少有的怪事，就是老袁就任元首後，也是破題兒第一遭。老袁看了照會，幾半晌說不出話來，驚疑了好一歇，方向陸徵祥道：「這……這是何故？」徵祥道：「聞得外人議論，卻有三說：一

第六十回　洩祕謀拒絕賣國使　得密書發生炸彈案

說是俄日協約，正在磋議，無暇接待中國的專使。」老袁搖首道：「恐未必為此。」我也說是不確。徵祥複道：「第二說是日皇離京，不便招待。」老袁又道：「此語越離奇了。」甚是，甚是。徵祥接著道：「第三說是大隈被刺，國中恐有他變，所以卻回我使。」老袁道：「日本新聞紙中，卻亦載著此事，據言本月十二日，大隈至豐明殿中，陪宴俄太公，宴畢歸邸，途經山次町，猝遭彈擊，幸尚未中。照此看來，大隈並未受傷，昨今兩日東京新聞，也沒有記著內變消息，如何拒卻我使哩？」袁氏心目中只防日本，故於日本報紙，格外留意。徵祥道：「現在日本國中，也分黨派，有幾個是贊成陛下，有幾個是首鼠兩端的。」老袁悵然道：「外交事真難辦得很，中國明明自主，並不受外人節制，偏偏我要改革國體，他竟出來瞎鬧。暗指五國警告。看他照會上面，還說是友好鄰邦，並非干涉中國內政。為什麼出年以來，投遞各使館檔案，只為了洪憲元年四字，盡被卻還。日使日置益，且說是總好商量，但教日本承認帝制，各國亦自然照行。今乃拒絕中國的專使，顯是前後不符，自相矛盾，別國還不必怪他，日本真欺我太甚呢。」你要欺人，人亦欺你，這是人事循環，何必懊恨。借老袁口中，補出卻還檔案，及日使面允事，都是省文之法。徵祥連聲稱是。老袁又道：「你且去邀了日置益來，看他何說。」

徵祥應命而去，即備柬去請日使，日使只說就來，偏偏待了一日，未見足音。翌日，復由老袁著人往邀，又是「就來」兩字，做了回話手本；好容易盼到薄暮，才見日置益乘軒而來，既至新華宮，昂然直入。老袁與他相見，正要開口詰問，但見日置益已沈著臉兒，淡淡的說著道：「祕密祕密，好似鳴鑼擊鼓一般，這樣叫做祕密，我今日才得領教了。」老袁聽著，幾乎摸不著頭緒，只好還問日置益，要他說明。日置益道：「袁大總統，你既要中國幫忙，與我訂定條約，彼此應各守祕密，

為什麼英、法諸國，均已知曉呢？」老袁被他一詰，不由的發怔起來。日置益又道：「英、法、美、俄、意五國，將中日祕密結約，與前此密談的話兒，統探聽得明明白白，竟向中國政府提出質問。袁總統，你想中國政府，還是承認呢？還是不承認呢？」句句要他自答，煞是厲害。老袁聽了許多冷語，才道：「我處是嚴守祕密，並未曾走漏風聲。」日置益又冷笑道：「照總統說來，簡直是要歸咎他人了。現在中國政府，已不想什麼權利，所以請總統不必費心，周使不必過去。」這數句話，說得老袁愧憤交併，無詞可答，只目炯炯的望著日置益。形容盡致。日置益又道：「本使擬效忠總統，費了一番跋涉，壞了若干唇舌，徒落得一事無成，這正叫做畫餅充饑哩。」老袁才囁嚅的說道：「貴使替我盡力，我是很感激的，但事體已辦到這個地步，好歹總請幫忙。」日置益不俟說罷，便搖著首道：「這事莫怪！本使已愛莫能助了。」言至此，即出座告別，掉頭自去。

　　老袁送出日使，只好飭止周自齊，但一時想不出那走漏祕密的原因。看官，你道這種密約，究竟是何人洩漏呢？古人說得好：「天下無難事，總教有心人。」今人說得好：「天下無難事，總教現銀子。」當袁氏求好日使，祕密進行的時候，日使屢至總統府，不防法使康悌氏，冷眼相窺，已料有特別事故，至日置益無端回國，又無端復任，接連是袁氏派遣周自齊，蛛絲馬跡，約略相尋，十成中已瞧料五六。螳螂捕蟬，黃雀隨後。只沒有探聽虛實，總不能憑空揣摩。湊巧自己使館中，有一個華人方璟生，當差有年，遂傳召進來，囑他暗中偵探，且說是得著實據，就使耗費數萬金錢，也不足惜。方璟生得此美差，自然唯命是從，竭力報效。這是中國人的壞處，然此次探出祕密，反保全若干權利，卻是反惡為善。他有兩個莫逆的朋友，都在總統府辦事，一是內史沈祖

第六十回　洩祕謀拒絕賣國使　得密書發生炸彈案

憲，一是內尉勾克明，當下就折柬相邀，請他到宅中小酌。沈、勾兩人，自然到來，三人入席狂飲，你一杯，我一盞，相續不已，真個是酒逢知己，千杯嫌少。飲至興酣且熱，漸漸的談到帝制，又漸漸的談到賺錢的法兒。沈、勾兩人，只恨是所入有限，不敷揮霍，那時方瓈生便順流使篙，竟將法公使囑託事件，祕密告訴，要他兩人代為效勞，將來總有若干金酬謝。兩人聽到金銀兩字，不覺垂涎，明知此事由老袁預囑，不便宣布，但要想發點大財，正好乘此進行，管什麼預囑不預囑呢。總是銀錢要緊。於是共同商酌，先索重資。方瓈生以十萬為約，兩人才承認而去。唯沈、勾兩人，雖俱在總統府當差，沈是職司外事，若要探悉祕密，還須仰仗勾克明，勾又與沈酌定，辦成此事，須要二八分贓，沈亦含糊答應。看官道勾是何人？他是袁府中乳媼的兒子。乳媼死後，只遺一兒，伶仃孤苦，老袁大發慈悲，將他收作家奴，待勾已長成，模樣兒很是俊俏，性情兒又很伶俐，無論什麼事件，但教他去辦理，無不合老袁心理。老袁很是寵愛，就與他取名克明。居然排入皇子行。至帝制將成，特別加賞，竟封他一個內尉的職銜。那時新華宮中的祕密檔案，勾克明多半知曉，有時卻交勾收管，勾頗慎密行事，未生歹心，偏此次熱心利慾，又受那方、沈二人的慫恿，竟暗將中、日祕密草約，偷錄一份，邀同沈祖憲，回報方瓈生。方瓈生得著密件，喜從天降，急忙取出中法銀行的紙幣，約莫有一大卷，仔細檢點，足足十萬金。三人分起肥來，勾得十分之七，沈得十分之二，方只取了一成，總算是一注意外財。勾、沈喜氣盈顋，收了此款，洋洋去訖。方瓈生入報法使，只稱這次用費，不下三四十萬金，還算不辱使命，才得將此項底稿，竊取出來。法使見了中日草約，極口讚他靈敏，所有用費，悉聽開銷。方瓈生又賺了二三十萬的法幣，麵糰團作富家翁了。能賺外人的金銀，我亦讚他靈敏。唯法使既探出祕密，忙去通知英、美、俄、意四公使，四公使

也留意此事，只恨無從窺探，今既得法使報告，哪有不喜之理？法使道：「自歐戰開手，我等協約國，曾有戰事以內，不得與別國私行訂約，日本政府，也曾願入協約國團體，為何與中國祕密訂約？」美使道：「日本政府，向來主張暗度金針，中國雖尚守中立，未曾加入協約團體，但日本如此舉動，本使也很不贊成。況袁世凱想行帝制，定要生出內亂，內亂一生，我等通商諸國，各有妨礙，不如趕緊去質問他罷。」各國之質問日本，具有絕大理由，法、英、俄、意固為協約上起見，美未加入協約，暗中卻嫉視日本，故作者借筆下一一演述，俾看官一一接洽。大眾同說道：「我等先去質問日使，看他怎麼對答？」說罷，便相偕至日本使館，向日置益詰問起來。日置益不便承認，只推說未曾與聞，五公使冷笑而出，竟公同拍電去問那日本政府。日本政府領袖大隈伯，正因途中被刺，尚未拿住刺客，默料被刺緣由，多半為日本民黨，反對政府默助老袁，所以有此暗殺行為，忽又接到五公使電文，便勃然變計，致電日使，叫他拒絕袁氏專使周自齊，一面電覆五公使，否認中日祕約。可憐這躊躇滿志的袁皇帝，陡遭這種打擊，害得一場空歡喜，且一時想不出那洩漏祕密的叛徒，徒在室中嘆息罷了。

誰知不如意事，竟相接而來，新華宮中，跑進了段芝貴，見了老袁，也不及施禮，只叫了一聲陛下，何不叫御乾爹？便從袖中掏出一封密信來。老袁接入手中，信面上署著姓名，乃是袁瑛密呈張作霖，急忙啟視，係約張剋日舉義，共討袁逆等情。看官！你想老袁方驚疑未定，看了此書，能不驚上加驚，疑中生疑？便顧著段芝貴道：「你去叫了袁乃寬來，怎麼生出這種逆子，還要潛匿不報。」段芝貴領命去了。不一時，乃寬趨入，面上已帶著幾分灰色，行至老袁座旁，就撲通跪下，磕頭請示。老袁恨恨道：「袁瑛是你的愛子麼？他去結連奉天將軍張作霖，要來圖我，你莫非縱子為惡，坐視不言？」袁瑛、張作霖履歷，藉此敘明。

第六十回　洩祕謀拒絕賣國使　得密書發生炸彈案

乃寬聞到此語，已嚇得渾身發顫，彷彿似澆冷水一般，口中勉強答道：「臣……臣姪並未知曉。」說到「曉」字，猛覺頭上碰著一物，慌忙一摸，那物已隨手落下，拾來細瞧，就是一紙逆書，分明是親兒手筆，那時無可抵賴，只好拚作老頭皮，向地氈上接連亂搗，且滿口說著該死。胡不遄死？老袁複道：「你的愛子，可曾在家否。」乃寬一面碰頭，一面流涕道：「逆子向來遊蕩，鎮日不在家中，臣姪恐他闖禍，時常著人找尋，有時尋了回來，嚴加訓斥，他總是不肯遵行，這幾天內，又許久不見他面了，誰料他竟膽敢出此。若疑臣姪與子同謀，臣姪就使病狂，也不至喪心若此。試想陛下恩遇，何等高深，正愧無自報稱，難道還敢大逆不道麼？」說著時，竟鼻涕眼淚，一古腦兒迸將出來。可與言妾婦之道。老袁見他這副形容，怒氣已平了三分，便掉轉臉色道：「我也料你未必知情，但我既與你聯宗，簡直如家人父子一般，今乃鬧出這種大事，傳將出去，豈非是一場大笑話？你去趕緊追問，休得再事縱容！」乃寬忙磕頭謝恩，並面奏道：「這等逆子，應該重懲，臣姪若尋著了他，立刻拘住送案，唯恐他避跡遠颺，急切無從追獲，還求陛下電飭近畿，一體嚴拿，休使漏網。」老袁愀然道：「你難道還不知我的用意？我想保全袁家臉面，所以令你追問；你快回去照辦。畿輔一帶，你自去拍發密電，叫他緝獲罷。」乃寬聽了，越覺感激涕零，又碰了幾個響頭，起身馳去。

原來袁瑛字仲德，係乃寬次子，他與乃父宗旨不同，故自號不同，平時嘗隱嫉老袁，蓄謀革命，外面卻不露聲色，有時隨父入宮，拜謁老袁，竟以族祖相呼，至謁見老袁妻妾，也稱她為族祖母及族庶祖母，彬彬有禮，屢蒙獎賞，其實他想藉此入手，刺殺老袁，偏是老袁防衛甚嚴，無從下手，他竟懷著一不做二不休的心思，暗暗布置，確是袁氏同宗，厲害與袁相似。一面電致各省，令他外潰，一面運動京內模範軍，

令他內變。怎奈天不做美，奉天將軍張作霖，竟將原函封寄段芝貴，託他告發，遂緻密謀失敗。老袁既打發乃寬出室，又加了一層疑團，暗想外交上的洩漏，尚未查出何人，接連又是這場逆案，莫非宮內的吏役，統是叛徒不成？左思右想，愈覺危險。可巧門外響了一聲，不由的嚇了一跳，亟令左右出視，返報是寂靜無人。老袁不信，遍令搜查，誰知不查猶可，一經查勘，卻查出一樁絕大的危險品來。看官，道是何物？乃是鐵皮包裹，埋在地中的大炸彈。袁氏未該絕命，所以查出炸彈。這一案非同小可，鬧得新華宮裡，天翻地覆，你也掘，我也爬，等到宮裡宮外，盡行搜勘，竟得了大小炸彈，好幾十枚。那時大家詫異，不但袁皇帝驚疑得很，就是一班皇娘妃子，及太子公主等，統嚇得魂飛天外，彼此忘餐廢寢，只恐還有炸彈埋著，半夜爆裂。好容易過了一宵，忽由天津郵局，寄來一函，外面寫著袁大總統親啟，書內卻有一篇絕妙好詞，略云：

　　偽皇帝國賊聽者！吾袁氏清白家聲，烏肯與操莽為伍，況聯宗乎？余所以靦顏族祖汝者，蓋挾有絕大之目的來也。其目的維何？即意將手刃汝，而為我共和民國，一掃陰霾耳。不圖汝防範謹嚴，余未克如願，因以炸彈餉汝，亦不料所謀未成，殆亦天助惡奴耶？或者汝罪未滿盈，彼蒼特留汝生存於世間，以待多其罪，予以顯戮乎？是未可料。今吾已脫身遠去，自今而後，吾匪唯不認汝為同宗，即對於我父，吾亦不甘為其子。汝欲索吾，吾已見機而作，所之地址，迄未有定，吾他日歸來，行見汝懸首都門，再與汝為末次之晤面。汝脫戢除野心，取銷帝制，解職待罪，靜候國民之裁判，或者念及前功，從寬末減，汝亦得保全首領。二者唯汝自擇之！匆匆留此警告，不盡欲言。

　　老袁閱畢，怒不可遏，又欲促召袁乃寬。巧值乃寬進來，奏稱逆子袁瑛，已由天津警察廳拘住，即日解京來了。正是：

第六十回　洩祕謀拒絕賣國使　得密書發生炸彈案

昨日搜宮忙未罷，來朝綁子戲重排。

欲知老袁如何答話，且看下回便知。

中國既為民主國，則袁氏之為總統，不過一民國代表，其實一民國公僕耳。袁氏可以欺民，則沈、勻諸人，何不可欺袁氏？同一主僕名義，無惑乎其效尤也。袁乃寬甘作華歆，而其子袁瑛，偏欲作禰正平，是又一絕大怪事。然吾寧取袁瑛，不欲取乃寬，袁瑛猶知大義，乃寬直一小人而已矣。

第六十一回
爭疑案怒批江朝宗　　督義旅公推劉顯世

　　卻說袁乃寬入奏新華宮，正值老袁盛怒，聽了袁瑛被拘的稟報，無名火越高起三丈，頓時怒目鷹視，恨不將那愛姪乃寬，也一口兒吞他下去。乃寬瞧著，就知道另有變故，慌忙跪下磕頭。老袁用足蹴著道：「你的逆子，真無法無天了。我與他有什麼冤仇，竟要害死我全家性命。」說到「命」字，便擲下一紙，又向外面指示道：「你瞧你瞧！」乃寬掉頭一望，見外面堆著數十枚炸彈，復將紙面一瞧，便是那親子寄袁世凱書，這一嚇，幾把乃寬的三魂六魄，統逃得不知去向，好一歇，答不出話來，彷彿是死人一般；描繪盡致。忽咬牙切齒道：「教子不嚴，臣姪亦自知罪了，待逆子拘到，同至陛下前請死。」老袁厲聲道：「你也自知罪名麼？若非念同宗情誼，管教你滿門抄斬。」寫盡虎威。言畢，起身入內。

　　乃寬此時，也不知怎樣才好，轉思跪在此地，也是無益，因即爬了起來，匆匆返家。一入家門，便大嚷道：「壞了，壞了，禍及全家了。」那家人莫名其妙，過來問明底細，都被他喝斥了去，自己奔入臥室，躺在床上，不知流了若干眼淚。待至晌午，妻妾們請他午餐，也似不見不聞，忽覺外面有人語道：「二少爺回來了。」他也不及問明，陡從床上爬起，趿著雙履，三腳兩步的走了出去。既至廳前，正值袁瑛當面，他口中只說「逆子」兩字，手中已伸出巨掌，向袁瑛劈面擊去。袁瑛見來勢甚猛，閃過一旁，巧巧巨掌落空，幾乎撲跌地上，虧得僕役隨著，將他扶住。只聽袁瑛高聲道：「要殺要剮，由我自去，一身做事一身當，與你老

第六十一回　爭疑案怒批江朝宗　瞽義旅公推劉顯世

子何涉！」這數語，氣得乃寬暴跳如雷，正要再擊第二掌，那袁瑛已轉身自行。乃寬忙連叫拿著，一面追出門首，但見外面立著警察數名，好幾個將袁瑛攔住，又有一警吏模樣，走至乃寬面前，行禮請安，覆呈上名刺，由乃寬匆匆一瞧，具名是天津警察廳長楊以德，點清警察廳長姓名，用筆不直。當下吩咐警吏道：「你休使逆子遠颺，快與我送至新華宮去，我就來了。」警察諾諾連聲，押著袁瑛先行。乃寬即穿好雙履，趨上馬車，隨至新華宮來。轉眼間已到宮門，見袁瑛等已是待著，當即下車跑入，突被侍衛阻住，他又嚇得面如土色。進出都不得自由，無怪嚇殺。但聽侍衛傳旨道：「今上有命，著你將令郎袁瑛，送交軍政執法處便了。」乃寬不知是好是歹，只得遵旨帶領袁瑛，徑至軍政執法處。此時處長係雷震春，聞得袁瑛拘到，即傳命處內人員，把袁瑛收禁，乃父無辜，任他歸去。萬寬得了此信，好似皇恩大赦，跟蹌歸家。放心一大半。

原來袁氏姬妾，素愛乃寬，自袁瑛發生逆案，都為乃寬捏一把冷汗，適見老袁負氣入內，料他是遷怒乃寬，此時欲勸不敢，不勸又不忍，畢竟洪姨伶牙俐齒，竟挺身向前道：「陛下為了袁瑛，氣壞龍體，殊屬不值。他本是個無知豎子，也未敢膽大若此，據妾想來，定是受亂黨唆使，想藉此攪亂龍心，今已拘到，但把他收禁起來，已足斷絕亂黨導線。若講到乃寬身上，想必未曾知情，陛下既待他厚恩，索性加恩到底，渠非木石，寧有不格外圖報嗎？」說得委婉動人。老袁佯笑道：「你敢是為乃寬做說客麼？」這一語，打動洪姨心坎，幾急得粉頰生紅，一時說不下去。適背後有人接口道：「妾意是乃寬不當辦，就是他逆子袁瑛，也不必急辦。」進一步說法，比洪姨又過一籌。洪姨聽著，乃是憶秦樓周氏聲音，料她來作後勁，暗暗喜歡。猛聞得老袁道：「你等串同

一氣,來幫乃寬父子,莫非是與他同謀不成?」這句話更加沉重,幾令人擔當不起。那知周姨竟轉動珠喉,從容答道:「妾聞雍齒封侯,漢基乃定,陛下今日,正當追效漢高,借定眾心。試思陛下延期登極,無非為外交方面,藉口內變,時來牽制,今雲南肇亂,尚未蕩平,復生宮中的變案,越加滋人口實,陛下待至何時,方得登基呢?若陛下疑妾等同謀,妾等已蒙陛下深恩,備選妃嬪,現成的富貴,不要享受,還去尋那殺頭的勾當麼?」語語打入老袁心坎,虧作者描繪出來。老袁聽了,不禁點首,便改怒為喜道:「女蘇秦,依你該如何辦法?」周姨道:「妾已說過了,乃寬不當懲辦,袁瑛也不必急辦。」伏一筆愈妙。老袁沉思一會,想不出另外妙法,竟從了女蘇秦計策,轉囑左右,俟乃寬拘子到來,令他轉解軍政執法處,一面傳語雷震春,只收禁袁瑛一人。雷震春也已喻意,所以奉旨照行。

　　隔了三四天,步軍統領江朝宗,奉了密令,往拘沈祖憲、勾克明,密令中也不說出犯罪情由,朝宗只道他是袁瑛同黨,忙帶了似虎似貙的軍役,跑至沈、勾兩人寓中,巧巧兩人俱未外出,一併捉住,並由軍役嚴搜,查出盟單一紙,內列姓名,多係內外軍政兩界要人。朝宗徼功性急,查有數人寄住交通次長麥信堅宅內,便不分皂白,竟轉至麥家,指名索犯。麥次長無可如何,只好令他帶去。還有司法次長江庸弟爾鷁,名單上也曾列著,索性乘著便道,統行逮捕,一古腦兒帶至步軍統領衙門,親自訊問。鹵莽可笑。沈、勾二人先行上堂,當由朝宗坐訊道:「你等為何唆使袁瑛,叫他謀為不軌?」兩人莫名其妙,便向他轉詰道:「江統領!你如何誣我唆使袁瑛?我等與袁瑛,簡直是素不相識呢。」朝宗復擲下盟單,令他自閱。兩人閱罷,遞交朝宗,齊聲道:「名單上列著的,統是我兩人舊交,稱兄道弟,聯為異姓骨肉,原是有的,但並未列著袁

第六十一回　爭疑案怒批江朝宗　督義旅公推劉顯世

瑛姓名，為何憑空架害？」朝宗道：「你兩人的拜把弟兄，何故有這般麼樣多呢？」沈祖憲先冷笑道：「今上並未有旨，禁止我等交結朋友，且試問你為官多年，難道是獨往獨來的？平日我與你亦時常會面，彼此也稱兄道弟，不過名單上面，尚未列著大名罷了。」朝宗被他一駁，不覺怒氣上衝，便道：「你等藐我太甚，我且帶你等至軍政執法處，看你等如何答辯？」沈、勾二人又齊聲道：「去便去，怕他什麼！」朝宗遂下座出堂，領著沈、勾諸人，竟至軍政執法處，拜會雷震春。

這時候的雷處長，早已問過袁瑛，袁瑛供由克端主使，所有從前往來書信，也非自己手筆。這種供詞，嚇得震春瞠目無言，只好仍令收禁。看官曾閱過前回，克端是袁家四公子，係老袁愛妾何氏所生，面似冠玉，膚如凝脂，並且機警過人，素為老袁所愛，平時嘗語人道：「此子他日，必光大袁氏門閭。」嗣是克端恃寵生驕，暗中已寓著傳位思想，有時且入對老袁，訴說各弟兄短處，因此克定以下，屢遭呵責，甚至鞭撻不貸。克定正恐青宮一席，被他攘奪，所以時時戒備，平居陰蓄死士，作為護符。袁瑛出入宮中，早已瞧在眼裡，此時便信口亂供，索性鬧一回大亂子。幸震春頗具細心，飭令還禁，免他胡言瞎鬧。新華宮內，不生喋血之禍，還虧老雷保全。正在打定主意，偏江朝宗領著若干人犯，奔至軍政執法處來，兩下相見，朝宗即欲將罪犯交清，歸雷訊辦。雷震春道：「你可曾問出主亂的人麼？」朝宗就將盟單取出，作為證據。震春看了一遍，便道：「他是結盟弟兄，並不是什麼亂黨，況且袁瑛姓名，並未列著，怎得牽東拉西？」朝宗道：「今上有密旨拘訊，你怎得違旨不究？」震春道：「密旨中如何說法？」朝宗道：「是從電話傳來，叫我速拘沈、勾二人。」震春道：「你敢是聽錯了？」朝宗道：「並沒有聽錯。」震春道：「今上既囑你速拘兩人，你拘住兩人便了，為何又拘了若干名？」

朝宗道：「名單上列著諸人，如何不立即往拿？否則都遠颺去了。」震春微哂道：「這是你的大勳，我且不便分功。」朝宗道：「我只有逮捕權，訊辦權握在你手，彼此同是為公，說什麼有功不有功？」震春用鼻一哼道：「你且去奏聞今上，交我未遲。」朝宗不覺性急道：「這是關係重大的案件，你既身為處長，應該切實訊明，方好聯銜奏聞，候旨處決。」震春仍是推辭，朝宗只管緊逼，頓時惱動了雷震春，拍的一掌，不偏不倚，正中江朝宗的嘴巴。不枉姓雷。朝宗吃了這個眼前虧，怎肯干休，也一腳踢將過去。以腳還拳的是少林宗派。於是拳足互加，竟在軍政執法處，演出一齣《王天化比武》來了。幸虧朱啟鈐、段芝貴相偕趨入，力為解開，朝宗尚喧嚷不休，段芝貴帶勸帶問道：「江宇兄！朝宗字宇澄。今上叫你傳詢沈、勾兩人，你為何在此打架？」朝宗氣喘吁吁道：「兄弟正拘到這班罪犯，要他訊辦，偏他左推右諉，我只說了一兩句話兒，他便給我一個嘴巴，兩公到來正好，應該與評論曲直。這種大逆不道的罪犯，應否由我速拘？應否由他速辦？他敢是與逆犯同謀，所以這般迴護嗎？」朱啟鈐道：「這是兩案，不是一案。」朝宗聞這一語，方有些警悟起來，便道：「如何分作兩案？」朱啟鈐道：「沈、勾一案，是為外交上洩漏嫌疑，並非與袁瑛相關。」朝宗發了一回怔，復嚷著道：「就是我弄錯了，也不應敲我嘴巴。」雷震春不禁獰笑道：「我又未奉主子密令，不過據理想來，定然是不相牽連，所以勸你稟明主子，再行定奪，你偏硬要我訊辦，還要嘮嘮叨叨，說出許多話兒，我吃朝廷俸祿，不吃你的俸祿，要你來訓斥我嗎？給你一掌，正是教你清頭呢。」應該擊掌。朝宗還要再嚷，朱、段兩人，復從旁婉勸，且代雷震春陪了一個小心，朝宗方悻悻自去。剩下沈、勾等人，由段芝貴密語雷震春，囑他略行訊問，如無實證，不如釋放了案，免興大獄。震春允諾，當即送客出門。是夕招集沈、勾等，略問數語，沈、勾兩人，推得乾乾淨淨，便於翌晨釋出，

只袁瑛尚在羈中，一場大獄，化作冰銷，都人士紛紛疑議，莫衷一是。又越日，見《亞細亞報》載著道：

沈、勾一案，與袁四無涉，沈、勾繫有人證指其有嫌疑情事，遂行傳詢，並非被捕，現已訊無他，故即於昨日釋出。至袁四公子，素有荒唐之目，時與劉積學相往來，其致函某將軍煽亂一事，查係劉某筆跡，迨經執法訪緝劉某，早已遠颺。既無佐證，故政府對於袁四，亦不復究，但均與犯上作亂者不同。

《亞細亞報》，名為御用報，這種詞調，為袁氏諱，已可想而知。小子已於上文中敘述大略，諒閱者自能洞悉，無俟曉曉了。總結一段。

且說雲、貴兩省，地本毗連，自唐繼堯調鎮雲南，貴州亦歸他兼領，只有巡按使龍建章，留任省城，實行管轄地方政務。會護軍使劉顯世，通好雲南，聯名討袁，他得了這個風聲，料想兵戈一動，危在旦夕，自己又力不能制，只好籌一離身的法子，遂電呈政府，託言歸視母疾，請假三月。也是一個好法兒。偏經政府電覆，責他有意規避，應付懲戒，且督令出省視師，巡按使一職，暫由劉顯潛署理云云。那時龍建章已預備行裝，接了覆文，便將計就計，把印信交與劉顯潛，自借出巡為名，竟跑出省城，飄然徑去。政務廳長及黔中、鎮遠兩道尹，聞龍出走，也相繼遠颺，頓時貴陽城裡，風聲鶴唳，草木皆兵。軍警兩界，合電政府暨各省，請另行召集國民會議，表決國體，袁政府不加答辯，只飭令署理巡按使劉顯潛，會同護軍使劉顯世，派兵分防，靜待援軍。兩劉本係弟兄，老袁此策，還想把官爵利祿，誘他歸誠，顯世以滇兵未到，黔兵甚孤，一時未便獨立，就拍發密電到京，要求兵費三十萬，情願率兵攻滇。老袁得電後，自幸密謀已遂，竟覆電允准。那知劉顯世計中有計，想把袁政府的軍費，取來討袁，即以其人之財，還治其人之

身。既接複音，遂按兵不動，專待軍費匯來。

是時雲南護國軍第一梯團長劉雲峰，帶領第一支隊長鄧太中，第二支隊長楊蓁，已入四川境內，川軍司令伍祥禎，與滇有約，不戰自退，劉軍遂分兩路進攻，直逼敘州。伍祥禎步步退卻，眼見得敘州一城，被劉軍占領了。總司令蔡鍔，聞敘州已經得手，便命第四梯團長戴戡，率著步兵一營，砲兵一隊，亟向貴陽出發，聯繫劉顯世，會同北征，自率第二梯團長趙又新，第三梯團長顧品珍，隨後繼進。劉顯世正望滇軍到來，既與戴戡相晤，自然欣慰異常。可巧袁氏允准的軍費，亦接連匯到，並接蔡鍔軍電，已至黔境威寧，於是軍威既壯，聲討乃彰，當由公民一千七百餘人，公推劉顯世為都督，宣布黔省獨立。劉顯世接受都督印信，布告全省道：

為布告事！邇以袁氏背叛國家，竊竊神器，逞其凶燄，舉兵逼黔，我父老昆弟，憤其僭竊，痛其凶殘，以大義相責，重任相托。本都督顧念國家，關懷桑梓，不忍四方豪俊，無限頭顱心血鑄造之邦，淪於奸人之手；重以逆軍溯湘流而上，咄咄逼人，亡國破家，迫於眉睫，爰於一月二十七日，宣告獨立，所有各種文告，業已印發在案。當滇省宣布罪狀，喚起國民救亡之初，本都督本於個人之良心，應即立舉義旗，共討叛賊，徒以戰端一啟，黔當其衝，倉卒舉兵，頗難運轉；且意袁氏向非至愚，一經忠告，或能悔禍，故不惜雙方調處，委曲求全。

何圖凶心不死，逆燄愈張，曹錕等率師東下，著著進行，希圖一逞。曹兵殘暴，邦人所知，贛寧之役，淫擄燒殺，無所不至。倘使兵力集中，立即乘虛攻我，以達其分道進兵之計劃，即令我以善意開門揖入，彼豈肯長驅直搗，進薄滇邊，不疑我掊其後耶？則蟠踞我城垣，迫散我軍隊，擄掠我金粟，荼毒我人民，城社邱墟，寧復顧惜？故無論如何，斷未有逆軍入境，而不糜爛地方，亦決無聽其來黔，蹂躪境土之

理。唯查逆軍情狀，多所遲迴，此不第直壯曲老之勢，可以預決，即就其眾叛親離言之，亦決無可畏。袁氏縱其二三鷹犬，偽造民意，帝制自為，中外同羞，天人共憤，沿江各省，相約枕戈，或以時機未熟，虛與委蛇，或與逆師雜居，尚虞投鼠，雲集響應，指顧間事。袁氏亦自知罪惡通天，為眾所棄，從而分調畿輔重兵，麕集大江南北，以防各省之景從，情見勢絀，亡無日矣。夫順逆既分，勝負可決，黔唯有保守疆土，整備兵戎，以待聯合各省義師，共誅獨夫，鞏固民國，以圖生存於大地而已。所有地方治安，本都督自應率屬，共負完全保護之責，各色人等，務望各安本業，勿得稍事紛擾，自召虛驚。為此通令，仰各該官長等，立即出示，曉諭人民，一體知照。

　　布告既頒，即日委任戴戡為中華民國護國第一軍右翼總司令，聯合滇軍，共歸蔡鍔節制，率兵北伐。於是護國第一軍部下，分作兩翼，右翼為黔軍，左翼為滇軍。小子有詩詠道：

桴鼓聲傳遠邇聞，滇黔共起討袁軍。

試看義旅聯鑣日，民意原來順逆分。

　　滇黔既聯合出兵，川湘邊境，頓時大震。究竟孰勝孰敗，且至下回再詳。

　　袁氏生平，專喜祕密，故人亦即以祕密報之。袁瑛也，沈祖憲也，勾克明也，無在非以密謀報袁，轉令老袁無所措手，亦只可模糊了事。江朝宗反欲張皇，而雷震春竟批其頰，雷其可為袁氏之知己乎？至若劉顯世之請求軍費，還而討袁，計誠巧矣，吾謂亦從老袁處學來。袁慣以密謀餂人，人即密謀餂袁，報施之巧，無逾於此。故聖人言治國齊家，必以誠意為本云。

第六十二回
侍宴乞封兩姨爭寵　輕裝觀劇萬目評花

　　卻說滇、黔兩軍，聯繫北伐，黔軍司令官戴戡，由遵義直趨重慶，駐師松坎，並遣第一團長王文華，第三團長吳鷞鸞，分攻湘境，牽制袁軍。滇軍總司令蔡鍔，自威寧通道畢節，直達永寧。永寧為川南要塞，係四川第二師長劉存厚駐守地，劉原駐瀘州，四川將軍陳宧，聞劉有暗通滇軍消息，特調駐永寧，至滇軍一到，劉果棄了永寧，退至納溪；途次接蔡鍔來書，勸他即日起義，一同討袁，他遂自稱護國軍四川總司令，通電各省，宣告獨立情狀，略云：

　　袁氏不遵約章，悖戾民彝，昔當鼎革之時，即欲擁兵肆逞，同人本天下為公，乃概付以治權，冀其出精白不貳之忱，宏茲國脈。何圖掌國以來，言夫內政，則徵斂如此，言夫外交，則敗辱如彼。任官吏輒引其所暱，選總統竟臨之以兵；甚至立法權攬為己有，暗殺案實主其謀，妨功害能，殄民敗國，綜其暴戾，罄竹難書。同人懼搖國本，猶復沈吟不發，冀補救於將來，乃彼獨夫天奪其魄，恣亂日屬，竟敢假民意以推翻共和，揮黨徒而謀興帝制。蠅營狗苟，上下若狂，勸進之電，出於宮闈，選舉之場，設於軍府，勢威利誘，無醜不陳，中外騰譏，群情憤激，辛召強鄰之干涉，將陷民命於淪胥。凡有血氣之倫，莫不仰天興嘆，滇黔首義，一檄遙傳，薄海同欽，景從恐後。存厚不敏，外審大勢，內問良知，痛此危亡，中心欲裂。爰整其旅，環甲出征，聯合滇黔，揮旗北伐，誓擬盟成白馬，重整五色之旗，行看痛飲黃龍，一掃群凶之焰。公等或為望重當時之俊彥，或係首造民憲之元勳，同領師幹，

第六十二回　侍宴乞封兩姨爭寵　輕裝觀劇萬目評花

身關治亂。豈於此日，遂負初心，寧以爵賞之羈，盡入奸雄之彀？嗚呼！揮戈討逆，事不同於閱牆，撥亂扶危，義實繫乎救國。倘袁氏能及時徙竄，還我共和，則本府當卷此旌旗，不為已甚，皇天后土，實式憑之。

是時防滬司令馮玉祥，正進援敘州，瀘城空虛，劉存厚遂乘隙攻瀘，會玉祥自敘州敗還，竟率師截擊，玉祥遁去，部兵多半投降。適值蔡鍔部下，第二梯團支隊長董鴻勳，亦率隊到來，兩軍會合，併力攻瀘，一夕即下，於是川南一帶，也入護國軍範圍了。這是陳宦速變之力。

袁世凱本擬於陰曆元旦，即陽曆二月三日。或陰曆正月初四日，實行登極，陰曆正月初三日立春，當時有大地回春，永珍更新之義，故諏吉於初四日。偏是西南警報，絡繹傳來，又害得躊躇莫決，暗地愁煩，每日除閱視公文外，就與幾位候補妃嬪，圍坐宮中，小飲解悶。各位美人兒，還道他從容尋樂，定由諸事順手，可以指日登極，所有候補妃嬪的資格，當然好正式冊封，不過同輩中共有十數人，將來沐封時，總不免有一二三等階級，階級一定，反致高下懸殊，令人不平，因此大家一喜一憂，各自盼望榮封，免落人後，洪、周二姨，愈加著急。無非恃寵。某夕，洪姨見老袁微醉，含著三分喜色，便乘間進言道：「陛下封賞群僚，凡各省將軍巡按使，沐有五等勳爵，首列公侯，次為子男，如妾等入侍巾櫛，亦已有年，獨未得仰邀封典，徒令向隅。古人說的帝澤如春，還求陛下矜察！」老袁笑道：「各省將軍巡按使，統是外人，不得不先行加封，免他怨望，你等是一家人，何必這般性急，待我登極後，冊封未遲。」周姨向袁一笑道：「陛下此言，總不免厚外薄內呢。」一唱一和，總是二人起頭。老袁也笑道：「你等要我加封，何妨自擬封號。」周姨道：「冊封妃嬪，係何等大事，我等婦人女子，怎能自擬封號？就使擬

議起來，得蒙陛下恩准，也不啻自封一般。試問各省將軍巡按使，所有公侯伯子男榮典，還是陛下所定，還是他自行擬就，奏請陛下照封呢？若是他擬就請封，便似漢朝的韓信，請封假齊王的故事了，恐陛下未必照准，他亦未敢如此。所以妾等想沐榮封，總須陛下頒賜名位，方為正當辦法。」老袁又笑道：「女蘇秦又引經據典，前來辯論了。」女蘇秦三字，回應前回。周姨答道：「妾據理辯論，並非為個人爭此虛榮，實為全體姊妹行正名定分哩。陛下果憐妾等相隨多年，俯如所請，姊妹們都盡沐隆恩，怎止妾一人被澤呢？」假公濟私，娓娓動聽。老袁道：「要我加封，卻也不難，但須有兩種分別。」周姨問兩種分別的理由，老袁捻著微髭道：「有生子與不生子的分別，如已生子，應照母以子貴的古例，加封為妃，若未曾生子，只好封作貴人罷了。」周姨聽到此語，忽然變色，蛾眉漸蹙，蜻領低垂，一雙俏眼中，幾乎要流出淚珠兒來。洪姨瞧著，已料她未曾生子，所以變喜為愁，現出許多委屈的樣子，當即代作調人道：「方今時代，與往古不同，陛下亦須變通辦理。妾意封妃問題，應以隨侍陛下的年數為定，年分較淺，名位或稍示等差，生子不生子，似不必拘泥呢。」語至此，忽有兩人起座道：「妾等入府，不過兩三年，但床上的呱呱小兒何莫非陛下一塊肉？若使如洪姨太的議論，似於理上說不過去，還請陛下三思！」皇帝尚未曾做得，床頭人已爭論不休。洪姨視之，乃是十四、十五兩姨，十五姨本是洪姨姪女，見第六十回。她竟也來爭寵，不禁惱動洪姨，竟呼她小名道：「翠媛，你好休了！你得隨侍陛下，還虧我一人作成，今日幸蒙上寵，便想將我抹煞，與我爭論起來，就是你的血塊兒，哼哼，我也不必明說了。」翠媛此時也變羞成怒，反唇相譏道：「誰不知你是紅姨太，不過你侍陛下，我也侍陛下，沒有什麼紅白的分別。你得封妃，難道我不得封妃嗎？並且我的兒子，不是陛下生的，是哪個生的？」前時原是姑姪，此時已是平等，應該大家同封。

第六十二回　侍宴乞封兩姨爭寵　輕裝觀劇萬目評花

香姨即十四姨。亦從旁插嘴道：「俗語說得好，有福同享，洪姨也樂得大度，何必損人利己哩。」洪姨聞言，竟將嘴唇皮一抿，向她冷笑道：「你今日尚得在此侍宴，總算是我的大度，否則連宮門外面，也輪你不著站立了。」又是一段隱語。老袁聽雙方爭執，越說越不成話兒，急忙出言攔阻道：「你等休得相爭，我自有處置，一經登極，便當正式冊封，不致無端分級，你等且放心罷！」大家方才無言，仍舊團坐陪宴。

看官！你道十四、十五兩姨，究竟有何祕史，令洪姨作為話柄呢？相傳香姨自婢女當選，平日侍奉老袁，曲盡殷勤，但老夫少婦，感及枯揚，總不免惹人議論。香姨又起居未謹，嘗與某衛士攀談，事經洪姨察悉，密稟老袁，老袁疑信參半，託詞戒備深宮，飭侍衛夤夜巡查。不到數日，果見某衛士蟄伏宮外，立刻鳴槍，將他擊僕，捆縛起來，一面稟報老袁。老袁說是匪黨唆使，即命槍斃，並擬斥逐香姨，洪姨又代她緩頰，阿香才得保全，未幾即生一子，得寵如故。至若翠媛入侍，也由洪姨介紹，洪姨本欲增一心腹，厚己勢力，不防翠媛暗懷妒意，竟與乃姑奪寵，那洪姨懊恨不及，竟想得一策，囑使婢僕捏造蜚言，只說翠媛誘通皇嗣，將有聚麀的嫌疑。這話傳入袁耳，遂誡諸子不許擅入，並且密詰翠媛，翠媛自誓無他。後來翠媛生子，狀類老袁，老袁才得放心。洪姨媒孽姪女，猶且如此，安知香姨之事，不由洪姨撥弄。然老袁納妾甚多，恐亦難免作元緒公。這是洪憲宮闈中的軼聞，小子有聞必錄，所以敘入略跡，證明洪姨的話柄。究竟是實是虛，小子不敢臆斷，且俟他日有暇，往問白頭老宮人便了，話體敘煩。

且說憶秦樓周氏，自傷無嗣，始終鬱鬱不樂。老袁見她玉容慘淡，淚眼模糊，轉不禁憐惜起來，撤宴以後，即攜住她的玉手，同赴寢室。袁氏平日，向有幾口煙癖。每吃煙時，必至洪、周兩姨房中，領略那福

壽膏滋味。周姨既隨老袁入房，當然取出煙具，給他過癮，老袁一面吃煙，一面向周姨道：「你也太多心了，我未曾正式冊封，不過預先擬議，姑作此論，他日實行，自當妥行定奪，斷不使你受屈的。」周姨悽然道：「妾已想定主意，情願媵妾終身，無論什麼妃嬪，什麼貴人，妾一概不敢領賜了。」妒意如繪。說著時，眼波兒又紅了一圈。老袁忙勸慰道：「你的福命很佳，憶自我得你後不久即出山任事，被選總統，可見你命實旺夫，安知日後不生貴子？常言道：『後來居上』，似你的福命，恐不止一妃嬪呢。」向愛妾拍馬，總算善處宮闈。周姨瞅了老袁一眼，佯作笑容道：「這是妾平日夢中，也未敢妄想哩。今日陛下登基，乞封為妃，尚不可得，他日上有皇后，下有儲君，恐不免去作人彘，還有什麼僥倖？」說到此句，喉中又哽噎起來，幾乎說不成詞。老袁道：「你休擔憂，我總不許人欺你，就是我冊封諸姨，也不使你居人下；想你到此間，執掌內部書札，勤勞得很，即就此勞績論來，也理應晉封，倘得天賜麟兒，那更是可慶可賀了。」周姨聞此，仍默不一言。老袁已吸畢福壽膏，自覺精神驟增，腦力充足，拈著須想了一會，便語周姨道：「你且去磨墨展毫，待我手定幾條內規，傳與後人，你等便好安心了。」周姨奉命照行，當請老袁入座，遞過紙筆。老袁即信手疾書，但見上面寫著，「內訓大綱」四大字，繼即另行分條，逐項寫下云：

　　第一條　母后不得佐治嗣帝，垂簾聽政。

　　第二條　生前嚴禁冊立儲貳，且廢除立嫡立長成例，但擇諸皇子中有才德者，使承大統。如欲傳某子，先書某名，藏諸金匱石室中，封固嚴密，俟其升遐後，由顧命大臣於太廟中，當眾啟視。

　　第三條　諸皇子不得封王，更不許參預政治，第厚給財貨，俾享畢生安閒之福。

　　第四條　椒房之親，不得位列要津。

第六十二回　侍宴乞封兩姨爭寵　輕裝觀劇萬目評花

老袁寫罷，便擲筆向周姨道：「你瞧！有這規條，皇后皇太子，都無從欺負你們，你能產下麟兒，果使福慧雙全，那時憑我手中，寫就名字，豈不是就好傳位，你不是好做皇太后麼？」你既痴心，還要代周姨妄想，真是一片邯鄲夢境。周姨才轉悲為喜，吐出嬌媚的聲音道：「這還須效華封三祝，頌禱陛下，多福多壽多男子，賤妾方得叨恩哩。」不脫經史。老袁聽了，也不覺興會神來，隨即擁著一枝解語花，同入羅幃，演一套龍鳳呈祥的好戲；等到興闌意倦，俱栩栩入睡鄉中，去做皇帝夢皇后夢去了。翌日，老袁起床，取了手訂的內訓大綱，出示大公子克定。克定看到第二條，大為拂意，即欲出言反對。老袁先已窺著，便囑道：「這種條規，為後世子孫計，並非專指汝等言，我胸中自有成竹，你不必多疑。」對妾對子，總不脫一欺字。克定方才無語，怏怏自去。老袁也往政事堂，與國務卿等商議朝事，且不必說。

唯周姨暗地心歡，滿望登極屆期，皇妃的位置，總是拿穩，且享了幾年快樂，再圖後福。好容易盼到陰曆過年，仍未得登極消息，越宿為陰曆元旦，不過照例筵宴，又到了初四日，依舊寂靜過去，她又禁不住煩惱起來。黃昏岑寂，坐對孤燈，正在百感交乘的時候，忽有一人牽動珠帷，翩然直入，仔細一瞧，乃是女官長安靜生，當下欠身邀坐，安恭謹從命，兩下裡談述瑣事，甚覺投機。彼此胸中，俱含有幾個文字，自然格外投契。繼且各敘近懷，周姨未免嘆息。安女士忽問道：「妃子愛觀新劇否？」周姨道：「這是我生平第一嗜好，從前看過譚鑫培、梅蘭芳等戲劇，猶覺印入腦中，至今未忘，端的是好戲哩。」安女士道：「明日前門外同樂園中，敦請梅蘭芳登臺，演《黛玉葬花》新劇，妃子何不往觀，借遣愁悶？」周姨搖首道：「恐怕不便。」安女士道：「妃子深居簡出，外人本來罕見，若改裝往觀，誰識芳顏？宮內也無人敢說。明日下午，臣妾願隨妃子一行，可好麼？」未免逢惡。周姨笑道：「這也是暗渡陳倉的

好計，我就與你同去。」安女士隨即告別。

　　次日午餐畢，安女士即入會周姨，替她改裝，扮做女官模樣，潛匯出宮。侍衛等見是女官，也不去查問，由她自去。兩人乘輿偕行，轉瞬間即至同樂園，園中已經開演，看客甚眾，幾乎無處容足，安女士入與園主商量，覓一包廂，園主與安女士，本有一點認識，且知她為女官長，不得不殷勤款待，遂與他客熟商，並讓一特別包廂，導引入內，才有坐地。看了好幾齣，方見梅伶發場，一種神采，射將過來，幾與憶秦樓鬥豔。既而曼聲度曲，裊裊動人，沒一句不中調，沒一字不合拍，惹得周姨目注神馳，低聲喝采。一時上下座客，也連聲叫好，鬨動全園。周姨密語安女士道：「梅伶色藝，與年俱增，較前日又有進步，我當出資重賞。」安女士不便旁阻，只好贊成，遂替周姨召過按目，由周姨取出紙幣，約有數百元，慨然給付，令賞梅伶。老袁籌款維艱，反令愛妾好行其德，真是百姓晦氣，梅伶交運。梅伶演戲既畢，亟趨前叩謝，座客皆為矚目，互相私議道：「偌大女官，能有這般闊綽？莫非新華宮中，純是金銀麼？」忽有一人遙視良久，才掉頭語座客道：「這是袁皇帝的寵妃，怪不得有此揮霍。」座客聽到此語，益覺驚異，並問他如何相識？那人便道：「我曾於萬牲園中，一睹芳姿，友人告我是袁氏寵姬，所以認識。此次改裝女官，想是掩人耳目呢。」座客再問那人姓名？那人不肯吐實，只說是在部中當差。也恐多言買禍。於是一傳十，十傳百，就是園主與各伶人，也都聞知，共至周姨前長跪叩安。周姨知瞧破行蹤，忙即搖手麾去，一面挈安女士衣袖，搶步出園，仍坐原輿回宮。耗去了數百元，還要累得驚慌，真是何苦？為此一事，都下傳作新聞，各報章相率登載，連御用報亦採入新聞欄。老袁瞧著報語，大致說是新華宮寵妃，與女官長偕行觀劇，竟不由的動起憤來，立召安女士入問。正是：

第六十二回　侍宴乞封兩姨爭寵　輕裝觀劇萬目評花

博得皇妃償意願，哪堪天子動猜凝。

未知安女士如何答覆，下回再行說明。

當滇、黔起義以後，四川護軍使劉存厚，亦起而響應，正戰鼓韃韇之時，忽插入宮中數段軼聞，欲急反緩，好似鑼鼓聲中，接入金樽檀板，令人不可捉摸，此為用筆變換處，亦為敘事拗折處。若以實事論，則全回以洪、周二姨為主，而注重者尤為周姨，洪最狡黠，而周姨又濟之以才，幾玩老袁於股掌之上。老袁亦幸而不得為帝耳，若使為帝，宮闈中不知惹出若干釁隙，袁氏且覆宗矣。先聖謂女子小人為難養，誠哉是言！

第六十三回
洪寵妃賣情庇女黨　陸將軍託病見親翁

　　卻說安靜生奉召入覲，偷眼一瞧，見袁皇帝面帶怒容，慌忙屈著雙膝，俯伏座前。老袁擲下御用報，叫她自閱，安女士已瞧過新聞欄，心下早經明白，不待再閱報章，便磕頭道：「臣妾正來請罪，日前周妃欲觀新劇，由臣妾隨著同去，未曾奏聞聖上，還乞恩恕！」老袁叱道：「你為何這般荒唐？須知宮府內外，防範宜嚴，我任你為女官長，正因你年齡較長，見識較多，不致什麼輕率，就使周姨等要你同去，你也應代為諫阻，諫阻不從，可來告我，為什麼不顧名譽，竟爾妄行？你想是該不該呢？」周姨要去看戲，恐你也阻她不住。安靜生被他一詰，無可答辯，只好靠著地氈，碰頭不已。老袁又道：「看你也不配做女官長，你與我滾出去罷！」安靜生不敢多嘴，只稱謝恩，慢慢地立將起來，轉身自去。侍衛等暗矙花容，已是青一陣，白一陣，不勝變態了。如見其人。

　　早有人通報周姨。周姨已料定老袁，要來詰責，忙去邀了洪姨，在房待著。果然老袁發放了安靜生，即刻走至周姨臥室中來。周姨起身迎接，洪姨亦起隨後面，待老袁坐定，兩人左右侍立，但見老袁目視周姨道：「你好你好！」周姨佯作不解，垂首無言。老袁又哼著道：「梅蘭芳的戲劇，究竟如何？想你眼簾中還留著哩。」洪姨即在旁接入道：「她正為了此事，與妾商量，恐惹動主上怒意，要來請罪。妾以為陛下近日，政躬多事，區區失檢，亦未必遂觸天威。」說至「威」字，已聞老袁接口道：「你看得這般輕易，須知宮眷輕出，易失名譽，各報中已傳作笑柄

第六十三回　洪寵妃賣情庇女黨　陸將軍託病見親翁

了。還說是區區失檢麼？」洪姨道：「今日失檢，尚屬不妨。」老袁問是何因？洪姨道：「陛下若已登極，妾等俱沐封為妃，那時宮禁森嚴，原不能自由出入呢。」還是她的理長。老袁道：「你又來強辯了。我想這事起因，總是由安靜生巴結討好，我且先把她攆出，省得你們被哄，有玷閨箴。」不能制服姬妾，卻把別人出氣。說至此，周姨已撲的跪下，抽著珠喉道：「妾情願受罪，若說由安靜生慫恿，未免冤枉了她。」竭力為安女士庇護，何其多情？洪姨亦隨即跪下道：「妾願為周妹乞恩，並願為安女士乞恩，此次恕她初犯，下次若再輕出，妾亦連坐受罰。」老袁見她兩人哀籲，心兒也就軟了，便轉囑周姨道：「以後休要如此！我今日看洪姨面上，饒了你罷。」周姨復籲請道：「妾蒙陛下赦罪，感激萬分，只安女士已攆去否？」說著，將頭枕在老袁膝上，嗚嗚咽咽的哭將起來。好一個嬌兒模樣。老袁俯首一瞧，見她烏雲般的靈蛇髻，光滑得很，一陣陣油香撲鼻，把胸中留著的餘怒，都薰得不知去向；當下伸開兩手，把兩姨扶起，口中連聲說著道：「算了，算了。」洪姨又道：「現在女學尚未發達，所有當選的女官，統不過粗識之無，毫無學問，自奉陛下命令，在宮中開設女校，由安女士為校長，指導有方，各女官才稍有進步，今日若把她攆出，不唯各女官沒人督率，且亦沒人教導，為此種種障礙，所以求陛下格外優容，唯須下一禁令，此後自女官長以下，不準私出，有犯必懲，那便足懲前毖後了。」面面圓到，善於飾辭。老袁點首，隨即踱出房外，自行申禁去了。

　　周姨致謝洪姨，正在彼此謙遜，那安女士已跑了進來，泥首稱謝。兩姨將她扶住，方才起身，復談了半小時，安始告退。是日即接奉禁令，略言：「宮中執役女官，無故不準自由外出，犯者嚴懲不貸，女官長一同坐罪」云云。各女官出入不便，未免怨恨安女士，但因安女士得有

內援，勢力雄厚，大家無法可施，也只得暗地訕謗罷了。安女士經此小挫，格外勤謹，每日傳集女官，挨次分派，使有專責，夜間十二時後，必親率各女官歸寢，寢室係蟹形式築就，東西對峙，門戶相望，外面護著鐵柵欄，由安女士手編號次，不得亂居。至逼近鐵柵的居室，安自住著，親司管鑰，眾入即鎖，眾出乃啟，真是嚴肅得很。老袁偶往巡察，見她布置周密，井然有序，頗喜她因過知奮，溫語嘉獎，從此安女士的權力，比從前更加鞏固了。也好算隻功狗。

　　唯安女士本有良人，曾住居前門外東茶食衚衕薛家灣，姓張名景福，夫妻愛情頗深，從前禁令未下，不妨自由進出，每當暇時，免不得回去敦倫，此次申嚴宮禁，只好長住宮中。徐娘半老，未免有情，她竟想出一策，密請洪妃，為乃夫謀一宮中庶務司核帳員一席。洪妃替她說項，竟如所請。這叫做妻榮夫貴。嗣是夫妻聚首，日夕相見，夜闌人靜好合鴛儔，真個是怨女曠夫，各得其所了。未始非老袁仁政，但可惜只及安女士，未能普遍鴻恩。

　　一夕，安女士親自夜巡，遙見有一男一女，喁喁私語；正要出言呵責，那男子已飛奔而去，只剩女子一人，急切無從奔避，站立一旁。安女士走近逼視，乃是女官中的金翠鴻，當下便喚她入室，私自訊問。翠鴻不能盡諱，只說是與侍從武官，向訂姻好，現為宮中同事，所以相見談心，懇女官長格外垂憐，幸勿舉發等語。安女士佯作嗔怒道：「這卻不便，明日請你出宮。」翠鴻跪下哀求，願罰三月俸金。安女士沈吟半晌，方道：「我也不為已甚，但你須謹慎小心，一露破綻，連我俱要坐罪了。」投鼠本須忌器，況又有三月俸金，可入私囊，樂得祕密了事。翠鴻拜謝去訖。隔了月餘，翠鴻忽抱病在床，委頓不起，安女士已瞧破機關，也不去問明底細，便令她請假養病，移居別室調治，經旬乃瘳。看官！你

第六十三回　洪寵妃賣情庇女黨　陸將軍託病見親翁

道她是什麼病症呢？原來翠鴻是妓女出身，運動得選，充入女官，入值以後，巧遇侍從某官，與有舊好，遂不免偷寒送暖，倚翠偎紅，安女士得賄賣放，兩人仍私續舊歡，未幾有娠，設法墮胎，遂至成病。病癒後，益感激安女士，格外報效，事極祕密，無人知覺。安女士也暗自欣幸。銀錢到手，安得不喜？

　　既而宮中又出一奇聞，女官沈畹蘭，竟自縊身亡，安女士聞著，慌忙奏聞，有旨令她督殮，舁葬郊外。各女官半多驚譁，連安女士也為嘆息。看官聽著！沈畹蘭係天津女師範學校卒業生，年甫及笄，貌既出群，才亦邁眾，為人又極和藹，自應徵女官時，得居首選，入宮承值，上下翕然。老袁亦愛她秀慧，特別寵遇，不到一月，即將自己的出納帳目，令她管核。為這一著，遂令絕世芳姝，送入枉死城中，做了冤鬼。先是老袁出納，由洪姨掌管，每月用途極繁，多至數十萬金。洪姨從中侵蝕，約可得百分的二三，無端被沈奪去，心殊不甘，但未便顯然反對，只好設計中傷。常言道：「明槍易躲，暗箭難防」，沈女官執掌的鐵匣，驟失去鈔票二百餘圓，那時捕風捉影，無從覓獲，洪姨誣她監守自盜，竟嗾袁密飭心腹，搜檢沈篋，果然原封不動，幾如原額。沈女官無從辯冤，沒奈何懸梁畢命。老袁只疑她畏法自盡，哪知種種陷害，統是洪姨一人所為。洪姨復得任原差，可憐那沈女官無故遭冤，死得不明不白，徒落得埋骨荒邱，啣恨地下罷了。塞翁得馬，安知非禍，沈女官亦如是爾。小子未曾入新華宮，偏述及各種祕聞，看官或疑我杜撰，其實小子統有依據，試看近人所編《新華春夢記》，及《洪憲宮闈祕史》，統已詳列無遺，就是新華宮中的故役，自袁氏死後，統已出宮，講將起來，多說是有些確鑿，看官也不必疑猜呢。話分兩頭。

　　且說袁皇帝日思登極，擇定陰曆元旦，或正月初四日，舉行大典，

偏值西南警報，絡繹到京，不得已順延過去。嗣聞湖南西境，如晃州、沅州一帶，統被黔軍攻入，著著進行，不禁驚愕道：「劉顯世是真反了。」你道他是假反？遂令第八師長李長泰，抽調勁旅，自津門南下，一面令湖南將軍湯薌銘，立派軍隊，協同馬繼增一軍，相機痛剿。又命唐爾錕督理貴州軍務，褫去劉顯世官職，聽候查辦。嗣復特任龍覲光為臨武將軍，兼雲南查辦使，速由粵西入滇，除帶領所部外，即在南寧招兵十營，借擴軍額，並飭廣西將軍陸榮廷，趕緊募兵二十營，助龍攻滇，餉械均由中央接濟。小子敘到此處，又要把袁氏心理，推測一番。滇、桂本屬毗連，就是滇省護國第二軍，亦指定從桂出發，袁皇帝欲分道攻滇，應該將桂邊一路，責成陸榮廷，如龍覲光等，只好備作後援，何故前後倒置，捨近求遠呢？原來陸榮廷初入戎行，不過一尋常弁目，自經岑春煊督粵，方將他拔擢起來。民國肇造，陸任都督，粵西偏安。至癸丑一役，岑春煊曾為大元帥，與袁反抗，贛、寧失敗，岑亦他避。老袁與岑有隙，遂忌及榮廷，只因桂省僻處西南，關係尚小，所以仍命鎮邊，未曾調動，不意滇事發生，川、湘、貴三路，變作要塞，倘或陸榮廷與滇通謀，豈非又增一敵？為此特任龍覲光攻滇，但命陸募兵協助。揭出老袁意思，標識特詳。還有一著布置，龍子運乾，係陸榮廷女夫，彼此是兒女親家，當然不致齟齬，既可借龍制陸，復可借龍勸陸，實是當日無上的妙計。計策固好，誰知偏不如所料。

　　龍覲光擬全撥粵軍，奮力攻滇，可奈民黨中人，都因滇、黔起義，相率遙應。前粵督陳炯陰，邀同柏文蔚、林虎、鈕永建、熊克武、龔振鵬、譚人鳳、李根源、冷遹、耿毅等，癸丑之變，多已見過。在南洋新嘉坡，設一總機關部，派軍入粵，進攻惠州。粵軍自顧不遑，哪裡還好調撥？不過廣東將軍龍濟光，是龍覲光弟兄，骨肉至親，不得不極力騰

第六十三回　洪寵妃賣情庇女黨　陸將軍託病見親翁

挪，當派陸軍第二旅第三團長李文富為先鋒，虎門要塞司令黃恩錫為前敵司令，率軍四千人，陸續出發。龍觀光自帶衛隊數十名，潛乘廣利兵輪，至北海登岸，經過廉州，直抵南寧。南寧即粵西省會，將軍陸榮廷，就此駐紮。前清以桂林為省會，民國始移至南寧。龍觀光已入省城，並未見榮廷出迎，至投刺入見，尚在客廳中坐候多時，好容易盼到主人，還是緩步進來，差不多有重病模樣。當下行過常禮，略敘寒暄，但聞榮廷低聲道：「兄弟近日，適患心疾，晝不得安，夜不得眠，害得精神困憊，幾難支持，親翁此來，有失遠迎，幸勿見罪！」龍觀光道：「曾否延名醫診治？」榮廷道：「醫生亦診過數次，可奈服藥少效。」心病還須心藥醫，豈尋常醫生可以療治？龍觀光道：「目下滇、黔謀變，粵西正當要衝，兄弟奉命西行，全仗親翁協助，偏偏尊體違和，如何是好？」他正為你生病。榮廷答道：「弟正為此事煩躁，益覺寢饋不安，添了好幾分賤恙，醫生說須靜心調養，方可漸瘥。親翁來得正好，一切軍事，好憑大才排程，弟可向中央請假數旬。」觀光道：「粵東亦有亂事，軍隊只堪自顧，兄弟帶來的兵士，不過三四千名，奉中央命令，飭在此處招添十營，且聞親翁處亦令招募，想親翁總也接洽呢。」榮廷半响才答道：「命令是已經接到了，只因有病在身，不能親募，現已託王巡按使代理，親翁若有教言，請直接與他面談罷。」說著，用手捫心，並皺著兩眉，似有無限的痛苦。那時觀光不便多談，只好起座告別道：「親翁且自休養，弟且到王巡按處，商議軍情便了。」急驚風碰著慢醫生，真也沒法。榮廷也不挽留，隨送出廳。觀光用手相攔，請他不必遠送，榮廷也即止步，只道了「簡慢」兩字。待觀光出門，即展顏入內，自不消說。

　　觀光轉至巡按使署，巡按使王祖同，忙即迎入，兩下晤談，述及募兵辦法。王祖同道：「粵西磽瘠，公所深知，欲要募兵，先需軍費。前

日陸將軍召弟商議，委弟籌款墊發，且令弟代行招募，弟正為此事躊躇呢。」又是一個為難。觀光見他支吾情狀，不由的躁急道：「救兵如救火，不容遲緩，況政府已有明令，餉械由中央接濟，尊處能籌款墊付，不消幾日，便可由中央匯到，一律給還了。」王祖同道：「兄弟也這般想，但急切提不出這種現款，也是沒法，昨已馳電達京，催解匯款去了。」觀光道：「募兵已有地點麼？」祖同道：「已借軍械局創辦。」觀光道：「我且去一觀，何如？」祖同說了「奉陪」二字，便與觀光一同出署，至局所中巡視一週。但見臨武將軍行轅，已經設著，觀光便就此寄居，祖同自行返署。

　　看官道這陸、王二人，究竟是什麼意見呢？原來陸氏宗旨，是完全的保障共和，反對帝制，且已接著岑春煊及梁啟超等密函，勸他聯繫滇、黔，勉圖獨立，他已怦怦欲動，只因餉械未足，不便冒昧舉事，並且長子裕勳，在京為官，一或發難，未免投鼠忌器，所以託詞心疾，請假養痾；獨王祖同是騎牆人物，袁氏曾命他會辦軍務，監察老陸，他持著中立態度，兩面敷衍，此次對付觀光，也是這番手段。最好是這種手段。觀光在局募兵，起初是京款未到，只好靜坐以待，及款已匯至，趕緊招募，偏桂人不甚踴躍，每日來局報名，多不過百人，少僅數十人，任你龍將軍如何勸導，也一時不能成軍。忽一日，由貴來電，龍濟光已擊退亂黨，解惠州圍，中央加封濟光為郡王。插入粵事，較省筆墨。觀光也為心喜，當即發電道賀，並商令酌撥粵軍，由海道來南寧，以便即日赴滇等語。嗣得覆電，略言：「惠州雖然得捷，亂黨仍然蔓延，隨在需防，無兵可撥，赴滇軍請自行募足」云云。於是觀光無援可恃，且又不便久留，只好把新募各兵，檢點起來，約得四千名，加入前時帶去的粵軍，共計得八千人，新舊合組，得二十營，號稱一萬二千，分作五路，

第六十三回　洪寵妃賣情庇女黨　陸將軍託病見親翁

令李文富為前鋒，率兵千五百名，由百色出發。黃恩錫率兵千五百名，間道出廣南，會合李軍，進攻剝隘，再令粵西軍官張耀山、呂春縮，各率兵兩千，作為前後兩路的援應，並令姪兒體乾，統領兩軍，稱為第三第四隊；又另遣朱桂英率兵千人；入窺黔邊，牽制黔軍援滇。觀光仍駐節南寧，滿望著旗開得勝，馬到成功。小子有詩嘆道：

士甘焚死不封侯，氣節銷磨一代羞。

爭說兩龍跨粵海，為何甘作順風牛？

觀光既遣發各軍，當然奏報中央，欲知後事，且看下回。

上半回是敘述內情，繳足上次文字，下半回是敘述外事，暗啟下回文字。觀內情之矇蔽，已知袁氏之難乎為帝，觀外事之潰散，尤知袁氏之不能為帝。洪姨愛姬也，而欺之，陸榮廷，良將也，而亦欺之，余如安女士之朋比為奸，王巡按之模稜兩可，更不必問。內外交構，何事可成？故本回雖顯分兩撅，而暗中卻自有相對外，是在閱者之靜心體察可耳。

第六十四回
暗刺明譏馮張解體　邀功爭寵川蜀鏖兵

卻說袁皇帝接到龍觀光奏章，披閱以後，深喜他實心效忠，不負委任，桂邊一路，似可無憂，川、湘一帶，已是大兵迭發，當亦不致有意外情事；唯江寧將軍馮國璋，前曾調他來京，任為參謀總長，偏他請假養痾，相隔數月，尚未到任，老袁愈覺生疑，特派遣蔣雁行，南赴江寧，調查防務，臨行時且有密言相囑。蔣銜命南下，與馮相見，談了許久，馮只管無情無緒，淡淡的答了數聲，有幾語簡直不答。雁行因奉著主命，未便敷衍過去，便進言道：「極峰意見，要上將出任行軍總司令，因未得尊意贊成，所以囑弟轉達。」無非要老馮離任。國璋啞然失笑道：「我去歲入京覲見，談及帝制問題，總統誓不承認；且言國人相逼，當掛冠航海，往遊倫敦，目下歐戰雖劇，倫敦尚是無恙，總統何不前往，還要興什麼大軍？授什麼總司令呢？」國璋入覲，借他口中補敘，並補述袁氏前言，以證其欺。雁行道：「往事也不必重提了。但上將與總統相知有年，也應助他一臂，借盡友誼。」國璋道：「我正為友誼相關，始終不敢背棄，無如抱病未痊，力不從心，還請代達總統，求他原諒！」陸既稱病，馮亦如是，真是一個病夫國。雁行又道：「總統亦繫念貴體，特遣兄弟前來探望，並囑令代閱防務，俾上將安心休養，早日告痊，得以銷假視事。」國璋笑答道：「多謝總統盛意，近日一切政務，也多委王鎮守使代理，今又得足下代勞，兄弟不勝感激哩。」說罷，即呵欠了好幾聲。雁行料不便多言，遂即退出，向鎮守使王廷楨處，會敘多時，至回

第六十四回　暗刺明譏馮張解體　邀功爭寵川蜀鏖兵

寓後，即將馮國璋言動情形，敘入電稿，寄達中央。隔了一天，即由政事堂傳出申令，因馮國璋尚在假中，著王廷楨暫行代理。是電一傳，與馮交好的疆吏，多疑老袁將免馮職，致起違言。即後文所謂河間系。山東將軍靳雲鵬，江西將軍李純，電袁留馮，略謂：「馮保障東南，關係大局，不應無故調動」等情，於是老袁改了初念，另派佐命功臣阮忠樞，至徐州來說張勳。張勳自任長江巡閱使後，以徐州為盤踞地，逍遙河上，花酒耽情，除寵妾小毛子外，復納一個女優王克琴，端的是風流大帥，洪福齊天；唯他有一種特別的性格，終身不忘故主宣統帝，東海等人應輸他一籌。所以袁氏要想登極，他雖陽示贊同，暗地裡實是反對。滇、黔發難，竟上書直諫老袁，內有大不忍四則，能言人所未言，小子因臚述如下：

（甲）縱容長子，謀復帝制，密電豈能戡亂？國本因而動搖，不忍一。

（乙）贛、寧亂後，元氣虧損，無開誠公布之治，闢奸佞嘗試之門，貪圖尊榮，孤注國家，不忍二。

（丙）雲南不靖，兄弟鬩牆，寡人之妻，孤人之子，生靈墮於塗炭，地方夷為灰燼，國家養兵，反而自禍，不忍三。

（丁）宣統名號，依然存在，妄自稱尊，慚負隆裕，生不齒於世人，歿受誅於《春秋》，不忍四。

這四大不忍等語，呈將上去，袁皇帝卻容受得住，並不加責。虧他耐得住。他知張大帥的性質，並非袒護滇、黔，不過繫念故主，聊發牢騷，但教好言撫慰，虛名籠絡，仍可受我約束，不致生變，因此派遣阮忠樞，來與張大帥商敘軍情。張勳接入，便開口道：「老鬥，你來做什麼？」阮字鬥瞻，張大帥一經開口，便肖性情。忠樞道：「聞大帥新納名

姝，特來賀喜。」張勳道：「你怎麼知道？」忠樞笑道：「上海灘上第一個名伶，被你選取了來，已收盡江南春色，全國統已知曉，小弟也有耳目，難道不聞不知麼？」張勳道：「照你說來，你簡直到此，來敲我幾臺喜席。我這裡有酒有肉，任你吃，任你喝，可好麼？」豪爽得很。忠樞道：「這是蒙大帥的賞賜，還有何說？但小弟還有特別要求，未知大帥肯賞光麼？」張勳道：「你且說來！」忠樞笑道：「要請貴姨太太出見，賞光一套西皮調，給我恭聽，那是格外承情了。」張勳笑道：「老鬥，你又來胡鬧了。閒話少說，我吩咐廚役，備些可口的菜蔬，與你暢飲，你若有暇，請在此多逛幾天，多年老友，難得常聚哩。」忠樞說聲叨擾。張勳便囑咐左右，傳語廚師去訖。兩人又閒談了一時，外面已搬進酒餚，由張勳邀客入座，豪飲起來。酒至半酣，忠樞用言挑著道：「長江一帶，幸虧大帥坐鎮雍容，才保無事。」張勳不待說畢，便接入道：「百姓並不要造反，只外面的革命黨，裡面的袁項城，統是無風生浪，瞎鬧一場，所以國家不能太平。」忠樞道：「項城也只望太平哩。」張勳哈哈大笑道：「你是十三太保中的領袖，怪不得有這般說。項城世受清恩，前時投入革黨，贊成共和，硬逼故帝退位，已是鑄成大錯，此次要重行帝制，諒亦有些悔意了。但現成的宣統皇帝，尚在宮中，何不請他出來，再坐龍庭？他今朝要自做皇帝，哼哼，恐怕有些為難呢！」快人快語，如聞其聲。忠樞聞言，不覺面上一紅，勉強答應道：「這也是出自民意，項城不能強辭，就是大帥前日，也曾推舉項城，難道是貴人善忘嗎？」以矛攻盾，卻也能言。張勳頓時變色道：「他屢次給我密函，要我向他勸進，我的祕書，也向我說著，不如顧全舊誼，休與反對，我才叫他寫了幾句，電覆了事，橫直將來人多意多，總有幾個硬頭子，出來反抗，我老張也不是真呆，何苦與他結怨。現在雲南、貴州，已創起什麼護國軍，竟不出我所料，項城想我出去打仗，我為了項城的事情，惹人怨罵，還要我

兜掉面子，向外國人賠禮，我已吃盡苦楚，此番不來上他的當了。」盡情出之，好似並剪哀梨。忠樞聽說，尚未回答，張勳又道：「我所以說了四大不忍，呈將進去，叫項城自去反省。」忠樞趁勢探著道：「雲南、貴州的變事，大帥還是反對，還是贊成哩？」張勳道：「我去贊成他做什麼？我只曉得整頓軍備，保衛地方罷了。」這兩語亦太自誇。忠樞又進一步道：「大帥高見，很足欽佩，但雲、貴既已倡亂，應該如何對付，方得平和？」張勳沉著臉道：「他鬧他的雲、貴，我守我的徐州，干我甚事？」又是快語，忠樞知不可喻，不得已據實相告道：「項城本意，也不要調動大帥，不過想抽調軍隊，並添設長江上游巡閱使，敢問大帥意下如何？」張勳佯笑道：「我料你是貴忙得很，斷不至無因至此。你去回報項城，長江上游巡閱使，他欲要設，儘管去設，我老張不來多嘴，但恐增設一人，也是無益，若要抽調軍隊，我的兵士，素不服他人節制，調往他處，非但無益，反恐有損呢。」忠樞至此，已曉得張勳用意，不必再與多談，便又借賀喜為名，敬了張勳數杯。張勳亦回敬數杯，隨即吃過了飯，撤席散坐。是夕，復呼鴇喝盧，極盡豪興，最後仍央請張大帥，喚出新姬，果然是絕世尤物，傾國傾城，惹得這位阮欽使，也不禁目眩神迷，魂飛色舞。待王姨太太道了萬福，轉身進去，那時才對著張大帥道：「大帥真好豔福，小弟一無所贈，未免惶愧得很。」說至此，即從懷中取出鈔幣十張，約得百圓，雙手奉上道：「這便代作贈物罷。區區不腆，幸轉送香閨，祈請賞收！」張勳道：「又要老友破鈔，謹代小妾道謝。」於是分手歸寢；翌日起床，阮忠樞即擬辭別張勳，吃過早點，眼巴巴望著張勳出來，偏是望眼將穿，杳無消息，待至午餐，方見張大帥登堂陪客，忠樞有事在心，也不多飲，便於席間辭行，草草畢席，即告別出署，回京覆命去了。也是一番空跑，猶幸得見豔姬，還算有些眼福。

老袁已遣阮南下，想不至虛此一行，便在統率辦事處內，添設臨時軍務處，遙領軍政，實行指揮。當擬組織徵滇第二軍，令張勳、倪嗣沖各出十營；駐魯第五師，出步兵一團，防兵一營；駐陝軍出一混成旅；駐奉第二十及第二十七第二十八師，各出一混成旅；餘由他省選調騎兵數營，合成一師，限月終拔往戰地。正在籌畫的時候，那阮忠樞已回來了，當下聽他稟報，已知張勳不肯從命，很是懊悵。再電致奉天、山東各省，陸續接復，多半是：「防務吃緊，兵不敷用，職守所在，礙難遵命，否則本省有變，不負責任」云云。老袁急得沒法，乃將調兵的政策，變為募兵，調兵已非善策，募兵更屬無謂。擬由直隸、山東、河南三省，募兵二萬，聽候調遣，一面電催赴敵各軍，速行進擊，並調四川、兩湖軍隊，協同接濟。統計自正月中旬，至三月上浣，袁軍運到川、湘，差不多有十萬人。看官欲曉明大略，且由小子一一敘來：

在川各軍。

（一）曹錕軍，即第三師，約八千五百人。（二）張敬堯軍，即第七師，約六千人。（三）李長泰軍，即第八師，約七千八百人。（四）周駿軍，即四川第一師時，嗣改編為第十五師，約六千人。（五）伍祥楨軍，即第四混成旅，約四千人。（六）馮玉祥軍，即第十六混成旅，約四千人。

在湘各軍。

（一）曹錕軍，即第三師之一部，約二千人。（二）馬繼增軍，即第六師，約萬人。（三）唐天喜軍，即第七混成旅，約四千人。（四）李長泰軍，即第八師之一部，約三千人。（五）范國璋軍，即第二十師，約四千人。（六）張作霖軍，即第二十七師，約三四千人。（七）倪毓棻軍，即安武軍十五營，約三四千人。（八）王金鏡軍，即第二師，約四千人。

(九)胡叔麒軍，即湖南混成旅，約四千人。（十）盧金山軍。係湖北獨立旅，約四千人。

這十萬大軍，雲集川、湘，總有幾個效忠袁氏的將吏，拚著了命，與護國軍爭個勝負，好博得幾個勛章，幾等勳位。只是滇、黔軍乘著銳氣，殺入川、湘，或合攻，或分攻。川路自敘州起，經瀘州、重慶、萬縣、夔州，直達湖北的宜昌。湘路自沅州起，經麻陽、芷江等縣，直趨寶慶、常德，戰線延長，約有二千多里。總司令曹錕，先行籌防，分檄各路兵將，擇要駐守，十萬軍中，已去了五成。尚有五萬名作為戰兵，大約自川中進攻，計二萬人，自湘中進攻，計三萬人。五萬袁軍壓川、湘，當時已傳遍天下，氣焰亦可謂不弱。滇、黔兩軍，統共不過三萬名，與袁氏戰兵相比例，尚不及半數。曹錕因老袁催逼，乃簡率精銳，會合馮玉祥、張敬堯各軍，兼程前進，直指敘、瀘，另檄第六師長馬繼增，駐紮湘西，抵禦黔軍。

此時雲南護國第一軍總司令蔡鍔，早已由黔入川，聞曹錕等盡銳前來，急令劉雲峰、趙又新、顧品珍等，分頭攔截，那知來兵很是凶勇，憑你如何截擊，總是抵擋不住；並且顧左失右，得此失彼，眼見得主客異形，眾寡不敵，一陣陣的向後退去。劉、趙、顧三人，無可如何，只得向總司令處告急。蔡鍔聞報，躊躇一番，默想曹、張各軍，用著全力，來攻敘、瀘，若要與他死戰，徒傷士卒，無濟於事；且彈藥等件，亦只能暫支目前，未能持久，計不如變攻為守，以逸待勞，一面聯合粵西，調出李軍，併力北向，再決雌雄，也為未晚。此即兵法所謂避實二字。乃即令劉、趙、顧各軍，且戰且退，自己亦退入永寧，準備固守。

曹錕遂分兵大進，自克綦江，馮玉祥克敘州，張敬堯克瀘州，紛紛向中央告捷。四川形勢，頓時大變。黔督劉顯世，聞滇軍撤歸，也為一

驚，亟檄總司令戴戡，調還一旅，駐守黎平。那時馬繼增躍躍欲逞，擬乘勢攻入黔境，與川軍並奏奇功，當下發令進兵，行了半日，因天色已晚，駐營辰州，到了夜半，除巡兵未睡外，餘皆安寢。待至天曉，全營統已早餐，秣馬厲兵，待令即發，不意這位馬師長，竟長眠不起，由閻羅王請去作先鋒了。小子有詩詠馬繼增道：

未曾前敵即身亡，暴斃營中也可傷。

自古人生誰不死，甘心助逆死無光。

畢竟馬繼增如何致斃，且至下回表明。

馮、張兩人，宗旨不同，而其不滿袁氏也則一。本回借馮、張之口，譏諷袁氏，足令袁氏，無顏對人，而張大帥粗豪率直，描摹口吻，尤覺逼肖，豈其尚有張桓侯之遺風歟？《民國演義》中有此人，亦足生色矣。夫以馮、張之為袁氏心腹，猶離心若此，彼川、湘一帶之十萬師，寧皆能效忠袁氏耶？不過憑一時之勇氣，直入敘、瀘，轉眼間即已告餒，乃知師直為壯，曲為老，一時之強弱成敗，固不足以概全體也。

第六十四回　暗刺明譏馮張解體　邀功爭寵川蜀鏖兵

第六十五回
龍覲光孤營受困　　陸榮廷正式興師

　　卻說馬繼增到了辰州，過了一夕，竟爾長眠不起，由隊官等上前相呼，已是魂入冥鄉，寂無聲響了。大家驚訝不已，細檢屍體，但見滿身青黑，也不知是什麼病症，大約是中毒身亡，一時無從究詰，只好飛電中央，另簡主帥。為此一番轉折，湘、黔兩造，各按兵不動。唯龍覲光所遣各軍，攻入滇邊，應六三回。前鋒李文富，先抵剝隘。剝隘係由桂入滇的要塞，滇兵駐守，只有兩連，現時步兵編制法，步兵以十四人為一棚，三棚為一排，三排為一連，四連為一營。聞得敵軍驟至，慌忙對仗，一面向總司令處求援。總司令李烈鈞方駐紮土富州，距剝隘尚數百里，未免鞭長莫及。李烈鈞到了此時，尚未出滇境一步，也不免遲滯。剝隘孤兵，敵不住李文富軍，勉強對仗，傷斃軍官一人，部眾潰散。李文富據剝隘，即向龍覲光處報捷。龍體乾亦潛入滇境，聯結土司，圍蒙自，占箇舊，也自然飛遞捷書。覲光連得捷報，喜歡的了不得，當即連電奏捷。老袁一再嘉獎，又頒給幾個勳位勳章，作為賞賜。於是龍覲光以下，無不踴躍，乘勢殺入雲南，搏個你死我活。覲光也移駐百色，指揮進攻，幾乎有滅此朝食的氣勢。哪知背後的廣西省內，已是一聲霹靂，響徹西南，險些兒把個龍將軍，弄得不能進，不能退，把他龍筋龍脈，要抽將出來。

　　看官！可記得廣西將軍陸榮廷麼？榮廷因病乞假，並函致長子裕勳，南來侍疾。裕勳得信，當然稟聞老袁，即擬南下。老袁也即照准，

第六十五回　龍觀光孤營受困　陸榮廷正式興師

且命人伴送途中，慰他寂寞。到了漢口，裕勳竟得著急症，醫治不及，霎時身亡，假惺惺的袁皇帝，反連電粵西，極表哀悼。專用此種手段，何其忍心？榮廷明知此事，由老袁預囑同伴，將子毒死，但已不能重生，只好以假應假，覆電稱謝；自是決計獨立，先向中央要求軍餉百萬，快槍五千支，自告奮勇，督師徵黔。老袁如數發給，且授為貴州宣撫使，令他即日赴黔，相機剿撫，一面飭第一師長陳炳焜，暫代陸職，護理軍務。榮廷既接京電，擬召集軍事會議，決定行止，可巧來了梁啟超，與榮廷晤談起來，所有討袁政策，很表同情。梁本受蔡鍔密託，特地來見榮廷，做一個說客，應前回聯合粵西語。不期榮廷已決心舉義，無待多言，那得不喜出望外，當下邀入陳炳焜，與他密商。炳焜豪爽得很，簡直是請陸獨立，不必遲疑。於是召集全師，公議軍事。陸榮廷為主席，把助袁助滇兩事，宣告出來，待眾解決。炳焜先起座道：「袁氏欺人欺己，得罪全國，已不足責，即為將軍代計，今日助袁為逆，對國不忠；公子裕勳，被袁無故毒斃，不思報復，對子不慈；岑雲帥岑春煊字雲階。為將軍故主，他已屢函勸勉，不聞相從，對主不義，將軍今日，如即獨立，尚可改過為功，否則軍民解體，恐將軍也成為民國罪人了。」榮廷憮然道：「陳師長責我甚當，我就指日獨立，自改前非，為問眾弟兄可贊成否？」說聲甫畢，但見大眾統已起立，自第二師長譚浩明，及旅長莫榮新、馬濟以下，沒一個不拍掌贊成。榮廷遂向天宣誓道：「皇天后土，鑑臨廷等，一德一心，驅逐國賊，保衛民生，如有違異，飲彈而死。」陳炳焜等應聲道：「謹如陸將軍言。」是謂同德，是謂同心。宣誓已畢，即下動員令，飭馬濟率游擊隊六千，星夜前赴百色，託名攻滇，暗斷龍軍的後路，又親率十二營，往扎柳州，陽言攻黔，其實欲取道桂林，進逼湖南。

龍覲光尚睡在夢裡，檄令李文富等進攻土富州。李烈鈞已密接桂軍消息，令第一梯團司令官黃開儒，率軍前敵，與桂軍約就夾攻。又由滇督唐繼堯，撥遣第三梯團司令官黃毓成，繞道黔境，由興義出泗城，潛入西林，攻擊龍軍右面。三路議定，一齊動手。馬濟密囑營長黃自新，先至龍軍，佯稱助戰。龍覲光不知有詐，調赴軍前。那時李文富等與黃開儒對壘交鋒，兩下裡排成陣勢，你槍我砲，互相衝擊，正在難解難分的時候，忽龍軍陣內，躍出黃自新一軍，倒轉槍枝，撲通撲通的幾聲，將龍軍擊了數十名。龍軍頓時譁噪，自亂隊伍，滇軍趁勢攻入，殺得龍軍七零八落。李文富等連忙收兵，且戰且退，不意後面喊聲大起，砲彈隨來。粵西旅長馬濟，復帶了一支生力軍，前來攻擊。看官！你想此時的李文富、黃恩錫等，還能支持得住麼？虧得龍覲光接聞軍警，自率親軍援應，總算保全了一半，狼狽回營；當下飛調龍體乾還援。體乾棄了箇舊，急至百色，誰知張耀山、呂春縮兩軍，統已心變，不服約束，自率所部回粵西，桂人回桂，理之當然。剩得體乾身旁，只有數十個親隨，入百色營。

　　此時百色附近，已是密密層層，布滿敵兵。營內只有一二千名殘卒，眼見得保守不住，龍覲光滿面愁容，一籌莫展，既見體乾，竟灑著淚道：「我與你要死在此地了。可恨陸親家背我，連電求援，並無回信。」你果死了，倒不愧袁氏忠臣。體乾也含著淚道：「何不叫兄弟發一急電，向他丈母哀請？只說我輩死在目前，全仗援救，婦人總有愛惜兒女的心思，若得他轉告老陸，我等才得有命哩。」覲光道：「我一時神志慌亂，竟忘懷了。唯運乾不在軍中，你趕緊電告運乾，叫他轉電陸夫人，設法救我才是。」體乾立即照行，果然馳電到粵，不消兩日，已接覆電，說是：「陸妻譚氏，已向陸說情，當有好音相報。」覲光稍稍放心，敵兵

也不來緊逼。雙方停戰數日，方來了陸子裕光，傳達父命，要龍軍繳械投誠，才令滇、桂兩軍罷戰。觀光急得沒法，只好應允，但懇留衛隊駁殼槍三百支。裕光以未奉父命，不肯勉從。那觀光顧命要緊，沒奈何下令各軍，繳出機關槍四十架，砲十四尊，步槍五十支，現銀二十萬元，軍官遣回原籍，兵丁另行改編，直隸馬濟部下。於是貪功爭寵的臨武將軍，遂俯首敵前，做了一位降將軍了。蛟龍失水遭蝦戲。

袁皇帝尚未聞悉，正為了洪姨生日，開筵慶賀。洪姨購得一副絕精巧的麻雀牌，統是羊脂白玉製成，大小厚薄，不差分毫，所刻的花紋字跡，乃是京內著名美術家宋小坡手筆，價值約五千元以上，此日正擬試新，各姬妾席終入局，叉萬金一底的麻雀。洪姨賭運不佳，只管輸去，看看要輸至兩底，老袁從外趨入，見洪姨所負過巨，便笑語道：「我替你翻它轉來。」洪姨乃讓袁入座，自立在旁，約莫叉了一圈，一副都碰和不成，累得洪姨愈加著急，從旁說道：「我道皇帝的財運，總是好的，誰意反比我不如哩。」老袁聞言，急得面紅耳赤，要想做副大牌，反負為贏，偏偏牌風不佳，手氣又是甚惡，頓時懊惱異常，口中唉唉不已；後來得了一副全萬子，將要做成，只少九萬一張，湊巧對面竟打了一張九萬，他不禁拍手道：「和了和了，這遭好翻本了。」哪知右旁坐著汪姨嘻嘻的笑道：「且慢！我也是和了。」老袁還道她是頑話，至攤牌一瞧，果然是一幅平和，巧巧不先不後，被她攔去，便是帝制不成之兆。頓氣得雙目突出，鬍鬚倒豎，把手中的牌盡行擲去，幾乎擊得粉碎。正在拍案狂呼，忽見一女官入奏道：「外邊有緊急公文，請萬歲爺出閱！」老袁聽了，乃起身外出，復至辦公室，由祕書長呈上電文，說是廣西發來，已經譯出，隨即瞧著，其文云：

　　前大總統袁公惠鑑：痛自強行帝制，民怨沸騰，雲、貴責言，干戈斯起，兵連禍結，徂冬涉春，國命阽危，未知所屆。遠推禍本，則由我

公數年來,殃民秕政,種怨毒於四民;近促殺機,則由我公數月來,盜國陰謀,貽笑侮於萬國。查約法第四十六條,有總統對於國民負責任之規定,失政犯憲,萬目具瞻,屬階之生,責將誰卸?

雲、貴既扶義以興,勢無返顧,我公猶執迷不悟,何術自全?榮廷奉職嚴疆,保全是亟,啟超歷遊各地,萬目滋驚。因念辛亥之役,前清以三百年之垂統,猶且不忍於生民塗炭,退為讓皇,今我公徒以私天下之故,不惜戕億萬人之生命,以瀕國家於亡,以較勝朝,能無顏汗?

況事終無成,徒見僇笑,名為智者,顧若此乎?榮廷等以數年來共事之情好,不忍我公終以禍國者自禍,謹瀝誠奉勸,即日辭職,以謝天下。榮廷等當更任力勸雲、貴同日息兵,則公志既可以自白,而國難亦可以立紓矣。事機安危,間不容髮,務乞以二十四小時賜覆,俾決進止,不勝沈痛待命之至!陸榮廷、梁啟超、陳炳焜、譚浩明、莫榮新、馬濟、王祖同。

老袁覽畢,氣憤填胸,好似痰迷心竅,半晌說不出話來;到了神志漸清,才旁顧祕書長道:「國務卿等到哪裡去了?」祕書長道:「早已歸去,現在已過夜半哩。」老袁自閱金錶,已一點多鐘,乃踱出辦公室,仍然入內,見裡面也已散局,唯洪姨尚怏怏的留著,便啟口問道:「你在此做什麼?」洪姨道:「妾在此待著陛下,替妾還賭債哩。」老袁道:「輸了若干?」洪姨道:「約四五萬圓。」老袁道:「四五萬圓,值什麼大事?你難道取不出麼?」洪姨裝嬌撒痴,定要老袁代還。老袁道:「算了罷,明日由我帳內支付,我現在煩躁得很,你不要再向我絮聒了。」說罷,便挈著洪姨入房就寢,是夕無話。次日至辦公室,無非邀了國務卿,及六君子、十三太保等,取示電文,會議對付粵西的法兒。有主戰的,有主和的,發言盈廷,日中未決。還是老袁主議道:「電文中雖列著王祖同,但我料祖同必不負我,大約是陸榮廷等,背地列入,現且先禮後兵,電致王祖同,叫他勸止榮廷,他能就此罷休,我也不去多事呢。」陸徵祥道:

第六十五回　龍觀光孤營受困　陸榮廷正式興師

「郡王龍濟光，與陸有親戚關係，也應叫他轉勸為是。」老袁點首道：「這也是要著，快擬定電稿，分途拍發罷。」當下召入祕書長，擬就電文，略說是：「四川、湖南，俱已擊破逆軍，一部叛徒，虛言護國，濟什麼事？因亟勸告陸榮廷等，毋從亂黨，免貽後悔」等語。自己叛國，還目他人為叛徒，彷彿一隻蹠犬。老袁親自鑑定，即日寄去。

是夕，才接到龍觀光軍報，知已失敗。又於次日開御前會議，大眾都游移不定，左丞楊士琦，仍主張和解。老袁道：「我與他和解，他不肯依我，如何是好？」大眾聽了，統面面相覷，不發一言。忽外面又呈入急電，由老袁瞧閱，係是王祖同的復奏，內稱：「陸已獨立，無可挽回，請中央善自處置」云云。老袁閱罷，便宣示大眾道：「事已至此，料不能和平解決了。我的意見，只好責成龍濟光罷。」遂不待大眾議定，即致電龍濟光，令嚴行戒備，先守後戰，且須轉飭肇羅鎮守使李耀漢，分兵扼險，節節設防。一面令江西將軍李純，派兵拒守桂、贛交界，一面令湖南將軍湯薌銘，移屯精銳，至永州把守，嚴拒桂軍；且檄馮國璋、倪嗣沖等調兵入湘，借厚兵力。計劃已定，會議復散。

是日為三月十六日，先一日已報廣西獨立，各省連線通電，第一電是廣西軍官，公推陸榮廷為都督，宣布正式獨立；第二電是由陸榮廷出名，勸告各省協同討袁。小子分錄如下：

[廣西軍官通電]

民國成立，四載於茲，元首固無變更國體之權，人民應負擁護共和之責，乃袁氏偽造民意，帝制自為，吸吾脂膏，以供運動，禁吾言論，以遂陰謀，正氣摧殘，群邪競進，大信全失，邦本動搖，我同胞艱苦締造之中華民國，竟斷送於袁氏之手，凡有血氣，罔不痛心。比者滇、黔起義，全國風從，事尚可為，責無旁貸。炳焜徨瞻顧，欲罷不能，當

經會議表決,即日宣布廣西獨立,公推我上將軍為廣西都督,事關民國存亡,應請都督力膺艱鉅,督飭進行,誓殲民賊,以維國本。除通電京省各機關外,謹此電聞!陳炳焜、譚浩明、莫榮新暨軍民全體同叩。

[廣西都督通電]

自帝制發生,人心大惑,無信不立,榮廷早慮國家危亡,顧念改革以來,民力凋殘,邦基杌陧,萬不欲一夫作難,再致同室操戈。邇自滇中首義,黔陽從風,長江、川、湘,雷動響應,國民真意,昭若日星。袁氏宜幡然悔罪,削除偽號,尊重民意,以張四維,乃竟包藏禍心,離間將士,以金錢為買命之法,以名器為傭奴之酬。猛虎斑羊,蠅營狗苟,玩五族於股掌,希萬世之帝王。此而可忍,寧謂有人?及今不圖,其何能國?茲我三省父老兄弟,枕戈以待,投袂奮興,灑涕中原,瞻言馬首。榮廷雖身起草茅,尚知綱紀,不得不率此舊部,完我初心,誓除專制之餘腥,重整共和之約法。除聯合雲、貴聲罪致討外,敬告各省文武忠勇志士,協心戮力,誅彼獨夫,載宣國威,庶內慰四年死義之英魂,外固萬國締交之大信。仗茲正氣,彈壓河山,無任嘔心瀝血,傳檄以聞!都督陸榮廷叩。

是時陸榮廷尚在柳州行營,應上文。省會中一切規劃,統由陳炳焜代理,當改將軍署為都督府,照會各國領事,謂所有交涉,仍照條約辦理,並收管梧州、南寧、龍州等處海關。外人也未聞相拒,且說他理由充足,行為正當,嘖嘖有羨詞。唯檄文傳到百色,百色軍民,硬迫龍覲光宣讀。覲光戰慄失色,勉勉強強的讀完檄文,才保無事,但自己總未免心虛,不得已函達榮廷,乞全蟻命,放他回粵。榮廷乃遙饋賻儀,並飭馬濟派兵,護送出境。還有巡按使王祖同,自知留居不便,也請求回籍,榮廷也就準請,由他自去。隨即拍電粵東,寄去一封哀的美敦書。正是:

聲討聿彰民意顯，國家為重戚情輕。

欲知書中內容，請看官續閱下回。

粵西獨立，為袁氏帝制之一大打擊。當護國軍小挫之時，帝制妖孽，餘焰復張，非陸榮廷之起為後勁，滇、黔其曷自支持乎？但粵西地瘠民貧，陸之遲迴審慎，不敢輕身發難者，尚欲求一自全之策，至長子被毒，梁啟超、陳炳焜等，先後進言，方決計獨立，是陸之鋌而走險者，亦何莫非袁氏激之也。予昔讀《春秋》，至楚靈王敗於乾谿，自嘆曰：「余殺人子多矣，能無及此乎？」袁氏毋乃類是。至若本回中插入聚賭一段，一以敘袁家之極奢，一以驗袁氏將敗，雖非獨立標目，而內蠹外訌之情形，已可極見，袁氏之不臘也宜哉！

第六十六回
埋伏計連敗北軍　　警告書促開大會

　　卻說陸榮廷既通電各省，宣告討袁，復任梁啟超為總參謀，先貽書粵東，勸龍濟光一同舉義。書中大意，差不多似哀的美敦書，文云：

　　廣東龍上將軍，張巡按使同鑑：張巡按即張鳴岐。前大總統袁世凱謀逆叛國，神人共憤，自滇、黔首義，湘、蜀奏功，輿情所趨，昭然可見。本都督曾會同本軍總參謀聯名電勸袁氏退位，以謝天下，乃袁氏怙惡不悛，頑勿見答，今已徇軍民之請，出師討賊。粵、桂比鄰，誼同唇齒，伏望兩公董率所屬，載歌同胞，不勝欣幸。軍機迫切，乞以十二小時賜覆為盼。兩廣護國軍總司令陸榮廷，總參謀梁啟超。

　　看官！你想龍濟光方受封郡王，威閱得很，哪裡肯就依老陸，平白地將郡王銜丟去海外？因即懸擱不復。陸榮廷待了一日，杳無複音，便下令東指，逾柳江，入潯江，馳抵梧州，命第一師第二旅長莫榮新為先鋒，進臨肇慶，第二師長譚浩明，直趨欽、廉，是為攻粵兵；再命團長秦步衢，率第一師中的步兵一旅，砲兵一營，會同黔軍，進逼衡州，是謂攻湘兵；又檄雲南第二軍總司令李烈鈞，統領全師，徑行北伐，珠江流域，鼓聲淵淵，大有叱吒風雲的狀態了。也敘得如火如荼。雲南護國第一軍總司令蔡鍔，聞粵西已經出師，東顧無憂，遂親督左翼軍，再入川境，進攻敘、瀘。適張敬堯等駐守瀘州，縱兵淫掠，難民相率逃避，沿途委頓，不堪寓目。蔡鍔出資撫卹，並遺書張敬堯道：

兩軍爭點，其目的在共和帝制二端。共和死，則同胞為帝制人民，帝制死，則同胞享共和幸福。無論誰勝誰負，苟無民何以為國？今貴軍挾其勢力，蹂躪群黎，吾竊為閣下所不取。矧邇來中外報紙，咸記載貴軍野蠻，吾為閣下計，正宜一雪此恥，胡反加之屬乎？且也帝制未成，先屠百姓，自今以往，世界上又曷貴有皇帝耶？公身為大將，不思整飭軍紀，但知媚茲一人，已屬罪不容死；況更虐我同胞，人將不食爾餘矣。謹率義旅，北向待命，公如不悛，速決雌雄！

敬堯得書，又羞又怒，當即調集各軍，與滇軍決一死戰，且令偵騎四出，探悉滇軍行蹤，準備截擊。未幾，即有警報絡繹前來，江安、南川，相繼失守，敵鋒已到納溪了。敬堯即督兵往援，途次來了一個土匪頭目，自言姓名，叫做盧叫雞，願投麾下，作為前鋒。敬堯召入，細詰一番，所有沿途地勢，無不洞曉；並如滇軍情形，亦說得瞭如指掌。敬堯大喜，遂命為嚮導，慰勞有加。盧叫雞奉命拜謝，即引敬堯軍前行。約經數十里，但見前面層山疊嶂，險惡異常，天色又將薄暮，敬堯頗有畏心，傳令軍士緩進。軍士方擬小憩，忽由盧叫雞返稟道：「此山係納溪間道，若越過此嶺，不過十里，便到納溪，大帥何不乘此前進，掩襲敵營，包管此夜可蕩平敵軍了。」敬堯道：「你說雖是，但山勢重複，倘遇他變，如何對付？」卻也乖覺。盧叫雞道：「此路連土著鄉民，尚少知曉，不瞞大帥說，叫雞是個失業遊民，平時嘗竄跡山林，所以識此行徑呢。」敬堯道：「我軍冒險前進，全仗你為耳目，成功應加重賞，否則不堪設想，你自問可有把握否？」盧叫雞道：「如或有失，就使叫雞身為虀粉，也償不了全軍性命哩。」敬堯方才相信，唯暗中密囑前隊，注意盧叫雞，休使脫逃；並囑咐各軍須要小心，不要躁率。自己仍停留山下，待前軍得手，方定行止。虧有此著。

盧叫雞便引軍先行，一隊一隊的走進山口，已覺崎嶇得很，入後愈

進愈險,天色又昏黑起來,虧得各軍攜有火具,隨手爇著,還能辨出路徑;只北軍不慣山行,走了一程,已是氣喘交作,不勝困憊,正要擇地休息,驚聞砲聲一響,四面八方,統是敵軍殺來。各軍料知中計,叫苦不迭。前隊的隊長,急將盧叫雞捆住,麾兵倒退。可奈槍彈雨下,無從躲避,軍士不是倒斃,便是受傷,還有隕崖墜谷的兵士,不計其數。忽聽山上大叫道:「北軍聽著!今日你等到此,已經走入絕地,本可一鼓就殲,但你我都是同胞,不應自相殘賊;且助紂為虐的張敬堯,未曾入山,被他幸逃性命,特借你等口傳,叫他速即悔過,免遭誅戮,你等亦休得再來。這次恕你,下次是不能留情了。」也學諸葛孔明擒縱之法。言畢,槍聲漸止。各軍士才得抱頭鼠竄,回出山口,向外一望,並不見張敬堯蹤跡,只剩數十百個屍骸,東倒西僕,大眾統驚詫得很,只因死裡逃生,已算萬幸,還有何心顧及?匆匆的奔回瀘州去了。

　　看官!道這種屍骸,是哪裡來的?原來蔡鍔知張軍入山,急密遣勁卒,繞出間道,抄截張敬堯的歸路。偏敬堯生得乖巧,起初是不肯隨入,後聞山中砲聲震響,料有他變,忙麾軍退還,至滇軍抄出山前,燃砲轟擊,只打死張軍後隊百餘名,張敬堯早已遁去,追趕不及,也收兵回營。納溪守兵,聞張軍敗績,自然不戰而降,唯張敬堯奔回瀘州,檢集殘兵,已傷亡大半,隊官綁入盧叫雞,惱得張敬堯怒眥欲裂,拍案痛罵道:「狗強盜!你敢勾通逆軍,來算計我嗎?」盧叫雞大笑道:「我雖是個強盜,不似你狐群狗黨,專知幫著袁賊,屠戮川民。蔡司令擁護共和,邀我相助,我感他熱忱愛國,是以前來詐降,滿望誘你入險,送你歸天,誰知你還陽壽未絕,逃出天網,只晦氣了同胞若干人。我已拚死而來,殺死了我,倒可流芳百世,省得人人罵我為盜魁呢。」蔡鍔計遣盧叫雞,即從盧口中說明。敬堯大怒,喝令左右亂刀齊下,霎時間砍成

第六十六回　埋伏計連敗北軍　警告書促開大會

肉泥。盧係敘、瀘間巨匪，作孽已多，該受身報，唯美名反借是以傳，一死可無遺憾。

尋聞納溪又失，忙向各處乞援。馮玉祥派兵馳至，還有伍祥禎軍，也聞信趕到。敬堯乃會軍固守，靜待蔡軍到來。蔡鍔得盧叫雞死信，很是嘆息，即進兵直指瀘州，將至城下，遙見前面深溝高壘，狀頗堅固，急切料難攻入，乃揮兵少退，擇險駐營。休息一天，得綦江出兵消息，他將營務交代劉雲峰，暫行主持，自率輕兵五百人，前往掩襲。沿江一帶，統是路轉山回，不勝拗曲，他恐忙中有錯，即向土民問訊，湊巧有一壟鑣老翁，移步進前，當即下馬婉詢，並用好言撫慰。那老人自述姓王，名思孝，年已七十有奇，且云：「北軍近據綦江，騷擾得很，強買民間什物，姦淫良家婦女，小民怨苦得很，今得護國軍到來，或者得重見天日了。」蔡鍔道：「此間與綦江相通，何處最為要道？」老人道：「莫若松坎。」蔡鍔道：「松坎距此，約若干里？」老人道：「不過十餘里了。」蔡鍔復問及路徑，老人道：「小民願為前導。」蔡鍔道：「老翁尚健行麼？」老人道：「十餘里路程，怕什麼！」蔡鍔大喜，便令老人前行，自率軍後隨，約一小時，即到了松坎，兩旁皆山，只中間留一小徑，可通行人。山上大松叢雜，蔽日干霄，就使埋伏千人，一時也無從窺悉。蔡鍔語老人道：「地號松坎，果然名實相符，但我軍因留駐此間，老翁不如歸休，免得多勞。」老人道：「此處最便伏兵，倘或北軍前來，即可掩殺過去，任他千軍萬馬，也是死多活少了。」此老頗知兵法。蔡鍔不勝驚異，還疑他是北軍間諜，不由的遲疑起來。老人道：「小民願在軍前，看將軍殺賊哩。」說至此，便散步登山，甫上山腰，向綦江一面眺著，隱隱見有北軍旗幟，飄動途中。老人忙搶下道：「北軍來了。」蔡鍔也上岡一望，果然有大隊北軍，迤邐而來，急忙傳令五百人，左右埋伏，俟有口令，

即行殺下。各兵俱遵令四伏，蔡鍔自與老人，據岡倚樹，兀坐望著。

綦江軍奮勇來前，勢甚飄忽，不一時已入徑中，蔡鍔即引吭高呼，宣達口號。一聲呼畢，頓時槍聲交作，喊殺連天。蔡鍔也無暇顧及老人，即下山指揮，蟄攻敵眾。綦江兵雖有數千，到了窄徑中間，好似鼠鬥穴中，無從展技，前隊逃避不及，盡被擊斃，後隊急忙退還，也已一半傷亡，剩了幾百個長腳兵，一闋兒逃回綦江。蔡鍔也不追趕，檢查軍士，五百個一人不少，只受傷了數十名，且奪得機關槍十餘架，令軍士帶歸。只有老人王思孝，不知去向，四處尋覓，方見他奄臥林間，額上淦淦血出，竟中彈斃命了。想是老命，應絕此地。蔡鍔不覺流淚，並向他下拜道：「王翁王翁！我得你立了戰功，你為我死在戰地，英靈未泯，隨我歸家，我總不令你虛死哩。」軍士亦相率掩泣，隨即由蔡鍔囑咐，舁著屍首，返至原處，查明家屬，令他領屍，且出洋數百圓，作為撫卹。蔡鍔又沽酒親奠，且拜且泣，鄉民皆為動容，統說老人有福，得邀將軍祭奠，死有餘榮了。

蔡鍔辭別老人家眷，馳回營中。劉雲峰等接著，敘及戰事，統是歡慰異常。翌日早起，蔡鍔令軍士飽餐，進撲瀘城，敬堯也驅軍出來，一場鏖戰，互有殺傷。次日再戰，兩軍互擊一陣，蔡鍔勒兵退後，作佯敗狀。馮、伍兩軍，乘勝追去，張軍恐蹈故轍，不敢前行，只慢慢兒的隨著後面。但見前軍踴躍得很，霎時間已隔數里，遠遠有一叢林，那前軍已趨入林間去了。張軍知是不妙，代為前軍擔憂，果然砲聲驟發，槍聲繼起，一片鼎沸聲，從林間遙應過來。那時張軍只好馳救，趕至林前，望將進去，頓令人心驚膽落。看官！道是何故？原來馮、伍二軍，已被蔡鍔軍誘入垓心，四面圍住，團團攻擊，眼見得馮、伍軍要同歸於盡。張軍一聲吶喊，用機關槍猛擊過去，方衝開蔡軍一角，馮、伍各軍，乘

隙逃出，已只剩了一半。蔡軍又拚力還攻，連張軍也抵敵不住，轉身逃回。有幾百個晦氣的兵士，也中彈喪命，好容易馳入瀘城，統是狼狽不堪，連聲叫苦。張敬堯經此一挫，尚望曹錕派兵救應，哪知曹軍紮住綦江，為了松坎一役，多已氣奪，不敢出援。敬堯無法，命盡毀城中大廈，開了旁門，率兵逃去。自己不能守城，徒借居民出氣，是何居心？蔡鍔揮軍薄城，城門已經大開，百姓均伏道歡迎。護國軍一擁而入，唯蔡鍔親自下騎，慰勞瀘民，且因民多露宿，即出資分給，令暫買蘆蓆，圈棚為屋，借免風寒。一面煮粥賑饑，百姓始稍免凍餒了。應該有此仁政，但較諸張軍，已不啻天淵之隔。

　　瀘城一下，川省復震，免不得有急電到京，老袁也覺驚惶。嗣又接湖廣警報，李烈鈞攻入湖南，陸榮廷攻入廣東，頓時驚上加驚，愁上加愁；接連是日本公使日置益，又提出外交意見書，送達外交部，書中大意，說是：「奉本國政府訓令，因中國內亂蔓延，北京政府，既無平亂能力，滇、桂、黔方面，又係維持共和，不得視為亂黨，本國政府，現已承認為交戰團體」等語。未幾，又有英、法、俄、美各公使，陸續至外交部，請老袁速即取消帝制，免得久亂。老袁正應接不遑，忽來了一道長電，急忙令祕書照譯。起首二語，是為速行取消帝制，以安人心事。老袁見了，忙令譯末尾數位，一經譯出，頓令一位陰鷙險狠的袁皇帝，挫閃了腰，撲塌一聲，向睡椅上奄臥下了。看官！你道這電是何人發來？原來是江蘇將軍馮國璋，山東將軍靳雲鵬，江西將軍李純，浙江將軍朱瑞，及徐州將軍張勳。這五位將軍，本是大江南北的重要人物，平時又是袁氏心膂，此次為了帝制問題，已不免有些解體，老袁很為注意，陡然來了這道電文，哪得不令他喪氣。祕書員見老袁躺倒，還疑他是昏暈過去，偷眼一瞧，只見他睜著雙眼，豎起兩眉，拳頭又握得很

緊，越發令人驚怕；他又不敢呼喚，但密令左右去請太子。不一刻，克定進來，走近老袁椅前，老袁忽挺身坐起道：「你⋯⋯你好！你一心一意的勸我為帝，你好將來承襲，我聽了你，費盡心機，反惹出這種禍祟。現在人心已變，西崩東應，叫我如何下臺呢？」克定支吾道：「目下只有滇、黔、桂三省，起兵為逆，想也沒甚要緊。」老袁道：「你不看五將軍電文麼？」克定乃轉至案前，見祕書所譯，約有原文一大半。看了一遍，也嚇得不敢作聲。也只有這些膽量。老袁又道：「你快去請了段芝泉來。」克定聞得段芝泉三字，暗想自己是他的對頭，就使去請，如何肯來，便囁嚅道：「恐⋯⋯恐他未必肯來哩。」老袁道：「曹錕、張敬堯有密電前來，統說要起用老段，目今事已急了，只好請他出來罷。」克定不敢多嘴，沒奈何硬著頭皮，去請段祺瑞，果然閉門不納，緊稱擋駕，於是怏怏而返，仍舊來見老袁。老袁長嘆道：「多年交誼，一旦銷磨，統是由兒輩淘氣哩！」誰叫你聽兒子語？克定道：「徐老伯尚在天津，不如去請他罷。」老袁道：「快去快去！」克定奉命趨出，竟向天津去訖。

　　老袁再閱五將軍警告，看他語意，似乎帝制不撤，也要仿滇、黔、桂三省，宣告獨立。這一急非同小可，不得不申召群僚，大開御前會議。除六君子、十三太保外，所有國務卿以下，如各部總長等，統共與會。老袁先取出五將軍電文，曉示大眾，隨即唏噓道：「照五將軍來電，是要我取消帝制，我本沒有帝王思想，只因群情所迫，勉強出此。想欺人。今既有人不服，我也似不應拘執哩。」言未已，見朱啟鈐、梁士詒已出奏道：「陛下如取消帝制，是威信俱墜，示人以弱了。臣等不敢從命。」說至「命」字，又有人抗聲道：「自帝制發生以來，愚意已暗抱悲觀，不過京中人望，多表贊成，怎敢妄參異議？目今西南大勢，十去八九，總統悔禍，慮及大難，計唯下令罪己，嚴懲首要，或足收拾人心，挽回萬

一。倘帝制取消，黨人尚不肯罷兵，是曲在黨人，不在總統。即如各國公使，也無從援為話柄，助逆畔順，變亂自可立平了。大總統前日，嘗謂寧犧牲子孫，救國救民，奈何戀戀這帝位呢？」袁廷中有此讜論，卻是難得，但也只顧到一半。袁總統聞言一瞧，乃是署教育總長的張一麐，隨淡淡的答道：「仲仁，一麐字。你去歲曾勸阻帝制，我悔不從你的話呢。」曉得遲了。梁士詒等本欲與辯，奈老袁已有悔意，未便曉曉力爭，唯說出「陛下慎重」四字，總算是最後良策。老袁又沈吟起來，到了散會，仍然未決。是夕滿腹躊躇，眼巴巴的望著徐東海，替他解決一切。待至次日巳牌，尚未見克定轉來，唯外面呈入一書，當即披覽，看了第一句，已不免驚訝得很。正是：

　　破曉方回皇帝夢，展書驚得聖人言。

　　究竟書中寫著何詞，且到下回再說。

　　自護國軍起義後，與袁軍交綏，多半從略，獨於蔡鍔督師入蜀，連敗張敬堯等，詳述靡遺。蓋一以嘉蔡之首義，二以見蔡之多才，民國中有此英雄，庶不愧為偉人耳。且滇、黔、桂發難於先，五將軍警告於後，而袁氏智盡能索，不得已有取消帝制之議。再造共和，微蔡公之力不至此。若張一麐輩，雖抗直有聲，要不過一成敗論人之見，作者且不沒其直，況蔡公乎？《春秋》之義在褒貶，吾知作者之意，亦此物此志云爾。

第六十七回
撤除帝制洪憲銷沉　悵斷皇恩群姬環泣

　　卻說袁世凱展閱來書,看了第一句,即不免驚疑。看官!

　　道是什麼奇談?原來是一封信。

　　慰庭總統老弟大鑑:總統下加入老弟二字,真是奇稱。

　　老袁暗想道:「為何有這般稱呼?」正要看下,忽見克定趨入道:「徐伯伯來了!」老袁把書信放下,連忙道一「請」字。克定即至門外傳請,須臾,見徐世昌趨入,老袁忙起身相迎。徐世昌向前施禮,慌得老袁趕緊攔阻,且隨口說道:「老友何必客氣,快請坐罷!」世昌方才入座。老袁也坐了主席。便道:「你在天津享福,我在這裡受苦,所以命克定前來邀請,煩你老友替我設法才是。」世昌道:「不瞞總統說,世昌年已老了,既沒有才力,又沒有權勢,只好做個廢民罷了,還有何心問世?今因大公子苦口相邀,世昌不忍拂情,所以來此一行,乘便請安。若為政局起見,請總統轉詢他人,世昌不敢與聞。」樂得推諉。老袁笑答道:「菊人,你我是患難故交,今復惠然肯來,足見盛情,還要說什麼套話?好歹總替我想個法兒,凡事總可商量的。」世昌才說道:「他事且不必論,現在財政如何?」開口即說財政,到底是老成人語。老袁皺著眉道:「不必說了。現在各省的解款,多半延宕,所訂外國借款,又被亂黨煽惑,停止交付,總之由我做錯,目下只仗老友挽回哩。」世昌未便急答,卻從案上一望,但見有一疊信紙攤著,大約有十多張,便問老袁道:「這是何人書信?」老袁道:「我倒忘記了。我只看過一句,叫我做總統老弟,想是有

第六十七回　撤除帝制洪憲銷沉　悵斷皇恩群姬環泣

點來歷哩。」說著，便起身取下，與世昌同閱。世昌瞧著第一句，也是驚異，入後乃洋洋灑灑，歷揭老袁行事的錯處，且為老袁想了三策，上策是避位高蹈，中策是去號踐盟，下策是將王莽的漸臺，董卓的郿塢，作為比例，末後是說從前強學會中，彼此飲酒高談，坐以齒序，我為兄，你為弟，交情具在，因此忠告。統篇約有一萬字，好似蘇東坡、王荊公的萬言，署名乃是康有為。原來就是文聖人。兩人看罷，由徐世昌偷瞧老袁，面上似不勝愠色，便道：「這等書呆子，也不必盡去睬他，但世昌卻有一言相質，究竟總統是仍行帝制呢，還是取消帝制？」老袁半晌才答道：「但能天下太平，我亦無可無不可。」你亦想學聖人麼？世昌道：「總統如果隨緣，平亂諒亦容易，但須邀段芝泉出來幫忙，他是北洋武人的領袖，或還能鎮壓得定呢。」老袁搖首道：「我已去請他過了，他不肯來，奈何？」世昌道：「他的意思，無非是反對帝制，若果把帝制取消，我料他非全然無情。」老袁道：「別人去請，恐是無益，我又不便親邀，若老友能代我一行，那是極好的了。」世昌想了一會，方起身道：「我且去走一遭罷。」老袁道：「全仗老友偏勞。」

世昌自去，老袁在室中待著，見克定復趨入道：「徐老伯如何說法？」老袁道：「他要我取消帝制，現在去邀請段芝泉了。」克定道：「帝制似不便取消哩。」老袁道：「楚歌四面，如何對待？」克定道：「不如用武力解決。」老袁哼了一聲道：「靠你幾個模範軍，有什麼用處？我自有主見，不必多言。」克定乃退。既而徐世昌轉來，說是段芝泉已有允意，唯必須撤銷帝制，方肯出來效力。老袁沉著臉道：「罷！罷！我就取消帝制罷。明日要芝泉前來會議，我總依他便是。」世昌應了一聲，又辭別出去。翌晨再開會議，徐世昌先至，段祺瑞亦接踵到來，餘如國務卿等統已齊集。只六君子、十三太保，卻有一大半請假。想是無顏再至。老

袁也不欲再召，只把取消帝制的理由，約略說明，言下很有悔容。世昌道：「大總統改過不吝，眾所共仰，似無容疑議了。」大眾統俯首無詞，老袁道：「菊人、芝泉統是我的老友，往事休提，此後仍須藉著大力，共挽時艱。」段祺瑞道：「大總統尚肯轉圜，祺瑞何敢固執，善後事宜，唯力是視便了。」老袁乃命祕書長草擬撤銷帝制命令，一面散會，一面邀徐、段兩人，及王式通、阮忠樞留著，俟命令已經擬定，再令四人善為潤色。段本是個武夫，阮又是個帝制派中的健將，兩人不來多嘴，全憑那駢驪老手徐世昌，及倚馬長才王式通，悉心研究，哪一句尚未妥適，哪一字還須修改，彼此評議了好多時，方才酌定，隨將草稿呈袁自閱，但見稿中寫著：

　　民國肇建，變故紛乘，薄德如予，躬膺巨艱。憂國之士，怵於禍至之無日，多主恢復帝制，以絕爭端而策久安，癸丑以來，言不絕耳，予屢加喝斥，至為嚴峻；自上年時異勢殊，幾不可遏，僉謂：「中國國本，非實行君主立憲，決不足以圖存，倘有葡、墨之爭，必為越、緬之續。」遂有多數人主張恢復帝制，言之成理，將士吏庶，同此悃忱，文電紛陳，迫切呼籲。予以原有之地位，應有維持之責，一再宣言，人不之諒。嗣經代行立法院議定，由國民代表大會，解決國體，各省區國民代表，一致贊成君主立憲，併合詞推戴。中國主權，本於國民全體，既經國民代表大會，全體表決，予更無討論之餘地，然終以驟躋大位，背棄誓詞，道德信義，無以自解，掬誠辭讓，以表素懷。乃該院堅謂元首誓詞根於地位，當隨民意為從違，責備彌周，已至無可諉避，始以籌備為詞，藉塞眾望，並未實行。及滇、黔變作，明令決計從緩，凡勸進之文，均不許呈遞，旋即提前召集立法院，以期早日開會，徵求意見，以示轉圜。越掬越臭。予本憂患餘生，無心問世，遁跡洹上，理亂不知；辛亥事起，謬為眾論所推，勉出維持，力持危局，但知救國，不知其他。中國數千年來，史冊所載帝王子孫之禍，歷歷可徵。

第六十七回　撤除帝制洪憲銷沉　悵斷皇恩群姬環泣

予獨何心，貪戀高位？乃國民代表，既不諒其辭讓之誠，而一部分之人民，又疑為權利思想，性情隔閡，釀為屬階。誠不足以感人，明不足以燭物，實予不德，於人何尤？幸我生靈，勞我將士，以致中情惶惑，商業凋零，撫衷內省，良用矍然。屈己從人，予何惜焉？代行立法院轉陳推戴事件，予仍認為不合事宜，著將上年十二月十一日，承認帝位之案，即行撤銷，由政事堂將各省區推戴書，一律發還參政院代行立法院，轉發銷毀。嗚呼痛哉！

所有籌備事宜，立即停止，庶希古人罪己之誠，以洽上天好生之德，洗心滌慮，息事寧人。蓋在主張帝制者，本圖鞏固國基，然愛國非其道，轉足以害國；其反對帝制者，亦為發抒政見，然斷不至矯枉過正，危及國家。務各激發天良，捐除意見，同心協力，共濟事艱，使我神州華胄，免同室操戈之禍，化乖戾為祥和。總之萬方有罪，在予一人。終不脫皇帝口吻。今承認之案，業已撤銷，如有擾亂地方，自貽口實，則禍福皆由自召，本大總統本有統治全國之責，亦不能坐視淪胥而不顧也。仍自稱大總統，未免厚顏。方今閭閻困苦，綱紀凌夷，吏治不修，真才未進，言念及此，終夜以興。長此因循，將何以國？嗣後文武百官，務當痛除積習，黽勉圖功，凡應興應革諸大端，各盡職守，實力進行，毋託空言，毋存私見。予唯以綜核名實，信賞必罰，為制治之大綱。我將吏軍民，尚其共體茲意！此令。

老袁瞧畢，好一歇方道：「算了罷！明日頒發便了。」徐、段諸人，統行退出。老袁又把這稿底，瞧了又瞧，暗想把這種文字，宣布出去，分明是自己坍臺，但若捺住不發，將來大眾離心，連總統都做不成。目下火燒眉毛，只好暫顧眼前，再作計較，乃咬定牙齦，將這命令交與祕書，攜往印鑄局排印。忽有一書呈入，當即啟閱，乃是克定手筆，略云：

自籌安會發生，以迄於今，已歷七閱月。此七閱月中，嘔幾許心血，絞幾許腦力，犧牲幾許生命，耗費幾許金錢，千迴百折，始達到實

行帝制之目的。茲以西南數省稱兵,即行取消帝制,適足長反對者要挾之心。且陛下不為帝制,必仍為總統,則今日西南各省,既不慊於陛下為帝,而以獨立要挾取消帝制者,安知他日若輩不因不慊於父為總統,而又以獨立要挾取消總統乎?竊恐其得步進步,或無已時也。料得正著。今為陛下計,不如仍積極進行之為愈。且西南各省,雖先後反抗,而北方軍民,則固相安無事。陛下苟於此際正位,即使西南革黨,興兵北犯,然地隔萬里,縱曠日持久,未必能直搗幽燕。況軍力之強弱各殊,主客之勞逸迥別,勝敗之結果,尚在不可知之數乎?就令若輩不肯歸化,亦不過以長江或黃河南北,為鴻溝已耳,則陛下縱不能統一萬方,亦胡不可偏安半壁哉?較今茲自行取消帝制,孰得孰失,何去何從,願陛下熟思之。

　　老袁覽到此書,又不禁動了疑心,便獨自一人,踱入內廳,揹著了兩隻手,在那廳室中打著磨旋,好似鑊沿上的螞蟻一般。驀聞背後有人道:「萬歲爺有請!」急忙回視,乃是女官長安靜生,便道:「你不要叫我萬歲爺,仍叫我大總統。」安靜生道:「萬歲自萬歲,總統自總統,為什麼做了萬歲,又做總統呢?」卻是奇怪。老袁道:「你曉得什麼?你傳何人的命令,敢來請我?」安靜生道:「皇后孃娘及妃子等,統請皇上入內,有事相稟。」老袁乃隨她進去。一入內室,但見一后十四妃,均聚集一堂,黑壓壓的立著。洪姨先搶前一步,運著嬌喉,向老袁道:「陛下為什麼要取消帝制?須知妾等朝盼夕望,剛剛有些望著了,哪知陛下反半途拆橋哩。」說著那淚珠兒已淌了下來。老袁瞧著,不由的心中一酸,好像萬把鋼刃,穿入心房,一時說不出苦楚。周姨又上前道:「取消帝制的命令,已宣布麼?」老袁方逼出一語道:「已交到印鑄局去了。」洪姨帶哭帶呼道:「安女官長,你快傳出去,叫侍衛去收回成命。」安靜生口雖應諾,卻亦不敢徑行。于夫人亦啟口道:「前日我曾說過,皇帝是不容

易做的，你等都想做什麼妃嬪，反說我是黃臉婆，不中抬舉，今日我這黃臉婆，已被你等抬舉得夠了，這個叫中國母，那個叫我皇娘，忽地兒又要取消這等名目，我的黃臉兒，卻沒處藏躲呢。」看官，聽到此語，幾疑于夫人何故變志，也想做皇后孃娘？原來徐東海夫人，及孫寶琦夫人，曾寄寓京師，與于夫人嘗相往來，當是年陰曆元旦，入宮賀年，居然行叩安禮，于氏亦覺得光榮無比，漸漸的熱中起來，今又聞要取消帝制，自然怏懨異常，所以有此夾七夾八的話兒。富貴迷人，煞是厲害。洪姨聽了，益覺膽大，催安靜生去取回命令。安靜生尚呆呆站著，老袁也拿不定主意，便囑安靜生道：「你叫侍衛去取，只說是篇中文字，尚有誤處，須再加改正，方好排印哩。」安靜生才奉命去了。不一時已將原稿取到，呈與老袁，老袁藏在袋中，默默坐著。各姬妾等破涕為笑，又在老袁前說長論短，老袁也無心聽及，只管對人發怔。轉瞬間已是天晚，姬妾等陪他夜膳，他也食不甘味，胡亂的吃了一頓。

　　食畢，又去過那老癮，才吸數口，忽由安靜生傳入道：「外面有徐世昌求見。」老袁忙即出來，見了世昌，但聞他開口道：「世昌特來辭行，翌晨要仍往天津去了。」突如其來。老袁道：「你既承認幫忙，為何又要他去？」世昌道：「總統好變卦，難道不準世昌變卦麼？」老袁知他語中有因，便道：「我明日準發取消帝制令，老友不必多疑。」世昌道：「聞得山東、浙江、湖南等省，統有獨立消息，若要仍行帝制，恐不到兩日，都發生變端了。」老袁愈加著急，忙從袋中掏出稿紙，交與左右，令印鑄局連夜排印，一面語世昌道：「這國務卿一職，仍請老友復任。」世昌道：「陸子欣也沒甚誤事，否則改用段芝泉。」老袁不待說完，便道：「我意已定，請你勿辭，芝泉呢，任他作參謀總長便了。」世昌起座道：「且至明日再議。」老袁點首，世昌復去。

老袁退入內室，各姬妾復來問訊，老袁悽然道：「我到手的帝位，不料竟成泡影，我是德薄能鮮，無容多說了，你等也福命不齊，做了幾十日的皇帝家眷，殊不值得。但我雖然不得為帝，總還好做大總統，倘或天緣輻輳，將來仍好恢復帝制，可惜我年老了，恐此生不能如願了。」自知將死。言畢，竟淚下數行。各姬妾等見他狀態頹喪，語言悽楚，無不掩面涕泣，就是能言舌辯的洪、周兩姨，至此也不便再勸，空落得淚珠滿面，變成了帶雨梨花。一場空歡喜，卻是難受。大家哭了一場，陸續的溜入房中，各自歸寢。老袁也隨擇一室，做總統夢去了。

　　次日為三月二十二日，頒示取消帝制命令，並廢止洪憲年號，仍稱中華民國五年，收回洪憲公債，改為五年公債，諭禁各省官吏，不得再稱皇帝聖上，自稱臣僕奴才，一面解國務卿陸徵祥兼職，仍令徐世昌復任，且就政事堂中，再開聯席會議。徐、段等均來列席，籌議了小半日，始決定善後辦法三條：

（一）電知駐外各公使，將帝制撤銷事件，轉告各國政府；駐京外使，由外交部次長曹汝霖面達。

（二）責令警廳諭示國民。

（三）通令各省大吏，銷毀推戴書及代表名冊，並徵求其最後意見，限二十四小時答覆。

　　三條件外，又召集代行立法院，開臨時會，即以次日為會期。這代行立法院中的參政員，本有三派，一為帝制派，二為非帝制派，三為中立派。自帝制派得勢，第二派多掛冠辭去，院中人數，已去了三分之一。至帝制撤銷，第一派又無顏出席，所以二十三日開會，不過寥寥數人，未能如額，仍然散去。延至二十五日，再行召集，帝制派大半不到，唯非帝制派，卻有好幾人到會，勉強湊成個半數。徐世昌代表老

第六十七回　撤除帝制洪憲銷沉　悵斷皇恩群姬環泣

袁，出席演述，略言：「時局危急，務請各參政為國宣勞，籌議善後。」說至此，忽惹起一片喧嚷聲，不是罵洪憲功臣，就是說共和蟊賊，大家瞎鬧一場，經院長溥倫及梁士詒、王印川、陳漢第、江瀚、汪有齡、施愚、胡鈞等，竭力維持，才算靜了小半日，議了三案：（一）是咨請政府撤銷國民代表大會公決的君主立憲案；（二）是取消參政院為國民代表大會總代表名義案；（三）是咨請政府恢復帝制中修改的民國法令案。三案議定，天已日昃，徐世昌出了院門，回報老袁，並請退還推戴書。老袁乃令朱啟鈐照行，將推戴書繳還代行立法院，自己懊悶得很，複檢出宮中帝制檔案，共有八百四十通，一古腦兒塞入爐中，付祝融氏收藏，再令袁乃寬檢出各項御用品，也一併銷毀。最後擬燒到新制的萬歲牌，被乃寬雙手搶住，不肯付火，還算保全。此外如價值五六十萬元的袞龍袍，價值四十萬元的檀香寶座，價值六十元的登極御襪等，統留貯後宮，作為袁皇帝的紀念品。可憐自民國四年十二月三十一日起，至五年三月二十二日止，統共八十三日，鬧了一場屋裡皇帝的大夢。小子有詩嘆道：

一紙官書示百僚，新華王氣黯然銷。

早知世態滄桑變，何苦當時夢帝朝。

這八十三日的皇帝夢中，所有費用，核算起來，煞是驚人，待小子下回申明。

徐、段心中，只反對帝制，並非深恨老袁，故袁氏有撤銷帝制之命，而兩人即聯翩登臺，蓋未知帝制撤銷後之尚有餘波也。袁克定作書阻父，頗有先見之明，但楚歌四逼，以項羽之勇，尚且自刎烏江，寧袁氏得偏安燕、薊乎？袁氏撤銷帝制，其死速，袁氏不撤銷帝制，其死愈

速，且恐不止一死而已，故有為袁氏計，謂撤銷帝製為非策者，亦謬論也。觀老袁之躊躇未決，取回成命，而其後卒決計宣布者，亦職是故耳。群姬何知大計？自不免以一哭了之，然老袁之死期，已於此兆矣。

第六十七回　撤除帝制洪憲銷沉　悵斷皇恩群姬環泣

第六十八回
迫退位袁項城喪膽　鬧會場顏啟漢行凶

　　卻說帝制時代的費用，原定額數係六千萬元，大典籌備處，約二千萬元，登極犒軍，約一千萬元，餘如收買國民代表，津貼請願代表，賄囑各地報館，補助各處機關，以及各處聯繫，各種運動，總數為三千萬。欲要問他財政的來源，無非是內外借款，救國儲金，各項稅則，以及中國、交通兩銀行的資本金。總言是民脂民膏。看官！你想大好的中華民國，無端生出帝制問題來，空令百姓加了無數負擔，真是何心？是可忍，孰不可忍。到了帝制不成，大典籌備處，已將二千萬元報帳用盡，就是三千萬元的雜費，也差不多是要合訖了。唯犒軍費一千萬，撥作川、湘、桂軍餉，總算是易一用途，但尚且不敷甚巨。老袁撤銷帝制，一大半為財政困難，無法久持，所以忍痛中斷，並非全為五將軍警告，及徐、段兩人要求，看官想亦洞鑑呢。再加論斷。閒話休提。

　　且說徐世昌既復任國務卿，段祺瑞亦接奉命令，任為參謀總長，一文一武，攜手登臺，第一著便是調和南北，當下由二人發起，邀入副總統黎元洪，聯名拍電，分致蔡鍔、唐繼堯、陸榮廷諸人。略謂：「帝制取消，公等目的已達，務望先戢干戈，共圖善後。」哪知此電拍去，似石沉海，絕不見覆。唯各省大吏，奉到二十四小時答覆公文，還算次第呈詞，多主和平。應上文。江蘇將軍馮國璋，且謂：「撤銷帝制，係現時救急良法，嗣後長江一帶，可保無虞」云云。徐、段等稍稍安心。嗣復想了一策，因前時有康有為書，曾勸老袁取消帝制，此時帝制已罷，正好

第六十八回　迫退位袁項城喪膽　鬧會場顏啟漢行兇

覆函通問，並請他轉勸梁啟超顧全大局，首創和議，且令梁轉告蔡鍔，商議和解條件。從兩代師生入手，也算苦心。和款共六條：（一）滇、黔、桂三省，取消獨立；（二）責令三省維持治安；（三）三省添募新兵，一律解散；（四）三省戰地所有兵，退至原駐地點；（五）即日為始，三省兵不准與官兵交戰；（六）三省各派代表一人來京籌商善後。這六條和議傳達粵東，康將原文電梁，梁亦將原文電蔡，蔡鍔正進兵敘州，與西醫湯根、魯特，磋商停戰事宜。湯、魯二人，係由四川將軍陳宧囑託，浼他調停。蔡允停戰一星期，嗣接到議和轉電，不願相從，乃徑電黎、徐、段三人道：

北京黎副總統徐國務卿段總長鑒：奉來電，敬諗起居無恙，良慰遠系。邇者國家不幸，至肇兵戎，門庭喋血，言之痛心。比聞項城悔禍，撤銷帝制，足副輿望，遜聽下風，曷勝欽感。唯國是飄搖，人心罔定，禍源不靖，亂終靡已。默察全國形勢，人民心理，尚未能為項城曲諒，凜已往之玄黃乍變，慮日後之覆雨翻雲，已失之人心難復，既墮之威信難挽。若項城本悲天憫人之懷，為潔身引退之計，國人軫念前勞，感懷大德，馨香崇奉，豈有涯量？公等為國柱石，係海內人望，知必有以奠定國家，造福生民也。臨電無任惶悚景企之至。鍔叩。

徐、段等接到此電，料他未肯就緒，再電令龍濟光與陸榮廷婉商。龍正為粵東一帶，黨人蜂起，防不勝防，又聞桂軍逼粵，焦急得很。應六六回。一奉中央命令，當即電告陸榮廷，說得非常懇切，並浼陸出作調人，陸本無和意，不得已轉告滇、黔，滇督唐繼堯，黔督劉顯世，均不肯照允，且言：「如欲求和，應由中央承認六大條件。」也是六條。這六大條件，卻非常嚴厲，由小子開述如下：

（一）　袁世凱於一定期限內退位，可貸其一死，但須驅逐至國外。
（二）　依雲南起義時之要求，誅戮附逆之楊度、段芝貴等十三人，以謝天下。

（三）關於帝制之籌備費及此次軍費約六千萬，應抄沒袁世凱及附逆十三人家產賠償。

（四）袁世凱之子孫，三世剝奪公權。

（五）袁世凱退位後，即按照約法，以黎副總統元洪繼任。

（六）文武官吏，除國務員外，一律仍舊供職。但軍隊駐紮地點，須聽護國軍都督之指命。

　　看官！你想這六條要求，與中央開出的六條款約，簡直是南轅北轍，相差甚遠，有什麼和議可言？還有最要的宣告，說是：「袁氏一日不退位，和議一日不就範」云云。那老袁取消帝制，已是著末一出，若還要他辭去總統，就使護國軍入逼京畿，他也是不肯承認的。天下事有進無退，老袁退了一步，便要驅他入甕，正不出大公子所料。滇、黔既協商定議，遂電覆陸榮廷，陸即電龍，龍即電北京。徐、段入報老袁，老袁又吃了一大驚，連忙轉問徐、段，再用何法維持。徐、段沈吟一會，想不出什麼良策，只好虛言勸慰，說了幾句通套話，告別出來。老袁暗暗著急，想了一夜，復從無法中想出兩法，一是囑參政院長溥倫，要他運動參政，合詞挽留；一是再派阮忠樞南下，運動馮、張，要他聯合各省，一體擁護。誰料溥倫奉了密令，去向各參政商量，各參政多半搖頭，不肯再蹈前轍。阮忠樞到了江寧，與馮密商，馮國璋也是推諉，轉身跑到徐州，張辮帥頗肯效力，奈電詢各省，只有朱家寶、倪嗣冲兩人覆電照允，他省是不置一詞。於是袁氏兩策，盡歸失敗。葫蘆裡的法兒，只可一用，第二次便無效了。老袁焦急得很，又召集那班帝制元勳，解決最後問題。帝制派人，復提出撻伐主義，要老袁繼續用兵，一面聯繫倪嗣冲、段芝貴等，教他上書決戰，自請出師。那老袁又膽壯起來，密電總司令曹錕等道：

蔡、唐、陸、劉、梁，迫予退位，予念各將士隨予多年，富貴與共，自問相待不薄，望各激發天良，共圖生存。萬一不幸，予之地位，不能維持，爾等身家具將不保。現時亂軍要求甚奢，政府均未承認，各將士慎勿輕信謠傳，墮人術中，務必準備軍務，猛奮進攻，切切！特囑。

這密電方拍發出去，外面又來了好幾條密電，一電是四川將軍陳宦發來，一電是湖南將軍湯薌銘發來，統是主和不主戰。至是馮國璋一電，比湯、陳兩人所說，更進一層，略云：

南軍希望甚奢，僅僅取消帝制，實不足以服其心。就國璋愚見，政府方面，須於取消而外，從速為根本的解決。從前帝制發生，國璋已信其必釀亂階，始終反對，唯間於讒邪之口，言不見用，且恐獨抒己見，疑為煽動。望政府回想往事，立即再進一步，以救現局。再進一步，便是要老袁退位。

老袁迭閱各電，料想武力難持，沒奈何再電馮、陳，囑他極力調停。馮電尚無覆音，忽接到龍濟光電文，乃是請命獨立。看官！獨立兩字，是反抗政府的代名詞，哪裡有宣布獨立，還要請命中央，這真是奇怪得很呢。我也稱奇。看官不必驚異，由小子敘述出來，便曉得龍郡王獨立的苦心。原來粵東方面，是革命黨的生長地，前時陳炯明攻入惠州，被龍軍擊退，應六三回。他哪裡就肯罷休，索性把新嘉坡總機關內的人物，盡行運出，來攻粵東，名目亦叫做護國軍，總司令推戴黃興。還有一派革命軍，乃是孫文手下的老同志，也乘著熱鬧，進攻粵境。兩派分道長驅，你占一城，我奪一邑，幾把那粵東省中，割得四分五裂，就中最著名的約有數路，除陳炯明外，有徐勤軍，有魏邦屏軍，有林虎軍，有朱執信軍，有鄧鏗軍，有葉夏聲軍，有何海鳴軍，有李耀漢、陸蘭卿軍，有梁德、李華、劉少廷、梁廷桂、陳少懷、何剋夫、林幹材、

周其英、劉華良、葉謹各軍，真是雲集影從，數不勝數。既而團長莫擎宇，獨立潮、汕，鎮守使隆世儲，道尹馮相榮，獨立欽、廉，四面八方，陸續趨集，把一個夭矯不群的老龍王，逼得死守孤城，好像個甕中鱉罐裡鰍。還有陸榮廷率師壓境，急得老龍無法擺布，只好哀告陸榮廷，求他顧念姻親，放條生路。陸榮廷也覺不忍，但叫他脫離中央，速即獨立，包管保全位置，並一族的生命財產。龍乃與鴉片專賣局長蔡乃煌熟商，暫行獨立。這蔡乃煌係老袁私人，老袁曾派為蘇、贛、粵專賣鴉片委員，籌款運動帝制，是民國四年四月中事。此時又囑他監製老龍，他就替老龍想出一法，令向老袁處請訓，一面由龍、蔡聯銜，密請老袁速派勁旅，來粵協防。老袁得了請命獨立的電文，頗也驚疑，轉思龍濟光定有隱情，徑批了獨立擁護中央六字。獨立以下，加擁護中央四字，確與龍王針鋒相對。

方才寫畢，請兵的電文亦到，乃電令駐滬第十師，速行援粵，另調南苑第十二師赴滬接防。這電不能隱諱，旅滬粵民，先自鼓譟，擬阻止滬軍赴粵，免得滬上空虛。粵中軍民，也不願客軍入境，群起違言。四月四日，寄碇廣州的寶璧、江大兩兵艦，竟駛附民軍，投入魏邦屏部下。魏邦屏遂統率艦隊，馳抵海珠，預備攻城。城內人民，相率驚慌，籲請龍氏獨立。軍隊亦高懸旗幟，上面寫著，聽候將軍龍濟光、巡按使張鳴岐宣布獨立等字樣。適袁氏批覆獨立的六字訣，也從京頒到，龍濟光即於四月六日宣布獨立，其布告云：

為布告事。現據廣東紳商學各界，全體公呈，粵省連年災患，地方已極凋零，近來各省多已反對袁氏，宣布獨立。粵省危機四伏，糜爛堪虞，各界全體，為保持全省人民生命財產起見，集眾公議，聯請龍上將軍，為廣東都督，以原有職權，保衛地方，維持秩序，此係擁護共和，天經地義，請即剛斷執行等情。查閱來呈，持議甚虔，本都督身任地

方,自以維持治安為前提,刻經通電各省各機關各團體,及本省各屬地方文武官,即日宣布獨立,所有各地方商民人等,及各國旅粵官商,統由本都督率領所屬文武官,擔任保護,務須照常安居營業,毋庸驚疑。如有不逞之徒,假託民軍,藉端擾害治安,即為人民公敵,分明是指斥民軍。本都督定當嚴拿重辦,以盡除莠安良之責。其各同心協力,保衛安寧,有厚望焉!特此布告。

看這布告,並沒有一字罪及老袁,不過是維持自己的職位,暫借這獨立兩字,掩人耳目罷了。魏邦屏聞龍已獨立,駛回北江,嗣聞龍濟光空言獨立,毫無舉動,且把尋常逮捕的國事犯,一個兒未曾釋放,料他全是假意,哄騙民軍,於是馳書質問,是否真誠獨立?旋得答覆,只說是:「陸、梁來粵,當卸職他去。」魏邦屏似信非信,分電各處護國軍,商議進止。陳炯明、朱執信等,統說老龍多詐,非勒令龍軍繳械,不便與和。獨護國軍總司令徐勤,係梁啟超同學,得梁來電,聲言龍果獨立,當和平對待,不必再用武力等語。梁之來電,仍是顧著陸氏姻親。於是徐勤出為調人,作書致龍,商議善後事宜。龍濟光即令顧問官譚學夔,及警察廳長王廣齡,電邀徐勤,到海珠警察署,面議一切,詞甚誠懇。徐勤放膽前行,到了海珠,譚、王兩人,果來歡迎,延至署內,即由王廣齡笑語道:「此次獨立,確出至誠,我當以全家性命,作為保證。」只要你的性命,不必牽及全家。徐勤答道:「龍都督果出至誠,尚有何言。」王即電達督署,報稱徐勤已到,當時即得覆電,略云:「徐君已至,著王廳長優待,務出至誠。現已在巡按署內設招待所,專待陸、梁諸公。徐君能早日來署,尤表歡迎」云云。徐勤即託王電覆,說是:「由陸、梁諸公到後,當同來謁見,暢聆雅教」等語。未幾,由粵城內外官紳,陸續至海珠探問,力求徐勤維持治安,轉檄護國軍罷兵,免致地方糜爛。徐勤遂擬定函電數十通,分發各路,並電促陸、梁,即日來粵。

待了兩天，陸榮廷派了代表湯叡，乘輪至海珠，並傳述梁意，浼徐勤為代表。徐勤倒也允諾，譚、王兩人與湯晤談，備極殷勤，自不消說。晚間湯、徐共寢一室，湯睿密語徐勤道：「今日險極，幾與君不能相見。」徐勤驚問何故？湯叡道：「我乘輪到此，路過海珠砲臺，臺上忽發開花砲四門，向我艦轟擊，傷我水手一人，我艦上大聲質問，方聞臺官答言，疑是江大輪船到此，所以開砲誤擊。徐君！你想危險不危險呢？」你的生命，還有一天好活。徐勤尚未答覆，湯睿道：「我看龍濟光鬼鬼祟祟，總有些靠他不住。我的友人，或勸我即行離省，不必與他會議，我想奉命前來，無論好歹，總須冒險一行，徐君以為如何？」然而死了。徐勤道：「我亦這般想。今日聞龍濟光部下各統領，如賀文彪、梁永桑、蔡春華、潘斯凱、顏啟漢等，祕密會議，決定推戴龍濟光，擬置我死地，我想眼見是真，耳聞是假，且此次會議，關係兩粵生靈，若只知顧己，不知顧人，還是回去享福，何必出來問事呢。」宅心正大，所以得生。湯睿答了一個「是」字，隨即就寢。

　　次日為四月十二日，兩方代表，就在警察署內，會集議事。看官記著！這就叫做海珠會議。特別點醒。時至巳牌，商會團長岑伯鑄、李戒欺、陳子貞、王偉、呂仲明等，共到會所，湯睿、徐勤二人，也攜手入會。譚學夔、王廣齡，時已在場接待，招呼很是周到。過了片刻，但見警衛軍統領賀文彪、潘斯凱、蔡文華、何福橋等，帶著衛隊，攜械而來，接著是濃眉大眼的顏啟漢，也領了衛卒十名，荷槍入場。顏是主謀行凶，故特筆提出。數統領都面帶殺氣，映入湯、徐二人的眼中，也覺有些不妙，嗣經譚、王等替他介紹，不得不勉與周旋。王廣齡復推舉湯、徐為主席，湯睿乃起立道：「兄弟奉陸、梁二公的命令，特地來此，聯繫兩粵感情，今龍督既已獨立，又得各紳商各統領，共保治安。誠為

萬幸，兄弟實無任欣慰。」湯已說畢，徐勤繼起道：「兄弟此次到來，只計公安，不問艱險，座中諸公，想亦見諒。若使今日帝制已成，周自齊賣國條件，統已實行，中國已變成高麗，還要會議什麼？且或我等軍艦到省，水陸並舉，彼此交爭，此地已變作瓦礫場，也沒有諸公高會的地點。今得免此二害，與諸公相見一堂，豈非幸事？弟於昨日已通電各路護國軍，即行停戰，共決和平，在座紳商統領，均志存公益，如有宏謀偉論，幸即賜教。」語未已，賀文彪、潘斯凱齊聲道：「兩方既和平解決，護國軍當然取消，應編入我警衛軍內，請徐先生轉達護國軍，速即照行。」徐勤尚未開口，顏啟漢即接入道：「賀、潘兩君所說，很是正當，應請徐君入室修函。」一面說，一面即展開巨手，將徐勤扯入耳房。徐勤正要答辯，適有一衛卒持名刺入，口稱將軍請代表赴署。徐勤乘勢出室，驚聞槍聲一響，彈子飛射過來，慌得徐勤無從躲避，竟向地下躺倒，直挺挺的臥著。小子有詩嘆道：

拚將生命作犧牲，會所居然起變爭。

怪底人心蛇蠍似，槍聲一起可憐生。

未知徐勤性命如何，且至下回續表。

有袁世凱之為主，即有龍濟光之為臣，袁好詐，龍亦奸詐，袁好殺，龍亦好殺，袁以好詐好殺而致敗，故取消帝制之不足，且群起而攻之，龍豈未之聞，尚欲以好詐好殺，快一時之意志耶？海珠會議，顏啟漢誘入湯、徐，竟爾舉槍相向，非龍氏使之而誰使之歟？嗚呼袁皇帝！嗚呼龍郡王！

第六十九回
偽獨立屈映光弄巧　賣舊友蔡乃煌受刑

　　卻說徐勤僕倒地上,那彈子向身上擦過,險些兒擊入腰臍,他卻裝著死屍,僵臥不動,但聞外面槍聲四起,鬧成一片,頓時呼喝聲,哀號聲,亂做一團糟。徐勤開眼偷覷,從煙塵撩亂中,仔細認明,覺身旁已無一人,他想此時不走,更待何時,當下爬將起來,擬從外闖出;偏外面屍體枕藉,桌椅顛倒,滿地都是礙足物,料知一時難走,索性轉身入內,向樓上暫避。樓上是警察寢處,留有衣服等件,他是情急智生,即將身上長衣,脫卸下來,把袋中的檔案,盡行毀去,一面換得警察制服,穿在身上。改裝畢,聽外面已無喧聲,他便輕輕的走向樓下,適遇一僕登樓,還道他是警吏,也不去細問,即讓他下樓,三腳兩步的趨至門口,見湯睿、譚學夔等屍身,血肉模糊,尚是擺著,他也顧不得傷心灑淚,竟一溜煙的跑出;行至海邊,長堤上統插顏字旗幟,虧得身著警服,沒人盤詰。到了長堤盡處,巧遇一隻快船,也不暇問明底細,竟躍入舟中,慨畀舟子數十金,飛渡過江,恍如子胥離楚,遇著漁父模樣。竟奔向香港去了。命不該絕,總有救星。翌日,得海軍司令譚學衡電文,才識當場傷斃的人數,文云:

　　梧州探投陸都督、梁任公臺鑑:今日海珠會議,湯君覺頓、湯睿字覺頓。舍弟學夔,當場受槍殞命,王君協吉、王廣齡字協吉。呂君清呂仲明名清。受重傷,隨後亦斃。當經力請龍、張兩公,終始維持,毋使廣東糜爛,均盼臺從星夜來粵,安籌善後辦法。全粵幸甚。學衡叩。

第六十九回　偽獨立屈映光弄巧　賣舊友蔡乃煌受刑

　　陸、梁二人接到此電，當然憤怒交迫，下令討龍，正要發兵東下，突來了廣東巡按使張鳴岐，替龍剖辯，把海珠一場慘變，統推在蔡乃煌、顏啟漢身上。陸榮廷即問道：「龍濟光到哪裡去了？」大約到龍宮裡去。張鳴岐道：「龍督本在署中，候湯、徐兩君會議，不料蔡乃煌、顏啟漢等，暗地設謀，擬害湯、徐，待龍督聞知，即派兵彈壓，已不及了。」何人相信。梁啟超接入道：「龍濟光的用意，簡直要害我兩人，偏湯、徐兩君做了替身，徐君幸得脫逃，湯覺頓竟致斃命，還有王警長、譚顧問、呂會長等也同時遇難。堅白兄，張字堅白。你想王、譚兩君，是他的麾下，不過主張和平，便一古腦兒死在會場，這老龍還有天理麼？我等非誅逐龍濟光，如何對得住湯君？就是王、譚、呂諸人，也對他不住呢。」理直氣壯。張鳴岐忙答辯道：「龍督實未與聞，現在專待兩公到粵，和解粵局，斷無異心。」梁啟超冷笑道：「我等還想多活幾天，保障共和，休再用老法欺我。」張鳴岐又道：「兩公如不見信，鳴岐情願為質，可好麼？」竭力為龍幫忙。梁啟超亦道：「你休做第二個王協吉，著了龍王的道兒。」張鳴岐還要再辯，陸榮廷道：「龍濟光如無歹心，須要依我六款。」鳴岐即請陸宣示，榮廷道：「第一條，須交出蔡乃煌、顏啟漢；第二條，須分調警衛軍出省；第三條，須整頓龍軍軍律，解散偵探；第四條，是我若來粵，寓所由我自擇，龍鬚到我處會談，我不往龍處；第五條，龍軍將來，一半留龍自衛，一半須隨護國軍征贛；第六條，我軍到粵，龍鬚讓出東園，俾我軍駐紮。這六條如果見從，我就不去驅逐老龍，若有一條不依，我也顧不得親戚關係了。且與他爭個高下，看他還能害我麼？」總還顧著戚誼。鳴岐道：「且先去電問，何如？」陸即允諾。

　　當自電陳六款，迫龍遵約，旋得覆電，說是：「悉如陸命，唯善後條件，請張面決。」張乃與陸、梁兩人，協議善後，共有四款：（一）是查

辦海珠禍首，以明心跡；（二）是由陸、梁至粵，維持粵局；（三）是電請護國軍總司令徐勤，通飭各路護國軍，暫停進行，靜待解決；（四）是嚴辦土匪，保護地方；四款議定後，彼此依約辦理。

　　張鳴岐方回粵去，不期粵東的獨立，尚未就緒，浙江的獨立，又鬧出一番笑話。原來廣東獨立的消息，傳到浙中，浙江將軍朱瑞，及巡按使屈映光，亟向中央請兵，鞏固浙防，一面將城內屯兵兩旅，調駐城外。旅長童保暄，本是辛亥革命的發起人，朱瑞恐他為變，所以將他調出。還有葉煥華一旅，亦令移駐，無非是防童聯繫，所以一體遷移。是時駐滬第十師，本擬調粵，因浙事吃緊，由袁政府改令赴浙。且南苑第十二師，航海南來，亦有直接赴浙的消息。應上次。浙人大譁，紛紛電阻。那時有志共和的童旅長，復躍然奮起，入城見朱，請即獨立。朱瑞集眾會議，參謀長金華林，師長葉頌清，均反對童說，就是旅長葉煥華，也說是獨立非宜。童保暄道：「今日不獨立，恐他日無暇獨立了。」朱瑞道：「本將軍的意見，不必獨立，也不必不獨立，就是中立了罷。」此策卻好，其難如願何？大眾才退。隔了一天，童保暄探得軍署密謀，擬誘他入署，置諸死地，他乃想出先發制人的計策，號召二十三團二十四團，乘著四月十一日夜間，潛行入城，直攻軍署。軍署守衛，猝不及防，竟一鬨兒散去。童保暄搶步當先，趨入署中，左右四顧，不見一人，一直跑進內室，將樓上樓下，盡行找尋，不但毫無人影，連鬼都沒有了。看官！你道這將軍朱瑞，及全署人員，統從哪裡逃去？原來朱瑞乖巧得很，自聞桂、粵獨立，早已防有他變，先將家眷運往上海，只自己留住署中，此次轅門遇警，即忙換了便服，走至後院，覷定牆角空隙處，有一枯樹，便攀援上去，一腳跨到牆頭，復解下腰帶，掛在樹梢，用手握住帶端，把身子縋了下去，等到腳踏實地，便放開兩腿，向

第六十九回　偽獨立屈映光弄巧　賣舊友蔡乃煌受刑

北逸去。還有署中人役，正要入報將軍，見朱瑞正在逾牆，大家也學了此法，次第出走。比軍令還要靈捷。童保暄四覓無著，知已遠颺，復轉身出來，移兵至師長署，葉頌清也早走了。再往尋參謀長金華林，旅長葉煥華，統已不知去向。大難來時各自飛。乃復赴巡按使署，巡按使屈映光，倒還從容不迫，出來相迎，見面扳談，卻很是贊成獨立，並極力褒獎童保暄，願推他為都督。又是一種做品，比朱瑞高出一籌。保暄推讓道：「都督一席，當然推舉屈公，如保暄資輕望淺，怎能勝任？今日此舉，無非是輿情趨向，不得不然呢。」屈映光道：「且集眾公舉便了。」當下召集長官，共同推舉，結果是老屈當選。屈仍避去都督字樣，只自稱巡按使兼浙軍總司令，與童會銜，電知各處鎮守使呂公望、張載陽、周鳳岐等。於是寧、紹、嘉、湖、臺等處，也即日宣告與袁政府脫離關係。誰知老屈的私意，也是模仿龍郡王，當時曉諭人民，比龍王還要圓滑，他說是：

為出示曉諭事。照得省城十一夜，軍民擁至軍署，要求獨立，將軍失蹤，本使為軍政紳商學各界，以浙江地方秩序相迫，已於今日決定以浙江巡按使兼浙軍總司令，維持全省秩序，主任軍民要政。除總司令部人員另行組織外，所有在省文武機關部署，一律照常辦事，不准擅離職守。傳諭所屬，一體遵照！

據這告示，連獨立兩字，都不敢說出，可知屈映光是全然作偽哩。果然一道密奏，電達九重，極陳不得已的苦衷，並乞鑑宥云云。他是兩面討好，總道是絕對妙法，可以安然無事，突來了寧臺鎮守使周鳳岐急電，略言：「省城、寧、紹，先後獨立，人心歡忭，秩序井然。今公復沿舊稱，群情迷惑。寧、紹眾志成城，誓死討逆，萬無反覆餘地，務即明白賜覆，鳳岐等當嚴陣以待。」老屈接閱後，已是驚惶不定，忽聞北京政事堂中，又頒發一道申令，其文云：

據浙江巡按使屈映光電稱：「四月十一日夜四時，突有軍民，擁至軍署，將軍失蹤，當經密派警隊防護本署，次早軍官士紳，以地方秩序關係，強迫映光為都督，誓死不從，往複數四，午後旋有各機關官長暨紳商領袖，合詞籲懇，最後即請以巡按使名義兼浙江總司令，藉以維持地方秩序，固辭不獲，於今日下午，始行承諾，以維軍民而保治安。現在人心已定，秩序如恆」等語。該使職略冠時，才堪應變，軍民翕服，全浙安然，功在國家，極堪嘉獎。著加將軍銜，兼署督理浙江軍務。當此時勢艱危，該使毅力熱心，顧全大局，既已聲望昭彰，務當始終維持，共策匡定，本大總統有厚望焉。此令。

這道申令，竟將老屈的祕密奏聞，和盤托出，直令老屈無從自解。恐怕由老袁使乖。鳳岐等遂通電各省，攻訐老屈道：

屈以巡按使兼總司令，布告中外，非驢非馬，驚駭萬狀。論屈在浙四載，唯知竭民脂膏，以固一己榮寵，旋復俯首稱臣，首先勸進。滇、黔事起，各省中立，獨屈籌餉括款，進供恐後。禍害民國，厥罪甚深。若復戴為本省長官，實令我三千萬浙人，無面目以見天下。且通電輸誠，偽命嘉獎，既誓死於獨夫，奚忠誠於民國。反側堪虞，粵事可鑑。宜速斥逐，勿俾貽禍。

屈映光連接這種文件，真是不如意事，雜沓而來。可巧商會中請他赴宴，他正煩惱得很，遞筆寫了一條，回覆出去。商會中看他復條，頓時哄堂大笑。看官！道是什麼笑話？他的條上寫著道：「本使向不吃飯，今天更不吃飯。」莫非是學張子房一向辟穀？這兩句傳作新聞，其實他也不致這樣茅塞，無非是提筆匆匆，不加檢點罷了。忠厚待人。是時浙省官紳，正組織參議會，共得二十六人，正會長舉定王文卿，副會長舉定張翹、莫永貞，四月十四日，在都督府開成立大會。屈映光乘機與商，託他代為斡旋，正副會長等，乃請他正式獨立。屈尚沈吟未決，會接粵

第六十九回　偽獨立屈映光弄巧　賣舊友蔡乃煌受刑

中來電，龍都督與粵西聯盟，居然主張北伐，聲討老袁。那時屈映光才放大了膽，將巡按使的名目，革除了去，竟自稱為都督了。

小子於浙事略行敘過，又要述及粵事。粵督龍濟光，自承認陸榮廷條件，本應逐條照行，偏顏啟漢聞風先遁，匿跡滬上。蔡乃煌又是濟光舊友，一時不忍下手。第一條先難履約。他只有虛聲北伐，自明真正獨立的態度。陸、梁因六大條件，無一履行，遂統兵進至肇慶，迫龍遵約。龍又束手無策，只得仍央懇張鳴岐，偕譚學衡同行，往見陸、梁。陸榮廷道：「堅白屢來調停，總算顧全友誼，但據我想來，粵督一席，子誠濟光宇。已做不安穩，不如另易他人，請岑西林即岑春煊。來上臺罷。」張鳴岐道：「他事總可商量，唯欲他交卸粵督，總難如命。」袁不肯舍總統，龍亦不肯舍粵督，兩人心理又同。陸榮廷道：「子誠號令，已不能出廣州一步，難道許多民軍，肯歸他節制麼？」張鳴岐道：「粵中民軍，儘可受廣西節制，唯廣東都督，仍令子誠掛名，這事可行得麼？」梁啟超從旁笑著道：「這叫做兒戲都督，堅白兄果愛子誠，也不應叫他做個傀儡呢。」陸榮廷又道：「堅白，他既承認我六大條件，應該即行，否則唯力是視，也無庸再說了。」斬釘截鐵。張鳴岐告辭道：「且與子誠熟商，再行報命。」陸復顧譚學衡道：「海珠慘變，令弟遭難，君何不立索仇人，為弟報冤？古人有言：『兄弟之仇，不反兵而鬥』，難道此言未聞麼？」應該詰責。譚學衡無詞可答，只好唯唯退去。

張、譚二人去後，陸榮廷即令莫榮新，率軍五千，進抵三水。三水離廣州不遠，警報連達省城，龍濟光知不能了，沒奈何與張鳴岐，同至肇慶，雙方再行協議，決定五款：（一）廣東暫留龍為都督；（二）肇慶設立兩廣總司令部，舉岑春煊為總司令；（三）處蔡乃煌死刑；（四）從速實行北伐；（五）各地民軍，自岑入粵，設法撫綏，並自三水劃清防界，以

馬口為鴻溝，西南以上，歸魏邦屏、李耀漢、陸蘭清防守，西南以下，歸龍分派巡船防守，彼此均不得踰越，免致衝突。陸、梁又齊聲道：「這五條協約，是即日就要履行的。我等為親友關係，竭力為君和解，你不要再事抵賴呢。」說得龍濟光滿面羞慚，沒奈何喏喏連聲，告別而去。一入省城，即與譚學衡密談數語，學衡會意，便調了軍士數百名，直至蔡乃煌寓所闖將進去。乃煌莫名其妙，尚與那新納的簉室，對飲談心，備極旖旎，猛見了譚學衡，知是不佳，急忙起身欲遁，哪經得譚學衡的武力，一把抓住，彷彿與老鷹攫雞相似。可憐這個蔡老頭兒，生平未嘗吃過這個王法，嚇得渾身亂顫，帶抖帶哭道：「這⋯⋯這是為著何事？」譚學衡也不與細說，一徑拖出門外，交與軍士，自己隨押出城，行至長堤，喝一聲道：「快將殺人造意犯，捆綁起來，送他到地獄中去。」蔡乃煌才知死在目前，當向譚學衡道：「我不犯什麼大罪，就是罪應處死，也要令我一見子誠，如何你得殺我？」問你何故設計殺人？譚學衡道：「你還說沒有大罪麼？往事不必論，就是現在海珠會議，你與顏啟漢等通謀，害死多人，我弟學夔，也死在你手，問你該死不該死呢？」乃煌不禁大哭道：「龍濟光賣友保身，譚學衡替弟復仇，總算我蔡乃煌晦氣，一古腦兒為人受罪，我不想活了六七十歲，反在此地處死呢。」誰叫你做到這般？語尚未畢，已被軍士縛在柱上，一聲怪響，槍彈洞胸，蔡乃煌動了幾動，便一道魂靈，馳歸故鄉去了。堤上觀看的行人，統說是這個貪賊，應該槍斃，並沒有一個愛惜。驀地裡來了一位美人兒，行至乃煌身旁，總算哭了幾聲老頭兒，老殺坯，後經軍士說明，才曉得這個俏女郎，就是與乃煌對飲的美妾，還不過與乃煌做了半月夫妻。小子有詩詠乃煌道：

　　享盡榮華逞盡刁，長堤被縛淚瀟瀟。
　　貪夫一死人稱快，只有多情泣阿嬌。

第六十九回　偽獨立屈映光弄巧　賣舊友蔡乃煌受刑

乃煌處死後，龍濟光即遵約北伐。欲知一切情形，容待下回分解。

　　本回以粵事為主體，而浙事附之。蓋粵、浙先後獨立，屈之舉動，正以龍為師，故時人有粵、浙二光之目。濟光、映光，似衣缽之相傳，此作者之所以因粵及浙，連類並敘，非特為時日之關係已也。且朱、屈為故友，而屈負朱竊位，龍、蔡亦為故友，而龍殺蔡求和。朱非不可逐，蔡非不可殺，但朱去而屈繼，蔡死而龍生，友道其尚堪問乎？要之假公濟私，見利忘義，係近代一般人心之汙點。二光固有光矣，鑒於二光者，盍亦為之反省耶？

第七十回
段合肥重組內閣　馮河間會議南京

　　卻說龍濟光既聯繫桂軍，應該遵約北伐，當委段爾源為廣東護國軍第一軍司令，馬存發、李鴻祥為廣東護國第二第三兩軍司令，揚言北伐。其實他的本心，仍然擁護中央，不過為陸、梁所迫，沒奈何反抗老袁，虛張聲勢哩。實是舍不掉郡王銜。唯粵省獨立，閩防吃緊，浙省獨立，江防吃緊，老袁擬調的第十師，及第十二師，只能顧守江防，不能分管閩防，乃別調海陸各軍，令海軍總長劉冠雄統率南來，海軍用海容、海圻兩兵艦裝載，陸軍無船可乘，竟將天津寄泊的招商局輪船，扣住數艘，如新康、新裕、新銘、愛仁等船，強迫裝兵，由津出發。行至浙江溫州洋面，正值大霧迷濛，茫不可辨，新裕商輪，向南行駛，不知如何與海容相撞，碰損機具，不到二十分點，全艦沉沒，計死團長、團副各一人，兵士七百四十名，機師水手夥伕二十四名，損失軍餉十萬圓，機關砲四架，山砲六尊，彈藥五十萬顆，軍衣軍械無數。餘艦到了福州，與福建護軍使李厚基布置防務，閩省少安。

　　劉冠雄電奏中央，備陳新裕沉沒狀，老袁不勝嘆息，默思天意絕人，萬難再戰，只好再請徐、段二公，商議良策。徐、段仍提出馮、陳兩人，要他東西協力，調停和議。應六八回。當下申電馮、陳，不到兩日，得陳宦覆電，略言：「與蔡鍔電商，先將總統留任一節，提作首項，已由蔡鍔允達滇、黔，俟有成議，再行報命。」獨馮國璋並無電覆。原來江蘇沿海，民黨往來甚便，滬上一隅，華洋雜處，尤為黨人淵藪地。陳

其美係民黨翹楚，自袁氏稱帝，已由日本來滬，設立機關，潛圖革命。雖與護國軍宗旨不同，但推翻袁氏的意思，總是相合。獨提出陳其美，為下文被刺張本。起初百計促馮，逼他獨立，馮卻寂然不動，但也未嘗嫉視黨人。陳知獨立無望，遂派同志混入鎮江，謀刺要塞司令龔青雲。會機謀被洩，徒落得擾攘一宵，仍然退去；轉至江陰，逐走旅長方更生，居然宣布獨立，推舉尤民為總司令，蕭光禮為要塞司令。尤民本綠林出身，專事敲詐，不知撫卹，江陰人民，大起恐慌，連電江寧，向馮求救。馮國璋忙派兵往援，人民也群起逐尤，內應外合，任你尤民臂粗拳大，也只得推位讓國，棄城遠颺。蕭光禮已聞風先走了。馮正恨老袁疑忌，絕不諒他擁護的苦心，幾乎要與袁決裂，偏中央屢次發電，哀懇他竭力調停，他又顧念舊情，害得忐忑不定；嗣又得徐、段電文，略言：「四川將軍陳宧，已向蔡鍔提出議和條件，仍戴袁為總統。」於是順風使帆，依方加藥，即提出調停意見八條：(一)應遵照清室遺言，交付袁氏組織共和政府全權，使仍居民國大總統地位；(二)慎選議員，重開國會，但須排除激烈分子；(三)懲辦禍首；(四)各省軍隊，須以全國軍隊按次編號，不分畛域，並實行徵兵制；(五)明定憲法，憲法未定以前，用民國元年約法；(六)照民國四年冬季的將軍、巡按使，一概仍舊；(七)滇事發生後，所有派至川、湘各軍一律撤回原地；(八)大赦黨人。這八大綱通電傳出，尚未接復，忽聞陳宧電達中央，說是蔡鍔電商滇、黔，唐、劉未能滿意，不由的憤憤道：「袁項城專會欺人，今徐菊人、段芝泉，也來欺我麼？」遂電致政事堂，勸袁退位。略云：

　　國璋耿直性成，未能隨時俯仰，他人肆其讒構，不免浸潤日深，遂至因間生疏，因疏生忌，倚若心腹，而祕密不盡與聞，責以事功，而舉動復多掣肘，減其軍費，削其實權，全省兵力四分，統係不一，設非平日信義能孚，則今日江蘇已為粵、浙之續矣。顧國璋方以政府電知川

省，協議和平，用意既復略同，敢弗贊助，以故力任調人，冀回劫運，乃報載陳將軍致中央電，宣告蔡鍔提出條件後，滇、黔於第一條未能滿意，桂、粵迄未見覆，而此間接到堂轉陳電，似將首段刪去。值此事機危迫，尤不肯相見以誠，調人閭於內容，將何處著手？現雖照電川省，商論開議事宜，雙方未得疏通，正恐煞費周折。默察國民心理，怨誹尤多，語以和平，殊難饜望，實緣威信既墮，人心已渙，縱挾萬鈞之力，難為駟馬之追，儲存地位，良非易易。若察時度理，已見無術挽回，毋寧敝屣尊榮，亟籌自全之策，庶幾令聞可復，危險無虞，國璋不勝翹切待命之至。

　　國務卿徐世昌，接到馮電，暗想道：「這遭壞了，華甫也有變志了。」急忙入報老袁，老袁亦惶急萬分，徐世昌道：「現在事已燃眉，還請總統放寬一步，挽回大局。」老袁皺著眉道：「難道我真個退位不成？」世昌道：「並非退位問題，但請總統規復內閣制，並用幾個新黨人物，或尚能調停就緒，也未可知。」老袁道：「除要我退位外，總請老友替我作主，我已心煩意亂，不知所從了。」世昌即草擬閣員，陸軍蔡鍔，內務戴戡，農商張謇，教育湯化龍，司法梁啟超，財政熊希齡，遞交老袁酌閱。老袁雖然不願，也只好略略點首。世昌乃出發各電，待至兩日，一無複音。再電請熊希齡、張謇、伍廷芳、唐紹儀、范源濂、蔡元培、王正廷、王寵惠等到京，商組內閣，哪知一班名流，電覆世昌，統是要老袁退位，餘無別言。世昌不禁長嘆道：「項城，項城，你攪到這個地步，叫我如何收拾呢？」遂籌思一會，入見老袁，略將外來各電，敘述一二，繼復進言道：「據我看來還是要芝泉組織內閣，芝泉是軍閥中人，且與馮華甫很是莫逆，將來或戰或和，較有把握，請總統即日照行。」老袁道：「你既要芝泉出場，我亦不能不依，但你不可他去，一切善後方法，仍應替我商酌呢。」世昌道：「謹遵鈞命，我總在京便了。」把圈兒套與

別人，不愧老練。老袁乃召入段祺瑞，囑他組閣。段再三推讓，經世昌從旁力勸，方允暫認，遂於四月二十一日，公布政府組織令，委任國務卿擔任政務，稱為責任內閣。越日，任段為國務卿，組織閣員。陸軍由段自兼，外交仍任陸徵祥，財政改任孫寶琦，內務改任王揖唐，海軍仍任劉冠雄，交通改任曹汝霖，教育改任張國淦，農商改任金邦平，司法仍任章宗祥。各部總長，發表出來，都人士仍稱為帝制內閣。什麼叫做帝制內閣呢？看官試想！這部長中所列八人，哪一個不是帝制派，而且財政、交通兩部統屬梁士詒黨系。財神始終得勢。至若軍務全權，仍操諸統率辦事處，未曾交與段氏。段氏登臺，不過取消政事堂，恢復國務院，改機要局為祕書廳，易主計局為統計局，修正大總統公文程序，總算是恢復國體的表示。此外目的，唯調停南北，主張和議罷了。但馮、段究係故交，段既為內閣領袖，馮應格外幫忙，為此一著，遂創出南京大會議來。當由馮國璋首先發起，通電各省道：

（上略）滇、黔、桂、粵，意見尚持極端，接洽且難，遑云開議。現就國璋思慮所及，籌一提前辦法，首在與各省聯繫，結成團體，各守疆土，共保治安，一面貫通一氣，對於四省與中央，可以左右為輕重，然後依據法律，審度國情，妥定正當方針，再行發言建議，融洽雙方。我輩操縱有資，談判或易就緒。若四省仍顯違眾論，自當視同公敵，經營力征。政府如有異同，亦當一致爭持，不少改易。似此按層進步，現狀或可望轉機，否則淪胥遷就，愈滋變亂。一旦土崩瓦解，省自為謀，中央將孤立無援，我輩亦相隨俱盡矣。看此兩語，仍然是擁護中央。

牖見如此，特電奉商。諸公或願表同情，或見為不可，均望從速電覆。臨電激切，無任翹企！

電文去後，未曾獨立的省分陸續電覆，均表同情。馮乃再就前日提出的八大綱，略加變更，仍分八條：（一）總統問題，仍當暫屬袁總統，

俟國會召集,再行解決;(二)國會問題,應提前籌辦,慎定資格,嚴防流弊;(三)憲法問題,以民國元年約法為標準,視有未合事件,應斟酌修改,便利推行;(四)經濟問題,當由中央將近來收支情形,明白宣布。滇、黔二省,籌辦善後,亦宜宣告需用實數,設法勻撥;(五)軍隊問題,南北各軍,均調回舊駐地點,所有兩方添招軍隊,一律遣散,借抒財力;(六)官吏問題,凡所有官制官規,均應暫守舊章,免致紛亂;(七)禍首問題,楊度等謬論流傳,逼開戰禍,應先削除國籍,俟國會成立後,宣布罪狀,依法判決;(八)黨人問題,由政府審查原案,咨送國會討論,俟得同意,宣告大赦,方免牴觸法律,貽禍將來。以上八問題電達各省,均無異議。唯旅滬二十二行省公民,如唐紹儀、譚延闓、湯化龍等,集得一萬五千九百餘人,抗議反對,於第一條尤駁斥無遺。馮國璋欲罷不能,竟至蚌埠見倪嗣沖,籌商了大半夜,又邀倪同至徐州,會晤張勳。倪、張本擁戴老袁,遂與馮國璋聯繫一氣,發起南京會議,由徐州通告各省,略云:

　　川邊開戰以來,今已數月,雖迭經提出和議,顧以各省意見,未能融洽,迄無正當解決。當此時機,危亡呼吸,內釁時伏,外侮時來,中央已無解決之權,各省咸抱一隅之見,謠言傳播,真相難知。而滇、黔各省,恣意要求,且有加無已,長此相持,禍伊胡底?國璋實深憂之。曾就管見所及,酌提和議八條,已通電奉布,計達典籤;唯茲事體重大,關係非淺,往返電商,殊多不便。爰親詣徐府,商之於勳,道出蚌埠,邀嗣衝偕行,本日抵徐,彼此晤商,斟酌再四,以為目今時局,日臻危逼,我輩既以調停自任,必先固結團體,然後可以共策進行。言出為公,事求必濟,否則因循以往,國事必無收拾之望。茲特通電奉商,擬請諸公明賜教益,並各派全權代表一人,於五月十五日以前,齊集寧垣,開會協議,共圖進止,庶免紛歧而期實際。勳等籌商移晷,意見相

同，為中央計，為國家計，諒亦捨此更無他策。諸公有何卓見，並所派代表銜名，先行電示，借便率循，無任盼禱。張勳、馮國璋、倪嗣沖印。」

張、馮、倪三人，既發起南京會議，並電達中央，隨即分手，訂定後會。倪回蚌埠，馮歸南京。是時廣東方面，已在肇慶地點，設立兩廣司令部，舉岑春煊為都司令，梁啟超為總參謀，李根源為副參謀。岑自香港至肇慶，即日誓師北伐，有「袁生岑死，岑生袁死」等語。一面組織軍務院，遙奉副總統黎元洪為民國大總統，兼陸海軍大元帥。院設撫軍，即以唐繼堯、劉顯世、陸榮廷、龍濟光、岑春煊、梁啟超、蔡鍔、李烈鈞、陳炳焜諸人充任。又由各撫軍公推唐為撫軍長，岑為副撫軍長，於五月八日通告軍務院成立。

適值浙督屈映光辭職，公舉嘉湖鎮守使呂公望繼任。呂就職後，明目張膽，誓討袁氏，任周鳳岐、童葆暄為師長，列入護國軍。與屈迥不相同。檄至粵東，軍務院遂依著條例，請他就撫軍職，於是滇、黔、兩粵及浙江，併力討袁。老袁聞知，又添了好幾分愁恨，急召楊度、朱啟鈐、周自齊、梁士詒、袁乃寬等，密謀抵制。帝制要人，始終相倚。席間唯聞紙筆聲，並沒有什麼談論，後來轉將所擬底稿，盡付一炬。越祕密，越壞事。看官！道是什麼祕計？他不過電達外使，令轉告各國政府，勿遽承認南軍團體，一面向未曾獨立各省，催他速至南京，解決時事。各處新聞紙，探出原電，即登載出來。祕密何用？文云：

各省將軍、巡按使、都統、護軍使、鎮守使鑒：接廣東電開：「革命首領宣告南方獨立各省已組織成立新政府，以廣州為首都，以黎元洪為大總統，及陸海軍大元帥，廢除北京政府。其宣告中併為設立軍務院，定明許可權，併兼理外交財政陸軍各行政事務。雲南都督唐繼堯被舉為軍務院主任，岑春煊為副主任」各等語。查北京政府始而臨時，繼而正

式，幾經法律手續，始克成立，全國奉行，列邦承認，豈少數革命首領，所能廢除？首都問題，係由國家議會決定，奠定業已數年，有約各國，駐使所在地點，載諸約章，國際關係最切，對內對外，豈少數革命首領，所能擅易？大總統地位，由全國人民代表，按照根本大法選舉，全國元首，五族擁戴，又豈少數革命首領，所能指派？且黎公現居北京，謹守法度，又豈肯受少數革命首領之指派？廣東距京數千里，強假黎之虛名，而由唐、岑等主其實權，不啻挾為傀儡，侮蔑黎公，莫此為甚。凡此種種，違背共和，剷除民意，實係與國家為仇，國民為敵。政府方欲息事寧人，力謀統一，而少數革命首領，竊據一隅，以共和為號召，乃竟將共和原理，國民公意，一概蹂躪而抹煞之。此而可忍，國將不國。誰生厲階，至今為梗。尊處如有意見，望逕電南京，請馮、張、倪三公，會同各省代表，併案討論。院處電。

這電自五月十日發出，轉眼間已是望日，南京會議，期限已屆，各省代表，先後到寧，共得二十餘人。計開：

直隸代表劉錫鈞、吳燾。奉天代表趙錫福、劉恩洪。

吉林代表張恕、戴藝簡。黑龍江代表李莘林。

山西代表崔廷獻、李駿。山東代表孫家林、丁世嶧。

河南代表畢太昌、葉濟。湖南代表陳裔時。

湖北代表馮篔、楊文愷。江西代表何恩溥、程用傑。

福建代表賈文祥。安徽代表萬繩栻。

熱河代表夏東驍。察哈爾代表何元春。

綏遠代表熊開光。上海代表趙禪、王濱。

徐州代表李慶璋。蚌埠代表裴景福。

還有中央特派員蔣雁行，及海軍司令饒懷文、參謀長師景文等，也

一律與會。唯陝西因亂未復,四川路遠,所派代表張聯棻、張軫援二人,均在途未至。五月十七日,南京會議第一次舉行,由馮國璋主席,各省代表,統行列座,除蔣雁行並非代表,只能旁聽外,各代表均有發言權。馮即宣言第一條總統問題,贊成馮說的,不過十分之二三,反對馮說的,卻有十分之三四,其餘各守中立態度,既不反對,又不贊成。論辯了好幾時,第一爭終不能通過。馮國璋不便強迫,只好說是改日再議,代表等當然散席。李慶璋、裴景福兩人,即電達張、倪,竟爾告急。隔了一天,蚌埠倪將軍,親自帶兵三營,直抵江寧。正是:

全域性已經成瓦解,將軍還欲挾兵來。

欲知倪嗣沖到會情形,且從下回敘明。

馮、段兩人,遭袁氏之疑忌,至於途窮日暮,再請他登場,重演一齣壓臺戲,非諺所謂急時抱佛腳者耶?馮、段不念舊惡,猶為袁氏竭力幫忙,一組內閣,一開會議,平心論之,未始非友道可風。然內則帝孽具存,外則人心已渙,徒恃一二人之筆舌,亦安能驟事挽回?昔人有言:「小人之使為國家,菑害並至,雖有善者,亦無如之何矣。」況馮、段乎?而倪、張更無論已。

第七十一回
陳其美中計被刺　陸建章繳械逃生

　　卻說倪嗣沖帶兵至寧，意欲仗著兵力，迫脅各省代表，仍承認袁世凱為大總統。五月十九日，開第二次會議，倪昂然蒞會，代表安徽，出席宣言道：「總統退位問題，關係全域性安危，倘或驟然易位，恐怕財政軍政兩方面，必有危險情事發現出來，所以愚見仍推戴袁總統，請他留任為是。」言甫畢，山東代表丁世嶧起言道：「倪將軍的高見，鄙人非不贊成，但自袁總統熱心帝制，種種行為，大失信用，即袁總統也自知錯誤，已有去意，難道中國除了袁總統，便沒人維持大局麼？」頗有膽識。倪嗣沖聞言變色道：「項城下臺，應請何人繼任？」丁世嶧尚未及答，與丁偕來的孫家林，便從旁答言道：「自然應屬副總統，何消多問。」明白爽快。倪怒目視丁、孫兩人道：「你兩人是靳將軍派來麼？靳將軍擁護中央，竭誠報國，為何派你二人到來？你二人莫非私通南軍，來此搗亂不成？」不如你意，便硬指他犯上作亂。丁、孫兩人正要答辯，那湖南代表陳裔時，已起立道：「古人有言，君子愛人以德，倪將軍毋太拘執，應請三思！」湖北代表馮簹，江西代表何恩溥等，亦應聲道：「敝代表等也有此意。」倪嗣沖見反對多人，怒不可遏，竟投袂奮臂道：「袁總統離位一日，中國便搗亂一日，我只知挽留袁總統，若有異議，就用武力解決。」全是蠻話，試思袁總統尚然在位，何故擾亂至此，勞你會議耶？丁世嶧、孫家林等冷笑道：「既須憑著武力，何用開此會議哩？」馮國璋時在主席，覷這情形，恐惹出一場爭鬧，遂出為調人道：「諸君不必

第七十一回　陳其美中計被刺　陸建章繳械逃生

徒爭意氣，須知能戰然後能和，今南方五省，已極端反抗中央；就使項城退位，他也必有種種要求，繼任的總統，恐也難一律應諾，將來仍不免相爭。國璋始終主和，但欲和平解決，亦應先準備武力，免令南方輕覷，要挾不情，各代表諸公，以為何如？」這一席話，才引出燕、奉、吉、豫、熱、夏諸代表同聲贊成。馮複議及兵力財力二問題，燕、奉、吉、豫等代表，或願出若干兵隊，或願認若干軍餉，餘代表多託詞推諉。山東、江西、兩湖各代表，且默不一言。馮國璋料難裁決，乃宣告散會，越宿再議。

次日復齊集會場，各代表多主和不主戰，馮、倪也不便力辯。至提及總統問題，大眾擬付國會表決，馮卻游移兩可，倪獨不以為然。越日，再開第四次會議，仍無結果。徐州代表李慶璋，倡言南中雖然獨立，並非自外中國，既為和平解決起見，不如令他派遣代表，同到此處議決，方期一勞永逸。這數語頗得多數贊成，遂由李主稿電達獨立各省，靜候複音。至散會後，他竟隨著倪嗣沖揚長去了。不數日，即有張辮帥一篇通電，其文云：

據敝處代表回徐報告，此次江寧之會，業經各代表次第宣言，知各省軍民長官，多數以擁護中央、儲存元首為宗旨，是退位問題，已屬無可討論。仍是你一人自說。且由馮上將軍主張，欲求和平，非先以武力為準備不可，所有應備軍旅餉項，並經各代表預先分別擔任，敵愾同仇，可欽可敬。乃魯、湘、鄂、贛諸代表，多方辯難，展轉波折，故甚其辭，顯見受人播弄，暗中串合，故與南方諸省，同其聲調，必非該本長官所授本意。況靳、湯、王、李諸將軍，公忠國體，威信久孚，或軍當困難，百折不回，或地處衝繁，一心為國，動處屢接來電，莫不慷慨淋漓，令人起敬。而該代表竟敢擅違民意，妄逞詞鋒，實屬害群之馬，允宜鳴鼓而攻。雖現在電致南方各省，令派代表到寧與議，覆電能否依

從,尚難遽定,而我方內容,有不可不加整飭,以求一致。誠以退位問題,關係存亡,非特總統人才,難以勝任,即以外交軍政財政而論,險象尤難罄述。如果國本輕搖,必淪胥俱盡。即使南方各省,果派代表到寧與議,亦當一意堅持,推誠相告,如不見聽,即以兵戈。倘內容不飾,先餂其詞,則國家之亡,有可立待。用此通電布告,願我同胞,共相切磋。設有非此旨者,即以公敵視之可也。臨電迫切,無暇擇言。勳印。

　　張辮帥雖有此電,各省長官,仍然徘徊觀望,不甚贊成。山東、兩湖等省,且潛圖獨立,雲、貴、兩粵等,更不消說,簡直是置諸不理罷了。唯當南京會議期間,卻有一個革命黨魁被刺上海,相傳由袁皇帝賄囑刺客,赴滬設法,用了若干心力,才得報功。究竟被刺的是何人?行刺的又是何人?待小子敘了出來,便有分曉。小子於前文中,曾說過滬上一帶,多藏著民黨蹤跡,就中首領,要算陳其美。從前肇和兵艦的變動,與鎮江、江陰的獨立,都由他一人指使,不但袁政府視為仇敵,就是南京上將軍馮國璋,也加意防備,隨時偵探密查。陳其美卻不肯罷休,仍擬伺隙進行,只因資財支絀,未免為難。湊巧黨人李海秋,介紹兩個闊客,一個叫做許谷蘭,一個叫做宿振芳,統說是煤礦公司的經理。這煤礦公司,牌號鴻豐,曾在法租界賃屋數幢,暫作機關,形式上很是闊綽。兩人與陳見面後,約談了好幾個時辰,真個彼此傾心,非常親暱。嗣後常相過從,聯成知己。陳有時與他晤談,免不得短嘆長呼,兩人問他心事,他遂和盤托出,一一告知。兩人順口道:「我等雖是商人,卻也懷著公義,可惜所有私蓄,都做了公司的股本了。現在未知公司的股單,可否向別人抵押?如有此主顧,那就好換作現銀,幫助民軍起義呢。」陳其美不禁躍然道:「兩君為公忘私,真足令人起敬,我且與日商接洽,若可暫時作抵,得了若干金,充做軍餉,等到成功以後,自

第七十一回　陳其美中計被刺　陸建章繳械逃生

當加倍奉還。」天下有幾個卜式，陳其美何不小心？兩人唯唯告別。

過了數日，陳已與日商洋行議定押款，即至鴻豐煤礦公司，與許、宿兩人面洽。兩人並不食言，約於次日送交股單，親至陳寓簽字。陳以午後為期，兩人允諾，隨邀陳入平康裡，作狎邪遊。由許、宿兩人，作了東道主，他即坐了首席，開懷暢飲，猜拳行令，賭酒聽歌，直飲到月上三更，方才回寓。這是送往閻家的餞行酒。翌日起床，差不多是午牌時候，盥洗既畢，便吃午餐，餐後在寓中守候，專待許、宿到來。俄聽壁上報時鐘，已咚咚的敲了兩下，他暗中自忖道：「時已未正了，如何許、宿兩人，尚未見到？難道另有變卦麼？」又過了二十分鐘方有侍役入報導：「許、宿二公來了。」陳忙起身出迎，但見兩人聯袂趨入，即含笑與語道：「兩君可謂信人。」一語未畢，忽覺得一聲怪響，震入腦筋，那身子便麻木不仁，應聲而倒。等到怪聲再發，那陳其美已魂散魄蕩，馳入鬼門關去了。許、宿二人，見已得手，一溜煙跑出門外，急向原來的汽車，一躍而上，開足了汽，好似風馳電掣一般，逃竄去了。是時陳寓內的侍役，聞聲出視，見陳已僵臥地上，用手一按，已無氣息，但見腦漿迸裂，尚是點滴不住，仔細瞧著，腦殼已被槍彈擊破，彈子從腦門穿出，飛過一旁，圓溜溜的擺著，趕忙出外睜望，那凶手已不知去向，於是飛報黨人，四處邀集。大家見陳慘死，不免動了公憤，一面購棺斂屍，一面鳴捕緝凶，好容易拿住許、宿兩犯，由法捕房審訊，許、宿語多支吾，毫無實供。嗣經再三鞫問，許供由南京軍官囑託，宿供由北京政府主使，究竟屬南屬北，無從訊實，結果是殺人抵罪，把許、宿問成死刑罷了。南北統不免嫌疑。

袁世凱聞陳已刺死，除了一個大患，自然欣慰，不意陝西來一急電，乃是將軍陸建章，及鎮守使陳樹藩聯銜，略說是：

秦人反對帝制甚烈，數月以來，討袁討逆各軍，蜂起雲湧，樹藩因欲縮短中原戰禍，減少陝西破壞區域，業於九日以陝西護國軍名義，宣言獨立，一面請求建章改稱都督，與中央脫離關係。建章念總統廿載相知之雅，則斷不敢贊同，念陝西八百萬生命所關，則又不忍反對。現擬各行其是，由樹藩以都督兼民政長名義，擔負全省治安，建章即當遄返都門，束身待罪，以明心跡。

老袁瞧到此處，把電稿拋置案上，恨恨道：「樹藩謀逆，建章逃生，都是一班負恩忘義的人物，還要把這等電文，敷衍搪塞，真正令人氣極了。」你自己思想，能不負恩忘義否？嗣是憂憤交迫，漸漸的生起病來。小子且把陝西獨立，交代清楚，再敘那袁皇帝的病症。原來陝西將軍陸建章，本是袁皇帝的心腹，他受命到陝，殘暴凶橫，常借清鄉為名，騷擾里閭，見有煙土，非但沒收，還要重罰，自己卻私運魯、豫，販售得值，統飽私囊。陝人素來嗜煙，探知情弊，無不怨恨。四月初旬，郃陽、韓城間，忽有刀客百餘名，呼聚攻城，未克而去。既而黨人王義山、曹士英、郭堅、楊介、焦子靜等，據有朝邑、宜川、白水、富平、同官、宜君、洛川等處，招集土豪，部勒軍法，舉李岐山為司令，豎起討袁旗來，陝西大震。陸建章聞報，亟飭陝北鎮守使陳樹藩往討。樹藩本陝人，辛亥舉義，他與張鈁獨立關中，響應鄂師。民國成立，受任陝南鎮守使，駐紮漢中。至滇、黔事起，陸建章恐他生變，調任陝北，另派賈耀漢代任陝南。樹藩已逆知陸意，移駐榆林，已是怏怏不悅，此次奉了陸檄，出兵三原，部下多係刀客，遂進說樹藩，勸他反正。樹藩因即允許，乃自稱陝西護國軍總司令，倒戈南向，進攻西安。

陸建章又派兵兩營，命子承武統帶，迎擊樹藩，甫到富平，樹藩前隊，已見到來，兩下交鋒，約互擊了一小時，陝軍紛紛敗退。樹藩驅兵大進，追擊至十餘里，方收兵回營。承武收集敗兵，暫就中途安歇一

第七十一回　陳其美中計被刺　陸建章繳械逃生

宵，另遣幹員賫夜回省，乞請援軍。那知時至夜半，營外槍聲四起，嚇得全營股慄，大眾逃命要緊，還管什麼陸公子。陸承武從睡夢中驚醒，慌忙起來，見營中已似山倒，你也逃，我也竄，他也只好拚命出來，走了他娘。偏偏事不湊巧，才出營門，正碰著樹藩部下的胡營長，一聲喝住，那承武的雙腳，好似釘住模樣，眼見得束手受擒，被胡營長麾下的營弁活捉了去，捉住一個豚犬，沒甚希罕。當下牽回大營。陳樹藩尚顧念友誼，好意款待，只陸建章聞著消息，驚惶的了不得，老牛舐犢。急遣得力軍官，往陳處乞和，但教家人父子，生命財產，保全無礙，情願把將軍位置，讓與樹藩，且將所有軍械，一概繳出。陳樹藩總算照允，便於五月十五日，帶著陸承武，竟入西安。陸建章出署相迎，一眼瞧去，承武依然無恙，樹藩卻格外威風，前後左右，統有衛軍護著，比自己出轅巡閱，還要烜赫三分。看官！你想此時的陸建章，已是餘威掃地，不得不裝著笑臉，歡迎樹藩。曾否自知惶愧？樹藩樂得客氣，下馬直前仍向陸建章行了軍禮。建章慌忙答讓，彼此握手入署，承武亦隨了進去。兩下坐定，樹藩將兵變情形，略述一遍，並言：「胡營長冒犯公子，非常抱歉。」陸建章也婉詞答謝。樹藩復道：「現在軍心已反對中央，將軍不如俯順輿情，改任都督，與南方護國軍聯同一氣，維持治安，樹藩等仍可受教。」建章遲疑半晌，方道：「我已決計讓賢，此處有君等主持，當然不至擾亂了。」始終不肯背袁，也算好友。樹藩道：「將軍既不願就職，公子儘可任事。」建章道：「兒輩無知，恐也不勝重任呢。」樹藩方提及繳械問題，由陸建章允行，約於十七日照辦。樹藩退出，到了十七日，樹藩復帶兵至將軍署，先與陸建章議定電稿，拍致北京，小子已錄載上文，毋容贅說。電既發出，然後由建章出令，飭所部軍隊，一齊繳械，歸陳軍接受。繳械已畢，樹藩仍委陸承武為護國軍總司令，並編自己部屬為二師，用曹士英為第一師長，李岐山為第二師長，自稱陝

西都督兼民政長，布告全省，宣言獨立，秦中粗安。

　　陸建章收拾行裝，共得輜重百餘輛，即於五月二十日挈領全眷，退出西安。陳樹藩派兵護送，才出東門，不意陳軍中有一弁目瞧著若干輜重，未免垂涎起來，當下自語同儕道：「這等輜重，都是本省的民脂民膏，今被陸將軍捆載了去，他好安享後福，我陝民真苦不勝言哩。」為這一句話兒，頓時激動全體，大家喧呼道：「何不叫他截留？他是來做將軍，並不是來刮地皮，如何有這許多行李呢？」陸建章雖然聽著，也只好裝聾作啞，由他喧鬧。偏是衛隊數十名，聞言不服，竟與陳軍爭執起來。陸建章喝止不住，但聽陳軍齊呼道：「兄弟們快來！」一語才畢，大眾一擁而上，把所有輜重百餘輛，搶劫一空。還有陸氏的妻妾子女，也被他東牽西扯，任意侮弄。所戴的金珠首飾，統已不翼而飛。陸建章叫苦不迭，就是幾十名衛隊，也自知眾寡不敵，只好袖手旁觀，任他劫掠。小子有詩嘆道：

悖入非無悖出時，臨歧知悔已嫌遲。
小懲大誡由來說，到底貪官不可為。

　　欲知陸建章如何啟行，且至下回續敘。

　　陳其美之被刺滬上也，全屬袁政府之辣手，與宋漁父、林頌亭諸人，慘遭狙擊，萬眾含悲，同可痛惜者也。陸建章為袁氏爪牙，加虐秦民，得贓累累，至樹藩獨立，彼為保全身家計，乃願繳械辭官，若輩之目的，唯一金錢而已，金錢到手，餘不足恤，或謂其為袁效忠，尚非確論。至於退出西安，輜重被劫，妻妾子女，亦受侮辱，眼前報應如此其速，奈何世之見利忘義者，尚沉迷而不之悟乎？揭而出之，為軍閥戒，辦著書人之苦心也。

第七十一回　陳其美中計被刺　陸建章繳械逃生

第七十二回
妒遷怒陳妻受譴　硬索款周媽生嗔

　　卻說陸建章出城被劫，數年蓄積，一旦成空，又累得妻妾子女，拋頭露面，無端受辱，真是啞子吃黃連，說不出的苦楚。還虧陳樹藩得知此信，忙飭兵官到來，奪還若干輜重，畀他啟行，才得悶悶登程，挈眷去訖。袁世凱聞陝西獨立，不得不發兵對付，可奈中央已無兵可遣，無餉可籌，所有中、交兩銀行，已被梁財神任意提用，現款殆盡。五月十二日，且有兩行鈔票，停止兌現的閣令，京中金融，大起恐慌，不但銀幣無著，連銅幣也無從兌換，商民怨聲載道，統歸咎段國務卿，其實都是梁財神的計策。他因兩行紙幣，充塞街衢，倘或群來兌現，勢必無從應付，所以先發制人，密擬停止兌現的命令，迫段蓋印。段祺瑞明知不便，但上受袁制，下被梁迫，閣員又多半梁黨，均附梁議，沒奈何蓋印頒行。當時都下相傳，稱為段內閣的經濟政策。為梁受謗，似不能不替段鳴冤。但段既出組責任內閣，如何仍用帝制餘孽？自詒伊戚，不得辭咎。

　　自此令釋出，袁政府的信用，越覺掃地，一切調遣，多不奉命。老袁沒法，不得不從外面著想，飭倪嗣沖轉調倪毓棻軍，自湘移陝，應五九回。倪嗣沖覆電遵行。既而山東將軍靳雲鵬，迭致警電，一電說民黨吳大洲等，入據周村，自稱護國軍山東都督，一電說革命黨居正等，入據濰縣，自稱東北軍總司令。著末又有一電，是勸老袁即日退位，免致糜爛等語。老袁憂憤益迫，遂令靳速即來京，面陳魯事，將軍一缺，

命張懷芝暫行代理。是時段芝貴已出任奉天將軍，袁復調他入魯，為嚴剿計，一方面是待交卸，一方面是要啟行，斷非一日兩日，可以照辦；而且全國警電，紛達京師，不是痛罵，就是勸退，害得老袁又氣又愁，急成一種尿毒症，每遇小便，非常痛苦，延醫服藥，毫不見效。雖是憂憤成疾，然未始非平時漁色所致。徐世昌繫念朋情，入府探疾，袁與詳述病源，徐即推薦前御醫陳蓮舫，勸袁召治。袁即如言召陳，至陳入京診視，略言：「臟腑伏毒，已是有年，今適暴發，為禍甚烈，些須藥石，恐難奏功。」袁復乞問良方，陳醫士乃寫了數語，呈袁自閱。看官！道是什麼方法？他說：「現時救急良方，只有每次溲溺後，須用人口吮咂，舐去毒液。當未吮咂時，先用清水麻油嗽口，除去口中熱毒，方可吮含，徐徐舐去毒液，或可稍奏微效。」老袁點首無語。待陳醫退出，即召眾妾入室，令之如法施行。眾妾都有難色，你看我，我看你，大家不發一言。有愛情者，其如此乎？令人一嘆。老袁不禁懊惱起來，便道：「你等太沒良心，難道坐視我死麼？」眾妾仍然無語。此時洪、周兩姨，何亦反舌無聲？老袁顧著眾妾，較量一番，又開口道：「還是汪姨、香兒、翠媛三人罷。」何不叫洪、周兩姨充役。三妾聽到此語，都怏怏不悅，奈又不好推辭，只得勉強應命。每遇老袁溲溺，由三妾輪流吮咂。其味何如？舌舐稍重，老袁即痛徹肺腑，呻吟不已。有時痛到極處，且亂撻三妾，三妾無從呼冤，只把那陳醫士的姓名，背地呼罵，稍稍洩忿。過了半月，老袁的尿毒症，果然少瘥，三妾私相慶幸，得免汙役。五月二十三日，輪著翠媛值差，自晝至夜，不勞吮咂。老袁因她逐日辛苦，加意溫存，傍晚即在翠媛室中，閒談一切，且就與翠媛共桌晚餐。

方兩人對酌時，由安女官長送入電報一則，呈與老袁。老袁不瞧猶可，瞧了一遍，不覺怒發如雷，提起手中杯盞，向女官長擲了過去。安

女士把頭一偏,那杯子豁喇一聲,跌得粉碎。翠媛莫名其妙,急忙起座,至老袁座側,來閱電文。哪知老袁復隨攜一碗,向翠媛擲來。翠媛趕緊躲閃,已是不及,左額角間,被碗擦過,頓時皮破血流,痛不可耐。安女士時已溜出,傳呼婢媼,趨入數人,一見翠媛受傷,忙取了創傷藥,替她敷上,且乘便就翠媛腰間,扯出白方巾,代為包裹。扎束方就,被老袁瞧著,尚怒向婢僕道:「我尚未死,你等便用了白布,與她纏首,莫非要呪我死麼?」語已,竟起身四覓,得了一個門閂,左敲右擊,把婢僕打得落花流水,方釋手出室。可憐婢僕等無端受撲,多半頭青膚腫,怨苦連聲。唯轉念老袁平日,待遇下人,尚屬寬仁,此次忽爾反常,好似瘋狂一般,又不由的猜疑起來。反常則死,此即袁氏死徵。於是出室探查,偵得老袁高坐內廳,面含慍色,究不知為著何事?待過了一小時,忽來了一個命婦,約有三四十歲,跟蹌入廳,跪謁老袁,大家從外遙望,見這命婦非別,乃是于夫人的義女,四川將軍陳宧字二庵的正室。迭布疑團,令人莫測。原來陳宧生平,與正妻不甚和協,所以就職入川,只令二三姬妾隨行,把正妻撇在京中。唯陳妻素性篤實,夙承于夫人寵愛,視同己女,因此時常入宮,聊慰岑寂,或至數日始返。宮中眷屬,竟呼她為大小姐,各無閒言。此次老袁傳召,自然奉命前來,一入內廳,仰見義父尊容,已覺可怕,不禁跪下磕頭。老袁憤憤道:「你知二庵近事否?」上文特書陳宧表字,便為此語埋根。陳妻答稱未知。老袁厲聲道:「他已與西南各省的亂黨,同一謀逆了。」你叛民國,莫怪人家叛你。陳妻驚訝失措,支吾答道:「他……他受恩深重,當不至有此事,想係傳聞錯誤的緣故。」老袁不待詞畢,便從袖中取出一紙,擲向地上,並呵叱道:「你尚為乃夫辯護麼?他有電文在此,你去一瞧!」陳妻拾起電文,兩手微顫,緊緊捧閱,但見上面寫著:

第七十二回　好邊怒陳妻受譴　硬索款周媽生嗔

北京國務院統率辦事處鑑：宧以庸愚，治軍巴蜀，痛念今日國事，非內部速弭爭端，則外人必坐收漁人之利，亡國痛史，思之寒心。川省當滇、黔兵戰之衝，人民所受痛苦極巨，瘡痍滿目，村落為墟。憂時之彥，愛國之英，皆希望項城早日退位，庶大局可得和平解決。宧既念時局之艱難，又悚於人民之呼籲，因於江日即五月三日。徑電項城，懇其退位，為第一次之忠告，原冀其鑑此忱悃，回易視聽，當機立斷，解此糾紛。乃覆電傳來，則以妥籌善後之言，為因循延宕之地。宧竊不自量，復於文日即十二日。為第二次之忠告，謂退位為一事，善後為一事，二者不可併為一談，請即日宣告退位，示天下以大信。嗣得覆電，則謂已交由馮華甫在南京會議時提議。是項城所謂退位雲者，決非出於誠意，或為左右群小所挾持。宧為川民請命，項城虛與委蛇，是項城先自絕於川，宧不能不代表川人，與項城告絕。自今日始，四川省與袁氏個人，斷絕關係。袁氏在任一日，其以政府名義處分川事者，川省皆視為無效。至於地方秩序，宧有守土之責，謹當為國家盡力維持。新任大總統選出，即奉土地以聽命，並即解兵柄以歸田，此則區區私志，於私於公，以求無負者也。皇天后土，實聞此言，謹露布以聞！中華民國五年五月二十二日四川都督陳宧印。

陳妻閱畢，無詞可答，禁不住流下淚來。婦女們慣作此腔。老袁又道：「我改元洪憲時，他未嘗獨立，今我已取消帝制，他卻獨立起來，我不曉得他是什麼用意？難道我的總統位置，他不肯承認嗎？別人與我反對，還屬可恕，你夫的功名富貴，統是我親手拔擢，今竟宣布獨立，太屬負恩，我恨不手刃了他，洩我忿恨。現在他居四川，我不能拘他到京，只有將你為質，你若自己要命，即應發電至川，令他即日到來，束身歸罪，否則你夫一日不來，你一日不得卸責。」言至此，即叫入女官道：「你把她牽了出去，幽禁別室，休得放走！」女官領命，即將陳妻扶出，引至一間僻室中，令她居住。陳妻無奈，只好央告女官，通報于夫

人，從旁解勸。女官倒也應允，遂向于夫人報告。于夫人頗出了一驚，立呼侍婢吩咐道：「你快去傳語陳夫人，只說是：我甚掛念，本擬代為緩頰，因我與老頭兒不睦，恐難為力，不如轉求洪姨太太罷。」皇后勢力，不及妃子，這是古今通病。侍婢奉了主命，復去告知陳妻，陳妻復轉託女官，向洪姨求情。洪姨一聞此事，便道：「你放她回去罷了！」女官道：「這……這事恐不便擅行呢。」洪姨道：「有我擔當，怕他什麼！」畢竟要算紅姨太。女官方應聲而出，竟將陳妻釋歸。

翌日，洪姨竟報聞老袁。老袁怒道：「你敢破壞我法令麼？」洪姨卻含笑道：「妾聞罪不及孥，古有明訓，就使陛下晉位為帝，亦當效法前王，況仍為民國元首呢？」老袁又怒道：「我已有令，不準你等再稱陛下，及萬歲爺等名詞，如何你又犯禁？」洪姨復笑道：「古稱皇帝為元首，今亦稱總統為元首，元首可以並稱，陛下亦何不可並呼？」老袁聽了，頗屬有理，便稍稍開顏道：「你可為善辯了。」無非喜她恭維。洪姨又道：「陳夫人伉儷不睦，人所共知，陳宦獨立，夫人哪得與聞？陛下以為錮住了她，可以牽制陳宦，妾料陳宦聞妻受罪，方且感激不遑，陛下奈何為宦殺婦，令宦暗笑？」舌上生蓮，我也佩服。老袁不覺點首，只口中尚大罵陳宦，鬧個不休。洪姨復勸慰數語，老袁乃至辦公室，召集段祺瑞等，商議四川事宜。結局是免去陳職，令周駿督理四川軍務，曹錕督辦四川防務，張敬堯幫辦四川防務，當即擬定命令，蓋印發出，然後還宮。

一入宮中，忽來了一個老婆子，說是從湖南到來，有要事面陳總統。老袁急忙召見，那老婆子便大模大樣的走了進來，一見老袁，但把雙手捧合，作了襝衽的模樣，一面道了「總統萬福」四字。老袁就詢問道：「湘老可好？」老婆子旋答言：「仰託洪福。」兩語說畢，便呈上一函，

第七十二回　好遷怒陳妻受譴　硬索款周媽生嗔

由老袁親自展閱。小子乘老袁閱書，無詞可述的時候，就把那老婆子的來歷，略敘數言。這位老婆子姓周，乃是湘南名士王闓運的家人，朝侍案，暮薦枕，名義上喚作主僕，實際上不啻夫妻。王闓運表字湘綺，自稱湘綺老人，前時在京，老袁曾令為國史館長，後來選任參政，亦列入大名，唯他是前清老翰林，腦筋中尚懷著清恩，有心復辟，凡老袁一切舉動，卻是未曾贊成，嘗戲撰總統府對聯，上聯云：「民猶是也，國猶是也，何分南北？」下聯云：「總而言之，統而言之，什麼東西！」確是妙句。這聯語膾炙人口。到了帝制發生，他即乞假還鄉，與這位周媽媽，消磨那清閒歲月。後來老袁強姦民意，凡政紳軍商各界，無不有請願書，獨耆碩遺老，尚付闕如，老袁想到王闓運身上，意欲借重大名，列表勸進，遂密電湖南將軍湯薌銘，囑他與王關說。王索代價洋三十萬圓，方能從命。一定十萬圓，此老也會敲竹槓。湯薌銘以索價太奢，不敢作主，電覆老袁，請示辦法。老袁竟願如所請，立電湯如數撥給，準就應解公款項下扣除。湯急切不能籌墊，勉強挪湊，只得十餘萬圓，乃與王磋商，先付半數，餘俟項城登極後，一併交清。王允如約，唯索得債券而去。後來帝制取消，王恐是款無著，即向湯處催索。湯謂帝制無成，當然廢約。王不甘割捨，竟遣周媽入京，函致老袁，直接索款。哪知這位湯將軍，早已報稱全繳，並未言止給半數。老袁看了王函，不免驚疑，便語周媽道：「是款據湯將軍報告，早已如數交清，奈何來函所稱，還有一半未繳？難道是湯將軍捏詞虛報，還是你家主人，與我惡作劇麼？」周媽道：「這又奇了。我家老王，若已如數收清，還要遣老婦來做什麼？倘謂我老王另有別情，何不將已交半數，一併賴去呢？」語有芒刺。老袁急易說道：「既如此，待我電詢湯將軍，俟有覆音，再行核奪。我與你主人多年老友，你在此閒逛數天，盡屬無妨。」周媽方才稱謝，老袁即命女官引導周媽，送至洪姨處住宿，並傳語優禮相待。

周媽一見洪姨，也不暇施禮，便道：「這位好姐姐，彷彿天仙一般，想是幾世修來，才得住此。」洪姨也笑語相答，周媽又說短論長，語多滑稽，引人解頤，但鄙俗中卻帶著三分風雅，不似那《石頭記》中的劉姥姥，一味粗魯，想其受教於湘綺也久矣。因此洪姨與她敘談，倒也不覺討厭，且反引她至各處遊玩。她到一處，贊一處。競稱新華王氣，比眾不同，唯見了袁氏姬妾，年紀較長的呼作嫂嫂，年紀較輕的呼作姐姐，各姬妾聽她語無倫次，不禁暗笑，但由老袁傳囑優待，自然不敢怠慢；就是遇著于夫人，也以平輩相處，于夫人素來忠厚，周媽媽又悉本天真，兩下相談，頗稱莫逆。自是日間與各人會敘，說也有，笑也有，娓娓不倦；又善談鄉曲遺聞軼事，耐人清聽，夜間住在洪姨室中，安穩的過了數日。

　　巧值老袁至洪姨室內，面目間很是懊喪，洪姨正欲啟問，周媽卻先開口道：「湯將軍有否複音？」老袁沉著臉道：「他已獨立了，我去問他，他簡直沒有答覆。」湖南獨立事，即從老袁口中帶敘。周媽道：「我家老王事，當如何裁處？」老袁道：「無論此款是否交齊，就是有一半未繳，我事已完全失敗，你主人何必斤斤計較？」周媽道：「咦！大總統此語，未免欺人了。我家老王，前日列名勸進，不過敦促成事，並非擔保成功。今日帝制不成，大總統就要食言，倘或竟登大寶，我老王能要求例外的權利麼？況日前的請願書，乃是大總統授意，並非我老王干請，大總統言出必行，怎忍反汗？今湯將軍已經獨立，總統更可曉得湯氏的心思，他得做將軍，想總是總統的特恩，這且悍然不顧，賜金事更不必說了。且老婦住在宮中，未悉外間情事，今聞湖南獨立，致起憂疑，我家老王，年越八旬，平時出入，必須老婦扶持，此次特遣老婦來京，本是萬不得已，不料省中竟有變端，他不知急得什麼相似，還乞大總統即日付款，俾老婦歸遺老人，想老王也深感厚情呢。」不愧廣長舌。老袁躊

第七十二回　好遷怒陳妻受譴　硬索款周媽生嗔

躊躇多時道：「你既眷念主人，即欲回去，我亦不便強留，唯所索款項，現時尚難報命，容俟他日匯寄。」周媽道：「老婦跋涉長途，來此取款，若徒手空回，如何對付老王？這事務求原諒！」老袁始終不肯，周媽再三固請。老袁不耐噪聒，忿然作色道：「我不給你主人款項，你將奈何？」周媽道：「不給我款，寧死不去。」老袁道：「你不肯去，我便逐你。」周媽道：「你要逐我，我也弗怕。」老袁道：「我將殺你，你可怕麼？」周媽至此，不能再忍，竟屬聲道：「你要殺我，請你就殺，你要我主人勸進，許給若干金銀，今我主人遣我來索，你不但靳款不付，反欲將我殺死，哼哼！你的手段，也算太辣了。你未做皇帝，就有這般威虐，他日做了皇帝，我湖南人統要滅族了。你既有此殺人手段，何不向西南各省，把什麼唐繼堯，什麼蔡鍔等，殺個淨盡，得逞你願？今乃欲甘心老婦，把我殺死，豈不是小題大做，欺軟怕硬麼？」說至此，更放聲大哭，且哭且語，自言老王給我入京，使我一副老皮囊，葬身異地，真正可憐。老袁面前，只可用此手段對付。洪姨見她潑辣情狀，恐鬧得不成話兒，只得從旁解勸，婉言排解，老袁含怒出去。一生威福，反不行於老婦。眾姬妾聞聲走視，見周媽箕踞地上，尚是啼哭不止，大家做好做歹的勸了一回，方才收淚，且語諸姬道：「我在王家多年，曾見你總統的族祖袁甲三，與我老王為忘形交，老王至袁家飲宴，當時總統尚是小孩子，嘻憨跳擲，何等活潑？我老王摩頂笑道：『此兒他日必大貴。』不意今日果做了總統，且欲改做皇帝，眾位嫂嫂姐姐們，試想袁、王兩家，何等交情？就是老婦今日，受命前來，要向袁總統借若干萬金，他亦應即日照付，何況是欠款不繳哩？」似有至理。眾姬妾也不好與辯，無非說是再待數日，當擬繳清。周媽乃轉悲為喜，複閱兩三天，仍與洪姨商議，乞她籌畫。洪姨本司老袁家帳，沒奈何支出紙幣數萬元，並給現銀若干，畀作川資，周媽方告別南歸。小子有詩此事道：

拚生爭得巨金回，老婦居然一使才。

我為名流猶嘆惜，累名畢竟自貪財。

周媽南歸以後，究竟湖南曾否獨立，且俟下回說明。

本回宗旨，在川、湘獨立，卻用陳妻、周媽兩事掩映成文，此為旁敲側擊之法，所以避上文西南各省之重複，而別開生面，令人悅目者也。然陳妻之得釋，由洪姨遣之，周媽之得款，亦由洪姨付之，洪姨太之勢力，至於如此；幸袁氏不得為帝，且即病死耳，否則洪姨不為呂武，亦將為趙飛燕、楊玉環之流亞，袁氏雖欲不亡，亦不可得也。人第知袁氏之誤由於六君子、十三太保，不知尚有一紅姨太。閱者試前後參觀，乃知哲婦傾城，其為禍固不亞宵小也已。

第七十二回　好邇怒陳妻受譴　硬索款周媽生嗔

第七十三回
論父病互鬥新華宮　託家事做完皇帝夢

　　卻說湖南將軍湯薌銘，與四川將軍陳宦，本皆袁氏心腹，只因雲、貴義師，直逼境內，不得不變計求安。陳於五月二十二日，宣布獨立，湯猶在卻顧中。是時零陵鎮守使望雲亭，已早與桂軍聯合，在永州宣告獨立，自稱湘南護國軍總司令，且有電致湯，勸他速定大計，毋容瞻徇等語。湯正焦急萬分，適宣慰使熊希齡到省，兩下商議，想出一策，聯名電達中央，要求撤退北軍，免延戰禍。老袁覆電照准，既而又有悔心，仍令北軍駐湘，且調倪毓棻軍，回防湘境，另派雷震春赴陝。倪至岳州，湯執前說力爭，倪不得入，乃率兵退去。五月二十四日，湘西鎮守使田應詔，又在鳳凰廳獨立，自稱湘西護國軍總司令。於是湯薌銘為勢所迫，不得已宣布獨立，勸袁退位。第一電拍致老袁，其詞云：

　　北京袁前大總統鈞鑑：前接馮上將軍通電，籲請我公斂罷尊榮，誠見我公本有為國犧牲之宣言，信我公之深，愛我公之摯，以有此電。循環三複，怦怦動心。國事棘矣，禍機叢伏，乃如萬箭在弦，觸機即發，非可以武力爭也。武力之勢力，可以與武力相抗，今茲之勢力，乃起於無絲毫武力之人心。軍興以來，徧國中人，直接間接，積極消極，殆無一不為我公之梗阻。薌銘武人，初不知人心之勢力乃至於此，即我公亦或未知其勢力之遽至於此。既已至此，靖人心而全末路，實別無他術，出乎斂罷尊榮之上。我公所謂為國犧牲者，今猶及為之，及今不圖，則我公與國家同犧牲耳。議者謂我公方借善後之說，以為延宕之計，誠不免妄測高深。顧我公一日不退，即大局一日不安，現狀已不能維持，更

無善後之可言。湘省軍心民氣，久已激昂，至南京會議，迄無結果，和平希望，遙遙無期，軍民憤慨，無可再抑。茲於二十九日，已徇全湘眾民之請，宣布獨立，與滇、黔、桂、粵、浙、川、陝諸省，取一致之行動，以促我公引退之決心，以速大局之解決。薌銘體我公愛國之計，感知遇之私，捧誠上貢，深望毅然獨斷，即日引退，以奠國家，以永令譽。曾任幹冒，言盡於斯。湯薌銘叩。

第二電更加憤激，直欲與老袁開戰。其詞云：

自籌安會發生，樞府大僚，日以叛國之行為，密授意旨，電書雨下，恫誘兼至，傀儡疆吏，奴隸國民，疇實使然？路人共見。薌銘忍尤含垢，眥裂冠衝，以卵石之相懸，每徘徊而太息。天佑中國，義舉西南，正欲提我健兒，共襄大舉，乃以瘠牛全力，壓我湖湘，左掣右牽，有加無已。現已忍無可忍，於本日誓師會眾，與雲、貴、粵、桂、浙、陝、川諸省，取一致之行動。須知公即取消帝制，不能免國法之罪人。薌銘雖有知遇私情，不能忘國家之大義。前經盡情忠告，電請退位息爭，既充耳而不聞，彌拊心而滋痛。大局累卵，安能長此依違？將士同胞，實已義無反顧。但使有窮途之悔悟，正不為其豆相煎，如必舉全國而犧牲，唯有以干戈相見。情義兩迫，嚴陣上言。湯薌銘叩。

看官！你想陳宧、湯薌銘兩人，受袁之恩，算得深重，至此盡反唇相譏，恩將仇報，哪得不氣煞老袁？老袁所染尿毒症，至此複變成屎毒症，每屆飯後，必腹痛甚劇，起初下濁物如泥，繼即便血，延西醫診視，說他臟腑有毒，啖以藥水，似覺稍寬。越日，病羔復作，腹如刀刺，老袁痛不可耐，連呼西醫誤我，隆裕以腹疾致死，老袁亦以腹疾亡身，莫謂無報應也。乃另聘中醫入治。中醫謂是症乃尿毒蔓延，仍當從治尿毒入手，老袁頗以為然，亟命開方煎服。服了下去，腸中亂鳴，亟欲大解，忙令人扶掖至廁，才行蹲坐，北方大小便，皆至廁所。忽覺一

陣頭暈，支持不住，一個倒栽蔥，竟墮入廁中。侍役連忙扶起，已是滿身汙穢，臭不可近。各姬妾聞報往視，聞著一大陣臭氣，連掩鼻都不來及，哪裡還敢近前？獨第八妾葉氏，不嫌醃臢，急替他換易衫褲，並用熱水揩洗。老袁撫葉氏臂，籲籲嘆息道：「你平時沉默寡言，至今能獨任勞苦，不怕臭穢，我才知你的心了。」葉氏之心，至此才知，無怪受人矇蔽，始終未能瞧破。葉氏為之泣下，老袁亦灑了幾點痛淚。

至扶入寢室後，精神委頓不堪，閉目靜臥，似寐非寐；但覺光緒帝與隆裕太后，立在面前，怒容可怖；倏忽間，變作戊戌六君子；又倏忽間，變作宋教仁、應桂馨、武士英、趙秉鈞等；又倏忽間，變作林述慶、徐寶山、陳其美等；後來有無數鬼魂，面血模糊，統要向他索命的模樣。這是心虛病魔，並非真個有鬼。他不覺大叫一聲，嚇得冷汗遍體，及啟目四瞧，並無別人，只有葉氏在旁侍著，並低聲問明痛苦，當即答言道：「我不過精神恍惚，此外還沒有什麼痛楚，但你也很睏乏了，如何不去休息？她們如何並不見來？」葉氏道：「姊妹們都來過了，見陛下安睡，不敢驚動，所以退去。」老袁道：「你何故未退？」葉氏忍著淚道：「天下可無妾，不可無公，妾怎忍退休？」老袁不禁唏噓道：「可惜我平日待卿，未嘗稍厚，今日自覺愧悔哩。」

言未已，見閔姨進來，自思許多姬妾，唯閔氏資格最老，而且性情渾厚，從不聞她爭論，只自己得了新歡，往往忘卻舊愛，此時回溯生平，也覺抱歉得很。閔姨卻近前婉詢，很是殷勤，反惹起老袁許多悵觸，便與語道：「你隨我多年，好算是患難夫妻，今日我已病劇，恐怕要長別了。」閔姨道：「陛下何出此言？疾病是人生常事，靜養數日，自然復原，何必過慮！」老袁道：「我年已望六，死不為夭，但回憶從前，諸多錯誤，就是待遇卿等，也覺厚薄不均。我死後，卿等幸勿抱怨。」閔

第七十三回　論父病互鬥新華宮　託家事做完皇帝夢

姨嗚咽道：「妾到此已二十多年，一衣一食，無不蒙恩，怎敢再生異想？但願陛下逐漸安康，妾仍得託庇帷幄。萬一不幸，妾……妾也不願再生呢。」為下文自盡伏筆。說到末句，已是涕淚滿頤，語不可辨。老袁此時，益覺悲從中來，痰喘交作。經葉、閔兩姨，替他撫胸捶背，方略略舒服，矇矓睡去。

既而諸子陸續入室，請安問疾，見老袁委頓情狀，多半掩面涕泣。閔、葉兩氏，恐驚擾老袁，囑諸子退至外寢，靜心待著。諸子退後，克文見乃兄形態，似乎不甚要緊，且面上亦並無淚容，不由的懊惱道：「阿兄！你知父病從何而起？」克定道：「無非寒熱相侵，因有此病。」克文搖首道：「論起病源，兄實禍首。」克定沉著臉道：「我有什麼壞處？」克文道：「父親熱心帝制，都由阿兄慫恿起來，今日帝制失敗，西南各省，紛紛獨立，連日接到電報，都是明譏熱刺，令人難堪，你想阿父年近花甲，怎能受此侮辱？古語有云：『憂勞所以致疾』，況且鬱憤交集，怎能不病？」克定道：「我曾稟告父親，切勿取消帝制，他不從我，遂致西南革黨，得步進步，前日反對我父為帝，今日反對我父為總統，他日恐還要抄我家、覆我族哩。我父自己不明，與我何干！」好推得乾淨。克文冷笑道：「兄不自己引咎，反要埋怨老父，可謂太忍心了。試思我父曾有誓言，決不為帝，為了阿兄想做太子，竭力攛掇，遂至我父顧子情深，竟背前誓。弟前日嘗諫阻此事，不敢表示贊同，今日阿父抱病，弟亦何忍非議我父，致背親恩。公義私情，各應顧到，兄奈何甘作忍人哩。」是時克端亦在旁座，他與克定素有芥蒂，亦勃然道：「大哥素無骨肉情，二哥說他什麼？」克端性暴，故口吻如此。克定被二弟譏嘲，頓覺惱羞成怒，便大聲道：「你兩人算是孝子，我卻是個不孝的罪人，你等何不入請父前，殺死了我？將來袁氏門楣，由你等支撐，袁氏家產，也由你等

處分，你等才得快意了。」克文尚未答言，克端已喧嚷道：「皇天有眼，帝制未成，假使我父做了皇帝，大哥做了太子，恐怕我等早已就死。」克定不待說畢，竟惡狠狠的指著道：「你是什麼人，配來講話？」克端也不肯少讓，極端相持，幾乎要動起武來。猛聽得內室有聲，指名呼克定入內。克定聞是父音，方才趨入，但聽床內怒罵道：「我尚未死，你兄弟便吵鬧不休，你既害死了我，還要害死兄弟麼？」說著，喘咳不止。克定見這情形，只好伏地認罪。待至老袁喘定，又指斥了數語，並召諸子入室，約略訓責，揮手令退。

嗣是病勢逐日加重，起初還傳諭祕書廳，遇有緊要檔案，必呈送親閱，到六月初二三日，病不能興，連檔案亦不願寓目。急得袁氏全眷，沒一個不淚眼愁眉，就是向不和愛的于夫人，亦念著老年夫妻的情誼，鎮日裡求神拜佛，虔誠禱告，並願減損自己壽數，假夫天年。雖是迷信，但也是一片至誠，可見老年人總尚足恃。各房姨太太，只與諸公子商量，不是請中醫，就是請西醫，結果是神佛無靈，醫藥無效，老袁不言亦不食，昏昏然如失知覺，鼾眠了一兩天。到了六月五日辰刻，忽覺清醒起來，傳命克定，速請徐東海入宮。克定即令侍衛往請，不一刻，東海到來，趨就病榻，老袁握住徐手，向他哽咽道：「老友！我將與你永訣了。」徐東海尚強詞慰藉，老袁長嘆道：「人生總有一死，不過我死在今日，太不合時。國事一誤再誤，將來仗老友等維持，我也顧不得許多了。只我自己家事，也當盡託老友，願老友勿辭！」徐答道：「我與元首係總角交，雖屬異姓，不啻同胞，如有見委，敢不效勞。」老袁道：「我死在旦夕，我死後，兒輩知識既淺，閱歷未深，全賴老友指導，或可免辱門楣。」徐又答道：「諸公子多屬大器，如或詢及老朽，自當竭盡愚忱，以報知己。」老袁聞言，命侍從召諸子齊集，乃一律囑咐道：「我將死了，

我死後，你等大小事宜，統向徐伯父請訓，然後再行。須知徐伯父與我至交，你等事徐伯父，當如事我一樣，休得違我遺囑！」諸子皆涕泣應命。老袁又顧徐東海道：「老友承你不棄，視死如生，應受兒曹一拜。」徐欲出言推讓，那克定等已遵著父命，長跪徐前。徐急忙挽起克定，並請諸子皆起。老袁道：「一諾千金，一言百繫，想老友古道照人，定不負所託呢。」

言至此，微覺氣喘起來，好一歇不發一聲。徐東海起身欲辭，老袁亟阻住道：「老友且坐！我尚有許多事情，擬託老友，幸勿卻去！」徐乃復坐。袁命諸子退出，令傳召各姬妾入室，各姬妾依次畢集。去了一班，又來一班，東海老眼，恐被他惹得昏花了。老袁復指語道：「這是我平生好友，我死後，你等有疑難情事，儘可請命老友，酌奪施行。如你等不守範圍，我老友得代為干涉，諸子中有欺負你等，你等亦可稟白我友，靜待解決，慎勿徒事爭執，惹人笑談！」既託諸子，又託諸妾，念念不忘家屬，烏肯努力為公？只老徐無緣無故，代挑許多擔子，卻也晦氣。各姬妾聞了此語，相對痛哭，老袁也不勝哽咽，連老徐也悽切起來。約過一二刻，老袁又命諸妾退出，悄語東海道：「你看她們何如？」徐隨口貢諛道：「統是幽嫻貞重的福相。」老袁微哂道：「君太過獎了，這十數姬妾中，當有三種區別，周、洪二氏最號聰明，然性太陰刻，不足載福；你亦曉得麼？閔氏、黃氏、何氏、柳氏，隨我多年，當不至有他變，但性質庸柔，免不得受人欺弄，我頗為深慮；范氏、貴兒及尹氏姊妹，尚不脫小家氣象，幸各有所出，將來或依子終身，不致中途改節；下至阿香、翠媛兩人，年紀尚輕，前途難恃，我擬命我婦拿她回籍，加意管束，但我婦是否允負責任，她兩人是否肯就鈴制，這倒是一樁大難事，還乞老友開導我婦，曲為保全。」誰叫你年已望六，還要納此少艾？徐亦隨口允諾。老袁又道：「我偏觀諸姬中，唯第八妾葉氏，秉性純良，

得天獨厚,且子嗣亦多,他日或得享受厚福。」徐即答道:「元首鑑別,當然不謬。」老袁複道:「老友!我死後,各姬妾等能相安無事,不必說了,萬一周、洪兩妾,生風作浪,凌逼他姬,還乞老友顧念舊情,代為裁處,似老友的威望,不怕她不懾服呢。」說著,又牽住徐衣,泣語道:「老友!我死後,我諸子必將分產,或將釀成絕大的爭劇,我宗族中,沒人能排難解紛,這事非老友不辦。抑強扶弱,全仗大力。」徐囁嚅道:「這……這事卻不便從命!」老袁瞿然道:「老友!你的意思,我也曉得了,我當立一遺囑,先令兒輩與老友面證,將來自不致異言。」語至此,命侍從取過紙筆,由老袁倚枕作書,且寫且歇,且歇且寫,好容易才算成篇,遞交徐手。徐見上面寫著:

予初致疾,第遺毒耳,想是熟讀《三國演義》,尚記得劉先主遺囑,故摹仿特肖。不圖因此百病叢生,竟爾不起。予死後,爾曹當恪守家風,慎勿貽門楣之玷。對於諸母及諸弟昆無失德者,尤當敬禮而護惜之。須知母雖分嫡庶,要皆為予之遺愛,弟昆雖非同胞,要皆為予之血胤,萬勿顯分軒輊也。夫予辛苦半生,積得財產約百數十萬磅,爾曹將來噉飯之地,尚可勿憂竭蹶,果使感情浹洽,意見不生,共族而居,同室而處,豈不甚善?第患不能副予之期望耳。萬一他日分產,除汝母與汝當然分受優異之份不計外,其餘約分三種:(一)隨予多年而生有子女者;(二)隨予多年而無子女者;(三)事予未久而有所出及無所出者,當酌量以與之。大率以予財產百之十之八之六依次遞減。至若吾女,其出室者,各給以百之一,未受聘者,各給百之三。若夫僕從婢女,謹願者留之,狡黠者去之。然無論或去或留,悉提百之一,分別攤派之,亦以侍予之年分久暫,定酬資之多寡為斷。唯分析時,須以禮貌敦請徐伯父為中證。而分書一節,亦必經徐伯父審定,始可發生效力。如有敢持異議者,非違徐伯父,即違餘也。則汝儕大不孝之罪,上通於天矣。今草此遺訓,並使我諸子知之!

第七十三回　論父病互鬥新華宮　託家事做完皇帝夢

　　徐捧讀畢，便向老袁道：「甚好甚好。」老袁又召入克定等，令徐宣讀草囑，俾他聽受。於是用函封固，暫置枕畔，俟彌留時，再行交擲。老袁至此，已有倦容，徐亦告退，約於翌晨再會。適段國務卿等，也入內問病，袁已不願多談，由克定代述病狀，袁第點首示意。徐、段等遂相偕退去。嗣是老袁鼾睡至晚，昏沉不省人事，是夕于夫人以下，統行陪坐，等到夜半時，袁又甦醒轉來，見于夫人在側，乃與語道：「此後家事，賴汝主持，我因汝生平忠厚，恐不能駕馭全家，已將大事盡託徐東海了。」復顧眾姬妾道：「你等切須自愛！」再顧諸子道：「我言已具遺囑中。但我身後大殮，不必過豐，唯祭天禮服，不應廢除。死欲速朽，何用此服？治喪以後，亟應帶領全眷，扶柩回籍，葬我洹上，大家和睦度日，不宜再入政界，餘事悉照遺囑中履行。」諸子均伏地受命。老袁略飲湯水，復沈沈睡去。既而雞聲報曉，又不覺呻吟起來，忽瞪目呼道：「快！快！」說了兩個「快」字，覺得舌已木強，話不下去。克定聽了，料已垂危，急命左右請徐、段入宮。不一時，段已到來，由老袁賺出最簡單的聲音，帶喘帶語道：「可……可照新約法請黃陂代任，你快去擬了遺令來。」段慌忙趨出，徐亦趕到，見老袁臉上，大放紅光，睜著眼，噓著口，動了好一回嘴唇，方叫出「老友」兩字。又歇了半晌，才作拱手模樣，又說了「重重拜託」四字。徐不覺垂淚道：「元首放心罷！」旋聽老袁復直聲叫道：「楊度，楊度，誤我誤我。」兩語說畢，痰已壅上，把嘴巴張噏兩次，撒手去了。時正六月六日巳刻，享壽五十八歲。後來黃克強有一輓聯，郵寄京師，聯語云：

　　好算得四十餘年天下英雄，陡起野心，假籌安兩字美名，一意進行，居然想學袁公路。

　　僅做了八旬三日屋裡皇帝，傷哉短命，援快活一時諺語，兩相比較，畢竟差勝郭彥威。

老袁已死，全眷悲號，忽有一人大踏步進來，頓足道：「遲了遲了！」究竟此人為誰，容至下回表明。

　　閱此回，可為世之多妻者鑑，併為世之多子者鑑，且為世之貪心不足，終歸於盡者鑑。為人如袁世凱，可為富貴極矣，而不能長保其妻孥，至於彌留之際，再三囑託老友，彼於熱心帝制時，豈料有如此下場耶？夫不能治家，焉能治國？只知為私，安能為公？袁氏一生心術，於此回總揭之，即可於此回總評之。然人之將死，其言也善，觀其種種悔悟，不可謂非良心之未死，然已無及矣。嗚呼！袁氏固一世之雄也，而今安在哉。

第七十三回　論父病互鬥新華宮　託家事做完皇帝夢

第七十四回
殉故主留遺絕命書　結同盟抵制新政府

　　卻說新華宮中的人物，正在哀號的時候，突有人入內來探望，自悔來遲，這人非別，便是國務卿段祺瑞。段已擬定遺命，想呈交老袁親閱，不意袁已長逝，因此驚呼，當下遞與徐世昌，請他酌奪。徐即忙取視，見遺令中云：

　　民國成立，五載於茲，本大總統忝膺國民付託之重，徒以德薄能鮮，心餘力絀，於救國救民之素願，愧未能發攄萬一。溯自就任以來，蚤作夜思，殫勤擘劃，雖國基未固，民困未蘇，應革應興，萬端待理，而賴我官吏將士之力，得使各省秩序，粗就安寧，列強邦交，克臻輯洽，折衷稍慰，懷疚仍多。方期及時引退，得以休養林泉，遂吾初服，不意感疾，濅至彌留。顧念國事至重，寄託必須得人，依《約法》第二十九條大總統因故去職，或不能視事時，副總統代行其職權，本大總統遵照約法宣告，以副總統黎元洪代行中華民國大總統職權。副總統恭厚仁明，必能弘濟時艱，奠定大局，以補本大總統之闕失，而慰全國人民之望。所有京外文武官吏以及軍警士民，尤當共念國步艱難，維持秩序，力保治安，專以國家為重。昔人有言：「唯生者能自強，則死者為不死」，本大總統猶此志也。此令。

　　徐已瞧罷，便道：「說得圓到，就這樣頒發出去便了。但現在是元首絕續的時候，須趕緊戒嚴，維持大局要緊。一面通知副總統，即日就任，免生他變。」段即答道：「這原是最要的事情，我就去照辦罷。」言畢趨出。徐又勸止大眾的哭聲，準備棺殮，於是由袁克定作主，立召

第七十四回　殉故主留遺絕命書　結同盟抵制新政府

袁乃寬入內，命辦理治喪事宜。乃寬唯唯從命，又是一種美差。當下遵了遺囑，用祭天冕服殮屍。生不獲端委臨朝，死卻得穿戴而去，老袁也可瞑目。自于夫人以下，統是哭泣盡哀，閔姨更帶哭帶訴，願隨老袁同去，旁人總道是一時悲感，不甚注意。待送殮已畢，徐回寓暫息，袁乃寬覓購靈柩，急切辦不到上等材料，嗣向市肆中四處尋找，方得陰沉壽器一具，出了重價，購得回來。誰知前河南將軍張鎮芳，卻進獻了一具好棺材，說是百餘年陳品，不知從何處採來？經克定再四審視，果與乃寬所購的材料，優劣不同。但只死了一人，卻備著兩口棺木，似覺預兆不祥，克定心中，很是怏怏，忽有人入報道：「大姨太太殉節了！」克定等不勝驚訝，克文更昏暈過去，好容易叫醒克文，才大家趨入閔姨房中，但見閔姨僵臥榻上，玉容不改，氣息無存。枕旁置有一函，由克定取出，匆匆展閱，乃是一紙絕命書，其詞云：

　　於後及諸姊妹公鑒：碧蟬閔姨名，見前。無狀，當今上升遐之日，不能佐理喪務，分後及諸姊妹之勞，竟隨今上而去，蟬雖死，亦弗能稍贖罪戾。然在蟬自揣，確有不可不死之勢與理。憶今上在日，嬪妃滿前，侍女列後，雖一飲一食，一步一履，悉賴人料量而承應之。今茲鼎湖龍去，碧落黃泉，誰與為伴？形單影隻，索然寡歡，安得不悽然淚下者乎？蟬年甫及笄，即隨今上，頻年以來，早經失寵，然既邀一日雨露之恩，即當竭終身涓埃之報，無如畢生願望，迄未克償。輒嘗自矢，蟬縱不能報效於生前者，終當竭忠於死後，茲果酬蟬素志矣。夫在天願為比翼鳥，在地願為連理枝，蟬當日讀白香山長恨之歌，未嘗不嘆明皇與玉環，其愛情何如是之深且摯，蟬何人斯，既極愚陋，且又失寵，敢冀非分想哉？不過欲追隨今上於地下者，聊盡侍奉之職務已耳。何況今上升遐，吾後與諸姊妹，詎忍以其龍章鳳姿之體，消受夜臺岑寂之況味？又豈無其人，與蟬有同志而欲接踵而去耶？然今蟬已著祖生先鞭矣，匪唯盡一己之義務，且為吾諸姊妹之代表，此後凡調護扶持之責任，盡屬

之於蟬一人，蟬縱極魯鈍，或不致有負委託也。即有繼蟬而來者，竊恐不落蟬後，此著即蟬勝諸姊妹處也。零涕書此，罔知所云，尚乞矜而鑑之！

克定覽到是書，忍不住一腔悲懷，淚如泉湧，就是于夫人及眾姬妾，也不勝哀慟，比哭老袁時尤加悽慘，克文竟哭暈了好幾次。袁氏諸子，要算克文最為大雅，且相傳係閔姨所出，故特筆摹寫。時適徐東海復行入內，得悉是耗，料知高麗姨太，定有特別苦衷，所以一死明志，及詳問死狀，知是吞金自盡，不禁稱嘆道：「好一個賢婦！好一位節婦！」應該讚嘆。待與克定、克文相見，又勸慰了好多語。克定悽然道：「我正因有兩具靈柩，恐致不祥，果然復出此變。」徐隨答道：「袁門中有此義婦，令人欽敬，不特令尊泉下，有人侍奉，且將來《列女傳》中，亦應占入一席，豈不是千古光榮嗎？但身後殮葬，亦須格外完備，好在壽具適另有購就，上品選制，足慰烈魂。據老朽想來，怕不是令尊有靈，陰為調遣麼？」克定道：「伯父有命，敢不敬從。」當將所購壽具，作為閔姨的靈柩，並用妃嬪禮為殮，停喪新華宮內偏殿中。自是大典籌備處，改作袁氏治喪所，掛靈守孝，唪經吹螺，另有一番排場。唯副總統黎元洪，即於六月七日就任，一切禮儀，因在前總統新喪期內，多半從略。

黎既就職，迭下數令云：

元洪於本月七日就大總統任，自維德薄，良用兢兢。

唯有遵守法律，鞏固共和，造成法治之國，官吏士庶，尚其共體茲意，協力同心，匡所不逮，有厚望焉！此令。

現在時局顛危，本大總統驟膺重任，凡百政務，端資佐理，所有京外文武官吏，應仍舊供職，共濟時艱，勿得稍存諉卸！此令。

民國肇興,由於辛亥之役,前大總統贊成共和,奠定大局,苦心擘畫,昕夕勤勞,天不假年,遘疾長逝,追懷首績,薄海同悲。本大總統患難周旋,尤深愴痛,所有喪葬典禮,應由國務院轉飭辦理人員,參酌中外典章,詳加擬議,務極優隆,用符國家崇德報功之至意!此令。

這三令聯翩遞下,當由各省將軍、巡按使覆電到京,並表賀忱,就是獨立各省各都督亦一律電賀。陝西都督陳樹藩,且即日取消獨立,並請政府優禮袁氏,敬死恫生,這也是令人莫測的情態,小子特錄述如下:

國務院段國務卿各部總長公鑒:魚電奉悉。袁大總統既已薨逝,陝西獨立,應即宣布取消。樹藩謹舉陝西全境,奉還中央,一切悉聽中央處分。維持秩序,自是樹藩專責,斷不敢稍存諉卸,貽政府西顧之憂。抑樹藩更有請者,獨立雖得九省,而袁大總統之薨逝,實在未退位以前,依其職位,究屬中華共戴之尊,溯其勳勞,尤為民國不祧之祖。何前倨而後恭?所有飾終典禮,擬請格外從豐,並議訂優待家屬條件,以慰袁總統不能明言之隱,以表中國民猶有未盡之思。此外關於大局一應善後事宜,懇隨時電示遵行,至深感禱!陝西都督兼民政長陳樹藩叩。

次日,四川都督陳宦,亦取消獨立,有電到京云:

國務院轉呈黎大總統鈞鑒:川省前因退位問題,與項城宣告斷絕關係,現在鈞座既經就職,宦謹遵照獨立時宣言,應即日取消獨立,嗣後川省一切事宜,謹服從中央命令,除通告各省外,伏乞訓示祗遵!陳宦叩。

還有廣東都督龍濟光,於十三日電達中央,內稱粵東獨立,已於六月九日取消,其文云:

北京國務院段相國鈞鑒:我公總秉國鈞,再造共和,旋乾轉坤,重光日月。濟光已於青日,率屬開會慶祝,上下臚驩,軍民一致,即日取消獨立,服從中央命令,唯粵省黨派紛歧,諸多困難,俟部署周妥,再電馳陳。龍濟光叩。

政府連接各電，甚為欣慰，特授陳樹藩為漢武將軍，督理陝西軍務，兼署巡按使，並優獎龍濟光，說他：「具有世界眼光，急謀統一，熱誠愛國，深堪嘉慰，該省善後事宜，統由該上將悉心籌畫，妥為辦理」等語。看官聽著！這三省獨立，原非本意，不過楚歌四逼，未便久持，沒奈何暫時獨立。此時袁死黎繼，段氏執政，所以立即取銷，討好政府，但也由段氏素有威權，所以得此效果。

　　唯帝制派尚蟠據國都，南方各省，仍處反對地位，一時未能統一。外面如張勳、倪嗣沖等，始終服從袁氏，正擬即日聯合私黨，自請出兵十萬，開赴前敵，適因政局已變，方才改圖。當由張辮帥深謀遠慮，自思黎、段當國，定有一番變革，為自己地位計，不得不預先防患，綢繆未雨，乃即想出一法，把江寧會議的各省代表，截住歸路，邀他暫留徐州，特開會議。這真叫做當道。可惜川、鄂、湘、贛、魯、閩等處代表，從別路歸省，無從攔阻，唯直隸、奉天、吉林、黑龍江、河南、山西數省，以及京兆、熱河、察哈爾等代表，被他邀住，另有徐州鎮守使張文生、徐海道尹李慶璋、安徽軍署參謀長萬繩栻三人，也同在會。六月九日，便在徐州軍署會議，當由張勳主席，朗聲宣言道：「現在政局新更，黃陂繼任，中央政見，或因或革，未可預知。但世事糾紛，尚無定局，我輩身總師幹，不能坐視，所望同心協力，共保治安。南北不可不統一，中央不可不擁護，就是前清皇室，及袁大總統身後一切，均宜請新政府實心優待，不得侮慢。愚見如此，諸君以為何如？」各代表齊聲贊成。張勳又道：「既承列位贊同，不可不開列大綱，與眾共守。」各代表又共答道：「即求指教。」張勳隨命祕書員，草錄十大綱，傳示眾覽。看官！你道是什麼十大綱，請看小子抄寫出來：

　　（一）尊重優待前清皇室各條件。念茲在茲，不愧清室忠臣。

第七十四回　殉故主留遺絕命書　結同盟抵制新政府

（二）保全袁總統之家屬生命財產，及身後一切榮譽。袁氏小站練兵，張曾為其部屬，此條顧全袁族，亦不失為信義。

（三）要求政府，依據正當手續，速行組織國會，施行完全憲政。名目甚大。

（四）催促獨立各省，取消獨立，倘若固執成見，仍以武力解決。始終以武力嚇人。

（五）絕對抵制迭次倡亂一般暴烈分子，參預政權。無非排除異己。

（六）嚴整兵備，保衛各本省區地方治安。意與第四條相同。

（七）抱持正當宗旨，維持國家秩序，設有用兵之處，軍旅餉項，通力合籌。結黨自固。

（八）嗣後中央設有弊政，併為民害者，務當合電力爭，以盡忠告。干涉政治之動機。

（九）固結團體，遇事籌商，對於國家前途，務取同一態度。補前二條之不足。

（十）俟國事稍定，聯名電請中央減政，罷除苛細雜捐，以蘇民困。此與第三條所述，同一取悅人心，實非會議本旨。

各代表等本無成見，樂得隨聲附和，共表贊成。張勳大喜道：「諸君統熱心為國，見諒鄙忱，鄙人當感佩不置，此次回省，應請轉達貴將軍貴都統，互守此約，幸勿背盟！」各代表又喏喏連聲。散會後，由張勳盛筵餞行，並分贈贐儀，歡然送別，各代表鼓舞而去。醉酒飽飯，自然快意。此次會議，時人稱為七省同盟，就是直、皖、晉、豫及關東三省，稱作七省。所有特別區域，不計在內。張勳因會議告成，樂不可支，亟通電各省，詳述會議情形，及錄示十大綱，要求同意，這便是武人乾政的濫觴。從此軍閥風潮，播及全國，稍有變動，即關大局，北京

的大總統，好似傀儡一般，不似那袁總統得勢時，一呼百諾，遠近風從了。小子有詩嘆道：

　　武夫當道勢洶洶，一國三公誰適從。
　　盡說晚唐藩鎮禍，誰知今日又重逢。

是時有一位大員，匍匐奔喪，比張辮帥的情誼，還要加添數倍。看官！道是誰人？且至下回再說。

閔姨自甘殉節，雖其中有特別苦衷，不得已而出此策，然烈婦殉夫，古今傳為美談，袁氏何修而得此妾乎？然閔姨生長高麗，有此烈性，以視吾國人之朝秦暮楚，反覆無常者，殊不可同日語，揭而出之，所以風世也。（絕命書見近刊《祕史》，未知是否的筆。即如上次之隸氏遺囑，亦從《祕史》中採來，著書人有見必錄。是真是偽，待諸確查。）張勳不忘清室，並不忘袁氏，小忠小義，亦覺可風，但觀其擁兵定衛，挾黨聯盟，啟武夫干政之風，攘家國統治之柄，毋乃所謂跋扈將軍耶？民國中有是人，欲其安定也難矣。

第七十四回　殉故主留遺絕命書　結同盟抵制新政府

第七十五回
袁公子扶櫬歸故里　李司令集艦抗中央

卻說袁氏治喪，已有數日，大小男婦，都在靈前伴著，並不缺少一人。突來了一個麻冕葛衣的大員，奔入靈前，撫棺大慟，連呼帝父不置。大眾統是驚訝，及留神諦視，卻是面熟得很，原來就是奉天將軍段芝貴。久違了。段自奉老袁命，由奉調魯，正擬積極進兵，大為君父效力，應七二回。偏途次得著凶耗，驚得形神沮喪，急忙星夜進京。到了新華宮，即向治喪所索取麻冕葛衣，到靈前悲號一番，幾乎比袁氏諸子，還要哀戚數倍。後來聞及大喪典禮，已由政府特派曹汝霖、王揖唐、周自齊敬謹承辦，才無異言。義兒的義字上，並可加一孝字。曹汝霖、王揖唐、周自齊三人，本是帝制派中首領，又適充大喪典禮承辦員，自然恭擬典章，務極隆備。先定喪禮條目十三條，次定奠祭事項八條，列表如下：

關於前大總統喪禮議定條目。

（一）各官署軍營軍艦海關下半旗二十七日，出殯日下半旗一日，靈櫬駐在所亦下半旗，至出殯日為止。

（二）文武官吏，停止宴會二十七日。（三）民間輟樂七日，及國民追悼日，各輟樂一日。（四）文官左臂纏黑紗二十七日。（五）武官及兵士，於左臂及刀柄上，纏黑紗二十七日。（六）官署公文封面紙面，用黑邊，寬約五分，亦二十七日。（七）官署公文書，蓋用黑色印花二十七日。（八）官報封面，亦用黑邊二十七日。（九）自殮奠之後一日起，至釋服日

第七十五回　袁公子扶櫬歸故里　李司令集艦抗中央

止，在京文武各機關，除公祭外，按日輪班前往行禮；京外大員有來京者，即以到日隨本日輪祭機關前往行禮。（十）各省及特別行政區域，與駐外使館，自接電日起，擇公共處所，由長官率同僚屬，設案望祭凡七日。（十一）出殯之日，鳴砲一百零八響，官署民間，均輟樂一日。京師學校，均於是日輟課。（十二）新華公府置黑邊素紙簽名簿二本，一備外交團簽名用，一備中外官紳簽名用。（十三）軍隊分班，至新華門舉槍致敬。前大總統大喪典禮奠祭事項。

（一）每日謁奠禮節，均著大禮服，不佩勳章，左臂纏黑紗，脫帽三鞠躬。（二）祭品用蔬果酒饌，按日於上午十時前陳設。（三）在京文武各機關，及附屬各機關，每日各派四員，由各該長官率領，於上午九時三十分，齊集公府景福門外，十時敬詣靈筵前分班行禮。（四）單內未列各機關，有願加入者，可隨時赴府知照，亦於每日分班行禮。（五）外省來京大員，暨京外員紳謁奠者，可隨時赴府簽名，於每日各機關行禮時，另班行禮。（六）外賓及蒙、藏、回王公等謁奠者，即由外交部蒙藏院不拘時日，先期赴府知照，屆時仍由外交部蒙藏院派員接待，導至靈筵前行禮。（七）清室派員弔祭時，應由特派接待員接待。（八）除各機關每日謁奠外，其各機關中如另有公祭者，先期一日赴府知照，另班上祭。

典儀既定，新華宮內弔客，日必數起，克定等終日應酬，幾無暇晷。唯洪、周二姨已密議析產，商諸徐公。徐命克定略分現銀，令她自行處置，才算無事。到了六月二十日左右，克定擬遵照遺囑，扶柩回籍，當由恭辦喪禮處，擇定二十八日啟行，先期發出通告云：

為通告事：本月二十八日，舉行前大總統殯禮，所有執紼及在指定地點恭選人員，業經分別規定辦法，合亟通告，俾便周知。

［計開］

　　（甲）赴彰德人員。

　　（一）大總統特派承祭官一員。

　　（二）文武各機關長官及上級軍官佐。

　　（三）文武各機關派員。

　　（四）其他送殯人員。

　　（乙）送至中華門內人員。

　　（一）外交團。

　　（二）清皇室代表。

　　（丙）送至車站人員。

　　（一）國務卿、國務員暨其他文武各機關長官。

　　（二）文武各機關各派簡任以下人員四員。

　　（丁）在中華門內恭送人員。

　　文武各機關人員，及紳商學各界。（不拘人數，在中華門內，指定地點恭送。）

　　附服式：凡執紼官員，均服制服，無制服者，準服燕尾服，均用黑領結黑手套。有勳章大綬者，均佩勳章，帶大綬，左臂暨刀劍柄，均纏黑紗。其餘各文武及紳商，準用甲種大禮服，及軍常服，或乙種禮服，學生制服，均纏黑紗於左臂。

　　自經此通告後，京內外政界諸公，除餽贈厚賻外，又致送誄詞輓聯，計數日間，竟達千餘件。語中命意，不是誇張功績，就是頌禱將來，還要拍馬。卻也無甚可述。唯籌安會中首領楊晳子，獨措詞微妙，

第七十五回　袁公子扶櫬歸故里　李司令集艦抗中央

言人未言。首聯云：

「共和誤民國，民國誤共和，百世而後，再平是獄。」對聯云：「君憲負明公，明公負君憲，九泉之下，三復斯言。」

這兩聯用竟丈貢緞，極品京墨，寫染出來，真足令靈幃生色，冠絕一時。老袁有知，恐要罵他嚼舌。承辦喪禮員等，日夜籌備，凡紙車紙馬紙船紙亭等類，以及一切儀仗，色色辦到，專待屆期啟櫬。至若袁氏家眷，更忙碌不了，所有寶貴物品，緊要箱籠，均收拾停當，編列號次，逐漸登載簿記中，就是一絲一縷，也沒有遺失，紛擾數天，方得蕆事。還有一班女官，由袁克定囑咐統行遣歸，女官等亦摒擋行李，俟送柩出宮，才擬回去。安女士靜生，因蒙死皇帝特寵，及各妃嬪厚愛，免不得依依難捨，一雙俏眼中，淚珠兒已不知流了多少。刻劃盡致，不肯放鬆一人，真是史公書法。

轉眼間已是六月二十八日了，是日早晨，新華宮外，已是人山人海，擁擠不堪。到了辰牌，各項騶從輿衛，統已到齊，一隊又一隊，一排又一排，統執著器仗，舁著亭輿，魚貫而行。就中鳳旌鳳翣，仙幡寶幢，錦幃花圈，彩幄香櫥，都是異樣鮮明，特別工緻，差不多與賽會相似。所經諸地，斷絕交通，前後左右，悉有軍隊荷槍擁護；行過了好幾萬人，方見皇子皇孫等，引柩前來，一片麻衣，彌望無際。後面有一極大的靈輿，用了花車裝載，接連又是一柩，就是閔姨棺木，兩旁護從的人物，多且如蟻。各外交團及清室代表，並國務卿以下文武各官，都坐著摩托車，在後恭送。最後的便是袁家女眷，及袁氏女戚，與女官婢媼等數百人，有坐汽車的，有坐馬車的，有坐騾車的，多半是淡裝素抹，秀色可餐，這也無庸細表。最注目的，是一個御乾兒，追隨靈柩，泣涕漣漣，而且滿身縞素，與外此送殯人員，異樣不同，提出另敘，詞筆亦

令人注目。旁觀統啟猜疑，間有曉得他的歷史，方說是義重情深，不愧孝子。既到車站，站長已備好專車，將所有錦幛花圈，一齊收集，懸掛車上，然後妥奉靈柩，安置車內。一班送殯人員，均鞠躬告退，唯特派承祭官蔣作賓，及各機關派往奠殯的官吏，與感情較深的袁氏親友，也陸續登車。外如箱籠行李等物，盡行搬上，好容易安排停當，才吹起汽笛，傳放汽管，準備開車。女官侍從等，至此也下車折回，霎時間輪機轉動，似風掣電馳一般，南赴彰德去了。

袁家事從此收場，再表那承先啟後的黎政府。黎素性長厚，就職時，中外頗慶得人，獨帝制派慄慄危懼，蠢然思動，意欲推倒了他，鞏固自己地位。一時人心浮動，訛言百出，在京官吏紛紛移家天津，虧得段祺瑞竭力鎮定，暫保無恙。至川、陝、粵取消獨立，中央勢力加厚一層。段氏不為無功。唯西南軍務院撫軍長唐繼堯，電達政府，要求四大條件：（一）係恢復民國元年公布的舊約法；（二）召集民國二年解散的舊國會；（三）懲辦帝制禍首十三人；（四）召集軍事會議，籌商善後問題。副撫軍長岑春煊，又通電中央及各省，略言：「撫軍長所言四事，係南中獨立各省一致的主張，如政府一律照辦，本院當剋日撤銷」云云。唐紹儀、梁啟超等，更推闡四議，說得非常痛切，非常緊要。即如河南將軍趙倜，南京將軍馮國璋等，亦先後電京，力請恢復舊約法，召集舊國會。

偏偏政府不理，杳無舉動，於是舊議員谷鍾秀、孫洪伊等，在上海登報廣告，自行召集會員，除前時附逆外，所有各省議員，限期六月三十日以前，齊集上海，定期開會。約旬日間，議員到滬，已達三百人，這消息傳達北京，段國務卿不便懸宕，乃致電南方各省，及全國重要各機關云：

第七十五回　袁公子扶櫬歸故里　李司令集艦抗中央

　　黃陂繼任，元首得人，半月以來，舉國上下，所斷致辯爭者，約法而已。然就約法而論，多人主張遵行元年約法，政府初無成見，但此項辦法，多願命令宣布，以期迅捷，政府則期期以為未可。蓋命令變更法律，為各派法理學說所不容，貿然行之，後患不可勝言。是以遲迴審顧，未敢附和也。或謂三年約法，不得以法律論，雖以命令廢之而無足議，此不可也。三年約法，履行已久，歷經依據，以為行政之準，一語抹煞，則國中一切法令，皆將因而動搖，不唯國際條約，關係至重，不容不再三審慎，而國內公債，以及法庭判決，將無不可一翻前案，如之何其可也？或又謂三年約法，出自約法會議，約法會議，出自政治會議，與議人士，皆政府命令所派，與民議不同，故此時以命令復行元年約法，只為命令變更命令，不得以變更命令論，此又不可也。

　　三年約法，所以不饜人望者，謂其起法之本，根於命令耳。而何以元年約法，獨不嫌以命令復之乎？且三年約法之為世詬病，僉以其創法之始，不合法理，鄰於縱恣自為耳，然尚經幾許咨諏，幾許轉折，然後始議修改，而今茲所望於政府者，奈何欲其毅然一令，以復修改以前之法律乎？此事既一誤於前，今又何可再誤於後？知其不可而欲尤而效之，誠不知其可也。如謂法律不妨以命令復也，則亦不妨以命令廢矣。今日命令復之，明日命令廢之，將等法律為何物？且甲氏命令復之，乙氏又何不可命令廢之？

　　可施之於約法者，又何不可施之於憲法？如是則元首每有更代，法律隨為轉移，人民將何所遵循乎？或謂國人之於元年約法，願見之誠，幾不終日，故以命令宣布為速。抑知法律爭良否，不爭遲速，法而良也，稍遲何害？法不良也，則愈速恐愈無以繫天下之心，天下將蠢起而議其後矣。縱令人切望治，退無後言，猶不能不慮後世爭亂之源，或且舞法為奸，援我以資為先例。是千秋萬世，猶為國史增一汙痕，決非政府所敢出也。總之復行元年約法，政府初無成見，所審度者復行之辦法耳。諸君子有何良策，尚祈無吝教言，俾資考鏡。祺瑞印。

又致上海國會議員電云：

上海議員諸君鑑：約法問題，議論紛紜，政府未便擅斷，諸君愛國俊彥，法理精邃，必能折衷一是，敢希詳加討論，示以周行，無任企盼！

這兩電發表後，南方各省極端反對，唐紹儀、梁啟超覆電辯論，略云：

三年約法，絕對不能視為法律，此次宣言恢復，絕對不能視為變更。今大總統之繼任，及國務院之成立，均根據於元年約法，一法不能兩容，三年約法若為法，則元年約法為非法。然三年約法，非特國人均不認為法，即今大總統及國務院之地位，皆必先不認為法，而始能存在也。

段祺瑞仍然未允，只擬修正約法，參加手續，或仿行約法會議辦法，或參照南京參議院成例，由各省長官派選委員三人，或指選該省國會議員三人，組織修正約法委員會。正在籌議舉行，忽上海海軍，宣告獨立，推李鼎新為總司令，傳檄遠近道：

自辛亥舉義，海上將士，擁護共和，天下共見。

癸丑之役，以民國初基，不堪動搖，遂決定擁護中央。然保守共和之至誠，仍後先一轍，想亦天下所共諒。洎乎帝制發生，滇南首義，籌安黑幕，一朝揭破，天下咸曉然於所謂民意者，皆由偽造，所謂推戴者，皆由勢迫，人心憤激，全國俶擾，南北相持，解決無日。戰禍迫於眉睫，國家瀕於危亡。海上諸將士，僉以丁此奇變，徒博服從美名，當與護國軍軍務院聯繫一致行動，冀挽危局。正在進行，袁氏已殞，今黎大總統雖已就職，北京政府，仍根據袁氏擅改之約法，以遺令宣布，又豈能取信天下，饜服人心？其為帝黨從中挾持，不問可知。我大總統陷於孤立，不克自由發表意見，即此可以類推。是則大難未已，後患方

般。今率海軍將士，於六月二十五日，加入護國軍，以擁護今大總統保障共和為目的，非俟恢復元年約法，國會開會，正式內閣成立後，北京海軍部之命令，斷不承受，誓為一勞永逸之圖，勿貽姑息養奸之禍！庶幾海內一家，相接以誠，相守以法，共循正軌而臻治安矣。特此布聞，幸賜公鑑！海軍總司令李鼎新、第一艦隊司令林葆懌、練習艦隊司令曾兆麟叩。

這海軍向分三隊，就是第一艦隊，第二艦隊，及練習艦隊。第一艦隊，與練習艦隊，同泊滬濱，所以同時獨立。只第二艦隊，尚泊長江各埠，未曾與聞。但第一艦隊勢力最強，軍艦亦最多，一經獨立，惹起全國注目，這一著有分教！

海上洪波方作勢，京中大老已驚心。

欲知海軍獨立以後，如何處置，請看官續閱下回。

本回敘袁氏喪禮，將送殯各節，依據官報，擇要撮錄，見得袁氏雖死，氣焰猶生，帝制派之從中主持，不問可知矣。夫袁氏一生之目的，莫過於為帝，而袁氏一生之大誤，亦莫甚於為帝。小言之，則有背盟之咎，大言之，則有畔國之愆，其得保全首領，死正首邱，尚為幸事。乃後起之政府，反盛稱其功績，加厚其飾終典禮，是獎欺也，是助畔也，何以為民國訓乎？段雖非帝制派人，要亦未免為蘇味道。袁家約法，猶欲維持，非經西南各省之抗爭，與上海海軍之獨立，則以暴易暴，不知其非，猶是一袁家天下也。嗚呼袁氏！嗚呼民國！

第七十六回
段芝泉重組閣員　龍濟光久延戰禍

　　卻說海軍第一艦隊，與練習艦隊，同時獨立，這警報傳達中央，段國務卿未免驚心，亟電致南京將軍馮國璋，及淞滬護軍使楊善德，令他設法調停，挽回此舉。那知馮、楊二人，已接李鼎新等密函，請守中立，兩不相犯。馮本請恢復舊約法，當然與海軍同志，楊雖為段氏爪牙，但子身處滬，前後被逼，也只好置身局外，作壁上觀。段盼望回音，並不見答，偏國會議員二百九十九人，卻聯電國務卿道：

　　元年約法，與三年約法之爭，端在先決二者孰為法律。如以三年約法為法律，當然不能以命令廢止。唯查臨時約法，為民國之所由成，議會總統，皆由茲產出，其效力至尊無上。在國會既成立以後，憲法未制定以前，如欲有所增修，依臨時約法五十五條，及國會組織法十四條之規定，當由國會議員三分之二以上之提議，並經國會議員五分之四以上之出席，出席議員四分之三以上之可決，而後其所增修者，乃為合法，乃得有效。三年約法會議，其組織及程序，既與臨時約法五十五條所載不符，則其所增修者，自不得稱之為法律，實屬違憲之行為。是臨時約法，本來存在，原無所謂恢復，今日以命令廢止三年約法，乃使從前違憲之行為，歸於無效，更無所謂以命令變更法律。現在各省尚未統一，調護維持，唯有一致遵守成憲，否則甲以其私制國法，轉瞬乙又以其私制而代甲，循環效尤，人持一法，視成憲為土苴，國法前途，何堪設想。請公堅持大義，力贊大總統，毅然以明令宣告，不依法律組織之約法會議所議決之《中華民國約法》，及其附屬之大總統選舉法，國民會議

立法院組織法,均與民國元年《臨時約法》國會組織法,並民國二年憲法會議制定之大總統選舉法相違背,當然不生效力。此後凡百庶政,應與國人竭誠遵守真正國法,以固邦基而符民意。根本既決,大局斯安。特此電覆。

段祺瑞接到此電,也有轉意,並非畏憚議員,實仍是畏憚海軍。乃入與黎總統商議,主張恢復約法。黎本反對袁制,只因段氏登臺,挾有權力,一切規劃,不得不歸他取決,所以沉機觀變,未嘗獨斷獨行,既聞段氏有心規復,哪有不允之理,便於六月二十九日,連下數令道:

(一)共和國體,首重民意,民意所寄,厥唯憲法。憲法之成,專待國會。我中華民國國會,自三年一月十日停止以後,時越兩載,迄未召復,以致開國五年,憲法未定,大本不立,庶政無由進行,亟應召集國會,速定憲法,以協民志而固國本。憲法未定以前,仍遵用元年三月十一日公布之《臨時約法》,至憲法成立時為止。其二年十月五日,宣布之大總統選舉法,係憲法之一部,應仍有效。此令。

(二)茲依《臨時約法》第五十三條續行召集國會,定於本年八月一日起,繼續開會。此令。

(三)民國三年五月一日以後,所有各項條約,均應繼續有效,其餘法令,除有明令廢止外,一切仍舊。此令。始終不肯盡廢袁制。

(四)國民會議,業經續行召集,所有關於立法院國民會議各法令,應即撤銷。此令。

(五)國會業經召集,內務部所屬之辦理選舉事務局,應即改為籌備國會事務局,迅速籌備國會事務。此令。

(六)參政院應即裁撤,此令。

(七)平政院所屬之肅政廳,應即裁撤,此令。

(八)特任段祺瑞為國務總理,此令。

數令迭下，全國人士歡呼雷動，爭頌黎、段兩人的功德，似乎民國共和，從此再造，當再不至似袁皇帝時代，有名無實了。嗟中國民，哪有這般幸福？唯段祺瑞受命組閣，再任國務總理，應該將舊有部員，酌量參換，方足一新面目，動人觀聽。換湯不換藥，終屬無益。他想老成碩望，莫如東海，當此新舊交替，遺大投艱的時候，正應向他妥商，免致再誤，當下命駕至徐寓中，投刺求見。徐正為袁氏幫忙，鬧得精疲力乏，臥床靜養，忽聞祺瑞到來，料有要事相商，不便相拒，乃起身出室，迎段入廳。彼此閒談數語，便由段述及組閣事情。徐答道：「芝泉！你也任事多了，此次再出組閣，諒有特別把握，何必問我！」

　　段又說道：「論起今日的資望，莫如我公，公若肯出來組閣，祺瑞當面達總統，薦賢自代。」徐笑道：「我為袁氏，惹人譏罵，難道尚不夠揶揄麼？今日若再出任事，不是馮婦，就是馮道了。」段複道：「世上的議論，能有幾語公正，如要面面討好，連一事都不能做了。」徐即隨口阻住道：「芝泉，你的好意，我很感佩，但我已決定了心，誓不再做民國官吏。」隱以總統自任。段祺瑞聽到此語，料已不便再勸，乃另提出一班人物，與徐東海密商起來。段說一姓名，徐答一「好」字，或答稱「也好」。及段說出許世英三字，徐點首道：「雋人是我的舊僚，與你也是莫逆，這人頗靠得住的，或令長內務，或令長交通，想總能勝任呢。」雋人即許世英字，徐之稱許，為公耶？為私耶？段復說了多人，徐也不加評論，但總說一個「好」字，便算通過。至段問及行政要件，徐拈鬚半晌道：「目前的要策，第一件是固結北洋團體，第二件是保守中央威信，第三件是解釋民黨宿嫌，三事並舉，國家或尚能安靜哩。」段拱手道：「辱承指教，敢不如命。」說罷，便告辭而去。到了次日，即由黎總統下令道：

兼署外交總長交通總長曹汝霖、內務總長王揖唐、海軍總長劉冠雄、司法總長兼署農商總長章宗祥、教育總長張國淦，呈請辭職。曹汝霖、王揖唐、劉冠雄、張國淦、章宗祥準免本職，此令。

　　特任唐紹儀為外交總長，許世英為內務總長，陳錦濤為財政總長，程壁光為海軍總長，張耀曾為司法總長，孫洪伊為教育總長，張國淦為農商總長，汪大燮為交通總長，此令。

　　特任國務總理段祺瑞兼任陸軍總長，此令。

　　此令下後，段內閣又覆成立。總計此九部中，除陸軍一席，向歸段氏占有外，其餘各部人員，分作三派，一民黨，二官僚，三中立派，當時稱為混合內閣。唯唐紹儀、孫洪伊、張耀曾，尚在南方，未即就職，於是外交由陳錦濤兼署，司法由張國淦兼署，教育由次長吳闓生權代。教育一事，視若虛設，未免捨本逐末。嗣因汪大燮不願入閣，上呈固辭，乃改任許世英為交通總長，孫洪伊為內務總長，范源濂為教育總長。閣員既已湊齊，專俟國會開會，咨請追認，內外都無異言。段復從事外政，改定各省軍民長官名稱，武稱督軍，文稱省長，所有署內組織及一切職權，暫仍舊制，唯另加任命，特請黎總統任定如下：

　　奉天督軍張作霖。兼署省長。

　　吉林督軍孟恩遠，省長郭宗熙。

　　黑龍江省長畢桂芳。兼署督軍。

　　直隸省長朱家寶。兼署督軍。

　　山東督軍張懷芝，省長孫發緒。

　　河南督軍趙倜，省長田文烈。

　　山西督軍閻錫山，省長沈銘昌。

　　江蘇督軍馮國璋，省長齊耀琳。

安徽督軍張勳，省長倪嗣沖。

江西督軍李純，省長戚揚。

福建督軍李厚基，省長鬍瑞霖。

浙江督軍呂公望。兼署省長。

湖北督軍王占元，省長范守佑。

湖南督軍陳宧。兼署省長。

陝西督軍陳樹藩。兼署省長。

四川督軍蔡鍔。兼署省長。

廣東督軍陸榮廷，省長朱慶瀾。

廣西督軍陳炳焜，省長羅佩金。

雲南督軍唐繼堯，省長任可澄。

貴州督軍劉顯世，省長戴戡。

甘肅省長張廣建。兼署督軍。

新疆省長楊增新。兼署督軍。

嗣是頒爵條例、文官官秩令，及懲辦國賊條例、附亂自首特赦令、糾彈法，均即廢止。又將政治犯一律釋放。並特赦前川督尹昌衡，俾復自由，所有統率辦事處，軍政執法處，亦盡行撤銷。海內人民，喁喁望治。其時川、粵、湘、魯各省，尚在未靖，又經過一番措置，才得平安。小子只有一支禿筆，不能並敘，只好依次敘來。

先是陳宧獨立四川，袁世凱命重慶鎮守使周駿，督理四川軍務，另用王陵基鎮守重慶。周奉命後，尚按兵不動，至袁逝世，他反出兵西上，進逼成都，自稱四川將軍，旋復改稱蜀軍總司令，委任王陵基為先

第七十六回　段芝泉重組閣員　龍濟光久延戰禍

鋒。王率前隊抵龍泉驛，成都戒嚴。周一面迫陳出省，一面截陳歸路，陳不禁大憤，將與決戰。紳商急電政府，請禁周、陳衝突，免禍生靈。政府乃任蔡鍔督川，調陳宧督湘，周駿還任。陳、周猶相持不下，蔡鍔已自敘州起程，先電致二人，勸他息爭。略云：

　　二君之不惜兵連禍結者，乃為爭川督一席，抑何所見之小也？竊謂吾儕生於斯世，當以國是為前提，不應存自私自利之見。某今銜命入川，蓋收拾未了之局，俟部署既定，則自請辭職，或於二君中推轂一人，以承斯乏，不過累公稍候時日耳。用特馳電奉告，即請解甲息兵，如或不然，鍔雖不願效齷齪官僚口吻，以違抗中央命令相責，而擾亂治安之咎，鍔當聲罪致討，務希從速裁奪，鍔秣馬屬兵以待，唯二君鑑之！

陳宧得書，即日束裝就道，出省自去。周駿心尚未死，竟乘虛入踞成都，自稱都督，且欲撤去四川護國軍招討右司令、兼兵工廠總辦楊維官職。楊本陳宧部下，聞著這個消息，竟舉兵相抗，與周軍戰於城外，楊兵敗潰。統是權利思想，中國其能靖乎？蔡鍔舊病復發，不便督師，因慮周駿猖獗，乃檄羅佩金、劉存厚兩軍，分道進攻。劉軍先至城下，周駿自知不敵，方偕王陵基退出成都。存厚入城，維持秩序，川民乃定。越日，羅佩金亦到。又越數日，蔡鍔亦帶兵到來，成都父老，相率歡迎。鍔慰勞有加，力疾視事，川人始共慶更生了。仍為蔡鍔生色。

還有粵東變亂，亦無非為權利起見，前時龍濟光宣告獨立，本非真心，後來取消獨立，仍然仇視滇、桂各軍。滇軍司令李烈鈞方由肇慶出北江，駐紮韶關，粵軍閉關鎖渡，屢與滇軍齟齬，幾開戰釁。龍濟光袒護自己軍隊，且調兵添防，並就觀音山左右，密伏地雷，一意挑戰。看官！你想這個李司令，哪肯容忍過去？當下派兵前敵，力攻源潭，一場鏖鬥，戰敗粵軍。李復聯約桂軍司令莫榮新，自西路攻克三水，彼此會

師觀音山，擬與龍王決一最後的勝負。龍濟光頗也驚惶，亟電告政府，託詞李烈鈞反抗中央，出兵圖粵。政府正嘉許龍王，當然袒護，但又不便得罪李烈鈞，乃特授他勳二位，並上將銜，令即來京候用，一面令龍濟光暫署廣東督軍，俟陸榮廷到任，才得交卸。政府雖似苦心，實已顯露形跡。而且還有特別調劑，陳宧未赴湘任以前，著陸榮廷就近往湘，暫署督軍。湯薌銘為湘人所逐，令即卸任，派往廣東查辦。不能辨別功罪，乃東調西換，一何可笑？這種政策，多是掩耳盜鈴。看官！試想滇、桂各軍，如何肯服？袁政府之失權，便由此種釀成。於是仍進攻觀音山，相持不懈。粵中士民，日夜不安，到處籲請，各願去龍安粵。唐紹儀、梁啟超、溫宗堯、王寵惠等，統隸粵籍，有志保鄉，遂急電政府道：

龍濟光督粵三年，假國權為修怨，縱兵士為虎狼，視生命財產如草芥，以刀鋸斧鉞為兒戲，綜計三年之中，其傾人之家，滅人之門，寡人之妻，孤人之子，直無十百千萬之數可言，但聞哀哭詛咒之聲不絕。袁氏既倚為爪牙，粵民遂無從呼籲。日者義師之起，滇、黔、桂、浙，皆以討袁為唯一之名，唯吾粵民，則以去龍為切身之事。

方民軍之起於四方，計此賊可殲於一鼓，盜亦有道，竟假獨立為護符，人望太平，又復原心而略跡。然桂軍同一獨立，治亂之勢懸殊，桂則秩序井然，人民康樂，粵則閭里幾盡邱墟，村邑至絕薪米。推求其故，蓋龍濟光知結不解之怨於人民，遂集全省之兵以自衛，乃使州縣患匪，省城患兵，要其督粵三載，唯守觀音一山。此山而外，雖舉廣東全省，化為灰燼，人民化為蟲沙，固非該督所惜也。天幸袁殞，人慶昭蘇，粵民茹痛之深，本難復忍須臾，徒以大總統就職之始，不忍遽以一隅為言。

且計該督腥聞於天，必為大總統燭照所及，因是隱忍，佇待後命。不意該督知難久安於其位，又以取消獨立，取媚中央，一面大捕黨人，

第七十六回　段芝泉重組閣員　龍濟光久延戰禍

復萌故智，近更橫挑戰禍，染血韶州，以該督三年所造孽，即令從此痛懲前非，人已不共戴天。該督且變本加厲，用敢迫切電陳，務乞將該督立予罷斥，解粵民之倒懸，仁惠既遍於一省，使貪虐者知儆，視聽實動夫萬方。倘蒙賞其知兵，師長之席固眾，若或多其治績，他省不難量移。萬一論其取消獨立之功，則有勳章諸等具在，粵民雖不敢望大總統伐罪以救民，大總統亦何忍驅粵民以示德？昔者所謂國家用人自有權衡一語，本為專制作威作福之言，已違自我民視民聽之義。況以該督罪跡昭著，敢請派人遍詢婦孺，除彼所親一二狐鼠之外，但有舉其毫髮微末之功者，則誣罔之刑，某等所不敢避。此實千夫所指，咸以該督為寇仇，當蒙一線之仁，早出粵民於水火。大總統以共和為幟，當不以民意為嫌，儀等無憑藉可言，敢先以哀詞上請，無任翹企待援之至！

　　政府接到此電，大費躊躇，不期湖南軍民，又拒絕陳宧，自舉劉人熙為督軍，請政府下令特任。那時大總統黎元洪，與國務總理段祺瑞，左右為難，也只好開起閣議來了。小子有詩嘆道：

自古佳兵號不祥，干戈在握即強梁。

東崩西應成常事，從此朝綱漸不綱。

　　畢竟湘、粵兩省，如何處置，且看下回敘明。

　　恢復舊《約法》，召集舊國會，並舉袁氏惡制，大略更張，不可謂非段合肥之政績。唯組織閣員，始終不離一調劑性質，民黨居三之一，中立派居三之一，袁氏舊僚亦居三之一。政見不同，必有傾軋之慮，段氏更事已久，寧見不及此，而仍組此不倫不類之內閣耶？夫天下未有不任勞任怨，而可以當大事者，段氏第願任勞，不敢任怨，故撮舉三派而混合之，示無左袒之意，詎知將來衝突，萬不能免，始基不慎，後患隨之，此中外政法家言，所由以政黨內閣為職志也。他若周、陳之爭，

龍、李之爭，無非視政府之模稜，乃敢僥倖以圖逞；迨至亂事粗平，而人民已受禍不淺矣。且曲者未見所謂曲，直者亦未見所謂直，曲直不明，但憑武力為解決，則後之強而有力者，幾何不挾權生變耶？故我嘗為段氏諒，而又不禁為段氏惜。

第七十六回　段芝泉重組閣員　龍濟光久延戰禍

第七十七回
撤軍院復歸統一　開國會再造共和

　　卻說黎總統與段總理召集閣員，會議湘、粵亂事，各閣員或主張激烈，或主張調停，或主張先湘後粵，或主張先粵後湘，嗣經段總理以粵亂方殷，不如促陸榮廷速赴粵任，解決粵事，湖南督軍一缺，暫從軍民所請，歸劉人熙署理。黎總統也以為然。議定後，隨即下令，飭陸榮廷即日赴粵，特任劉人熙署湖南督軍，兼湖南省長。

　　原來湖南將軍湯薌銘，當宣告獨立時，曾由乃兄湯化龍，與民黨議立五大條件：（一）民黨承認湯薌銘為都督；（二）湯先撥軍隊三營或五營，交民黨接收；（三）設民政府管理民政全權，民政長由民黨公推；（四）組織北伐軍總司令，由民黨推任；（五）軍事廳長，由民黨推任。

　　這約由化龍署押，轉告薌銘接洽，薌銘並無異言。至袁氏死，薌銘即日背約，取消獨立，絕不關照民黨，民黨如歐陽振聲、趙恆惕、唐蟒、覃振等，本是署約中人，當然動了公憤，奮起逐湯。湯竄往岳州，由湖南護國軍第一軍總司令曾繼梧代理都督，維持地方秩序。嗣聞政府令陳宧督湘，軍民仍然不服。政府又命陸榮廷暫代，陸此時雖到衡州，終因事涉嫌疑，不肯赴任，並且自衡返桂。湖南軍民，乃自推選劉人熙，請政府任命，政府勉強照允，自稱留後者，即許為留後，湘事不無相類。湘禍少紓。後來改任譚延闓為督軍，倒也相安無事。唯陸榮廷返駐桂林，因聞帝制派尚蟠踞京中，煽惑政府，袒龍抑李，一時不便赴粵，只好託詞告病，逐日延捱。此公大約喜病。

第七十七回　撤軍院復歸統一　開國會再造共和

就是岑春煊、唐繼堯等，亦為禍首未懲，時有違言，政府不得已，命讞罪魁，特下申令道：

自變更國體之議起，全國擾攘，幾陷淪亡，始禍諸人，實屍其咎。楊度、孫毓筠、顧鰲、梁士詒、夏壽田、朱啟鈐、周自齊、薛大可，均著拿交法庭，詳確訊鞫，嚴行懲辦，為後世戒。其餘一概寬免。此令。

看官！你想帝制派中的要人，差不多有幾十個，當時遠近聞名，係六君子、十三太保，就是西南各省的要求，也請戮楊度、段芝貴等十三人，以謝天下。乃政府命令，只有八名，如袁乃寬、段芝貴等，均不在列，顯見得政府用心，不過敷衍了事；並且逮捕令下，罪犯均已出京，一個兒都沒有拿著，轉眼間便成懸案；又轉眼間且彼此無罪，仍好出頭，這是中國近來的弊政，怪不得人心思亂，至今未了呢。慨乎言之。但西南各省諸首領，已是得休便休，不願堅持到底，乃決議撤銷軍務院，由撫軍長唐繼堯、副長岑春煊、政務委員長梁啟超，及撫軍劉顯世、陸榮廷、陳炳焜、呂公望、蔡鍔、李烈鈞、戴戡、劉存厚、羅佩金、李鼎新等，一併聯名，布告全國。

其詞云：

帝制禍興，滇黔首義，公理所趨，輿情一致，桂、粵、浙、秦、湘、蜀，相繼仗義，其時因戰禍遷延，未知所屆，獨立各省，前敵各軍，不可無統一機關，爰暫設軍務院，為對內對外之合議團體，其組織條例第十條規定，本院俟國務院依法成立時撤銷。今約法國會，次第恢復，大總統依法繼任，與獨立各省最初之宣言，適相符合。雖國務院之任命，尚未經國會同意，然當國會閉會時，元首先任命以俟追認，實為約法所不禁。本軍務院為力求統一起見，謹於本日宣告撤廢，其撫軍及政務委員長外交專使軍事代表，均一併解除。國家一切政務，靜聽元首政府與國會主持。為此布告天下，咸使聞知。

軍務院既宣告撤銷，復將布告原文，電達北京。黎總統與段總理，自然欣慰，當由黎總統即日覆電云：

承電示撤銷軍院，愛國之忱，昭然若揭。溯自帝制議興，波詭雲譎，輸贄造意，緣法飾非，舉國皆喑，莫前發難。滇黔首義，薄海從風，合議機關，應時成立，披雲見日，再締共和，則是軍院諸公，大有造於民國也。項城長逝，責在藐躬，猥承諸公擁護之殷，提撕之切，約法國會，獲慰初心。雖倖免乎怨尤，猶自慚其濡滯，諸公乃主持正論，踐履前盟，舉重光之日月，還中國民，挈百戰之山河，歸諸政府。從此民有常軌，國無曲師，藩禍不興，鄰氛自戢，則是軍院諸公，尤大有造於後世也。共和國家，匹夫有責，同舟共濟，端賴群材，元洪憂患餘生，久夷權位，布衣歸老，於願已償，只以約法所推，責任攸寄，思與諸公左提右挈，宏濟艱難，推誠以結邦交，虛己以從輿論，一日在位，萬民具瞻。

方今財政拮据，吏治霣靡，內憂外患，紛至沓來，補救之難，百倍疇曩。尚望不我遐棄，相與有成，毋以收拾軍隊，為天職已完，毋以召集國會，為人心已定，毋可恢復《約法》，為遂躋法治，毋以懲辦禍首，為永絕官邪，率此臨事而懼之心，或收通力合作之效，此則元洪早作夜思，願與諸公共勉者也。軍務院既已撤銷，一切善後事宜，仍希隨時電告，共籌結束。其有奇材懋績，為國賢勞者，並希臚舉事實，借備延攬。元洪印。

這覆電中的大意，是從交際上著筆，並非正式公文。

至七月二十一日，始頒正式命令道：

據唐繼堯、岑春煊、梁啟超、劉顯世、陸榮廷、陳炳焜、呂公望、蔡鍔、李烈鈞、戴戡、李鼎新、羅佩金、劉存厚等寒日電稱：軍務院已於七月十四日宣告撤廢，其撫軍及政務委員長、外交專使、軍事代表均一併解除。國家一切政務，靜聽元首政府國會主持各等語。慨自改革以

第七十七回　撤軍院復歸統一　開國會再造共和

來,迭經變故,矩矱不立,喪亂弘多,法紀凌夷,民生塗炭,本大總統繼任於危疑震撼之際,遵行元年《約法》,召集國會,組織責任政府,力崇民意,勉任艱虞。該督軍等顧念時危,力闢大義,撤銷軍務院及撫軍等職,納政務於一軌,躋國勢於大同。義聞仁聲,皦如日月,千秋萬世,為國之光。唯念大局雖寧,殷憂未艾,宜如何栽培元氣,收拾人心,永絕亂源,導成法治。補苴罅漏,經緯萬端。來日之難,倍於往昔。所期內外在官,各深兢惕,同心協力,感致祥和,以成未竟之功,益鞏無疆之業,本大總統有厚望焉。此令。

自是南北統一,北京政府算有代表全國的資格了。唯粵東方面,龍、李交爭,尚且未息,各督軍多承政府意旨,歸咎李烈鈞,隱袒龍濟光,張勳、倪嗣沖專電通告,尤斥李烈鈞違令橫行,請加聲討。無非黨同伐異。政府乃一再電桂,催陸赴粵,陸至此亦不能再延,乃約同省長朱慶瀾,相偕赴任,電告政府,指日啟行。於是黎總統又下令道:

迭據各方報告,廣東紛擾,禍尤未已,生靈塗炭,外人復有煩言。長此遷延,靡知所屆。龍濟光未交卸以前,責在守土,自應約束將士,保衛治安。

李烈鈞統率士卒,責有攸歸,著即嚴勒所部,即日停兵。該省督軍陸榮廷,省長朱慶瀾,現已星夜赴任,龍濟光應將各項事宜,妥速預備交代,此後如再有抗令開釁情事,定當嚴行聲討,以肅國紀。此令。

令下後,復派薩鎮冰為粵閩巡閱使,令他選調兵艦駛赴粵海,查辦一切,並駐泊沙面等處,保護僑商。其實是震懾龍、李,隱示中央威力,教他知難而退。哪知龍濟光尚不肯離粵,鎮日裡守住觀音山,與李血戰。陸榮廷到了肇慶,聞著消息,又複稱病逗留,只遣朱慶瀾到粵。朱亦頗有戒心,待至薩鎮冰已到沙面,方啟行至粵,先與薩會敘一番,然後攜手入城。龍濟光不便抗拒,只好迎入,將民政一部分,劃歸朱慶

瀾接管，一面索請鉅款，但說是解散軍隊，必須先撥恩餉，方好辦理。好容易籌了一宗款子，交給了他，方才把督軍印信，付與朱慶瀾，自己帶了若干親兵，向瓊崖而去。阿堵物到手，才肯動身，這是現今軍閥第一條祕訣。李烈鈞聞龍已離粵，也即退兵，唯陸尚未肯到省，由朱慶瀾飭人齎送印信，才行接收，粵事也就此作一結束。

　　小子於川、粵、湘三省，已經敘畢，就乘便敘入山東省了。山東民軍，分作兩黨，吳大洲自稱護國軍，居正稱東北軍總司令，七二回中曾已提及，但兩軍勢力，均屬有限，不過占據了幾個縣城，與川、湘、粵情形不同。

　　自張懷芝奉袁氏命，署理山東將軍，本思效忠袁氏，把民軍逐出境外，可巧袁死黎繼，由政府電令停戰，雙方靜候解決，吳大洲、居正兩人乃按兵守候。偏張懷芝乘他不備，襲奪民軍所據的長山、安邱、臨朐等縣。民軍大憤，一面質問政府，一面招集黨人，將與張懷芝死戰。

　　吳大洲部下，約七八千人，居正部下，約一萬四五千人，並運到飛機兩架，聲焰甚盛。張懷芝料不能平，始派員與他議和，各不相犯。延至八月中旬，由國務院派出陸軍中將曲同豐，馳往山東，會同張懷芝等辦理軍事善後事宜。曲同豐與民軍商議，改編軍制，歸隸中央，辦理粗有眉目，即回京覆命去了。是時留滬各議員，已齊集京師，重開國會，八月一日，舉行國會第二次常會開會禮，先期二日，由兩院通告，並訂定禮節如下：

（一）　八月一日午前九時，參眾兩院議員，各服禮服，齊集眾議院。
（二）　午前十時，兩院議員，入禮場就席。
（三）　贊禮員引大總統及國務員入禮場就席奏樂。
（四）　主席宣告開會，並致開會詞。

（五）大總統暨國務員致頌詞。

（六）贊禮員報告向國旗行三鞠躬禮，在場者咸行禮如儀。

（七）主席宣告開會式禮成詞。

（八）主席宣告大總統宣誓。

（九）大總統宣誓奏樂。

（一〇）主席宣告退席。

（一一）攝影散會。

　　是日，參議院議員，共到一百三十八人，眾議院議員，共到三百十八人。參議院中，仍由王家襄、王正廷為正副議長，眾議院中，仍由湯化龍、陳國祥為正副議長，臨時公推王家襄為主席。黎總統及國務總理兼陸軍總長段祺瑞，財政總長兼外交總長陳錦濤，交通總長兼內務總長許世英，教育總長范源濂，農商總長張國淦，海軍總長程璧光，同時蒞會。黎總統依照民國二年公布之大總統選舉法第四條，鄭重宣誓。誓云：

　　余以至誠遵守憲法，執行大總統之職務。誓畢，全體歡呼，連稱中華民國萬歲，中華民國國會萬歲，中華民國大總統萬歲。睹群情之雀躍，復旦重光；瞻勝令之鷖旗，共和無恙。觀者如堵，望慰雲霓；國是再安，心傾中外。燕雲之氣象又新，鯨海之波濤不沸。

　　是謂國會開幕的第二次，就是民國再造的第一日。極力表揚，隱寓厚望。午後同拍一影，然後散會。政府即改定公文程序，並停止覲見大總統禮，另訂覲見禮八條，由國務院呈准施行，所有謁見禮如下：

（一）特任簡任各職之晉見大總統，均用謁見禮。

（二）謁見員詣大總統府時，須先向承宣司遞職名柬，柬用大名片，居中直行寫職銜及姓名，背面並寫姓名履歷，由承宣官入啟，俟大總統臨延見室，再行匯入。

（三）　謁見員入延見室，應向大總統行一鞠躬禮。

（四）　大總統延坐詢答畢，謁見員興辭，行一鞠躬禮退出。

（五）　謁見均用常私服，但初次晉見者，須著燕尾服，曾得勛章者，並佩帶勛章。

（六）　大總統傳見，及因公請見，或介紹請見者，均用謁見禮。

（七）　薦任職以下，除大總統傳見者外，均無庸謁見。

（八）　滿王公世爵，及蒙、回、藏汗王公等之晉見者，均用謁見禮。

（九）　凡謁見員預請示期，或臨時請期，經大總統定期或改期，或派代見，或免謁見，承宣司均應隨時通知謁見員。

　　至若公文程序，亦從簡單，分作十三項類別，一是大總統令，二是國務院令，三是各部院令，四是任命狀，五是委任令，六是訓令，七是指令，八是布告，九是咨，十是咨呈，十一是呈，十二是公函，十三是批。大致仿民國元年定例，與袁氏後改的程序，繁簡不同，無非是懲戒帝制，規復共和的用意。就是參議院中，亦照舊《約法》辦理，於八月十四日開議各案，黎總統便提出國務總理，咨請同意，兩院接到來咨，免不得有一番手續了。正是：

　　元首有心籌總軸，議員依樣畫葫蘆。

　　欲知兩院是否同意，請至下回看明。

　　軍務院撤銷，南北始歸統一，兩院重行開會，民國乃見中興，當時海內人士，喁喁望治，交頌黎、段功德，黎以長厚稱，段以勤練著，未始非足與有為者。但帝制派之罪魁，不聞捕戮，龍、李兩人之互哄，未別是非，中央之目的在苟安，外省之目的在自固，蓋猶是過渡時代，非致治時代也。如病癰然，不去其釀毒之源，但塞其流毒之口，將來必有潰決之一日。識者於黎、段當國，再造共和之日，蓋已料其有初鮮終矣。

第七十七回　撤軍院復歸統一　開國會再造共和

第七十八回
舉副座馮華甫當選　返上海黃克強病終

　　卻說兩院議員，因接黎總統咨文，商及國務總理問題，當照例投票取決。眾議院議員，已到四百十四人，投票檢視，得四百另七票同意，當然透過復交參議院解決，亦得大多數贊成，於是總揆一席，仍屬段祺瑞接任。所有閣員，除農商總長張國淦，調任黑龍江省長，改由谷鍾秀繼任外，餘均照前列單，咨請兩院追認，兩院也多數通過。內閣一律就緒。孫洪伊、張耀曾，先後蒞京供職，唯唐紹儀一再告辭，始終不至，暫歸財政總長陳錦濤兼理。直至十一月中旬，方特任伍廷芳為外交總長。外省長官，只直隸添一曹錕為督軍，朱家寶專任省長，這且慢表。

　　且說民國再造，中外臚歡，轉瞬間已近雙十節，應援照民國元二三年舊例，舉行國慶典禮。民國四年，袁氏曾停止國慶典禮，故本屆舉行，特別提敘。黎總統係軍閥出身，注重武事，先期數日，特諭參謀、陸軍兩部，在南苑舉行閱兵式，其餘一切事件，歸各部籌議云云。各部乃援照元年公布國慶日大典，除大閱外，如放假休息，懸旗結綵，追祭，賞功，停刑，恤貧，宴會等項，均各照辦。屆期一律舉行，概仿元年故事，毋庸細述。唯賞功一節，係隨時論事，按照目前有功人物，分級酬庸。黎總統以創造民國應推孫、黃為首功，特授孫文大勳位，黃興勳一位。

　　蔡鍔、唐繼堯、陸榮廷、梁啟超、岑春煊，再造民國，各授勳一位。蔭昌、曹錕、劉顯世、王占元、呂公望、柏文蔚、吳俊陞、張敬

第七十八回　舉副座馮華甫當選　返上海黃克強病終

堯、胡漢民，各授勳二位。新舊並容，似嫌夾雜。羅佩金、戴戡、朱慶瀾、張懷芝、朱家寶、任可澄，陳炳焜、陳樹藩、李根源、李長泰、周文炳、鈕永建、陳炯明，各授勳三位。朱家寶第一稱臣，受此勳位時，曾知愧否？李厚基、孟恩遠、畢桂芳、張廣建、王廷楨、劉存厚、熊克武，各授勳四位。段祺瑞、王士珍、馮國璋，各給一等大綬寶光嘉禾章。唐紹儀、馬安良、曹錕、朱家寶、張作霖、閻錫山、陸榮廷、唐繼堯、楊增新、姜桂題、蔣雁行，各授一等大綬嘉禾章。田文烈、齊耀琳、李純、戚揚，各給二等寶光嘉禾章。蔡鍔、郭宗熙、李根源、羅佩金、任可澄、程克均，各給二等大綬嘉禾章。趙倜、倪嗣沖、劉顯世，各給二等嘉禾章。戴戡、沈銘昌、胡瑞霖、田中玉、潘矩楹、汪步端，各給三等嘉禾章。還有陳錦濤等一班閣員，或給二等寶光嘉禾章，或給二等大綬嘉禾章，或給二等嘉禾章，獨張勳得給二等大綬寶光章。此外如薩鎮冰、徐樹錚、湯化龍、莊蘊寬、董康、周樹模、貢桑諾爾布、孫寶琦、江朝宗等，均給二等嘉禾章，譚延闓等給三等寶光嘉禾章。又頒賞各等文虎章，人數眾多，述不勝述。另有兩令，係撫卹死難諸人，其文云：自民國肇興以來，患難相乘，義烈之士，蹈死不悔，糜軀斷胵，前仆後繼，再造玄黃，力回陽九。

茲值國慶，宜慰忠魂，著陸軍部查明五年以來死難將士各職名，及其後裔，各議所以撫卹之。此令。

前中國銀行總裁湯叡等，奔走國事，慘遭海珠之變，著陸軍部查明該次會議與難諸人，從優議恤。

此令。

清室代表世續、載濤，及各國駐京公使，均至總統府祝賀。黎總統各贈給勳章，且授世續勳一位，大家歡聲道謝，無不愜意。自黎總統就

任以來，好算這一次是普天同慶，最稱熱鬧了。如此數語，見得極盛難繼。嗣是行政機關，與立法機關，相輔而行，不但國會開議，把重要議案，磋磨了好幾次，就是各直省長官，亦奉政府命令，於十月一日，召集省議會議員，開議各省事宜，內外畢舉，規模備具。唯副總統一席，尚未選定，應該早日補選，當經兩議院提及，借符法制。小子曾就兩議院議事日程，凡關係選舉副總統案，匯錄如下：

十月十二日，參議院議事日程：

提議選舉副總統案。（議員藍公武提出。）

提議請咨眾議院定日期選舉副總統案。（議員宋淵源提出。）

提議定期組織選舉會選舉副總統案。（議員劉光旭提出。）

同日眾議院議事日程：

請依法速行補選副總統案。（議員陳純修等提出。）

請議定日期，咨行參議院選舉副總統案。（議員覃壽公等提出。）

請速組織總統選舉會，補選副總統案。（議員仇玉珽等提出。）

請兩院會合組織總統選舉會補選副總統案。（議員米觀玄等提出。）

議員呼聲愈高，副總統產出乃速，當時全國人士，私下推測，得合副總統資格，不過寥寥數人。若論起老資格來，要算是段祺瑞、馮國璋，至講到新資格上，要算是岑春煊、唐繼堯。但岑、唐雖有再造民國的功勞，究不敵段、馮兩人的勢力，因此一般輿論，已料得副座當選，非段即馮了。待至十月二十四日，兩院乃聯合開會，續商選舉副總統日期，擇定在十月三十日，當下組織總統選舉會，議決下列各條：

（一）　以憲法會議議場，為總統選舉會會場。

（二）　總統選舉會，以憲法會議議長為主席，以憲法會議副議長為副主席。

第七十八回　舉副座馮華甫當選　返上海黃克強病終

（三）兩院各抽籤八人，為開票檢票發票員。
（四）開票時準人參觀，參觀人適用旁聽規則。
（五）另設寫票所，唱名寫票。

　　原來民國憲法，未曾議定，此次重開國會，議員視此為重要事件，因即組織憲法會議，逐日籌商。適副總統問題發生，乃即就憲法會議中，作為選舉場。屆期投票，兩院會合，共到七百二十四人。及票已投畢，開篋檢視，馮國璋得五百二十票，最居多數，當即選馮為副總統，由選舉會咨照黎總統算作決定。黎總統電達馮國璋，並仍令兼江蘇督軍。國璋當即就職，直任不辭。望之久了，如何肯辭？於是內自總理，外自督軍，統傳電道賀。小子曾聞馮受任後，電覆段總理道：

　　段總理鑒：卅電奉悉。國璋自維能力，保障一隅，收效已僅，若重其負荷，勝任亦未易言。謬承兩院公推，竟以此職見屬，邦基再造，國步方平，責望者懷有加無已之心，受寵者切名實難副之懼。所幸密勿經緯，寄之我公，大總統力與其成，國務員相助為理，國璋菲材備位，亦得勉竭庸愚，彼此勖共濟之邁徵，內外本一心相維繫。寰區底定，會有其時，區區所引為榮譽者，固在彼不在此也。遠辱賜賀，悚愧交併，復貢惘忱，尚希垂察！國璋印。

　　看官聽著！馮、段兩人都是北洋派的領袖，自從李鴻章總督直隸，創立北洋武備學堂，儲養人材，備作將弁，馮、段統是北洋武備學生，段且遊學德國很有學識。

　　至袁世凱練兵小站，多用北洋武備學生為軍官，段與馮均得充選，兩人本是同學，當然沆瀣相投，自是左提右挈，依次積功，相繼擢為統領。馮生長河間，應屬直派，段生長合肥，應屬皖派，只因同學北洋，遂渾稱為北洋派。北方人士，呼段為虎，擬馮為狗，無非以學識上的關

係，隱示區別。民國成立，兩人行事，迭見上文，段常在內，馮常在外，感情還算融洽。至袁氏去世，黎氏繼任，定策首功，當推段氏，段亦未免以此自詡，目空一切，且因自己職居總揆，對於副總統一席，亦不甚介意。獨馮氏聯繫長江各省，自植勢力，且與民黨亦晉接周旋，未嘗失好，那民國第二次的副總統，遂由馮氏運動成熟，安然到手，段似反退居人後了。插入此段，為後文馮、段相忌伏筆。

賀電未終，悲電又起，勳一位陸軍上將黃興，竟於十月三十一日，病歿滬上。當黎黃陂就任時，首先招請孫、黃諸人，出為佐理，黃已於五月上旬，由美利堅東渡，返至上海，曾在虹口東洋旅館，召集同志，祕密會議，誓死不再認袁為總統，願恢復民國《約法》，請黎副總統繼任，重行組織人才內閣。未幾，袁即病死，黎電相邀，黃不欲遽入，仍寓滬待時。到了國慶紀念日，擬與同志會集味蒓園，共申慶祝，早起散步，忽覺耳鳴目眩，支持不住，口鼻中忽噴出熱血，竟致暈僕。長子一歐方侍側，亟忙掖起，立延德醫調治。醫生用藥劑灌入，才得救醒。味蒓園遂不果行。午後，得京師來電，授他勳一位，他卻喟然道：「我奔走革命二十年，也是為國服務，算不得什麼大功，今黎總統畀我勳位，我難道就此實受麼？」乃就病榻間，口授一歐屬稿，拍電政府，婉詞卻謝。嗣復得中央電覆，請勿固辭。越數日，病似漸瘥，又越數日，病復叢起，肝部膨脹，夜不能眠。旋覺皮膚上發現一種黃色，醫士謂膽汁流入血管，頗為難醫。俄而失血不止，至三十日，病勢愈劇。適孫文、唐紹儀均來探視，他已自知不起，便語兩人道：「我與二公交好多年，此番恐要長別了。但不知我死以後，民國前途，究竟如何？看來政海暗潮，迭起未已，距太平日子，尚遠得多哩。二公才望，本出我上，還望極力維持，補我遺憾，我死亦瞑目了。」死不忘國，好算有心人。孫、唐兩

第七十八回　舉副座馮華甫當選　返上海黃克強病終

人，含淚應諾，更勸慰了數語，隨即告別。越日辰刻，又咯血無算，復招醫士，投服藥水，終不見效。迭延數醫，謂已無可療治，一歐不覺大慟。徐聞榻上有聲道：「人生總有一死，你也不必過哀，且留此一腔熱淚，為同胞哭，才算克強有子了。」言已，喘息不止。延至午後四時，竟爾逝世，享年四十三歲。克強尚有老母，與妻室及二三四諸子，寓居日本長崎，當由一歐電召歸國，一面電訃中央政府，及各省軍民兩長。黎總統即日下令道：

　　勳一位陸軍上將黃興，締造共和，首興義旅，數冒艱險，卒底於成，功在國家，薄海同瞻。乃以積勞邁疾，浸至不起，本大總統患難與共，夙資匡輔，驟聞溘逝，震悼尤深。著派王芝祥前往致祭，特給治喪費二萬圓，所有喪殯事宜，由江蘇省長齊耀琳，就近妥為照料，並交國務院從優議卹，以示篤念殊勳之至意。此令。

是令下後，江蘇省長齊耀琳，即派員赴滬，襄理喪儀。遠近弔客，不下數千人。到了十一月十日，中央特派員王芝祥，已銜命南來，至黃宅致祭。翌晨，設奠靈前，獻爵禮畢，由司禮官代讀祭文。其詞云：

　　維中華民國五年十一月十一日，大總統黎元洪，特遣王芝祥致祭於克強上將之靈前曰：嗚呼！王綱解紐，海水橫飛，國威不振，民命安歸？天挺人豪，乘時而起，奮戈一麾，天日為靡。當其憤激，嚼齒皆空，雲翻陣黑，血染波紅。積二千年，專制餘毒，一旦廓清，還歸敦樸。江漢收功，金陵坐鎮，文雅彬彬，施於有政。天不悔禍，國境再騷，四方豪傑，跂望旌旄。今者告寧，萬邦咸喜，不有元勳，孰臻上理？方期舉國，酬報豐功，云何疢疾，遽殞英雄。

　　八表震驚，空巷走哭，矧在葸躬，夙同茵轂。撫今追昔，悲感百端，臨風隕淚，繞室盤桓。牲帛椒漿，敬奠毅魂，靈爽式昭，永護民國。嗚呼哀哉！尚饗！

讀畢焚帛，致祭員奠爵告退，孝子匍匐謝賓。這種普通儀制，不必細表。越宿，王芝祥回京覆命，誰知京中復接東瀛急電，又聞得一位再造共和的偉人，在日本福岡醫院，也一病身亡了。小子有詩嘆道：

　　才經湘水賦招魂，日上扶桑倏又昏。

　　偏是偉人多短命，人生天道兩難論。

　　究竟何人相繼逝世，待至下回再表。

　　段合肥之功績，不在倒袁，而在擁黎，黎黃陂之得以安然就職，不生他變者，全由段氏一人之力。厥後更張弊政，統一南方，亦無非段氏所造成。以功績言，副總統一席，應屬段氏無疑，乃偏選出馮河間，豈虎能咥人，而狗尚秉義乎？迨經著書人從中揭出，乃知馮之得選副座，有由來也。民國無論何事，莫不由運動得來。若不運動，就令堯、舜復生，無由為元首，周、孔復出，無由為總揆，其下焉者更不待言矣。若夫創造民國之首功，應推孫、黃兩人，黃克強生平行誼，容有未滿人意之處，但視瀕死時以國家為念，殆學未純而志有足嘉者歟？特志其歿，亦隱寓悼惜之意，錄及祭文，未始非藉此闡揚也。

第七十八回　舉副座馮華甫當選　返上海黃克強病終

第七十九回
目斷鄉關偉人又歿　鬨開府院政客交爭

　　卻說日本福崗醫院，突有一人病逝，電訃到京，這人為誰？就是再造民國的蔡松坡。蔡本為四川督軍，為什麼東往日本呢？說來也覺話長，由小子撮要敘述：自蔡督四川後，川民漸安，但署中一切檔案，已棼如亂絲，不得不認真料理，雖有羅佩金幫辦，究竟不能不自行部署，又況軍民兩長，統歸一身兼管，更覺忙碌得很，因此積勞過度，所有喉痛心疾，接連復發。適小鳳仙自京致書，擬履行前約，願來川中，他不免惹起情腸，增了若干愁悶，我是個多愁多病身，怎當你傾國傾城貌。躊躇了一夜，方裁箋作答道：

　　自軍興以來，頓膺喉痛及失眠之症，今茲督川，難卻黃陂盛意，故勉為其難，俟各事布置就緒，即出洋就醫。爾時將挈卿偕行，放浪重洋，飽吸自由空氣，卿姑待之！

　　是書發後，過了數日，病癒沉重，自覺不支，乃電達政府，請假就醫，並薦羅佩金自代。政府準如所請，當即束裝啟行，航行至滬。滬上軍商學各界，聞他到來，相率開會歡迎。渠因喉痛失音，未能到會，遂作書婉謝，唯居滬上寄廬中養疴，或至虹口某醫院治疾，所有訪客，一概擋駕。時梁任公亦自粵到滬，被他聞知，卻立刻拜會，相見時，仍執弟子禮甚恭。任公道：「你也太過謙了，此地非從前學校可比，何妨脫略形跡。」松坡道：「一日為師，終身為父，這是從古到今，相傳不易的名言。鍔略讀詩書，粗知禮義，豈可效袁項城一流人物，漠視這張四先生

麼？」述此數語，為學生聽者！任公亦對他微笑，且密與語道：「你在此地養病，還須謹慎要緊。帝制餘孽，往來南北，他們恨我切骨，幸勿遭他毒手。」松坡又答道：「這是弟子所最注意的。自到上海後，除赴醫院診治外，鎮日裡杜門不出，謝絕交遊，就是尋常食品，亦必先行化驗，然後取食，想當不致有意外危險。且弟子留此數日，萬一醫治無效，決擬至日本一行，那東京的醫院，較此地似靠得住哩。」任公徐答道：「這也好的，似你膂力方剛，正是經營四方的時候，千萬珍重，為國自愛。」松坡太息道：「鍔已過壯年，所有些須功業，統是先生一手造成，目下諸症百出，精神委頓，恐將來未必永年，不但有負國家，並且有負先生，為之奈何？」語中已寓將死之兆？

任公聽了，不禁悽然，半晌才道：「松坡，你如何作這般想？疾病是人生所常有的，如能安心休養，自可漸痊，奈何作此頹唐語？」松坡欲言未言，飲過了幾口清茶，才答道：「鍔到滬已約一旬了，起初醫生亦說是可治，不出兩旬，可收效果，怎奈這幾天間，喉間似有一物，蠕蠕欲動，每屆飲食，艱難下嚥，就是語言亦很覺為難，到了夜間，終夕不能安枕，想是血枯津竭的絕症，如何能持久哩！」言畢，起身欲行。任公復勸勉數語，兩下作別。

越日，任公正欲回視，巧值電話傳來，略言：「鍔擬東渡，決於今晚動身。」任公乃即往寓廬，敘談了好多時。是夕，即送他下船，再三叮囑而別。兩別字前後相應，這一別是長別了。任公返寓後，過了五六天，接得蔡書，內言就醫福岡醫院，尚有效驗，倒也稍稍放心。哪知到了十一月八號，竟由福岡醫院來電，譯將出來，乃是蔡松坡於本日下午四時去世十二字，這一驚非同小可，往外探問，已是傳遍全滬，無論官商學界，統覺悲感得很。後來調查松坡寓日，病狀依然，至日本國慶日

天長節，就是中國十月三十一日，是日扶桑三島，全體慶祝，舉行提燈大會，松坡因僑寓無聊，特與二三友人，入市遨遊，頗稱盡興。到了傍晚，接著上海急電，知是黃興逝世，不由的頓足呼天道：「我中國又弱一個了。」自是愁悶益增，病亦愈劇。至十一月八日上午，勢已垂危，東醫束手，他聞病院外演試飛機，竟勉強起床，扶役夫肩，緩步出門。

適飛機從空中駛過，翱翔自得，幾似大鵬振翅，扶搖直上，望了一會，忽覺眼花撩亂，頭痛異常，他即倚著役夫肩上，閉了雙目，休息片時，復睜起病眼，向西遙望，唏噓說道：「中華祖國，從此長離，就使駕著飛機，恐也不能西歸了。」悽楚語不忍卒讀。說畢，返身入內，臥床無語。

延至下午四時，奄然長逝，年僅三十七歲。越二日，由黎總統下令道：

勳一位上將銜陸軍中將蔡鍔，才略冠時，志氣弘毅，年來奔走軍旅，維持共和，厥功尤偉。前在四川督軍任內，以積勞致疾，請假赴日本就醫，方期調理可痊，長資倚畀，遽聞溘逝，震悼殊深。所有身後一切事宜，即著駐日公使章宗祥，遴派專員，妥為照料，給銀二萬圓治喪。俟靈櫬回國之日，另行派員致祭；並交國務院從優議卹，以示篤念殊勳之至意。此令。

自經此令一下，全國均已聞知，相傳小鳳仙尚在京師，得此噩耗，悲慟終日，誓不欲生。鴇母再三勸解，哭聲乃止。到了次日，鳳仙閉戶不出，至午後尚是寂然。鴇母大疑，排闥入室，哪知已香消玉殞，物在人亡。案上留有絕命書，語極悲慘，略謂：「妾與蔡君，生不相聚，死或可依。或者精魂猶毅，飛越重洋，追隨蔡君，依依地下，長作流寓伴侶。如或不能，妾願化恨海啼鵑，望白雲蒼莽中，是我蔡郎停屍處，夜

第七十九回　目斷鄉關偉人又歿　鬨開府院政客交爭

夜悲鳴罷了。」這數語傳達都門，膾炙人口。究竟這小鳳仙曾否殉義，絕命書是真是假，小子一時也無從確查，只好人云亦云，留作一場佳話。如果實有此事，豈不是紅粉英雄，有一無二，從前綠珠、關盼盼等，也應出小鳳仙的下風了。不肯下一斷語，是史筆闕疑之法。

　　還有一段奇夢，出諸松坡友人的口中，謂係松坡生前自述：癸丑年間，二次革命，黃、李等相繼失敗，松坡雖未曾與事，心中卻鬱鬱不樂，時常藉著杯中物，痛飲解悶。某日，醉後假寐，恍惚身入宮闕，有一人袞冕輝煌，高坐堂上，既見松坡，竟下階相迎，向他長揖。松坡急忙還禮，忽背後被人一拍，痛不可忍，回頭顧視，背後立著兩人，一似乞丐模樣，一似和尚模樣，不由的驚訝起來。迨詢及姓名，答稱為李鐵枴、唐玄奘，且由唐玄奘自述：「西行取經，備嘗艱苦，此行將返京城，恐被孼龍奪去，現聞君腰下，佩有神劍，特乞拐仙介紹，求君除害安民」云云。松坡性本任俠，慨然照允，便與二人同出。返顧宮闕，倏忽不見，他也莫名其妙，掉頭徑去。約數十步，但見前面一帶，統是雲霧迷離，不可測摸，耳中聞得風濤澎湃，駭地震天，料知前途險惡，不易過去，正擬問明前導二人，借定行止，不意兩人又不知去向，空中卻現出一團紅雲，雲端裡面，飛出一條火龍，口噴赤霞，惹得滿天皆赤。說時遲，那時快，松坡拔劍在手，奮身上躍，得登龍背。尤猶矯首仰視，被松坡用劍擬喉，正要刺入，突覺豁喇一聲，身似墜下，驚醒轉來，乃是南柯一夢。松坡細思夢境，不知主何朕兆，至袁氏稱帝，護國軍起，方覺夢有奇驗，龍應袁氏，袞冕即帝服，下階相迎，是袁氏任松坡為軍事顧問官，唐玄奘應唐繼堯，李拐仙應李烈鈞，西行取經，恐被龍奪，是唐、李學取歐化，有志共和，幾為袁氏破壞的隱兆。經松坡拔劍乘龍，龍乃被制，已見得帝制無成了。松坡奇夢已驗，料無他虞，哪知身

即墜下，亦兆死徵。所以倒袁功成，松坡也即歸天，這可見冥冥中間，未始沒有定數呢。可作新聞一則。

　　後來《國葬法》頒行，第一條中，載著中國人民，為國家立有殊勳，身故後，經大總統咨請國會同意，或國會議決，准予舉行國葬典禮。黃興創造民國，蔡鍔再造民國，均與第一條相符，當由國會議決，應予舉行國葬典禮，乃由黎總統指令內務部，著查照《國葬法》辦理，內務部遵即照辦。十二月五日，蔡公靈柩回國，道經滬上，各界相率往奠，素車白馬，競集滬濱。中央亦派員致祭，比那黃上將治喪時，更覺擁擠。兩人相較，蔡似過黃一籌。生不虛生，死猶不死。及返鄉歸葬，依《國葬法》例，設立專墓，高樹穹碑，迭鐫生前功績，垂光身後。黃上將返葬時，亦照此辦法，不必細表。

　　且說段祺瑞主持國柄，擁護黃陂，表面上似兩相融洽，無甚嫌隙，哪知內部卻罩著黑幕，惹起暗潮，遂令府院兩方面，無端生出惡感來。內務總長孫洪伊，籍隸天津，北洋軍官，非親即友，他本為同盟會健將，與孫、黃諸人，一鼻孔兒出氣，所以平時議論，慷慨激昂，對於共和兩字，尤主張積極進行。民國初造，兩院成立，他因親友推選，入為眾議院議員，嗣復組織進步黨，反對帝制，袁氏慾望正熾，時由他連電駁斥，且有一篇泣告北方同鄉父老書，說得淋漓慘澹，差不多似擊築的高漸離，彈箏的李龜年，一面奔走南北，遊說黎、馮，勸他早自定計，切勿承認帝制。黎、馮兩人頗加信從。至共和再造，黎氏繼任，他遂入為閣員，按日裡在總統府，參預庶政，每當總統見客，必侍坐黎側。黎寬厚待人，就使有言逆耳，也常容忍過去，獨他偏越俎抗談，雌黃黑白，旁若無人，因此大小人員，無不側目。這是孫氏病根。有時當國務院會議，他也直遂徑行，與段總理時有齟齬，段未免介意。可巧國務院

祕書長，乃是段氏高足徐樹錚。樹錚銅山人，嘗在日本士官學校畢業，年少氣盛，自稱為文武才，段亦目為大器，引作高弟。洪憲以前，他已廁入段門，預議軍事，不過政變無多，不堪表現。及袁氏稱帝，乃勸段潔身自去，段遂辭職。滇、黔倡義，猶陰為段劃策，密囑曹錕、張敬堯諸將帥遷延觀變。曹、張依訓而行，免不得多方延宕。就是陝西獨立也由他嗾使出來，他與陸建章素有嫌隙，遂乘此借公濟私。後來擊斃陸建章亦伏於此。袁既病死，黎、段登臺，拔茅連茹，彈冠相慶，徐遂入任為院祕書長。那時長才得展，視天下事如反掌，今朝陳一議，明朝獻一策，都中段意。段即倚作臂助，甚至內外政策，均唯徐言是從。國務院中，嘗稱他為總理第二。挾權自恣，誤段實多。偏遇著一個孫洪伊，也是個眼高於頂的朋友，聞徐樹錚勢傾全院，心中很是不平，凡遇院中公牘，送府用印，孫輒吹毛索瘢，見有瑕疵可指，當即駁還，或間加改竄，頒行出去。看官！你想這矯矯自命的徐祕書，怎肯低首下心，受那孫總長的批評？積嫌越深，銜怨愈甚。

一日，國務院又開會議，孫洪伊入參國政，又來作抵掌高談的蘇季子，正在說得高興，突有一人出阻道：「孫總長！你不要目中無人哩。須知智士千慮，不無一失，愚夫千慮，也有一得，難道除公以外，便不足與議麼？」

孫瞧將過去，正是這位徐祕書長，便冷笑道：「足下的大材，我很佩服，但此處是閣員會議，俟足下入閣後，再來參議未遲。」徐樹錚被他一嘲，不由的憤憤道：「樹錚不才，忝任國務院祕書，也總算是國家命吏，並非絕對無言論權；況且國體共和，無論何等人民，均得上書言事，孫總長平日，自命維新，奈何反效專制時代，禁人旁議呢？」棋逢敵手。孫洪伊哼了一聲道：「足下既有偉大的議論，何妨先向總理陳明，俟總

提出會議，果可利國利民，我等無不贊成。足下既免埋才，又免越職，怕不是一舉兩得麼？」徐樹錚聽了，即易一說道：「孫總長！

你教我等不可越俎，你如何自行越俎呢？」孫洪伊忙問何事？樹錚道：「你勾通報館，洩漏院中祕密，尚說不是越俎嗎？」孫洪伊勃然道：「你有什麼證據？」樹錚微哂道：「證據不證據，你不必問我，你自思可有這事麼？」洪伊怒上加怒，便向段總理道：「總理如何用此狂人？若再縱容過去，恐總理也要失望了。」段總理本信任徐樹錚，聞了此言，面色頓變。各閣員睹這形態，連忙出為排解。那孫、徐兩人，還是互相醜詆，喧嚷不休。這時段總理也忍耐不住，竟沉著臉道：「這裡是會議場，並不是喧鬧場，孫總長也未免自失體統了。」責孫不責徐，左袒可知。言畢，拂袖自去。閣員勸出孫洪伊，才得罷爭。

越日，段總理負氣入府謁見黎總統，述及孫、徐衝突事。黎總統淡淡答道：「孫總長原太性急，徐祕書亦未免欺人。」袒孫之意，亦在言外。段總理見語不投機，更增悵悶，便信口答道：「孫總長是府中要人，樹錚不過一院內委員，總統如以樹錚為欺人，不但樹錚可去，就是祺瑞亦何妨辭職。」明是要挾。黎總統聽到此語，忙道：「國家多故，全仗總理主持，如何為他兩人，棄我自去呢？」段複道：「祺瑞本無心再出，不過為勢所逼，暫當此任。現在南北統一，大局稍平，閣員中不乏人才，總統可擇賢代理，何必定需祺瑞，祺瑞也暫得息肩了。」黎總統道：「我也並不願做總統，無非為國家起見，望總理不必多心。」段又無情無緒的答了數語，即行告退。

黎總統經此波折，心下很是不安，當召國務員入商。

交通總長許世英，以此事必需調人，非請徐東海出來，恐難就緒。黎總統頗也首肯。適徐已返居輝縣，即日遣使，寫了一封誠懇的手書，

敦促來京。湊巧段氏意思，不謀而合，也去函請徐東海。使節相望，不絕於道。這位三朝元老徐世昌，因顧著雙方友誼，不忍坐視，遂自輝縣起程，乘著京漢鐵路，直達京師，一至正陽門，但見府院中人，已在車站兩旁，歡迓行旌。正是：

朝局又將成水火，都人勝似望雲霓。

徐東海入京後，能否排難解紛，且至下回分解。

蔡松坡為推翻袁氏之第一人，即為再造共和之第一功，較諸黃克強之奔走革命，勞苦相等，而詣力實過之。黃少成而多敗，蔡少敗而多成，其優劣已可見一斑。即兩人生平行誼，黃多缺憾，而蔡亦少疵，設令天假之年，使得展其驥足，保衛國家，未始非人民之福。乃年未強仕，即聞謝世，盜蹠壽而顏子夭，古今殆有同慨歟？著書人於黃、蔡之歿，特從詳述，銘其功也。彼夫孫、徐二人交爭，無非意氣用事，孫似有志而其質未純，徐似有才而其心未正，兩不相下，激成釁隙，而府院暗潮，遂由是釀成之。麟鳳死而狐鼠生，華夏其何日靖乎？

第八十回
議憲法致生內鬨　辦外交惹起暗潮

卻說徐東海入京以後，先謁黎總統，次見段總理，黎尚隱示通融，段卻不甘退讓，經徐苦口調停，方由段說出一言，先要孫洪伊免職，方令徐樹錚辭差。太要顧全面目。徐東海再入總統府，與黎商及。黎似覺為難，徐喟然道：「不照這麼辦法，恐禍起蕭牆，勢且波及全國，總統不如通權達變，暫歇風潮為是。」黎總統畢竟長厚，也就承認下去。於是十一月二十日，下令免孫洪伊職，越日，徐樹錚始呈上辭職書，奉令照准，改任張國淦為祕書長。國淦自內務解職，令為黑龍江省長，他不願就任，辭職留京，乃命繼徐樹錚後任。

樹錚名雖去職，實仍在段氏幕中，段仍信任不疑。看官道是何因？小子前敘孫、徐衝突時，徐曾責孫洩漏機密，這也非憑空誣陷，最關重要的是中美實業借款一案。

自中國、交通兩銀行，停止兌現後，商民怨聲載道，籲請籌款維持。孫乃立主兌現，請黎總統速籌良法。黎與段熟商，段因國庫如洗，只好從緩，偏黎已先入孫說，定要段設法籌款。看官！你想天下有幾個點石成金的呂祖師，毀家紓難的楚令尹？國家沒有的款，只好向外人商量，當由段總理委任財政總長陳錦濤，問各國乞貸。幸有美國資本團，願貸美金五百萬圓，期限三年，利息六釐，每百圓實收九一，以菸酒公賣稅為抵押品，當由駐美華使，遵承中國財政總長委託全權的電報，代表政府，籤立合約，一面由陳錦濤至兩議院中，開祕密會議，要求通

過。不料北京某報館，偏已探悉底細，將中美借款合約，登載出來。

　　看官！你道彼此借貸何故要守祕密呢？原來民國二年曾有英、法、德、俄、日五國銀行團與中國政府訂定草約，此後政治借款，應歸本團承借。應第二十四回。前時已惹起許多糾葛，此次向美國借款，恐五國嘖有煩言，所以慎守祕密。向外借款，還有許多顧忌，真正可憐。偏被報章揭出，無從隱飾，段、陳諸人，已疑由孫洪伊洩漏機關，恐滋外議。果然不到兩天，英、法、俄、日四國銀行團提出抗議書質問財政部。經陳錦濤商諸段總理，據理答覆，略言：「此項借款，專供中國銀行準備兌現的用途，本無政治性質。且民國二年的契約乃中國政府與五國銀行團所締結，今只四國銀行團，係與德國分離的別一團體，敝政府不能承受抗議」云云。還虧德國久戰未和，尚有藉口之資。四國銀行團，尚未肯干休，段總理已將所借美款，劃存中國銀行，作為準備金，交通銀行，尚是向隅。唯與外人交涉，還須筆舌，越覺遷怨孫洪伊，自從孫免職離閣，才出了胸中惡氣。徐樹錚是多年心腹，怎肯教他離開？這且慢表。

　　且說參眾兩院中，因草訂民國憲法，連日會議，彼是此非，免不得又生黨見。這是中國人特性。就中分作兩大派，一派叫做憲法研究會，一派叫做益友社。有幾個喜新厭故的人物擬加入主權、教育、國防神聖、省制、陸海軍各問題，已審議了好幾次，終因黨見不同未曾議決。

　　至十二月八日又復開議，為了省制大綱互起齟齬。直隸議員籍忠寅，主張守舊，湖北議員劉成禺，主張維新，彼此相持不下，竟互動手腳，就會議場中，打起架來。劉成禺一方面，人眾勢強，籍忠寅一方面，人少勢弱，強的原是逞威，弱的也不甘退步。起初還是拋墨盒，擲筆桿，文縐縐的舉動；後來罵得起勁，鬧得益凶，竟扭成一團，拳打足

踢,好像不共戴天的樣兒。何苦乃爾?徒惹人笑。

結果是籍忠寅、劉崇佑、陳光燾、張金鑑等,被毆受傷,害得皮破血流,痛不可耐,憤憤的出了會議場,做了一篇大文章,竟向總檢察廳提起公訴,一面請政府咨行議會,查明曲直,依法懲辦。

一事未了,一事又生,京城裡面有自稱公民孫熙澤等,發起憲法促成會,宣布意見書,並通電各省,無非說:「兩院議員,會議多日,並無成效,徒聞滋鬧」等語。

參議員聞這消息,因他毀損名譽,擾亂國憲,要求政府速即禁止。司法總長答稱,已令總檢察廳徹查,議員等猶有違言。只因陽曆歲闌十二月二十五日,又是雲南起義紀念日,曾經兩院議定,總統公布,照例放假休息,懸旗宴賀。敘筆不漏。大家既要祝慶,又要賀年,閒暇中間,帶著幾分忙碌,自然把公事暫擱。轉眼間已是民國六年了,各省督軍省長及各特別區域都統等,於五年殘臘,聯名電告政府,由副總統兼江蘇督軍領銜,其文云:

民國建元,於今五載,中經變故,起伏無端。國勢日危,民生日蹙,政務日以叢脞,已往之事,今不復道。

自此次之國體再奠,天下望治更切,以為元首恭己,總揆得人,議會重開,懲前毖後,必能立定國是,計日成功。乃半歲以來,事仍未理而爭益甚,近日浮言膚動,尤有不可終日之勢。國璋等守土待罪,憂惶無措,往返商榷,發為危言,幸垂察之!我大總統謙德仁聞,中外所欽,固無人不愛戴,自繼任後,尤無日不廑如傷之懷,思出民於水火。然而功效不彰,實惠未至,雖有德意,無救倒懸。推原其故,在乎政務久不振。政務久不振,在乎信任之不專。前因道路傳聞,府院之間,頗生意見,旋經國璋電詢,奉大總統復示,謂:「虛己以聽,負責有人」,是我大總統亦既推心置人腹中矣。皇天后土,實聞此言,國璋等咸為國

家慶。以我總理之清心沉毅，得此倚畀，當可一心一德，竟厥所施。今後政客更有飛短流長，為府院間者，願我大總統我總理立予摒斥。國璋等聞見所及，亦當隨時參揭，以肅綱紀而佐明良。任賢勿貳，去邪勿疑，然後我大總統可責總理以實效，總理乃無可辭其責。有虛己之量，務見以誠，有負責之名，務徵其實，獻可替否，此國璋不敢不推誠為我大總統告者也。自內閣更迭之說起，國璋等屢有函電，竭力擁護，一則慮繼任乏人，益生紛擾，陷於無政府；一則深信我總理之德量威望，若竟其用，必能為國宣勞，收拾殘局，非徒空言擁護也。現在大總統既表虛己之誠，正總理勵精圖治之會，目下所急待施設者，軍政財政外交諸大端，皆宜早定計劃，循序實行。國璋等擁護中央，但求有令可奉，有教可承，事勢苟有可通，無不竭力奉宣，以舉統一之實。此大方針，非我總統不能定，閣員與總理共負責任，得此領袖，理宜協恭。近如中行兌現，實輕率急切，致陷窮境。前事之師，可為鑒戒。閣員必有一貫之主張，取鈞衡於總理，勿以一部所主笔，或遷就乎閣員。

閣員苟有苦衷，不妨開示，公是公非，當可主持。孰輕孰重，尤當量衡。國璋等赤心為國，不恤乎他，此維持內閣之真意，不能不掬誠為我總理告者也。國會為國家立法機關，關係何等重大，舉凡一切動作，必唯法律是循，始足以饜眾望。此次兩院恢復之初，原出一時權宜之計，其時政潮鼎沸，國事動搖，但期復我法規，故未過存顧慮，國璋極冀憲法早定，議政得平，不衷近功，不逞客氣，予政府以可行之策，為國家立不敝之規，則此逾期再集絕而復續之國會，雖有未洽，天下之人，猶或共諒。不意開會以來，紛呶爭競，較勝於前，既無成績可言，更絕進行之望。近則侵越司法，干涉行政，複議之案，不依法定人數，擅行表決，於是國民信仰之心，為之盡墜。謂前途殆已無所希冀，詬仇視之，不獨國會自失尊嚴，即國璋等前此之主張恢復者，亦將因是而獲戾。

況《臨時約法》，於自由集會開會閉會一切，無所牽掣，要須善用之

耳。苟或矜持意氣，專事凌越，則蓄意積憤，必有潰決之一日，甚且累及國家，國璋心實危之。我大總統我總理，至誠感人，望將此意為兩院議員等切實警告，蓋必自立於守法之地，而後乃能立法，設循此不改，越法侵權，陷國家於危亡之地，竊恐天下之人，忍無可忍，決不能再為曲諒矣。此國璋等對於國會之意見，不敢不掬誠入告者也。總之我總統能信任總理，然後總理方有負責之地。總理能秉持大政，然後國家方有轉危之機。國會能持大經，鞏固國基，則國存，國會乃有所附麗，否則非國璋等之所敢知，伏祈我大總統我總理兼察之。

　　看這等電文，原是持之有故，言之成理。但國會中的議員，方在意氣相凌，怎肯和衷協議？就是段總理自信太深，也不免偏徇阿私，黨同伐異。黎總統遇事優容，段意尚厭未足。民國六年一月一日，即免浙江督軍兼省長呂公望本職，特任楊善德為浙江督軍，齊耀珊為浙江省長，這道命令，雖由黎總統頒發，暗中卻仍由段氏主張。楊善德素屬段系，段長陸軍部，極力援引，因得任松滬鎮守使，嗣復擢松江護軍使，倚若長城。適值浙江新任警察廳長傅其永，赴廳受事，各警察多半反對，致起風潮，甚至延及軍隊。督軍呂公望無術鎮馭，情願辭職，段遂薦善德為浙江督軍，破浙人治浙的舊習。松滬護軍使一缺，遂由護軍副使盧永祥升任。盧亦段氏麾下的健將，浙人尚思抗楊，楊帶著北軍第四師，昂然南來，如入無人之境，一番大風潮，霎時平定，這真所謂兵威所及，如風偃草了。浙人無故逐呂，乃致段派乘間而入，木朽蛀生，非自取而何？

　　且說中美借款，由四國銀行團抗議，就中的主動力，乃是日本國。日本自歐戰發生後，極想趁這機會，擴張勢力，做一個亞洲大霸王，原是個好機會，無怪東人。每遇中國交涉格外留意，所以中美借款合約甫經訂定，即邀集英、法、俄三國，同來抗問。中政府亦知他來意，特令

第八十回　議憲法致生內閣　辦外交惹起暗潮

交通銀行出面，也向日本興業、北韓、臺灣三銀行，訂借日金五百萬圓，仍說是準備兌現。三銀行卻也照允，當即簽定合約，利息七厘五分，三年為限。英、法、俄何不抗議？外如吉長鐵路案，興亞實業借款案，廈門設立警察案，鄭家屯交涉案，種種發生，鬧得舌敝唇焦，終歸他得我失。

一、吉長鐵路案，是由吉林至長春的鐵路，前清末年，曾與日人訂立借款自築的約章，至是日人獨要求改訂，將該路歸他代辦。交通部沒法拒絕，只好與他訂約，即以本路財產及收入，擔保借款限期四十年償清，路權已一半讓去了。二、五年九月間，財政、農商兩部，向日商興亞公司借款五百萬圓，以安徽太平山，湖南水口山兩礦為擔保，約三個月內交款。嗣經國會反對，原約擔保一層，不生效力，當由財政部另提擔保品，與日商開議。

日商不肯照允，經財政部承認賠償，另給興亞公司洋三十萬圓，方得改約。無端耗去三十萬元，可謂慷慨。且仍訂明兩山開礦時，如需借外款，該公司得有優先權。但此約的喪失，也不算少了。三、廈門係福建商埠，日人居然設立警察派出所，奪我行政權，疊經福建交涉員，向他交涉，終未撤退。及外交部照會日使，他卻答稱廈門設警，無非行使領事裁判權，與行政無涉，不得目為違約。外交部接到覆文，以商埠居民，原歸外國領事裁判，無從辯駁，沒奈何延宕了事。四、至鄭家屯一案，齟齬多日，事緣中日軍警，互生衝突，日商吉本，受傷殞命，日本即自由增兵，要挾多端。外交部費盡心力，才得商定五類：（一）申斥第二十八師師長；（二）軍官依法處罰；（三）出示告諭軍人，禮遇日本僑民；（四）由奉天督軍表示歉忱；（五）給與日商卹金五百圓。五款全體實行，日本始允將鄭家屯派添各兵撤回。這案自民國五年八月為始，直至

六年一月終旬，彼此和平解決，方保無事。中日交涉各案，稍有頭緒。那駐京德使辛慈，忽齎交一個通牒，內言德政府準於二月一日以後，採用海上封鎖政策。所有中立國輪船，不得在劃定禁制區域內，自由航行，否則一切危險，概不負責等語。外交部得了此牒，忙呈報總統、總理，為這一事，大費周折，又惹起府院衝突的暗潮。中國宣告中立，已歷三年，當時袁氏熱心帝制，無暇對外，所以守著旁觀態度。至黎氏繼任，又為了內政問題，擾攘半年，也不遑顧及外事。但華工寄居外洋，往往受外人僱用，充當軍役，或在外國商輪辦事，一入戰線，動被德國潛艇，用砲擊沉，華人卻也死得不少。此次德國復欲封鎖海上，遍布潛艇，依萬國公法上論將起來，德國實不應出此。美國曾向德國抗議數次，段總理乃亦欲仿行。黎總統秉性優柔，尚不欲與德構釁，經段總理再三慫恿，乃令外交部酌定覆文，向德抗議。略云：

　　查貴國從前依潛航艇戰策，敝國人民生命，損害甚非淺鮮。茲復更行濫用，欲實行採用新潛艇戰策，危及敝國人民之生命財產，實屬蹂躪國際公法之本義。若承認此項通牒，其結果將使中立諸國間，及中立諸國與交戰諸國間之正當通商，悉被侵犯，而導專橫無道之主義於國際公法上。故敝國政府，關於二月一日宣言之新策，特對貴國政府提及嚴重之抗議。且為尊重中立國之權利，維持兩國之親善關係，期望貴國政府，勿實行此新戰策。若事出望外，此抗議竟歸無效，使敝國不得已而斷絕兩國現存之外交關係，實屬可悲。然敝國政府之執此態度，全為增進世界之和平，保持國際公法之權威起見，幸貴國熟審之！

　　公文去後，德國竟置諸不理，於是欲罷不能，只好再進一步，與德絕交。先由國務院中，特設外交委員會，除國務院全體及各部所派中立辦事員均列席外，再邀陸徵祥、夏詒霆、汪大燮、曹汝霖諸人，一同會議。巧值梁啟超到京，主張絕德，著有意見書，段亦邀他入會，取決行

止。梁善口才，詳陳絕德與不絕德的利害，洋洋灑灑，頗動人聽，各會員多半贊成。散會後，段總理入告黎總統，黎始終持重，不肯驟允。段總理道：「前次抗議書中，已有抗議無效，斷絕國交的預言，他至今不復，若非決定絕交，豈不令他藐視麼？」此說甚是。黎總統遲疑半响道：「且商諸副總統，何如？」未免迂拘。段總理道：「既如此說，當即發電，邀他到京面決為是。」黎總統點首無言，段即退出，拍電邀馮，速即北來。是時與德宣戰諸協約國，聞中國有絕德消息，都來勸誘。且云：「中國曾加入協約國，將來改正關稅，收回領事裁判權，緩付賠款諸問題，均可磋商。」因此段總理意愈堅決。各政黨復組織外交商榷會，國際協會外交後盾會等，討論大體。兩院議員，亦設一外交後援會，研究絕德問題。會馮副總統亦自寧到京與黎、段協商，大略以絕德為是。黎總統頗有動意，偏總統府中的祕書長饒漢祥，勸黎維持中立，不可絕德。饒本黎總統心腹，黎很信任，遂不願與德絕交。三月四日，段總理進見總統，請電令駐協約國公使，向駐在國政府磋商與德絕交後條件。黎總統支吾道：「這……這事須經國會透過，方好舉行。」段總理道：「現尚非正式絕交，不過向各國探明意旨，何必定要國會同意呢？」黎總統默然不答，惱動了段總理，不別而行，竟馳向天津去了。小子有詩詠段氏道：

直道何曾不足彰？過剛畢竟露鋒芒。

一麾竟向津門去，盛氣凌人乃爾狂。

段既出京赴津，一面令人齎呈辭職書，害得黎總統又著急起來。但看官且不要心焦，容小子暫時收憩，待至下回再詳。

意氣二字，是極端壞處，看本回所敘，皆意氣之為厲，鬧得內外不安，府院之衝突未已，而國會之黨爭起，國會之黨爭未休，而府院之衝

突又生。國家公器也，乃挾私求逞，鬧成一團糟，抑何可笑？無論孰是孰非，即此齟齬之迭出，已非治平氣象，況對外怯而對內勇，其狀態更屬可鄙。家不和必敗，國不和必傾，讀此回，不禁為民國前途危矣！

民國演義 —— 從內府藏名至惹起暗潮

作　　者：	蔡東藩
發 行 人：	黃振庭
出 版 者：	複刻文化事業有限公司
發 行 者：	複刻文化事業有限公司
E-mail：	sonbookservice@gmail.com
粉 絲 頁：	https://www.facebook.com/sonbookss/
網　　址：	https://sonbook.net/
地　　址：	台北市中正區重慶南路一段 61 號 8 樓 8F., No.61, Sec. 1, Chongqing S. Rd., Zhongzheng Dist., Taipei City 100, Taiwan
電　　話：	(02)2370-3310
傳　　真：	(02)2388-1990
印　　刷：	京峯數位服務有限公司
律師顧問：	廣華律師事務所 張珮琦律師

定　　價：480 元
發行日期：2024 年 11 月第一版
◎本書以 POD 印製

國家圖書館出版品預行編目資料

民國演義 —— 從內府藏名至惹起暗潮 / 蔡東藩 著 . -- 第一版 . -- 臺北市：複刻文化事業有限公司 , 2024.11
面；　公分
POD 版
ISBN 978-626-7595-67-1(平裝)
857.458　　　　113016333

電子書購買

爽讀 APP　　　臉書